U0407970

当代外国文学纪事 编委会主任 刘意青

A COMPANION TO CONTEMPORARY BRITISH LITERATURE

当代外国文学纪事

（英 国 卷）

张世耘◎主编

图书在版编目（CIP）数据

当代外国文学纪事．英国卷／张世耘主编．—北京：北京大学出版社，2022.9

ISBN 978-7-301-33338-9

Ⅰ．①当…　Ⅱ．①张…　Ⅲ．①文学研究－英国－现代　Ⅳ．①I106

中国版本图书馆 CIP 数据核字（2022）第 168547 号

书　　名	当代外国文学纪事（英国卷） DANGDAI WAIGUO WENXUE JISHI (YINGGUO JUAN)
著作责任者	张世耘　主编
责 任 编 辑	张　冰　吴宇森
标 准 书 号	ISBN 978-7-301-33338-9
出 版 发 行	北京大学出版社
地　　址	北京市海淀区成府路 205 号　100871
网　　址	http://www.pup.cn　　新浪微博：@ 北京大学出版社
电 子 信 箱	wuyusen@pup.cn
电　　话	邮购部 010-62752015　发行部 010-62750672 编辑部 010-62759634
印 刷 者	涿州市星河印刷有限公司
经 销 者	新华书店
	720 毫米 ×1020 毫米　16 开本　23.75 印张　360 千字
	2022 年 9 月第 1 版　2022 年 9 月第 1 次印刷
定　　价	119.00 元

编写人员名单

主　编：张世耘

撰写人员名单（按姓氏笔画排序）：

冯　伟　李小鹿　杨春升　张世红

张世耘　纳　海　林梦茜　姜晓林

翁丹峰　程朝翔　蔡　莹　魏　歌

统稿人：张世耘

序　言

本书是由北京大学英语系刘意青老师主持、北京大学外国语学院承担的国家社科基金重点集体项目“当代外国文学纪事”（项目编号：06AWW002）子项目“当代英美文学纪事”英国文学部分的纸版成果。“当代外国文学纪事”在线版/光盘版成果在2013年以优秀成绩通过结项评审，本成果是在在线版/光盘版“当代英美文学纪事”子项目基础上修订增补而成。

“当代外国文学纪事”子项目“当代英美文学纪事”的编纂依据“当代外国文学纪事”项目宗旨，即以“纪事”方式侧重介绍1980年以来的当代英美文学。所谓“纪事”是指以概要综述方式介绍作家及其代表作，而非以文学史、文学流派或文学批评等研究角度评价作家作品。依据这一宗旨，本项目要求撰写者原则上避免过多评论或引用其他研究者的评论，以免读者在阅读和了解具体作品文本之前形成不必要的先入之见。具体而言，我们选择了一些当代英美文坛代表性作家及其作品，希望有助于读者通过查询项目成果介绍的作家和作品，初步了解当代英美文学的相关信息。读者或许可以由此出发，再进一步“登堂入室”，超越概述信息，更为深入地学习相关当代英美作家作品。

刘意青老师对“当代英美文学纪事”子项目做了总体指导，北京大学外国语学院英语系多位老师参与了项目工作。刘建华老师主要负责组织协调美国文学部分并修订、撰写部分辞目；程朝翔老师组织协调英美文学戏剧部分工作、撰写部分辞目；苏耕欣老师在项目初期曾主要负责组织协调英国文学部分，虽然由于个人原因退出项目工作，但他对项目工作的推进做出了贡献，其后由我接手这部分工作并修订、撰写、增补辞目，同时负责组织协调本项目英美文学子项目的总体工作。我们组织了多名博士研究生、硕士研究生和进修教师参加辞目撰写工作，他们对项目的完成做出了重要贡献。外国语言学及应用语言学研究所苏祺老师也协助了项目的在线版/光盘版数据录入、处理等工作。德语系王建老师作为该项目主要负责人之一，任学院副院长时期在项目进展协调上对我们的工作多有帮助。国际关系学院张世红老师、中国人民解放军国防大学李小鹿老师也参与了辞目撰写工作。在本书成书阶段，北京大学英语系纳海老师和北京第二外国语学院姜晓林老师也贡献了辞目。每条辞目由撰写者署名，也是对师生们做出各自贡献的具体致谢形式。本书的出版得到北京大学外国语学院出版经费的支持，北京大学出版社张冰老师在项目开始时就参与项目规划，一直支持并协助项目和本书的出版事宜，北京大学出版社张冰老师和吴宇森老师担任本书责任编辑，在本书编辑出版过程中做了大量细致、认真的工作，在此一并致谢。必须提到的是，刘意青老师作为“当代外国文学纪事”的项目主持人，从项目论证立项到项目实施的各个阶段，自始至终亲力亲为指导我们的工作，组织我们开会讨论项目实施中的问题，协调解决我们遇到的问题和困难，统筹审阅在线版/光盘版辞目，提出建议和意见，督促并帮助我们顺利完成项目，在项目成果出版成书阶段也帮助协调工作进程。

因项目成果出版安排原因，本项目英国文学部分作为《当代外国文学纪事（英国卷）》单独成册出版并相应增补了一些作家和作品简介。本书以辞书指南形式编纂，汇集的辞目主要介绍1980年后活跃在文坛的当代英国作家。由于这一时期作家人数众多，包括不少文坛新秀，本书主要选择具有一定代表性并获得较大创作成就的作家，向读者简要介绍这些作家的创作生涯和创作特点。本书选择作家原则上限制在小说、戏剧和诗歌三大主要文学文类的范围内，尽管通俗文学、儿童读物、传记、翻译作品等其他文类也有其重要性，但由于项目时间等条件限制，本项目没有将它们收纳进来。在所关注的三大主要文学文类中，本书相对侧重于长篇小说，所选代表作家作品类别包括历史小说、喜剧小说、悲剧小说、魔幻现实主义小说、科幻小说、传记小说、意识流小说、哥特小说等，作品题材包括社会现实、战争、情感、少数族裔流散、文化冲突、女性、老年、两性关系、家庭关系、婚外情、儿童问题、同性恋等，作品创作手法和风格多种多样，所选作家种族身份也不尽相同，包括少数族裔作家、移民作家，甚至个别作为常住居民的重要外籍英文作家等。当代英国文学中的多样化特点是英国社会演进及其问题的艺术和思想表现。当然，本书并非刻意偏重这样的多样性，而是希望尽可能如实表现当代英国文学的这一特点。

本书辞目以作家简介为主，包括部分作家的代表作简介辞目。作家简介辞目内容一般包括作家的家庭背景、教育背景、工作简况及该作家主要作品的梗概，同时列出该作家发表的部分其他作品，在作家辞目后附有该作家的作品简介，小说作家简介辞目后一般附有该作家的一部至几部小说作品简介辞目，剧作家辞目后一般附有该剧作家的代表戏剧作品简介辞目，跨文类作家简介后一般附上其代表作简介辞目，例如，以短篇小说创作成名的作家，即便发表过长篇小说，其作品简介辞目一般会介绍其短篇小说，而不是长篇小说，以便读者具体了解该作家的成名原因或主要特点。

考虑到“当代外国文学纪事”项目的“纪事”辞书性质，项目组决定辞目一律不加注释。本书辞目以作家英文姓氏的首字母顺序排列，读者

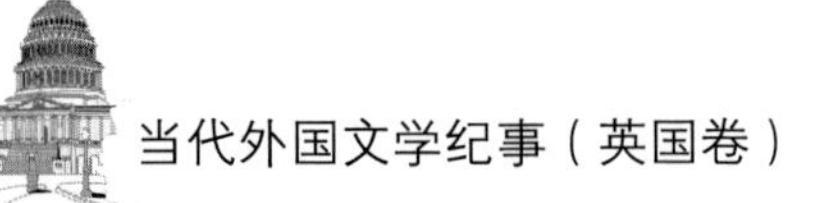

可据此查询相应作家辞目。爱尔兰作为独立共和国于1949年正式脱离英联邦，但是由于英国和爱尔兰共和国的文化、历史和语言等传统渊源，当代英国文学部分也涵盖了爱尔兰当代作家。本书附录部分简单介绍了英国重要文学奖项或评选，并附上各奖项在1980年后的获奖作者和获奖作品名单。

本书共介绍了62位英国作家及其作品。这些作家中有老一辈当代作家，其中一些作家不久前已经作古，也有很多初露头角并得到赞誉的年轻一代作家，他们的文学成就和地位尚需时间的评判，但他们的关注点和价值取向可以使我们触摸到一些当代英国文学发展的脉搏。

由于本书是集体项目成果，不同辞目撰写人的撰写手法和风格会有一些差异。同时由于一些作家的作品发表时间相对晚近，研究资料或信息较少，撰写者的阅读或了解可能不够充分，辞目中难免有不准确，甚至错误的地方，希望读者发现后不吝赐教。

张世耘

2021年5月

目　录

彼得·阿克罗伊德（Peter Ackroyd）

作家简介

彼得·阿克罗伊德（Peter Ackroyd，1949—　），英国小说家、传记作家、诗人和评论家。

阿克罗伊德出生于伦敦的天主教家庭，先后毕业于英国剑桥大学卡莱尔学院（Clare College，Cambridge University）和美国耶鲁大学（Yale University）。1973年至1982年期间他任职于英国历史悠久的期刊《旁观者》（*Spectator*），1986年以后担任《泰晤士报》（*The Times*）的首席图书评论员。使阿克罗伊德享誉世界的是他的六部名人传记和十余部小说，作为传记作家和小说家，其作品充分体现了他对于时间与空间复杂的相互作用的关注。同时，他的小说力图在现在与过去之间建立某种联系，从而打破真实与虚构之间泾渭分明的界限。

尽管阿克罗伊德是著名的传记作家和小说家，但他最早是作为一名诗人进入文坛的。在他的第一本小说出版之前，阿克罗伊德就已经出版

了三部诗集，分别是《哎唷》（*Ouch*，1971）、《伦敦贵物》（*London Lickpenny*，1973）、《乡村生活》（*Country Life*，1978）。这三部诗集中的大部分诗歌都收入了1987年出版的诗集《珀里的消遣》（*The Diversions of Purley*）中。阿克罗伊德的诗歌并不重在写景叙事，而更是一种纯粹的语言诗歌，其标题大多是无意义的词组，或索性将诗的第一行作为标题，语气具有暗示、反讽甚至玩世不恭之意，内容上也是以诗歌来讽刺诗人以及诗歌艺术。

阿克罗伊德热衷于为文化巨匠撰写传记，包括《埃兹拉·庞德传》（*Ezra Pound and His World*，1980），《T. S. 艾略特传》（*T. S. Eliot: A Life*，1984），《狄更斯》（*Dickens*，1990），《布莱克》（*Blake*，1995），《托马斯·莫尔传》（*The Life of Thomas Moore*，1998），《莎士比亚传》（*Shakespeare: The Biography*，2005），《牛顿传》，（*Newton*，2008），《查理·卓别林》（*Charlie Chaplin*，2014），《阿尔弗雷德·希区柯克》（*Alfred Hitchcock*，2015）等，这些传记以细腻生动的描写受到广泛的赞扬和欢迎。阿克罗伊德在创作这些传记的过程中完成了与先贤的精神交流，这种古今时间概念也渗透到了他的小说创作中。

阿克罗伊德的历史著述也成就斐然，其中包括：《伦敦传》（*London: The Biography*，2000），《酷儿城市：从罗马时期至今日的伦敦同性恋者》（*Queer City: Gay London from the Romans to the Present Day*，2017）等。

阿克罗伊德是一位笔耕不辍的多产作家，创作了多部长篇小说，它们的共同特点在于将历史事实和作家的虚构事件不露痕迹地融合在一起。他的首部长篇小说《伦敦大火》（*The Great Fire of London*，1982）讲述的是一个关于将狄更斯的小说《小杜丽》（*Little Dorrit*，1855）改编成电影的故事。小说以伦敦为背景，而这个城市也不断地出现在阿克罗伊德的其他小说中，并且总是暗含着一些隐喻，代表了过去与现实的对话。

1983年的小说《一个唯美主义者的遗言：奥斯卡·王尔德别传》（*The Last Testament of Oscar Wilde*）显示了阿克罗伊德重述历史的才能，小说中晚年的王尔德客居巴黎，生活穷困潦倒，在落魄中回忆自己的一生。

《霍克斯默》（*Hawksmoor*，1985）是一部侦探小说，侦探尼古拉斯·霍克斯默（Nicholas Hawksmoor，该姓氏取自18世纪一位姓霍克斯默的著名建筑师）着手调查了一系列发生在伦敦几个教堂中的谋杀案，而这些案件都与1666年大火灾后的伦敦城市重建有着千丝万缕的瓜葛。《查特顿》（*Chatterton*，1987）也是一部类似的历史小说，把一系列的现代事件与诗人托马斯·查特顿（Thomas Chatterton）的死和维多利亚时期的作家乔治·梅瑞狄斯（George Meredith）的婚姻等事件联系在了一起。

小说《第一缕光线》（*First Light*，1989）则通过一处考古发现而架起了过去与现在之间的桥梁。小说《英国音乐》（*English Music*，1992）是一部虚构的自传，由一系列以英国文学为主题的抒情对话组成。《迪伊博士的房子》（*The House of Doctor Dee*，1993）讲述了一个名叫马修·帕默（Matthew Palmer）的男子继承了一座曾经是16世纪著名占星师约翰·迪伊（John Dee）的房子后的经历。在上述两部小说中，阿克罗伊德成功地融合了多种文学风格和写法。《弥尔顿在美国》（*Milton in America*，1996）是一部历史奇幻小说，小说中弥尔顿移居到了1660年查理二世复辟前的美洲新大陆。小说《克拉肯维尔故事集》（*The Clerkenwell Tales*，2004）是作者为杰弗里·乔叟（Geoffrey Chaucer）写了一篇简短的传记以后，由于灵感迸发而创作的一部以中世纪的伦敦为背景的惊悚小说。其后，他又发表了多部小说，包括：《坎特伯雷故事集》（*The Canterbury Tales—A Retelling*，2009），《亚瑟王之死》（*The Death of King Arthur: The Immortal Legend—A Retelling*，2010），《三兄弟》（*Three Brothers*，2013）等。

阿克罗伊德曾经获得多项英、美文学奖项，包括惠特布莱德传记奖

（Whitbread Book Award for Biography，惠特布莱德图书奖2006年起改称科斯塔图书奖）、英国皇家文学学会威廉·海涅曼奖（Royal Society of Literature's William Heinemann Award）、詹姆斯·泰特·布莱克纪念奖（James Tait Black Memorial Prize）、《卫报》小说奖（*The Guardian* Fiction Prize）、萨默塞特·毛姆奖（Somerset Maugham Award）、南岸文学奖（South Bank Award for Literature）等。

作为评论家的阿克罗伊德对于当代英国主流文学持批评态度，而对以詹姆斯·乔伊斯（James Joyce）为代表的现代主义则大加赞扬。1976年出版的《新文化笔记：论现代主义》（*Notes for a New Culture*：*An Essay on Modernism*）是阿克罗伊德的一部文学批评力作，该书猛烈抨击了当代英国文学及其现有体系，批判了传统的现实主义小说。他认为，语言不仅仅是一种用来表达人类情感和思想的工具，而更应该成为艺术的中心和目的，语言自身就是一种能够构建主体和世界的实体。阿克罗伊德通过自己的文学创作来实践他的这一观点，因此他的诗歌被称为“语言诗歌”，他的小说也有意识地把历史和现实场景有机地融合在一起，颠覆了传统历史小说的叙事模式。

（林梦茜）

作品简介

《霍克斯默》（*Hawksmoor*）

彼得·阿克罗伊德的小说《霍克斯默》于1985年发表，是一部侦探类小说。

阿克罗伊德在谈到这部小说的创作时说，他的侧重点有两个，一是进行语言实验，二是构建一个能将历史和现实联系起来的故事情节。小说的结构完全体现了他的思想。不同的时代在各章节之间转换，一些暂时的时代脱节由语言和历史上的设计来连接。

作者在书中虚构了两个主要人物，一个是18世纪的建筑师尼古拉斯·戴尔（Nicholas Dyer），另一个是20世纪的探长尼古拉斯·霍克斯默。小说分为两部分，第一部分主要讲述尼古拉斯·戴尔的经历，同时又向读者展现20世纪伦敦几所教堂发生的谋杀案。第二部分围绕尼古拉斯·霍克斯默侦破伦敦教堂谋杀案的情节展开，同时又穿插尼古拉斯·戴尔重建伦敦教堂的工作。作者故意混淆书中人物与历史人物。例如，历史上真实的建筑师不叫尼古拉斯·戴尔，而叫尼古拉斯·霍克斯默。1711年尼古拉斯·霍克斯默受伦敦市政府之托，设计了六座教堂。阿克罗伊德通过文字游戏，混淆历史人物，向读者暗示不同时代纵横交错，利用历史来达到特殊目的。例如，戴尔（小说中的建筑师）生于1654年，而霍克斯默（历史上真实的建筑师）生于1661年。这个日期的误用可以使伦敦大火（1666年）给阿克罗伊德虚构的建筑师尼古拉斯·戴尔留下更深刻的印象。伦敦的历史灾难被作者用来暗示其对后世所产生的神秘影响，这也是戴尔相信神秘论的基础。

小说描写了失去父母的戴尔流浪街头，神秘教首领给他灌输该教教义，即世界是由死亡和黑暗力量统治的，而且必须以鲜血作为代价。但某种看不见的数字和对称的魔力能消除这种黑暗力量。戴尔选择了建筑作为自己的职业，因为建筑涉及许多数字和符号。这些数字和符号复杂而有序，能超越现实和历史。在小说中，虚构的20世纪伦敦探长尼古拉斯·霍克斯默负责调查一系列发生在伦敦多处教堂的凶杀案。故事的主要情节围绕霍克斯默破案而展开，与此同时，18世纪建筑师戴尔重建伦敦教堂的设计方案也不断展现，他的真实面貌也逐渐明朗，揭示了小说两条主线之间的联系。

小说的结局设计得十分出色，既出人意料，又让人感到不安。整部小说构思巧妙，情节错综复杂，被《纽约时报》称为一部机智、阴森、想象力丰富的作品。

（张世红）

金斯利·艾米斯（Kingsley Amis）

作家简介

金斯利·艾米斯爵士（Sir Kingsley Amis，1922—1995），英国小说家，诗人。

艾米斯生于伦敦南部的克拉彭（Clapham），就读于伦敦城市中学（City of London School），后在第二次世界大战中参军服役，在皇家通信兵中任中尉。退伍后他就读于牛津大学圣约翰学院（St. John's College, Oxford University），获英国文学学士学位，并在此结识了他一生最重要的朋友菲利普·拉金（Philip Larkin），他们都热衷于爵士乐。1949年至1963年，他先后在威尔士的斯旺西大学学院（University College of Swansea）和剑桥大学担任英文讲师。他陆续出版了诗集《灿烂的十一月》（*Bright November*，1947）和《心态一种》（*A Frame of Mind*，1953），但影响甚微。

艾米斯于1954年出版了第一部小说《幸运儿吉姆》（*Lucky Jim*），小说赢得了萨默塞特·毛姆奖，同时也给他带来了巨大的文坛声誉。小说的主人公吉姆·狄克逊（Jim Dixon）是一个出身于中产阶级下层的大学历史教师，虽然不是由衷喜欢教书，但迫于生计在学院里不得不在那些出身高贵、趾高气扬的资深人士面前低三下四、忍气吞声，以保住临时教职并求得永聘。吉姆思想激进，具有反抗意识，他尖锐地抨击现存制度，在伪善、玩弄权术、装腔作势的校长和教授们的背后极尽讽刺、挖苦和捉弄之能事。他的反精英文化、反正统、反矫饰的性格使他在20世纪50年代的读者中风靡一时，被称为"愤怒的青年"。艾米斯其后的两部小说，《那种不安的情绪》（*That Uncertain Feeling*，1955）和《搭上一个像你这样的姑娘》（*Take a Girl Like You*，1960），也属于同一"反英雄"类型的小说。

艾米斯年轻时在政治上比较激进，后期变得保守。他在文章《幸运儿吉姆缘何变得右倾》（"Why Lucky Jim Turned Right"，1967）中论述了自己内心政治倾向的转变，这种思想在他后来的反乌托邦小说中也有所表现。

1958年，艾米斯发表了以葡萄牙为背景的小说《我喜欢在这里》（*I Like It Here*），小说标题《我喜欢在这里》的实际意思是"我喜欢伦敦"，故事主人公是一个不知名的作家，他要承担对妻子和三个孩子的家庭职责，其经济负担使生活颇多窘迫。一次，有雇主请他撰写旅行方面的文章，虽然酬劳不错，但他不得不因此去海峡对岸的大陆国家，而他最不愿意的就是离开伦敦。故事也由此展开，讲述他的出国经历。作者以诙谐的笔调表现了主人公的经历。艾米斯第一部小说《幸运儿吉姆》获得萨默塞特·毛姆奖，而该奖项要求奖金应用于获奖者的海外旅行费用，以拓宽其创作视野（参见本书附录中英国主要奖项介绍），但小说却强调不想出国旅行，这也从一个侧面表现了艾米斯文字的讽刺风格。

他后期的作品体裁非常广泛，其中最著名的是他的讽刺喜剧：背景设在美国的《英国胖子》（*One Fat Englishman*，1963），尖锐揭露英国社会

老人凄凉晚景的《终了》（*Ending Up*，1974），以及描述中年人性无能并分析其原因的《杰克的东西》（*Jake's Thing*，1978）。《河畔别墅谋杀案》（*The Riverside Villas Murder*，1973）模仿了经典侦探小说的模式。出于对伊恩·弗莱明（Ian Fleming）小说的热衷，他还发表了《詹姆士·邦德档案》（*The James Bond Dossier*，1965）和《森上校：詹姆士·邦德式冒险》（*Colonel Sun*：*A James Bond Adventure*，1968）（用笔名罗伯特·马卡姆［Robert Markham］发表）。同时，艾米斯是无神论者，他的超自然神怪小说《反死亡同盟》（*The Anti-Death League*，1966）和《绿人》（*The Green Man*，1969）反映了他对神性和死亡的思索，对上帝的残酷无情的严肃抗议和对其存在的否定，以及对人类精神独立的赞颂。

1986年艾米斯的小说《老家伙们》（*The Old Devils*，1986）获得了布克奖（The Booker Prize）（布克奖在2002年至2019年期间冠名赞助商曼集团［Man Group］，更名为曼布克奖［The Man Booker Prize］）。该小说是一部社会喜剧，背景设在威尔士，描写了一群退休后生活终日围绕着社交酒会进行的老朋友和他们的妻子，以及携带家眷重回故土的著名作家阿伦·韦弗（Alun Weaver）在他们中造成的影响。小说体现了他对人与人之间的关系和行为的悲观看法，以及对虚伪和做作的鄙夷。

1979年，艾米斯出版了《诗歌集：1944—1978年》（*Collected Poems 1944—78*）。1980年，他发表了《短篇小说集》（*Collected Short Stories*），到20世纪80年代中后期他已出版十多部小说，多部短篇小说集、剧本，诗集、论文集等。进入20世纪90年代，他又相继发表了《住在山上的人们》（*The Folks That Live on the Hill*，1990）、《艾米斯文集》（*The Amis Collection*，1990）、《回忆录》（*Memoirs*，1991）、《巴雷特先生的秘密及其他故事》（*Mr. Barrett's Secret and Other Stories*，1991）、《我们都有过错》（*We Are All Guilty*，1991）、《俄国姑娘》（*The Russian Girl*，1992）、《传记作者的胡子》（*The Biographer's Moustache*，1995）等。1994年，他出版了一部背景设在两次世界大战之间

的半自传性质的小说《难以兼顾》（*You Can't Do Both*），描写洛宾·戴维斯（Robin Davies）从伦敦南郊到牛津大学，再到一个地方大学教书的历程。

1990年艾米斯被授予大英帝国指挥官（Commander of the Most Excellent Order of the British Empire［CBE］）头衔。

（魏歌）

作品简介

《老家伙们》（*The Old Devils*）

小说《老家伙们》于1986年发表，获得当年的布克奖。

小说中的主要人物是一群六十多岁的退休老年夫妻，他们住在南威尔士，其中包括马尔科姆·塞伦—戴维斯（Malcolm Cellan–Davies）、妻子格温（Gwen），彼得·托马斯（Peter Thomas）、妻子穆里尔（Muriel），查理·诺里斯（Charlie Norris）、妻子苏菲（Sophie）。男人们过去曾经在同一个壁球俱乐部打球，现在则是酒馆常客，整天饮酒消磨空虚时光，妻子们则乐于在厨房贪杯。他们都已年老体衰，马尔科姆肠胃和牙齿都不好，彼得和查理也过于肥胖。他们谈吐虽然时有乖张，但却能相互包容，以往恩怨也已释怀，甚至对女酒鬼多萝西（Dorothy）都能多有忍让。

他们30年前的老同学、老朋友阿伦·韦弗和他的妻子瑞安楠（Rhiannon）从伦敦回到南威尔士老家。阿伦是一位诗人，在伦敦也是电视上的嘉宾人物，常受邀评论威尔士相关事物，可以算是个名人，但在威尔士人眼中，他虽然是成功人士，但终究是在媒体上扮演观众眼中的威尔士人角色，哗众取宠而已。他自私、虚荣、长于拈花惹草之事，过去曾经和自己老友的妻子们有染。但阿伦能说会道，对这些老友的老妻们仍然颇有魅力，甚至查理的妻子苏菲还惦记着和他重燃恋情。阿伦

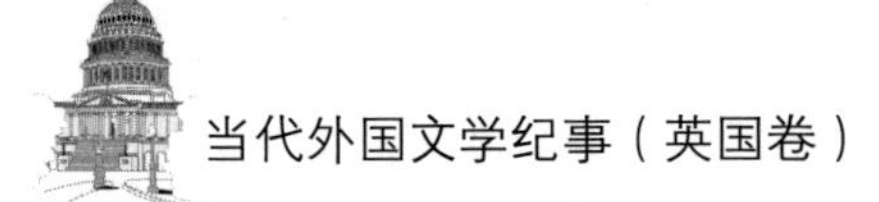

的妻子瑞安楠年轻时是个大美人，还曾经和彼得有过一段情缘，并因此堕胎，她现在风韵犹存，而彼得妻子脾气暴躁，对丈夫总是横挑鼻子竖挑眼，夫妻恩爱早已无从谈起。马尔科姆则对瑞安楠心怀一份纯粹的爱慕。

老朋友们对阿伦的到来感到高兴，毕竟他们醉生梦死、浑浑噩噩的暮年生活中又有了新的伙伴，但他们也有些担心他的到来难免让他们重温旧情妒意之老账，说不定会影响到他们当下的婚姻。阿伦夫妻回来后，朋友们一起聚餐，一起出游。阿伦不改花心本性，和老友之妻重温旧爱。一次在朋友家饮酒时，阿伦却突然去世。小说最后，瑞安楠和彼得旧情重燃，也算是适得其所。

小说真实描述了这些老家伙们必须面对的衰老和即将到来的死亡，笔触之中既有幽默、讽刺，也有同情和宽厚之意。

（张世耘）

马丁·艾米斯（Martin Amis）

作家简介

马丁·艾米斯（Martin Amis，1949—　），英国评论家、小说家，英国后现代小说领军人物。

艾米斯出生于英国牛津郡牛津区，父亲是著名的小说家金斯利·艾米斯爵士。受父亲的影响，艾米斯自幼便在一个文学家庭氛围中成长起来。他青年时代曾在英国、西班牙和美国的多所学校求学。艾米斯英语极佳，1971年以优异的成绩毕业于牛津大学埃克塞特学院（Exeter College, Oxford University）。毕业后的几年里，艾米斯分别为《泰晤士报文学增刊》（*The Times Literary Supplement*）和《新政治家》（*New Statesman*）等刊物做编辑工作。

迄今为止，在他三十多年的职业生涯里，艾米斯已经撰写了十多部小说，多部非文学作品，多部短篇故事集以及数百篇评论及杂文。可以说，艾米斯的一生都献给了文学创作。从最初的《雷切尔档案》（*The Rachel*

Papers，1973），到《怀孕的寡妇》（*The Pregnant Widow*，2010）等，艾米斯在当今文学界引起了激烈的争论。他的作品引起人们对现实主义、女性主义、政治和文化新的思考，甚至他的私生活也成为新闻记者们关注的焦点。艾米斯被许多评论家誉为世界上最有影响力和最富创新精神的作家之一，与伊恩·麦克尤恩（Ian McEwan）、朱利安·巴恩斯（Julian Barnes）等几位文人并称“新一代牛津才子”（New Oxford Wits）。

艾米斯的作品很大程度上受到美国小说的影响。从早期平淡的讽刺小说到20世纪80年代的逐渐成熟，再到最近几年的稳定发展，艾米斯的写作受到全球关注。他先后荣获了萨默塞特·毛姆奖以及詹姆斯·泰特·布莱克纪念奖的传记奖。他的作品还入围过许多其他奖项的决选名单。1973年，艾米斯担任《泰晤士报文学增刊》社论助理研究员时，创作并出版了他的第一本小说《雷切尔档案》。故事讲述的是一个年轻人整日沉迷于性生活，并为了进入牛津大学而忙碌，真实反映了当代英国青年一代所面临的困惑和迷茫。该书于次年获得了萨默塞特·毛姆奖。

1975年出版的小说《死婴》（*Dead Babies*）同样获得此荣誉。1977年至1979年，艾米斯担任《新政治家》文学编辑。在此期间，他出版了第三本小说《成功》（*Success*，1978）。这一系列描写城市青年的讽刺小说和戏剧小说为艾米斯在小说界奠定了基础。

之后，受到菲利普·罗斯（Philip Roth）、约翰·厄普代克（John Updike）和索尔·贝娄（Saul Bellow）的作品影响，艾米斯扩展写作主题，改变了写作风格。1984年，艾米斯出版了《钱：绝命书》（*Money: A Suicide Note*）。这个在伦敦发生的故事讽刺了撒切尔主义的优越感和贪婪。许多评论家认为这部小说最能代表艾米斯中年时期，也是他鼎盛时期的写作风格。

艾米斯于1989年出版了与《钱：绝命书》具有同样主题的《伦敦场地》（*London Fields*）。这两部作品都探讨了核战争威胁给人们带来的恐惧以及日益膨胀的个人主义。艾米斯认为这两部小说及1995年出版的《信息》（*The Information*）在主题和风格上可以组成一个三部曲。

艾米斯的其他作品还包括：1981年出版的《他人：难解之谜》（*Other People*：*A Mystery*）、1991年的《时间之箭》（*Time's Arrow*）和1997年出版的《夜间列车》（*Night Train*）。

他的文集包括1986年发表的《愚钝之地狱及其他美国游记》（*Moronic Inferno and Other Visits to America*）、1993年发表的《拜访纳博科夫夫人及其他游记》（*Visiting Mrs. Nabokov and Other Excursions*）、2001年发表的《针对陈词滥调的战争》（*The War Against Cliché*）、2008年发表的《第二架飞机：9月11日：恐怖与乏味》（*The Second Plane*：*September 11*：*Terror and Boredom*）等。他的短篇小说集包括1987年发表的《爱因斯坦的怪物》（*Einstein's Monsters*）和1998年发表的《重水及其他故事》（*Heavy Water and Other Stories*）等。

艾米斯于2000年出版了自传《经历》（*Experience*），将自己的写作推向了新的高潮。书中记录了自己成长过程中与父亲、老师、朋友、妻子、儿女的关系，尤其是对自己年龄增长和心境变迁的刻画极为生动。该书因其情感真挚深刻而受到好评，赢得了詹姆斯·泰特·布莱克纪念奖。同年，艾米斯被东英吉利大学（University of East Anglia）授予名誉文学博士称号。

21世纪最初的两年，艾米斯没有新的小说问世。2002年出版了政治回忆录《恐怖的科巴》（*Koba the Dread*）。一直到2003年，艾米斯才重新回到小说写作，出版了《黄狗》（*Yellow Dog*）。2006年，他出版了《聚会的房子》（*House of Meetings*）。该书叙述了两兄弟和一个犹太女孩之间的感性故事，被认为是艾米斯在《信息》之后最出色的小说。2007年，艾米斯成为英国曼彻斯特大学（The University of Manchester）原创写作教授。2010年、2012年、2014年，艾米斯相继发表了小说《怀孕的寡妇》（*The Pregnant Widow*），《莱昂内尔·阿斯博：英国的状态》（*Lionel Asbo*：*State of England*）和《重点区域》（*The Zone of Interest*）。2011年，艾米

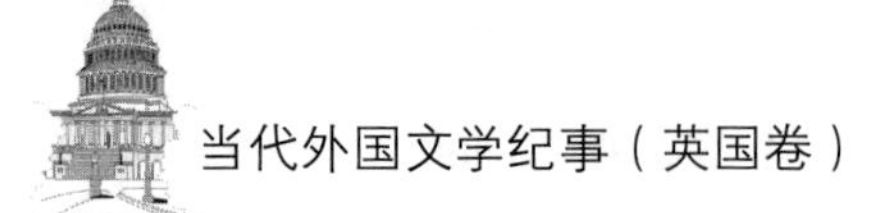

斯在担任曼彻斯特大学原创写作教授4年之后离开曼彻斯特大学，与家人一起移居纽约。

（姜晓林）

作品简介

《钱：绝命书》（*Money*：*A Suicide Note*）

小说《钱：绝命书》发表于1984年，不仅是艾米斯个人的文学突破，也是20世纪80年代英国文学的标志性作品。

1979年，撒切尔夫人执政唐宁街，第二年，罗纳德·里根入主白宫，英美两国几乎同时进入了一个物质主义时代。小说《钱：绝命书》对颓废迷茫的心灵世界进行了无与伦比的喜剧性解剖，并猛烈批判了英美资本主义社会对金钱的疯狂崇拜。

小说讲述了商业电视广告制片人约翰·塞尔夫（John Self）的故事。塞尔夫，这个"为烟酒、垃圾食品和裸体杂志做商业电视广告"的制片人，奔波于伦敦、纽约两个拜金大都市之间，为了钱肆无忌惮地拍色情影片。正是有了钱，他沉湎于斗殴、嫖妓、吸烟、酗酒和赌博之中。在他眼里，任何关系都是一种金钱关系。他与妓女塞琳娜（Selina）的关系就是一种买卖关系：做爱时，他和妓女常常谈钱。他喜欢谈钱。他说他"喜欢那肮脏的交易"，他与剧作家的关系也是一种金钱交换的雇佣关系，剧作家为了钱替他撰写电影剧本《真币》，金钱的威力轻而易举地使艺术沦为可悲的奴隶。钱能通神，钱也是塞尔夫唯一信仰的"真神"，但这座"真神"也是无情的毁灭之神。本以为赚大钱的电影计划，其实是一场大骗局，负债累累的塞尔夫被迫逃往伦敦，最后陷入绝望的无底深渊。

不难看出，钱不仅是本书的题目，而且也是它的主题。钱在小说中无处不在。它是极端贪欲者的硬通货，也是"绝命书"（小说副标题）。主人公塞尔夫不仅是时代的缩影，物质主义社会追腥逐臭者的典型代表，更是垃圾文化的制造者和欲望社会的疯狂消费者。因此，金钱不仅仅是小说的主题，也是荒淫无耻的时代的主题。艾米斯在1990年接受《纽约时报》采访时说："我们所生活的金钱时代是一种短期的、没有前途的繁荣时代，这种繁荣和北海油田一样，持续不了多久，它确实是一种寅吃卯粮的繁荣。与鲜血相比，金钱是一个更加民主的手段，但金钱也是一面文化旗帜——你可以感受到整个社会因金钱而堕落。"

小说《钱：绝命书》没有摆脱颓废、粗俗和猥琐的格调，但是对金钱的极度反讽既是对资本主义社会铜臭的无情鞭笞，也是对心灵蜕变与人性腐蚀的有力批判。在小说中艾米斯精心设计了一个"他我"，把自己写进故事情节，即小说中的人物"马丁·艾米斯"，这样艾米斯就可以在作品里发表自己的看法。在小说结尾，塞尔夫最终被他迷恋的金钱世界驱逐。小说的最后一段用了斜体字，使读者注意到在现实生活中还有另一个塞尔夫，他看见自己像一列特快火车在黑夜里飞速向前。他说："虽然我毫无目标地行驶，但我却朝着时间的尽头猛冲。我想减速，我想停下来，我需要用'分号'停顿下来。"在结尾的最后一句话里，艾米斯用了本书唯一的分号，这个分号的使用恰到好处，显示艾米斯对语言的精湛而又娴熟的驾驭。

（张世红）

《伦敦场地》（*London Fields*）

《伦敦场地》是一部后现代谋杀小说。小说虽然创作于1989年，但作者将故事背景放到1999年的伦敦，超前了10年。

在作者的笔下，这是经济衰退的时代，是即将走进千禧年的时代，是马上告别20世纪的时代。人们处在经济萧条、社会混乱、核战争随时爆发的危机之中。小说女主人公妮科拉·西科斯（Nicola Six）34岁，是一

个美丽、性感的未来预见者，她预知自己将在35岁生日时被人谋杀，于是为这个日子的到来做了周密的安排，亲自导演这场谋杀。她引诱了下层社会的小流氓凯思·泰伦特（Keith Talent）和上层社会的绅士盖伊·克林奇（Guy Clinch）。他们形成了一种奇怪的三角关系，泰伦特或克林奇将成为谋杀者。身患癌症的美国作家萨姆森·扬（Samson Young）来到伦敦，泰伦特介绍扬认识了西科斯和克林奇。一天，扬偶然看见西科斯把什么东西神秘地倒进了公寓外的垃圾桶里，扬找出来一看，原来是西科斯的日记。使扬感到吃惊的是，日记表明西科斯正在策划谋杀她自己。扬意识到这是一个极好的机会，他可以把谋杀过程作为素材，写一部畅销书。于是他定期采访西科斯，不断获取谋杀过程的最新进展。

整部小说像一场错乱的游戏，而这种错乱游戏本身就是对千年末整个社会、整个时代的绝妙讽刺。小说人物表现出的思想观念与传统的价值观相左，是完全彻底的倒错，不仅两性情感倒错，父子情感倒错，美与丑、生与死的基本概念也完全是一片混乱，展示了后现代语境下的生存困境，提出了关于人类未来的严峻问题。故事不断切换场景和叙述角度，通过空间的广度以及人物之间关系的复杂性给读者留下深刻的印象。

（张世红）

《时间之箭》（*Time's Arrow*）

小说《时间之箭》发表于1991年，入围1991年度布克奖决选名单。

小说运用时间颠倒的手法描写前纳粹医生托德·弗兰德里（Tod Friendly）的一生。用时光倒转的手法写小说并非马丁·艾米斯的独创，在此之前，许多科幻小说家已经运用这个方法，如英国作家布莱恩·奥尔迪斯（Brian Aldiss）、J. G. 巴拉德（J. G. Ballard），美国作家菲利普·迪克（Philip Dick），等等。但用历史顺序颠倒的手法将第二次世界大战期间纳粹犯下的大屠杀展现在读者面前却是艾米斯这部小说突出的特点。艾米斯曾说过，纳粹犯下的大屠杀是20世纪的重大历史事件。第二次世界大战结束后的几十年里，大屠杀一直是全人类挥之不去的梦魇。不少作家一直在试图探究大屠杀的原因。艾米斯成功地用时间之箭的倒转将这个暴行写了出来。

小说的叙述者不是托德医生本人，而是从他身体内分离出来的另一个自我即“灵魂”。小说一开始托德医生在一次车祸中丧生，而他体内的“灵魂”出壳，并随着倒转的“时间之箭”同托德医生重新倒回去经历了过去的一生，看着他越活越年轻，一直到他在德国的出生。这不是一般的小说或电影的倒叙，《时间之箭》里一切全是颠倒的：时间是颠倒的，对话是颠倒的，道德是颠倒的，行为是颠倒的，人物关系是颠倒的。例如，人们通常看到的是医生将病人治愈，而托德医生在美国行医却是将好端端的、身体健康的人“治”成病人或“治”成残疾人。小说详细地描述了托德医生在奥斯威辛集中营的所作所为。托德在奥斯威辛集中营使用的是德国姓名，叫奥迪罗·安韦尔多本（Odilo Unverdorben），他在奥斯威辛集中营作为死亡医生参与折磨、残杀囚犯，并用犹太人做实验。德文里的“安韦尔多本”（Unverdorben）原义是“纯洁的；天真的”，艾米斯用此名的意图显然是在向人们提出警示：“天真无邪”是有可能变成“十恶不赦”的。

《时间之箭》的讽刺手法与18世纪英国作家乔纳森·斯威夫特（Jonathan Swift）的《一个小小的建议》（*A Modest Proposal*，1729）有着惊人的相似。小说从头到尾用的都是喜剧的笔调，但表面上看越是滑稽好笑，对邪恶、残暴的揭露和抨击就越有力。

（张世红）

《信息》（*The Information*）

小说故事情节围绕两个中年小说家格温·巴里（Gwyn Barry）和理查德·塔尔（Richard Tull）展开。他们两个人是好朋友，在大学时代曾同住

一个宿舍。塔尔才华横溢，是一个很有潜力的作家，而巴里较为平庸，文学禀赋不如塔尔。然而，似乎命运对他们开了个玩笑：塔尔事业不顺，文学才华无处施展，整日为一家不出名的文学小报写书评，心情十分压抑。文学才华不如他的巴里却因写了一部小说大获成功，生活过得无比滋润。塔尔开始对好友产生妒意，继而怀恨在心，最后发展到用尽一切卑劣的手段暗害巴里，必欲置之死地而后快。

《信息》是一部关于生活的危机、成功、失败、忌妒的小说，用作者本人的话来说，这是一部叙述文人相轻的故事。此外，《信息》也是一部想象力和天文学知识相结合的小说，例如，塔尔说光速为每秒30万公里；一光年为94600亿公里；一个天文单位是地球中心至太阳中心的平均距离，即1.5亿公里；一百万个千年后，太阳将变得更大，距地球也更近，地球上各大洋也将“沸腾”。塔尔认为，天文学史，并不是人类进步史，而是倒退史，先是地心说（geocentric）的宇宙，后来是日心说（heliocentric）的宇宙，现在便是我们生活于其中的怪诞（eccentric）的宇宙了。因此，《信息》同时也是一部具有批判力度的小说。在艾米斯看来，随着人类的知识不断增长，科学和理性大行其道，人反而变得更渺小了。随之而来的是人类不得不吞咽知识不断增长的苦果，那就是生存信念和生命意义的消解。从这个意义上而言，《信息》是艾米斯对人的异化进行的反思，对后工业社会、现代，以及现代性的批判。

（张世红）

贝瑞尔·班布里奇（Beryl Bainbridge）

作家简介

贝瑞尔·班布里奇（Beryl Bainbridge，1932—2010），英国小说家。

班布里奇1932年出生于英国的兰开夏郡（Lancashire），在利物浦长大并接受教育。她的父亲曾遭遇破产的打击，而后倾其所有送班布里奇进入哈德弗郡（Hertfordshire）的一所寄宿制学校读书。她从小便对戏剧产生浓厚的兴趣，展示了突出的戏剧天赋，因此曾经作为演员出现在伦敦和利物浦的舞台上。班布里奇从20世纪60年代开始发表文学作品，一生写了十几部小说。她的小说常聚焦于英国的中下阶层，在情节上充满奇思妙想，时常包含暴力或者惊悚的元素。她一生曾获得数次布克奖提名。

《哈利耶如是说》（*Harriet Said*）是她于1957年创作的第一部小说，然而这部作品直到1972年才正式发表。小说的灵感来自当时发生在新西兰的一桩由两名少女策划并实施的谋杀案——帕克—休姆案（The Parker–

Hulme Case）；在班布里奇的小说里，两名少女（匿名的叙述者和她的好友哈利耶）对一位被她们戏称为“沙皇”（The Tsar）的中年男子产生了扭曲、奇异的好奇感，想方设法了解和接触他，结果却引发了令人震惊的后果。

班布里奇在1973年和1974年分别创作了《裁缝》（*The Dressmaker*）和《酒瓶工厂的一次远足》（*The Bottle Factory Outing*），两部作品都获得布克奖提名，后者还获得《卫报》小说奖。《裁缝》讲的是第二次世界大战时期，一对英国的姐妹丽塔（Rita）和玛吉（Marge）照顾她们年仅17岁的侄女奈利（Nellie），而奈利对一位美国士兵产生了爱慕之情的故事。这部小说于1988年被改编为同名电影。《酒瓶工厂的一次远足》又是班布里奇在平凡普通的生活中加入哥特式惊悚元素的一次尝试。故事围绕酒瓶工厂的两名女工布兰达（Brenda）和弗里达（Freda）展开。内向沉默的布兰达为了躲避暴力的丈夫来到城市打工，而她的同事——热情开朗的弗里达希望通过组织一次远足，让工厂的工人们能够暂时放松。然而这两个女工各有麻烦：弗里达爱上了工厂主的侄子，而布兰达却被工厂经理骚扰，后来竟惨遭杀害。

1989年，班布里奇创作了小说《一次大冒险》（*An Awfully Big Adventure*），该书融合了抒情的叙事和离奇的情节。女主人公丝黛拉（Stella）从小爱幻想，对生活充满热情，最终在她叔叔的帮助下得以进入当地的剧团，在戏剧排练和演出工作中释放自己的天性。她悄悄爱上了帅气的导演梅雷迪思·波特（Meredith Potter），但却不愿与其坦诚相对。同时，剧院的两名男子对丝黛拉也产生了非分之想，并有逾矩的行为。丝黛拉虽然不爱他们，但却希望通过和他们交往来“排练”爱情，好为她的心上人做准备。正当剧院准备上演《彼得潘》时，原定的演员因伤无法上场，著名演员奥哈拉（O' Hara）临时上阵。奥哈拉也爱上了丝黛拉，而丝黛拉也想利用奥哈拉继续“排练”她的恋爱技巧，并献出了自己的贞洁。最终，奥哈拉才通过一个偶然的机会得知，丝黛拉是他的亲生女儿，她的生母乃是他多年前曾经爱过的女子。该小说获得1989年布克奖提名。

另一部获得布克奖提名的小说是1996年出版的《人人为己》（*Every Man For Himself*）。这是班布里奇创作的第二部历史小说，重现了大西洋上的豪华邮轮泰坦尼克号（Titanic）上发生的故事，捕捉了泰坦尼克号自出发到遇难的短短五天内，上流社会的各色名流和船上为他们服务的船员的经历。小说的叙述者名叫摩根（Morgan），他是美国金融家，同时也是负责大西洋航线的白星航运公司（White Star Lines）的股份拥有者约翰·皮尔庞特·摩根（John Pierpont Morgan）的侄子。在小说结尾，泰坦尼克号出事后，小摩根幸运地生存下来，但海面上传来的凄惨的呼救声仍不时回响在他耳边。当年的《纽约客》撰文说，这部小说超越了当时（1997年电影版《泰坦尼克号》还未面世）其他许多有关泰坦尼克号经历的书籍和影视作品。

1998年，班布里奇创作了她的第三部历史小说《乔治少爷》（*Master Georgie*），讲述了英国维多利亚时代，外科医生乔治参加克里米亚战争的经历。该书分为六部分，由三个叙述者，从三个叙事角度讲述。这些人物之所以关联起来，是因为小说一开始发生的一桩离奇的死亡事件。从这个层面来说，这本书继承了班布里奇小说中固有的一些惊悚和离奇的情节，在叙事技巧和细节展示方面有所突破。《乔治少爷》也获得了1998年的布克奖提名。

除了小说外，班布里奇还出版了四部散文作品，包括《昨日往事》（*Something Happened Yesterday*，1993）、《剧院前排：剧场里的那些夜晚》（*Front Rows*：*Evenings at the Theatre*，2005）等。

2010年，班布里奇因癌症复发在伦敦去世。2016年，布兰顿·金（Brendan King）出版了关于这位作家的权威传记：《万般爱情：班布里奇传》（*Beryl Bainbridge: Love by All Sorts of Means*：*A Biography*）。

（纳海）

作品简介

《乔治少爷》（*Master Georgie*）

《乔治少爷》是贝瑞尔·班布里奇创作后期的主要作品之一。

故事的背景是19世纪50年代的克里米亚战争，围绕着主人公乔治·哈代（George Hardy）和与他有紧密联系的数个人物在战争前和战时的经历展开。小说分为六大部分，由三个与乔治有关的人物轮流叙述。每一部分被称为一个“版”（plate），就像衬在底版上的六幅老照片一样，讲述着久远的往事。其实，“照相”也是贯穿小说始终的一个隐喻，照片既是对现实的记录，也有扭曲现实和褪色的危险，因此能否通过这六幅照片来还原历史，这本身也是这本历史小说所要探讨的问题。

小说第一部分由孤儿梅朵（Myrtle）讲述。梅朵是哈代老爷在天花病流行时收留的孤儿，从小在哈代家长大，对乔治少爷既崇拜又爱慕。1846年的一天，乔治到他学医的同学家去，而梅朵尾随其后。乔治在同学家逗留，梅朵在门口等候，偶然看到一个小孩给一位老夫人送还她丢失的鸭子。乔治从同学家出来后，转身走进一个满是风月场所的巷子，这时突然听到一声尖叫，原来是一个嫖客死在了妓院。乔治和梅朵连忙走进去看个究竟，发现死者竟是乔治的父亲哈代老爷。这时，刚刚送还鸭子的小孩也碰巧进入这个房间，他的名字叫庞贝（Pompey）。梅朵和庞贝帮助乔治把他父亲的尸体悄悄送回家里，把现场布置成心脏病突发致死的状态。

第二部分开始时是1850年，距第一部分已有4年，由庞贝来叙述。此时梅朵已被送到住宿学校接受教育，而庞贝本人也成了哈代府邸中的常客，是乔治的助理摄影师。乔治的妹妹比阿特丽丝（Beatrice）嫁给了波特医生（Dr. Potter），而乔治也已结婚，妻子名叫安妮（Annie），此时已有四个月的身孕，却因一次意外引起流产。流产竟是因为庞贝送来的一张虎皮椅垫引起，所以庞贝被禁止再进入哈代的家。庞贝感到非常气愤，因为他一直和乔治有着暧昧的同性性爱关系，突然被禁止出入哈代家，他感到了巨大的耻辱。

波特医生是第三部分的叙述者。又一个四年过去了，克里米亚战争已经爆发，乔治希望能够实现自身的价值，决定前往战场做一名前线医生。他的家属和朋友，包括梅朵、妻子安妮、妹妹比阿特丽丝、妹夫波特医生也随他前往。当他们到达君士坦丁堡时，战争大规模爆发，因此他的家人被送回英国，只有乔治、波特医生、梅朵和庞贝继续留下。

第四、五、六部分分别由梅朵、波特医生和庞贝轮流诉说战争中的悲惨经历，讲述年轻的生命如何迅速在他们的眼前消失。根据梅朵的回忆，庞贝曾经给一群欢庆的士兵照合影，他告诉他们前线战士的生活并不如他们想象那样艰苦。这张照片里面鲜活的脸庞都充满微笑，而事实上，在拍照之后的几天，相片里的大多数人都战死了。战争的真实打破了照片所创造的短暂幻象，而留在战场的人逐渐失去理智，波特医生和梅朵都出现了幻听和幻视。整部小说最终以乔治的意外死亡结束。

回溯这部小说，可以说大量的情节发展都没有内在的逻辑，只是靠巧合来推进。这也是作者要探讨的问题：究竟是命运主宰着我们，还是一系列看似无关的机缘巧合？作者曾借波特医生之口探讨“圆圈”（circle）这个概念：圆可以定义为起点和终点的统一，但同时又是逻辑上循环论证的一种具象体现。作者认为这就像这场混乱的战争。究竟是什么引起了战争？人们到底是为什么献出了生命？也许都是巧合。

《乔治少爷》在出版后获得了多项大奖，包括詹姆斯·泰特·布莱克纪念奖，WH 史密斯文学奖年度最佳图书奖（WH Smith Literary Award, Book of the Year Award）以及布克奖的提名等。

（纳海）

J. G. 巴拉德（J. G. Ballard）

作家简介

J. G. 巴拉德（J. G. Ballard，1930—2009），英国小说家，散文家。

巴拉德出生于上海，他及家人居住在上海英租界，第二次世界大战中被日本人拘禁在集中营，1946年返回英国。他曾于剑桥大学国王学院（King's College，Cambridge University）学习医学，后于伦敦大学（University of London）学习英语文学。1954年，他加入英国空军，派驻加拿大受训，1955年离开皇家空军回到英国，当年结婚。

1956年，他的两篇短篇故事发表在科幻杂志《新世界》（*New Worlds*）和《科学奇幻》（*Science Fantasy*）上，后又陆续发表多篇短篇故事。

他的第一部小说《神秘来风》（*The Wind from Nowhere*）发表于1962年，是一部讲述强风灾难的科幻小说。他的第二部科幻小说《淹没的世界》（*The Drowned World*，1962）讲述的故事发生在2145年，背景为极地冰雪融化，海平面上升，城市被淹没，气温升高。小说围绕一个生物学家克兰斯博士（Dr. Kerans）和他所接触的人物展开，以超现实手法表现外在环境和人物心理世界。其后，科幻小说《干旱》（*The Drought*，1965）讲述工业排放导致全球干旱，人类苦求存活。科幻小说《结晶世界》（*The Crystal World*，1966）的主人公是喀麦隆一家麻风病医院的英国医生，他收到了女友来信，打算去见丛林中麻风医疗站里的女友，但军方试图封锁该地区，因为这里像是有某种病毒的传播，人、动物、植物等一切都在变成结晶。

1970年发表的《暴力展示》（*The Atrocity Exhibition*）是实验性质小说，完全突破了传统小说形式，表现大众传媒对个体的心理影响。小说《撞车》（*Crash*）发表于1973年，主人公在经历了一次车祸、从医院出来后有了新的体验，并认为人最终是要死于车祸，他这时遇到一个痴迷于撞车事故的电视从业者，他们两人开始在高速公路上四处寻找撞车事故。后者甚至策划和女影星伊丽莎白·泰勒（Elizabeth Taylor）发生撞车事故，他自己在撞车时和泰勒一起死去。但在这次撞车中，他只是撞在大巴车上死去，却没有撞到泰勒的车。故事中，撞车、死亡与性爱相互交织，构成小说的重要元素。小说后被改编为电影。

小说《混凝土岛》（*Concrete Island*，1974）描述主人公因车祸困于高速公路下，在孤立环境下生存，是一个变形的当代版《鲁滨孙漂流记》。小说《摩天楼》（*High–Rise*）发表于1975年，故事的场景是一座高楼，住着两千住户，大楼各种生活设施一应俱全，也构成一个社会，住户总体上都是中产以上阶层，但高层住户是他们之中的上层阶层，中间楼层为中层阶层，底层楼层为底层阶层，故事在不同阶层、性别、个体的相互关系和冲突中展开。

自传体小说《太阳帝国》（*Empire of the Sun*，1984）是他最为著名的作品，故事源于他在第二次世界大战时期的童年经历，讲述了太平洋战争爆发前后主人公在上海的经历。小说获得《卫报》小说奖、詹姆斯·泰

特·布莱克纪念奖并入围布克奖决选名单。1988年，小说被改编为电影。

反乌托邦惊悚小说《可卡因之夜》（*Cocaine Nights*，1996）和《超级坎城》（*Super–Cannes*，2000），前者入围惠特布莱德小说奖决选名单，后者获得英联邦作家奖（Commonwealth Writers Prize）。

巴拉德的作品科幻主题经常涉及科技、政府、跨国公司、传媒等的问题。

他的其他作品包括：小说《无尽梦幻之地》（*The Unlimited Dream Company*，1979）、《喂，美国》（*Hello America*，1981）、《开创之日》（*The Day of Creation*，1987）、《狂奔》（*Running Wild*，1988）、《女人之良善》（*The Kindness of Women*，1991）、《奔向天国》（*Rushing to Paradise*，1994）、《千年之民》（*Millennium People*，2003）、《天国来临》（*Kingdom Come*，2006），短篇小说集《四维噩梦》（*The Four–Dimensional Nightmare*，1963）、《终点海滩》（*The Terminal Beach*，1964）、《超负荷之人》（*The Overloaded Man*，1967）、《灾难区域》（*The Disaster Area*，1967）、《永久之日》（*The Day of Forever*，1967）、《红色沙滩》（*Vermilion Sands*，1973）、《低飞飞机及其他故事》（*Low–Flying Aircraft and Other Stories*，1976）、《金星猎手》（*The Venus Hunters*，1980）、《不久将来之神话》（*Myths of the Near Future*，1982）、《战争狂热》（*War Fever*，1990）、《短篇小说全集》（*The Complete Short Stories*，2001）、《短篇小说全集II》（*The Complete Short Stories Volume 2*，2006），自传《生之奇迹》（*Miracles of Life*，2006）等。

巴拉德于2009年去世。

（张世耘）

作品简介

《太阳帝国》（*Empire of the Sun*）

小说《太阳帝国》（*Empire of the Sun*）发表于1984年，是J. G. 巴拉德的一部的半自传体小说。

故事讲述了少年吉姆（Jim）在第二次世界大战期间所经受的苦难。小说中所有的事件、所有的情景都由吉姆讲述，而巴拉德在战争期间与小说中的吉姆年龄相仿，并和吉姆一样也有在集中营生活的经历，小说因其历史的真实性和战争的残酷性深深打动读者。

吉姆的父亲是一位富有的英国商人，在上海有宽大的住宅和仆人，经常参加俱乐部的舞会，过着上流社会优裕的生活，吉姆就读于一所专为外国人办的小学。珍珠港事件前夕，上海有数千西方人居住在外国租界内，平日里歌舞升平，一切安宁静谧。珍珠港事件爆发后，日军战舰开进黄浦江，轰炸机呼啸而过，爆炸声惊醒了沉睡的人们，日本人占领了租界。吉姆一家随着惊恐万分的人群逃离上海。这时，大街小巷已挤满了逃难的市民。吉姆在拥挤的人潮中与父母失散而流落街头。他在大街上流浪，漫无目的，偶遇美国水手贝希（Basie）。贝希到处躲避日本人的搜捕，不久贝希被日本兵抓捕，遭到毒打，身体极度虚弱，奄奄一息。在难民营里吉姆悉心照料贝希，把他从死亡边缘拉了回来。

后来吉姆和贝希被日本人关进集中营，三年的集中营生活使幼稚无知的吉姆变成勇敢坚毅的少年。吉姆跟着贝希学会了从死囚手里掰开饭盒，多领一份日渐减少的口粮，他也从兰塞姆大夫（Dr. Ransome）那里懂得了为什么要活下去。吉姆怀着这种信念与死神抗争。每次吃饭，吉姆总是津津有味地吃着从麦粒中数出的象鼻虫，好像在完成一项神圣的使命。

吉姆常常从贝希那里看到一些美国的《生活杂志》和《读者文摘》。他非常喜欢美国人那豪爽幽默和放荡不羁的性格。有一天，吉姆来到贝希的小屋，看见贝希和另一个集中营囚徒正在拿着指南针研究地图，吉姆知

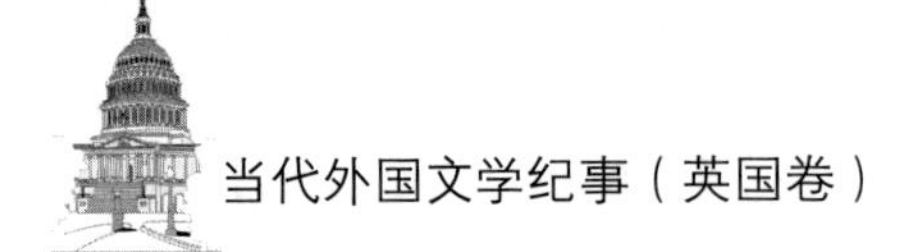

道他们在商量越狱的事。这时，日本人来到贝希小屋搜查，吉姆机敏地把指南针藏起来，日本人没有发现，使贝希躲过一劫。一天清晨，几架美国战斗机在集中营周围的田野和机场投下了一枚炸弹。就在这天夜晚，夜光下有两个黑影从铁丝网下钻了出去。第二天弗兰克（Frank）告诉吉姆，贝希已经走了。贝希带着吉姆弄来的指南针，沿着吉姆探过的路逃走了。三年后，战争终于结束，中国胜利了，吉姆胜利了。历尽艰辛的吉姆与久别的父母重逢了，他们悲喜交集地拥抱在一起。小说结尾时吉姆正赶回英国去完成他的学业。

虽然这部小说以一个少年的眼光来叙述战争的残酷和恐怖，没有评论，不带任何政治观点，但它却突显了20世纪的一个重大主题：对无辜者的血腥大屠杀。它告诉人们不要忘记人类历史上发生的这一惨烈悲剧。

（张世红）

伊恩·班克斯（Iain Banks）

作家简介

伊恩·班克斯（Iain Banks，1954—2013），苏格兰小说家。

班克斯出生于苏格兰邓弗姆林镇（Dunfermline），曾就读斯特林大学（Sterling University），学习英国文学、哲学和心理学。他分别在主流小说和科幻小说创作领域获得重要成就。他在写科幻小说时的笔名为伊恩·M. 班克斯（Iain M. Banks）。

他的第一部小说《捕蜂器》（*The Wasp Factory*）发表于1984年，故事通过16岁的主人公弗兰克（Frank）以第一人称讲述。弗兰克和父亲居住在一个小岛上，父亲是一个古怪的退休科学家。弗兰克在阁楼上改装了一个所谓“捕蜂器”，设有通道机关，以不同的残忍方式杀死放置在里面的黄蜂。弗兰克不但虐杀小动物，还声称杀死了三个人。父亲说弗兰克儿时意外失去男性生殖器官。但他后来发现了父亲的谎言，他其实是一个女孩

儿。小说充斥暴虐描述，在超现实氛围中展开，展示童年变态行为的心理逻辑。

他的第二部小说《走在玻璃上》（*Walking on Glass*，1985）讲述三个似乎不相干但实际相互关联的故事，奇特的叙事线索将爱恋、乱伦、欺瞒、妄想以及科幻情节相互穿引勾连。小说《桥》（*Bridge*）发表于1986年，故事主人公因吸毒和酒后驾车发生车祸，在医院中处于昏迷状态，他的意识和记忆以梦幻形式展开。小说《艾斯佩戴街》（*Espedair Street*，1987）讲述一个成名摇滚乐队吉他手的故事。小说由BBC改编为电台系列剧。小说《乌鸦公路》（*The Crow Road*，1992）讲述主人公和他的家庭中发生的故事，也是主人公的成长故事。1996年，小说由英国广播公司改编为电视连续剧。

小说《同谋》（*Complicity*，1993）的主人公是爱丁堡的一名报社记者，他有不少不良习惯，比如过量饮酒、吸烟，甚至吸食毒品。有人给他提供一些多年前系列凶杀案的信息，他自己也卷入一系列凶杀案。他觉得自己和凶犯有关联，必须搞清究竟凶犯是谁。小说在讲述凶杀时从主人公第一人称叙述转为第二人称“你”叙述，这一不同寻常的视角产生不寻常的叙事效果，也使读者感觉入戏凶案角色。小说在2000年被改编为电影。

1995年发表的小说《维特》（*Whit*）讲述苏格兰地区一个教派团体的故事。小说《公司》（*The Business*，1999）的女主人公为她所在的跨国公司谈判收购一个小国，公司的目的是获得联合国一个席位，并彻底改变这个落后小国，她在这里的经历使她的价值观有所改变。

班克斯的另一创作门类是科幻小说，其中“文明”（the Culture）系列小说讲述“文明”这个遥远星际空间的乌托邦故事。该系列包括：《想想夫里巴斯吧》（*Consider Phlebas*，1987）、《游戏玩家》（*The Player of Games*，1988）、《使用武器》（*The Use of Weapons*，1990）、《无限异象》（*Excession*，1996）、《倒置》（*Inversions*，1998）、《观望风向》（*Look to Windward*，2000）、《地狱之战》（*Surface Detail*，

2010）、《氢奏鸣曲》（*The Hydrogen Sonata*，2012），其他科幻小说包括《黑暗背景》（*Against a Dark Background*，1993）、《代数学家》（*The Algebraist*，2004），以及科幻短篇小说《顶尖之术》（*The State of the Art*，1989）。他的其他作品包括小说《运河梦》（*Canal Dreams*，1989）、《石之歌》（*A Song of Stone*，1997）、《中断时间》（*Dead Air*，2002）、《迦巴戴厄城堡的陡峭归途》（*The Steep Approach to Garbadale*，2007）、《过渡》（*Transition*，2009）、《疑情谜案》（*Stonemouth*，2012）、《采石场》（*The Quarry*，2013）等。

班克斯于2013年因患癌症去世。

（张世耘）

作品简介

《捕蜂器》（*The Wasp Factory*）

《捕蜂器》是班克斯最著名的作品之一。

故事由16岁的主人公弗兰克讲述。弗兰克和父亲居住在一个小岛上，和苏格兰海岸一桥相隔，他的身世不明，既没有出生证，也没有国家保险卡号，也不上学，只是在家中阅读父亲的藏书。他父亲曾经是科学家，孤僻、古怪，已经退休，他让弗兰克不要跟别人说自己是他的父亲，而要说是他叔叔。他父亲告诉他，弗兰克三岁时发生意外，家里的狗咬掉了他的生殖器官，造成残疾，狗虽被杀死，弗兰克仍然对此心有怨恨。

弗兰克经常虐杀一些小动物，拿它们来完成自己一些怪异的仪式。他还在自家阁楼上制作了一个他称之为“捕蜂器”（The Wasp Factory）的东西，是由废旧的大钟和其他一些东西改装而成，用玻璃框住，每一个大钟指针数字都有一个相应通道，他把黄蜂置于其中，黄蜂如果试图从所处空间逃出，进入任何一条通道，都难逃被蚂蚁咬死、被毒蜘蛛毒死或者淹死等各种不同的死亡结局。他还以自己的方式与捕蜂器对话，寻求其意见，将黄蜂的厄运作为预告，运用到他人身上。父亲由于腿不好，无法爬上阁楼，也不知道弗兰克在这里的秘密。

作为故事叙事者，他声称自己在9岁之前就杀害了三个人，他们是他亲戚家的孩子和他自己的弟弟。杀害他弟弟的原因是弟弟出生时他被狗咬伤，他认为狗的魂灵转到了弟弟身上；杀害另一个男孩儿是趁他睡觉时把毒蛇放在他的假肢中，因为这个男孩儿杀死过他的兔子；而他杀害一个女孩儿的方法是把她放到自己制作的巨大风筝上，任由风筝飞升，杀害她只是因为自己杀了两个男孩儿，也应该杀一个女孩儿。他的杀人方式则取决于捕蜂器显示的死亡方式。

抛弃他的母亲曾回到岛上一次，生下了弟弟，然后就离开了，还驾驶摩托车把父亲的腿轧伤。弗兰克对她也是满腹怨恨。他的同父异母哥哥曾在大学学医，但在医院见到一个先天疾患儿童，看到患者大脑被蛆虫吞噬，这使得他精神失常。他无端把狗烧死，还强迫孩子们吃蛆虫，因此被关入精神病院。他后来从医院逃出，不时和弗兰克有电话联系。

父亲有一间屋子，总是上锁，从不允许弗兰克进去，弗兰克以为父亲在里面做什么实验。终于有一天，他偷偷进了屋子，发现里面竟然有保存在液体中的男性生殖器官、激素等奇怪物品。他找到父亲要问个究竟，这时父亲不得不告诉他，罐子里的性器官其实是蜡做的，而弗兰克生来是个女孩儿，他为了做个实验，同时自己也可以不再和女子打交道，编出这个狗伤害“他”的故事，并每天在她的饭菜里加入雄性激素，为的是让她长出胡须，也不会来月经。故事最后弗兰克将会和她哥哥相见，但这时她已经是一个女子了。之前的一切泄愤变得毫无意义。

（张世耘）

约翰·班维尔（John Banville）

作家简介

约翰·班维尔（John Banville，1945—　），爱尔兰小说家。

班维尔1945年出生于爱尔兰韦克斯福德郡（Wexford），毕业于韦克斯福德圣彼得中学（St. Peter's College）。后在爱尔兰航空公司（Aer Lingus）工作，得益于职业便利，他可以出游海外。1969年至1983年，他在《爱尔兰报》（*The Irish Press*）担任编辑，之后离开报社，成为全职作家，但因经济压力重新回到报社从事编辑工作，后又在《爱尔兰时报》（*The Irish Times*）担任文学编辑，他在该报社任职到1999年。

1970年，他发表了短篇小说集《朗·莱金》（*Long Lankin*）。1973年，小说《桦树庄园》（*Birchwood*）发表，故事发生在爱尔兰，小说叙事主人公盖布里埃尔·戈德金（Gabriel Godkin）是桦树庄园大宅的继承人，故事通过主人公的回忆展开。庄园大宅年久失修，一家人经济情况也

每况愈下。庄园所有权几代之前曾经易手，而戈德金的母亲还是前庄园主的后代。他的父亲冷酷、暴躁，母亲精神失常，祖母是一家之长，但诡异自燃而亡，祖父死于非命，姑姑曾离家产下私生子，后携子归来。家中似乎有着什么隐秘之事。戈德金一次得病后神志不清，他坚信自己曾经有过一个孪生姐姐，觉得她与自己密不可分，却被人强行带走，不知所终。他决定离家出走，希望能够找到她。他加入了一个马戏团，巡演各地，经历颇多，也见证了爱尔兰社会生态的恶化。最终桦树庄园所有权再次易手，回到前庄园主家族手中。戈德金一家人除了庄园继承权之谜，还有乱伦之丑，遗传的精神疾患，以及接踵而来的死亡命运，而戈德金竟是乱伦之子，他寻找的姐姐其实是哥哥。小说以哥特式手法讲述家族故事，同时表现了爱尔兰乡绅阶层的衰落、大饥荒、底层爱尔兰人反抗英国人的社会历史背景。小说获得1973年度爱尔兰联合银行奖（Allied Irish Banks' Prize）、1973年度艺术理事会麦考利奖（Arts Council Macaulay Fellowship）以及1981年度美国—爱尔兰基金会奖（American-Irish Foundation Award）。

1976年，传记小说《哥白尼博士》（*Doctor Copernicus*）发表，这是他的科学家系列小说中的第一部，小说获得1976年度詹姆斯·泰特·布莱克纪念奖小说奖。1981年，传记小说《开普勒》（*Kepler*）发表，获得1981年度《卫报》小说奖和1981年度爱尔兰联合银行奖。这两部小说表现了两位科学家从事科学探索、尝试对宇宙做出解释，以及由此产生的疑惑。

小说《牛顿书信》（*The Newton Letter*）于1982年发表，小说叙事者是一个没有给出姓名的作家，几年来一直在写牛顿传记，他租下了乡间一所小房子，希望在这里很快完成这部作品。他现在要搞清楚为什么牛顿在功成名就之后的1693年夏天经历了精神崩溃和信仰危机，为什么那年9月他给约翰·洛克（John Locke）写了封奇怪的信，信中写下对洛克的指责，说他有不道德行为，是霍布斯主义者，导致自己深陷与女人们的纠缠之中。这期间，叙事者分心于自己和房东大宅子里一家人的关系和他们的故事，他和房东妻子的侄女发生了性关系，而他真正爱的却是房东的妻子，他自己也陷入了心理崩溃状态，但其实这家人的故事和他的想象并不是一回事。这部小说和他前两部小说有很大区别，既有对科学家牛顿的史实探究，也有与牛顿故事对照发展的叙事者自己的故事，以及叙述者理解现实的困难和不可靠叙事。英国第四频道电视台（Channel 4 Television）将其改编成电影。

1986年，小说《梅菲斯特》（*Mefisto*）发表，主人公盖布里埃尔·斯旺（Gabriel Swan）对数学着迷，他的思想和生活实践难以协调，他期望通过数学把握生活的意义和秩序。小说讲述了他的童年经历、他的数学才华、与他格格不入的家庭环境。后来他遇到了菲利克斯（Felix），这是小说中一个类似《浮士德》（*Faust*，1808）中人物梅菲斯特（Mephistopheles）的角色。“菲利克斯”这个名字的含义是“运气”，但与他有关的人和事似乎都没有好结果。在现实生活中，斯旺的经历充斥了混乱和不幸的事件：母亲车祸身亡，父亲受伤，自己在莫名失火事件中严重烧伤，恋人也吸毒过量而死。菲利克斯一直支持他运用幻想中确定的数学公式解读现实，但他的命运似乎只能听凭运气摆布。他感觉到菲利克斯的关注时时不离左右。

1989年，小说《证词》（*The Book of Evidence*）发表，故事主人公弗雷迪·蒙哥马利（Freddie Montgomery）38岁，是一个科学家，有妻子和儿子，他曾在美国学习多年，后偏居地中海岛屿，但财务上入不敷出，他从毒贩手里敲诈了一笔钱，毒贩老板控制了他的妻儿逼他还钱，他不得不回到爱尔兰筹钱还账。他到了母亲家，想卖出父亲收藏的绘画，但他发现母亲将父亲的藏画卖给了熟人画商，他到画商的住处偷盗了一幅17世纪荷兰画派人物肖像画，并绑架了目睹他偷窃行为的女佣，在车上用锤子杀害了她。小说的故事是蒙哥马利被捕后等待审判期间写下的供词，讲述自己的人生经历，自己又是如何走向犯罪，但他的故事表现出混乱的道德

观、含糊的自我身份意识、难以置信的叙述，让人无法判断他的供述中有多少想象或幻想成分。小说为读者提供了阅读想象和解读的充分空间。小说入选1989年布克奖小说奖决选名单，获得同年度吉尼斯·皮特航空奖（Guinness Peat Aviation Award）。

小说《海》（*The Sea*）于2005年发表，故事叙事者麦克斯·莫顿（Max Morden）是美术史学家，妻子安娜（Anna）经历癌症的长期折磨后，不久前刚刚去世。莫顿心怀丧妻之伤，不觉记起儿时情缘和不幸，重回儿时海滨小镇，在“雪松旅店”住下，旅店现在的管家是薇薇苏小姐（Miss Vavasour）。50年前的夏天，他这里遇到在“雪松旅店”避暑的格雷斯（Grace）一家，丈夫卡洛（Carlo），妻子康妮（Connie），他们有一对孪生子女，女孩儿克洛伊（Chloe），她性格狂放，男孩儿迈尔斯（Myles），但他从不开口。他们家还有一个十几岁的保姆露丝（Rose）。康妮成了莫顿的青春期初恋对象，但在和克洛伊的交往中，克洛伊主动亲吻了他，而他也开始爱上克洛伊。一次他偶然听到康妮和露丝的交谈，认为卡洛和露丝之间发生了婚外恋情。莫顿将这个发现告诉了克洛伊。不久之后，克洛伊和迈尔斯双双溺水而亡。故事最后，莫顿发现，现在的酒店管家薇薇苏正是当年的露丝，而当年并非露丝和卡洛之间有什么事，真相却是露丝爱恋着康妮。莫顿差点醉酒遇险身亡，他的女儿赶来，劝说他和自己一起回家。小说叙事者将不同故事线索和记忆片段交织在一起，是过往与当前的纠缠关系在叙事者意识中的显现。同时，主人公叙述的往事并不可靠，虚虚实实，真假难断。小说获得2005年度曼布克奖，并由作者执笔改编为电影。

班维尔的其他作品包括：小说《幽灵》（*Ghosts*，1993）、《雅典娜》（*Athena*，1995）、《方舟》（*The Ark*，1996）、《无法企及》（*The Untouchable*，1997）、《蚀》（*Eclipse*，2000）、《裹尸布》（*Shroud*，2002）、《克莉丝汀·福斯》（*Christine Falls*，2006）、《银色天鹅》（*The Silver Swan*，2007）、《狐猴》（*The Lemur*，2008）、《无穷》

（*The Infinities*，2009）、《四月挽歌》（*Elegy for April*，2010）、《夏日亡魂》（*A Death in Summer*，2011）、《旧日之光》（*Ancient Light*，2012）、《报复》（*Vengeance*，2012）、《神圣指令》（*Holy Orders*，2013）、《黑眼睛的金发女郎》（*The Black-Eyed Blonde*，2014）、《即便是亡灵》（*Even the Dead*，2015）、《蓝色吉他》（*The Blue Guitar*，2015）、《奥斯蒙德太太》（*Mrs Osmond*，2017）、《布拉格之夜》（*Prague Nights*，2017），回忆录《往昔回首：都柏林回忆录》（*Time Pieces：A Dublin Memoir*，2016）等。

班维尔现居住在都柏林。

（张世耘）

作品简介

《蚀》（*Eclipse*）

小说《蚀》的主人公是一个饰演莎士比亚戏剧人物的中年男演员亚历山大·克利夫（Alexander Cleave）。演艺生涯一直都很成功的克利夫忽然被一种莫名的情绪所控制，直到有一天他在演出时完全忘了台词，狼狈不堪地在耻辱中下台，从而宣告他职业生涯的结束。由于被这种强烈的无法摆脱的情绪所困扰，他决定离开妻子莉蒂亚（Lydia），回到自己童年生活的屋子去独自面对那些对他纠缠不清的幻象。

老屋在一个海滨小镇，看上去微不足道。那里充满了他对母亲的记忆。在克利夫还是个小孩子的时候，父亲就在楼上的卧室去世，留下孤苦无助的母亲和他。母子俩人如陌生人般地生活在同一屋檐下，直到克利夫丢下母亲独自离开。

如今房子由当地的一对父女看管着。父亲夸克（Quirke）贫困潦倒，女儿莉莉（Lily）邋遢又不怎么正经，可同时孤单得让人怜悯。克利夫默认了他们的继续存在，逐渐他们三人形成了一种奇怪的新的家庭形式。

克利夫的妻子莉蒂亚不能接受丈夫的无端的抛弃，她不停地追寻他，最终找到这个老屋来了。不管妻子如何发火咆哮，克利夫始终冷眼旁观，他习惯性地用演员特有的观察力注视着妻子的一举一动，却一直无动于衷，至少在表面上如此。

从某种程度上来讲，克利夫是爱妻子的，也爱自己的女儿卡斯（Cass）。而正是死去的女儿的魂灵最大程度地困扰着他。他一直相信女儿得了一种精神疾病，一种狂躁症，不仅会产生幻听，还会妄想幻听的内容与自己有关。

但是女儿和父亲到底谁病了呢，或者谁病得更重呢？事实是卡斯是一个有国际名声的历史学家，这一点克利夫似乎不愿承认，因为这才能并非由他遗传而来。女儿后来自杀而死。小说的最后部分描写的是克利夫看到死去女儿的幻觉。

克利夫似乎是一个李尔王式的悲剧人物，偏执、作茧自缚、对可能存在的被抛弃的恐惧和死亡的预感，这一切都纠缠着他。他以为那些幻象来自记忆深处，其实它们还来自未来，因为对他而言，过去和未来交织在一起，无法分清。

和以前的小说非常不同，班维尔的这部小说指向人物自己的内心，其实就是人物的心灵之旅。主人公克利夫沉浸于自我的世界，所见所听无不带上自己思想的烙印。所以他所见的世界（也是读者所见的世界）是一个十分狭小的天地，封闭、压抑，令人感伤。演员总是习惯了被人注视，甚至从这种注视中体验着莫大的成就感。但是这也容易让人因过于自恋而无法看清自己和周围的世界。克利夫清楚地知道表演在所难免，不过他还不至于分不清生活和戏剧的差别。只是，现实和虚构真的能在现实生活中被完全分开吗？当克利夫质问观众能否看透他的内心，怀疑他们只是看到他的表面的时候，他不仅仅是在问他的观众，也是在问读者。

在《泰晤士报文学增刊》对本书的评论中，克里斯托弗·泰勒

（Christopher Tayler）认为这部小说比作者以往任何一部小说都要有一种温暖和私人的情感。但是，彼得·比恩（Peter Bien）却认为这正是此书最大的缺陷。他抱怨说，这部小说缺乏伍尔夫的音乐性，乔伊斯的幽默感和丰富性，以及普鲁斯特式的辉煌。他说尽管普鲁斯特同样充满内省，他的内省却和外部世界以及当时人们所处社会的焦点发生联系。我们究竟在多大程度上和社会发生关联，小说又该在多大程度上和当代社会发生关联，每个作家都会有自己的思考，这部小说反映的是班维尔在某一阶段的认识，而考察他的所有作品，我们发现作家尝试过的题材和小说类型相当广阔，这部小说反映的只是作家思考的某一个侧面，因此比恩的评论难免有些苛刻。

（翁丹峰）

《海》（*The Sea*）

小说《海》的故事叙事者麦克斯·莫顿是美术史学家，一直在写一本有关法国画家皮耶·博纳尔（Pierre Bonnard）的专著，妻子安娜出身富有，但夫妻两人心照不宣，各自保有个人空间，不必相互交心，安娜身患癌症不久前刚刚去世。莫顿心怀丧妻之伤，不觉记起儿时情缘和不幸，为了逃避现实，也为追寻过去，他决定重游旧地，回到当年的海滨小镇，在“雪松旅店”住下。这座建筑和记忆中当年的“雪松旅店”并没有什么改变，这里现在的管家是薇薇苏小姐。在麦克斯的叙事中，妻子患病和儿时往事交织呈现，无边海洋潮起潮落，与他记忆碎片中的事件起伏交相呼应。

50年前的夏天，他这里遇到在“雪松旅店”避暑的格雷斯一家。莫顿与格雷斯家的女儿克洛伊相遇时，两人都只有十一岁。莫顿自己的家庭十分贫穷，父亲寡言、粗鲁，一家人生活中鲜有愉悦，他们租住在一个寒酸小房子里。而格雷斯一家生活富足，有一辆时髦汽车，租下了“雪松旅

店”的大房子。莫顿被他们一家所吸引，在他心中，这家人就像是“神”一样，他对克洛伊的母亲康妮更是情欲萌动。他和克洛伊、迈尔斯交友，希望待在康妮近旁，能不时窥望她。康妮女儿克洛伊早熟、主动，是她首先亲吻了莫顿，莫顿将情感又转向了克洛伊。

暑期快要结束了，一天，莫顿爬上院子里的一棵树上，看到康妮和保姆露丝，露丝在哭泣，康妮安慰她，她们并没有注意到莫顿。刚好这时一列火车呼啸而过，他只能听到她们之间的只言片语，他据此判断一定是露丝和康妮丈夫卡洛有什么情感纠葛。他将这个秘密告诉了克洛伊，但出乎他的意料，克洛伊并没有太大反应，但不久后莫顿和露丝就目睹了克洛伊和迈尔斯双双在海中溺水而亡。

住在多年之后的“雪松旅店”，麦克斯最终发现薇薇苏实际上就是当年格雷斯家中的露丝，只是多年后她的样貌已经难以认出，而当年露丝并非与卡洛有情，她的所爱其实是康妮。

莫顿醉酒之后走向大海，他摔倒后一头撞在石头上，似乎愿意就此结束生命，但一个旅店租客将他救回。事后他的成年女儿克莱尔（Claire）来了，要他回去和自己同住，他也答应了女儿的要求。

小说故事情节相对简单，叙事者将不久前妻子久病之痛和自己儿时格雷斯一家的记忆片段与叙事当下相互叠加、交织，他的记忆既有细节，又有空白，他甚至说，记忆中的人半真半假，还一带而过提到，自己的名字并非真名。

（张世耘）

帕特·巴克（Pat Barker）

作家简介

帕特·巴克（Pat Barker，1943—　），英国女小说家。

巴克生于英国约克郡（Yorkshire）。巴克幼时，父亲在第二次世界大战中牺牲，巴克由祖父母抚养长大。年青时代，她曾就读于伦敦经济学院（London School of Economics）和杜伦大学（Durham University），在那里学习国际关系。大学毕业之后到1982年，巴克一直从事教学工作，教授历史和政治。巴克自二十几岁起就开始尝试写作，并受到小说家安吉拉·卡特（Angela Carter）的鼓励。她的早期小说主要描述英格兰北部的劳动阶级妇女们的艰苦生活。1982年她出版了处女作《联合大街》（*Union Street*），该书一经问世便赢得英国文学界的关注，并于当年一举拿下了福赛特图书奖（Fawcett Society Book Prize）。这部小说为巴克的写作生涯铺好了成功的第一步。1983年，该书出版的第二年，巴克就被英国著名文学

杂志《格兰塔》（*Granta*）列为20位40岁以下“最佳英国青年小说家”之一。《新政治家》杂志称赞该小说为描写劳动阶级的上佳之作。由于巴克的作品极具视觉效果，该小说后经改编搬上了电影屏幕，片名为《史丹利与爱丽丝》（*Stanley and Iris*），由好莱坞明星罗伯特·德尼罗（Robert De Niro）和简·方达（Jane Fonda）主演。

1984年，巴克出版了第二部小说《吹倒你的房子》（*Blow Your House Down*），故事发生在英国某北方城市，一个连环杀人犯近来出没于这里，受害者是妓女。尽管她们在街上拉客时多加小心防范，还是有人相继被害。吉恩（Jean）的好友被害后，她决心找到罪犯。最终她将一个符合罪犯特征的可疑男人刺死。这部小说同样获得了巨大的成功，并于1994年由英国导演萨拉·丹尼尔斯（Sara Daniels）改编成剧本，搬上了舞台。

初步尝试写作并获得成功的巴克并没有放慢脚步，她于1986年发表了《世纪的女儿》（*The Century's Daughter*）。该书于1996年以《丽莎的英格兰》（*Liza's England*）为名再次出版。1989年，她发表了《不在场的人》（*The Man Who Wasn't There*）。迄今为止，巴克的最高成就是她的战争三部曲。三部曲的第一部《重生》（*Regeneration*）发表于1991年。作品在一定程度上受到其祖父第一次世界大战期间在法国战壕里战斗的经历所启发。该书于1997年被改编成电影，由乔纳森·普莱斯（Jonathan Pryce）和詹姆斯·维尔比（James Wilby）主演。三部曲之二《门里的眼睛》（*The Eye in the Door*）于1993年出版，该书继承了战争的创伤主题，赢得了《卫报》小说奖。三部曲最后一本，1995年出版的《幽灵之路》（*The Ghost Road*）则赢得布克奖。继战争三部曲之后，巴克1998年出版的小说《另一个世界》（*Another World*）仍然以战争为主题。小说虽然以当代的英国城市纽卡斯尔（Newcastle）为背景，但依然笼罩在一位参加过第一次世界大战的老先生对战争的回忆当中。

巴克的诸多成功作品奠定了她在文学界的地位。2000年，在世纪之交，巴克荣获大英帝国指挥官（CBE）称号。2001年巴克出版了《越界》

（*Border Crossing*）。书中描述了一名心理学家和一名杀人犯之间的关系。2003年巴克出版了《重影》（*Double Vision*）。该书同样以血腥战争为背景，两个主人公陷在战争的影子里无法自拔。巴克2007年发表了小说《写生课》（*Life Class*），从相恋中青年美术学生的视角，刻画第一次世界大战带给英国社会的苦难和心灵创伤。

巴克其后发表的小说包括《托比之屋》（*Toby's Room*，2012）和2015年出版的《正午》（*Noonday*），小说主题依然是战争给人们带来的创伤。

（姜晓林）

作品简介

《吹倒你的房子》（*Blow Your House Down*）

《吹倒你的房子》的故事发生在英国某北方城市，一个连环杀人犯近来出没在这里，受害者是妓女。故事通过几个妓女的视角展开。虽然这些妓女们对此十分恐惧，也知道在街上揽客所面临的危险，但她们也只能自己多加小心，避免落入杀人犯的手中。不幸的是，她们之中还是有人相继被害。吉恩的好友卡萝尔（Carol）被害后，她决心找到罪犯。最终她根据掌握的罪犯特征，将一个符合罪犯特征的可疑男人刺死。尽管她觉得自己杀死的就是罪犯，但直至故事结束也没有确证。

故事视角不是警方侦探调查犯罪，而是从女性角度表现故事的发展以及小说人物经历的方方面面。故事中的女性不仅是揽客的妓女，还有经过这些街道的其他女性，她们都是潜在的受害者。小说深入刻画了这些女性的生活、思想和情感。

标题“吹倒你的房子”这句话源于19世纪詹姆斯·哈利维尔（James Halliwell）的童话故事《三只小猪》，故事大意是，三只小猪的妈妈让他们出去闯世界，他们都为自己盖了房子，第一只小猪图省力盖了一座稻草房子，第二只盖了一座树枝房子，一只大坏狼来到房子外，他说："让我进去！"小猪回答："绝不！绝不！"大坏狼说道："那我就吹吹吹，吹倒你的房子！"前两只小猪的房子都被吹倒了，他们也都被吃掉了（有的版本说他们逃到第三只小猪的房子里）。第三只小猪的房子是用砖盖的，大坏狼怎么吹这所房子也不坏。他们之间还斗智斗勇，最后大坏狼反被杀死。这个童话在西方文化中广为流传，故事说明偷懒的坏处和勤奋的回报，做事要用正确方法才能成功。当然，小说标题的寓意可以有不同解读。

（张世耘）

《重生》（*Regeneration*）

小说《重生》是巴克所写的关于第一次世界大战的系列小说之一。

1917年，英国军官、第一次世界大战时期的伟大诗人西格弗雷德·萨松（Siegfried Sassoon）写了一篇谴责战争的宣言书，被军方视作叛逆行为，萨松希望能上军事法庭为自己辩护，同时也让外界知道自己的正义行为。但当局由于害怕影响扩大，没有将萨松送上军事法庭，而是借口萨松患上炮弹休克症，心理受到创伤，将其送到爱丁堡（Edinburgh）附近的克莱格洛克哈特军事疗养院（Craiglockhart War Hospital），由精神病医生里弗斯（Dr. Rivers）负责治疗。帕特·巴克根据这一真实事件，写下了一部杰出的反战小说。作者不仅将现实中的真实人物和虚构的人物揉进作品里，而且将政治、阶级、意识形态等穿插其中，对战争的非理性进行了深刻的反思。

小说一开始出现在读者面前的是里弗斯医生正在读萨松的反战宣言，他已知道萨松被当作精神病患者送到克莱格洛克哈特军事疗养院，他对萨松的病因表示怀疑。萨松的朋友罗伯特（Robert）劝他放弃反战行为，尽管罗伯特同情他，但并不认为萨松的反战宣言能制止战争。根据英国军方的指示，克莱格洛克哈特军事疗养院负责治愈前线送来的受到心理创伤的军人，然后再把他们送回去打仗。小说对这样一群特殊的病人做了生动的描述。例如安德森（Anderson）原来是一个外科军医，由于受到战争的刺激，现在一见到血就精神崩溃。伯恩斯（Burns）对战争产生了可怕的幻觉，吃任何东西都会呕吐。普莱尔（Prior）患了失语症，他与里弗斯医生的谈话只能通过笔来进行。虽然普莱尔后来恢复了说话能力，但他拒绝与里弗斯医生谈论任何有关战争的话题。

亚兰医生（Dr. Yealland）是一个傲慢、冷酷的人，他认为在战场上因心理受刺激而精神崩溃的人是弱者，对这样的病人他表示蔑视，并用电疗来给他们治病。里弗斯医生与他形成鲜明的对照，里弗斯医生拒绝用电疗对待病人，他用精巧的医术治疗病人，无微不至地照顾他们，和他们交朋友，甚至像父亲一样对待他们。但他本人也受到心理创伤的折磨，并始终处于道德的困境之中。他不停地问自己：难道自己的责任就是把这些心理受创伤的军人治愈，然后又让他们返回战场去送死吗？作者对里弗斯医生的复杂、矛盾、痛苦的心理做了生动的描述。

（张世红）

朱利安·巴恩斯（Julian Barnes）

作家简介

朱利安·巴恩斯（Julian Barnes，1946—　），英国小说家，翻译家。

巴恩斯出生于英国莱斯特市（Leicester），曾于牛津大学学习当代语言，毕业后参加《牛津英语词典》（*Oxford English Dictionary*）的编纂工作，后担任过杂志评审、文学编辑、电视评论员、记者等工作。

他的第一部小说《伦敦郊区》（*Metroland*）于1980年发表，故事讲述主人公在伦敦郊区以及巴黎的生活经历。主人公儿时厌恶中产阶级生活方式，但成年后他在伦敦郊区稳定的家庭生活和工作却又是他曾经不屑的。这是他的困惑，也是他的成长。小说题材多取自作者的真实生活经历。

1982年，他的第二部小说《她遇到我之前》（*Before She Met Me*）发表，故事主人公格雷厄姆·亨德里克（Graham Hendrick）是大学历史教师，多年婚姻平淡无奇，也没有幸福可言。他遇到安（Ann）之后爱上了她，毅然离婚后迎娶了新人。安曾经有过一段电影演艺经历，她年轻、漂亮、活泼，也给他带来了从未体验过的情爱，但他渐渐对妻子的过去产生了无法释怀的忌妒之情，一步步走向偏执。他开始寻找妻子过往演员生活的各种线索，包括妻子出演过的影片、妻子从前情人留下的只言片语等。最后他怀疑妻子过去的情人与妻子瓜葛不清，将她杀害，然后自杀。带有喜剧色彩的故事以悲剧告终。

1984年，小说《福楼拜的鹦鹉》（*Flaubert's Parrot*）发表，故事主人公杰弗里·布雷斯威特（Geoffrey Braithwaite）是一名刚刚丧妻的医生，他痴迷于19世纪法国作家居斯塔夫·福楼拜（Gustave Flaubert），专门造访福楼拜的故乡，寻觅有关福楼拜生平和创作的真相。他看到有两个博物馆都声称他们展出的鹦鹉标本是福楼拜曾经从自然博物馆借来摆放在写字台上的那一只，当时他正在写作短篇小说《一颗简单的心》（"Un Coeur Simple"），小说女主人公就养了一只鹦鹉。显然，两只之中必有一假，他要查个水落石出。但最后他发现自然博物馆其实有50个这样的标本，无从知道哪一只是福楼拜用过的鹦鹉。布雷斯威特讲述的是福楼拜的故事，也是他自己和他妻子的故事；既有福楼拜的感情生活、得意和失意，也有对自己和妻子以及生活和情感的反思。小说从不同角度检视历史真实，融合了传记、小说虚构、文学批评等多重视域。小说入围布克奖小说奖决选名单，并获得杰弗里·法伯纪念奖（Geoffrey Faber Memorial Prize）。

小说《凝视太阳》（*Staring at the Sun*）发表于1986年，故事讲述女主人公从第二次世界大战到2021年的一生经历。小说《十章加二分之一章所讲述的世界史》（*A History of the World in 10 1/2 Chapters*）发表于1989年，小说由多个具有关联主题的短篇故事组成，探讨艺术、宗教、死亡等主题。小说《尚待商榷》（*Talking It Over*，1991）讲述了一个三角恋情的故事，小说获法国费米娜奖（Prix Femina）。小说《豪猪》（*The Porcupine*）于1992年发表，是一部政治题材小说，场景是虚构的东欧某国，讲述前领导人在法庭受审的故事。

小说《英格兰，英格兰》（*England, England*）发表于1998年，故事

主要部分发生在不远的将来，一个亿万富翁要将一个岛屿改造成一个宏大的迪士尼式主题公园，名为“英格兰，英格兰”，园中再现他心中的英格兰文化名胜景物、历史事件和人物，包括多佛白崖（the white cliffs of Dover）、大本钟、小号的白金汉宫、罗宾汉、曼联足球队，甚至不列颠空战表演，俨然成为一站式浏览英国的复制品旅游胜地，是一个纯粹的商业国度。公园日渐成功、繁荣，而真正的英国却沉沦、衰败下去。故事女主人公玛莎（Martha）来自英国乡村，受雇于公园，最后回归真正的英格兰乡下。小说入围布克奖小说奖决选名单。

小说《亚瑟与乔治》（*Arthur and George*）发表于2005年，故事题材选自历史真实事件，时间背景是20世纪初，两个主角一个是大名鼎鼎的英国侦探小说家柯南·道尔（Conan Doyle），福尔摩斯系列小说作者，另一个是乡村初级律师乔治·伊达尔吉（George Edalji），后者在1903年被错判入狱服刑7年，而前者则在乔治获释后多方为他申冤昭雪。小说交叉叙述两个人截然不同的命运和经历。小说入围曼布克奖小说奖决选名单。

2011年，小说《终结的感觉》（*The Sense of an Ending*）发表，小说主人公托尼·韦伯斯特（Tony Webster），结婚后又离婚，有一个女儿，退休前工作稳定，他和女儿、前妻平和相处，一直自认是正派之人。自己早年的一些经历他久已忘怀，想不到的是，如烟旧事背后却掩藏着他过去从未得知的真相。他的叙述从高中时的记忆开始，讲述他和高中朋友艾德里安·芬恩（Adrian Finn）以及上大学后自己女友的故事。他和女友分手之后，芬恩写信给他，想和他的前女友交往，但他回信却把前女友说成是残品，还让芬恩去问问前女友母亲。后来芬恩自杀而死，他并没有多想。多年后他突然收到前女友母亲的遗赠，其中缺少了芬恩的日记，但日记却在前女友手中，在找回日记的过程中，他终于得知芬恩其实并没有和他前女友走到一起，而是和她的母亲在一起，并生下一个智障儿子。小说探讨了记忆、悔恨、责任、死亡等诸多问题。小说获2011年度曼布克奖小说奖。

他的其他作品包括：小说《爱及其他》（*Love*，*etc.*，2000）、《时代的噪声》（*The Noise of Time*，2016），短篇小说集《跨越海峡》（*Cross Channel*，1996）、《柠檬桌》（*The Lemon Table*，2004）、《脉动》（*Pulse*，2011），散文集《有话要说：有关法国的散文》（*Something to Declare*：*French Essays*，2002）等。

（张世耘）

作品简介

《终结的感觉》（*The Sense of an Ending*）

小说《终结的感觉》的主人公托尼·韦伯斯特，有过平静的婚姻，离婚也是友好分手，一生寻常而普通，育有一女，有稳定工作，和女儿、前妻关系都不错，自我感觉从来都是个正直的人。他曾看待记忆如尘封岁月，然而现在却需要重新回首，弄清其中缘由，重新认识自我。他的叙述从过往的记忆开始。

小说分为两部分：第一部分叙述始于20世纪60年代中学六年级学生所谓“知识饥渴、性饥渴”的一段回忆。中学时韦伯斯特和几个要好同学组成了一个小团体，小团体新成员是艾德里安·芬恩，他聪明、有思想，但和其他成员的观念则大不相同。其他几个人憧憬不同寻常的人生，对父母、对社会现状无法认同，而芬恩则安于循规蹈矩的生活。他们学校一个同学在女友怀孕后竟然自杀了，他们几个为此在一起议论，认为没有理由为此去死。

毕业后他们各奔东西，芬恩去了剑桥大学读书，韦伯斯特去了布里斯托大学（Bristol University），也有了一个女友，名字是维罗尼卡·福特（Veronica Ford），她脾气急躁、难以捉摸。他还去见了她的家人，但福特的妈妈对他却有一番提醒之言，似乎对自己女儿颇有微词。福特后来又认识了芬恩和他的朋友们，而福特和芬恩一见如故，韦伯斯特对此颇感不快。不久之后，韦伯斯特和他的女友分手了。为此，福特的妈妈还给韦伯斯特写了一封信，表示赞同他分手。

一段时间过后，韦伯斯特收到芬恩的来信，说希望他同意自己和福特交往。韦伯斯特先后回了两封信，第二封信言辞激烈，声称福特是残品，但并没有说明为什么这么说她，还说芬恩最好问问福特的妈妈。之后韦伯斯特从大学毕业，没想到消息传来，芬恩自杀而死。他的遗言是，如果发现生命没有价值，就应该放弃。韦伯斯特认同这样的理由。一年后芬恩的忌日，他们几个朋友还一起聚会缅怀。接下来就是结婚生女，后又离婚，弹指一挥间，韦伯斯特转眼已到耳顺之年。

小说叙事的第二部分从这里开始。韦伯斯特这时已从医院图书馆助理职位上退休。他收到律师函，得知福特的妈妈留给他一些遗产，包括500英镑和两份文件。第一份文件是一封信，解释了一下给他遗赠的理由，第二份文件则在福特手里。他后来得知这其实是芬恩的日记。他多方设法想得到芬恩的日记，几经周折他得到了福特的电子邮箱地址，几经交流，他才得到一页日记，但上面是些数学公式什么的，令他困惑不解。

又经过一些邮件往来，福特答应和他见面，见面后交给他一个信封。信封中是他多年前给芬恩那封言辞激烈的回信，这让韦伯斯特为芬恩的死深感自责。其后他们又碰面两次，第二次碰面福特带他见了一个智障男子，他确信这一定是芬恩和福特的儿子，也就是说，芬恩的死并不是醒悟人生后的选择，和高中同学的自杀并没有区别。韦伯斯特通过邮件向福特道歉，但福特却说他根本没搞清是怎么回事。

韦伯斯特找到了智障男子的看护，这才知道男子的名字是艾德里安，是福特的弟弟。原来他给芬恩那封信的后果是把他推向了福特的妈妈，而儿子智力残障则是高龄生产的后果，这下日记中那些公式、变量符号的意思有了解释。

（张世耘）

西比尔·贝德福德（Sybille Bedford）

作家简介

西比尔·贝德福德（Sybille Bedford，1911—2006），英国女作家。

贝德福德于1911年3月16日出生在德国柏林市郊的夏洛滕贝格（Charlottenburg）。她的父亲马克西米利安·冯·舍尼贝克（Maximilian von Schoenebeck）是德国贵族，而母亲伊丽莎白·伯纳德（Elizabeth Bernard）则是一个带有犹太血统的，漂亮迷人而又独断的英国女人。童年时期，贝德福德和父亲一起住在巴登（Barden）的城堡里。1921年，在意大利的母亲召她过去；不久，父亲去世。伯纳德为了追逐自己的爱情，又把贝德福德托养在英国她的朋友那里。于是，贝德福德的生活开始辗转于意大利和英国之间，而本该继续的学校教育也荒废了。

20世纪20年代中期，贝德福德随母亲和她的情人在法国马赛（Marseille）附近的滨海萨纳里（Sanary-sur-Mer）定居了下来。当时那里已聚集了一批艺术家，比如作家阿道司・赫胥黎（Aldous Huxley）和画家莫伊兹・奇斯林（Moise Kisling）夫妇等，再加上后来因躲避战乱而来的德国知识分子，如托马斯・曼（Thomas Mann）、莱昂・福伊希特万格（Lion Feuchtwanger）、恩斯特・托勒尔（Ernst Toller）和朱利叶斯・迈耶・格雷夫（Julius Meier–Graefe），这里的文化圈子变得异常活跃，而赫胥黎夫妇和贝德福德的关系尤其密切，对她的影响也很大。除了鼓励她文学创作以外，他们还极力让她融入那个艺术家的圈子。

纳粹分子上台之后，贝德福德因发表了反法西斯的文章而被剥夺了对她父亲的遗产继承权，同时她的德国护照和犹太血统使她处境危险。于是赫胥黎夫妇找了一个名叫塔里（Tarry）的英国朋友和贝德福德结婚，之后他神秘消失，而贝德福德成了一个英国公民，从而得以在大战期间遁居美国。

尽管缺少正规教育，贝德福德很早就曾尝试写作。但是直到42岁时，她的第一本著作《瞬间印象：墨西哥行记》（*The Sudden View*：*A Mexican Journey*，1953，在英国再版时改名为《拜访唐・奥塔维奥：游历墨西哥的故事》［*A Visit to Don Otavio*：*A Traveller's Tale from Mexico*］）才问世。这本书记录了她和她的美国朋友埃斯特・亚瑟（Esther Arthur）（书中以E.称呼，而贝德福德自称S.）在墨西哥贵族唐・奥塔维奥家做客的经历和其他一些游历。贝德福德在一次采访中说："我想体验墨西哥无与伦比的美丽，她急剧多变的天气，和那从漫长的血腥历史继承而来的潜在的恐慌和暴力。"

贝德福德第一本同时也被认为是最出色的一本小说《遗产》（*A Legacy*）发表于1956年。作家以自身经历为基础，讲述了威廉二世时期的德国（Wilhelmine Germany）的三个家族的故事，它们分别是冯・费尔登家族（von Feldens），德国南部贵族，拥有土地，与世无争，十分保守；冯・贝尔南家族（von Bernins），信仰天主教，比前者更加富有、世俗和野心勃勃；默茨家族（Merzes），属于古老而富裕的犹太中产阶级。尽管三个家族背景各异，似乎无可关联，却无法阻止下一代之间的感情纠葛，而这些纠葛又多以悲伤终结。小说的核心人物是朱利叶斯・冯・费尔登（Julius von Felden），一个极易兴奋的、热衷于自己想法的唯美主义者。他的形象基于贝德福德自己的父亲，而他和梅拉妮・默茨（Melanie Merz）所生的女儿弗朗西丝卡（Francesca）也有很多贝德福德自己的影子。这部小说故事情节错综复杂，反映了19世纪后半叶德国转型时期各个阶级、各种思想的碰撞和冲突——没落的南部贵族和新兴的犹太资本家之间的矛盾，俾斯麦的普鲁士军国主义思想和南方的亲法文化之间的矛盾，以及尊崇社会地位的传统社会和几乎要推翻一切的新社会之间的矛盾。

继《遗产》之后，贝德福德于1963和1968年又分别推出《众神的宠儿》（*A Favourite of the Gods*）和《指南针的错误》（*A Compass Error*）两部小说，且后者可以认为是前者的续篇。虽然小说被认为有亨利・詹姆斯小说的风格，但评论家约翰・P. 奥尼尔（John P. O' Neil）认为小说叙述者的观点和小说整体结构却不是詹姆斯式的。这两部小说较少涉及历史和社会背景，着重探讨了敏感的母女关系，并且带有作家本人经历的烙印。不过评论家约翰・麦考密克（John McCormick）认为这两部小说总体来说结构较为松散。贝德福德的第四部小说是一部自传体小说，题为《七巧板：直面实际的教育历程》（*Jigsaw: An Unsentimental Education*，1989），小说叙事者比利（Billi）讲述自己20岁之前不同寻常的成长经历，以及自己和母亲的关系。小说被列入角逐1989年布克奖的决选名单。

除了小说以外，贝德福德还创作了不少其他形式的文学作品，除了游记外，最突出的就是庭审记录，包括《尽我们所能：约翰・伯德金・亚当斯的庭审报告》（*The Best We Can Do: An Account of the Trial of John Bodkin Adams*，1958），一本详细记录亚当斯医生受审过程的书，他被指控犯了故意杀害他的多个病人以谋取允诺的遗产的罪行。《正义的面孔：一个旅行者的报告》（*The Faces of Justice: A Traveller's Report*，1960）是一本记录20世纪50年代英国、德国、瑞士、法国和奥地利法律系统运行过程中的轶闻和庭审报告的集子，并被某些法学院用作教学资料。

《像当初一样：乐趣、风景和正义》（*As It Was*：*Pleasures*，*Landscapes*，*and Justice*，1990），则是一本集游记和庭审报告于一体的书。此外，贝德福德还写了两卷本的传记《阿道司·赫胥黎传记》（*Aldous Huxley*：*A Biography*，1973，1974）。由于掌握了大量包括书信和日记在内的第一手资料，加之贝德福德本人与赫胥黎夫妇亲密的交往经历，这部内容翔实、细节丰富的传记得到了很多评论家的赞誉。贝德福德更多地从一个人而不是一个作家的角度来写赫胥黎，但她很少对这位她尊敬和热爱的前辈同时也是朋友的事情做出个人的阐释和评价。

贝德福德的最后一本书《流沙：回忆录》（*Quicksands*：*A Memoir*）发表于2005年，即去世的前一年。这本回忆录的书名暗示了作家的人生，她的一生都处于不停的变动中，无法扎根于坚硬的土地上，没有归属感。书的内容和以前的小说有很多重复之处，并且对于20世纪50年代以后的生活记叙极为简略，但是作家还是透露了前半辈子生活中一些从未提及的细节。作为一个曾经生活在多个国家，受到多种文化背景影响的作家，贝德福德一直都在不同文化和历史之间寻找自己的身份，并且对那些曾经滋养她灵魂的异国土地有着深厚的感情。

（翁丹峰）

作品简介

《七巧板：直面实际的教育历程》（*Jigsaw: An Unsentimental Education*）

这部小说可以说是贝德福德1956年发表的第一部小说《遗产》的续篇。小说背景是第一次世界大战后20世纪20年代的欧洲。小说叙事者比利（“比利”是家人对她的昵称）出生在德国，父亲是德国人，出身贵族，母亲是英国人，聪颖美丽，但并不是一个称职母亲，对女儿的关心也是三心二意，比利记得幼年时，一次母亲约会时顾不上婴儿车里的女儿，把她留在了门厅，后来她又抛家弃女和情人出走。

在父母分手后的日子里，比利和父亲一起住在德国乡间的破旧庄园里，生活相当拮据。父亲去世后，她便跟随母亲辗转于意大利、法国、英国，有时随母亲和继父生活在法国，有时被送去英国上学。继父是意大利人，比母亲年轻很多，后来另有新欢，他们的婚姻也走向危机。母亲也因为使用吗啡成瘾难以自拔。小说记述了比利的独特学习成长历程。她接受的学校教育时有时无，在她成人过程中既有父亲对她的家庭教育，也有随母亲漂泊旅居多国，和水性杨花的母亲相依相处，还有生活圈中交往的英国作家赫胥黎夫妇、艺术人士等，他们以不同方式影响着她的心智乃至性观念的成熟进程。

小说没有太多曲折故事情节，而是主要刻画了母亲的形象以及她对女儿造成的影响，体现了作者对其母亲深刻的洞察和她与母亲和解的尝试。比利的母亲极有女性魅力，并受过良好教育，但同时具有对自我和他人的毁灭力量，并且一向对家庭没有责任意识。作者通过比利表达了她对母亲的宽容和理解，甚至感激，因为“她教了我关于阅读、认识别人和讲述别人故事的一切东西”。当然小说并不局限于作者个人对母亲的探讨，它还揭示了更为普遍的对人类心灵创伤的思考。高度有原则的人们，正是受了所谓原则的蒙蔽，同样对他人造成了巨大的伤害。比利在小说中绝望地质问：“如果一个受文明开化并且用意良好的人都可以对他/她深爱的人们造成如此大的伤害，那么那些因生活中的由意识形态、民族主义和阶级仇恨引起的不公平待遇和艰辛从而产生怨恨的底层劳动人民又会做出什么来呢？”

（张世耘、翁丹峰）

威廉·博伊德（William Boyd）

作家简介

威廉·博伊德（William Boyd，1952—　），英国小说家。

博伊德出生于加纳首都阿克拉（Accra），并在加纳和尼日利亚成长。他先后在苏格兰的高登斯顿学校（Gordonstoun School）和格拉斯哥大学（University of Glasgow）接受教育，最后于1975年毕业于牛津大学耶稣学院（Jesus College）。1980年至1983年博伊德在牛津大学圣希尔达学院（St. Hilda's College）担任英语讲师。

博伊德在英国文坛上并不是一夜成名，而是努力地通过他的一部部作品逐渐迈向成功，从而奠定他在文坛中的地位。1981年出版的第一部长篇小说《天生大英雄》（*A Good Man in Africa*）使作者获得了著名的惠特布莱德小说奖和萨默塞特·毛姆奖。1982年的第二部长篇小说《冰激凌战争》（*An Ice-Cream War*）获得约翰·卢埃林·里斯奖（John Llewellyn

Rhys Prize），并入围当年布克奖的决选名单。1990年，他的长篇小说《布拉萨维尔海滩》（*Brazzaville Beach*，1990）获得了詹姆斯·泰特·布莱克纪念奖。博伊德的小说至少获得过9项英、美的各种文学奖项，其内容涉及广泛、题材多样，从虚构的场景中充分展示了一幅幅现实社会生活的画卷，体现了作者对人生的感悟和思考。

博伊德的第一部小说《天生大英雄》是一部黑色喜剧，讲述了在一个渐渐陷入混乱状态的国家中，一个酗酒的外交官遭到当地某政客敲诈勒索的故事。小说发表以后立即获得了巨大的成功。第二部长篇小说《冰激凌战争》更是得到了极其热烈的反响，这是一部以第一次世界大战期间的东非为背景的喜剧故事。1984年出版的小说《邦联旗》（*Stars and Bars*）和1987年出版的小说《新忏悔录》（*The New Confessions*）充分体现了博伊德超群的写作技巧和善于虚构人生喜剧的才能。其中《新忏悔录》是一部虚构的自传，讲述了一个有着独特风格的苏格兰导演约翰·托德（John Todd）在第一次世界大战的壕沟里学习电影拍摄技术的故事。《布拉萨维尔海滩》则又一次以非洲为背景，探讨了人类起源与动物暴力这一主题。《忧郁的下午》（*The Blue Afternoon*，1993）讲的是一个发生在1936年的故事，一位年轻的女建筑师遇到了一个自称是她父亲的神秘陌生人。

1997年，博伊德出版了又一本完全虚构的回忆录《纳特·泰特：一个美国画家，1928—1960》（*Nat Tate：An American Artist 1928—1960*），这本书甚至蒙蔽了许多批评家，使他们枉费工夫去寻找一个并不存在的抽象表现主义画家纳特·泰特。《犰狳》（*Armadillo*，1998）则以20世纪后半叶的伦敦为背景，讲述了一个出生于罗马尼亚、深受失眠困扰的保险公估师经历的各种情感和金融冒险。

博伊德的长篇小说《人心》（*Any Human Heart*）发表于2002年，这是一部以日记体展开的记述20世纪社会历史生活的小说。日记作者是一个虚构的人物，一位名叫洛根·蒙斯图尔特（Logan Mounstuart）的英国作家。小说以他为线索，糅合了历史事实和小说虚构，使读者能够在阅读过程中经历20世纪所有的战争和幻梦。小说中甚至还出现了文艺界的一些历史名人，如画家巴勃罗·毕加索（Pablo Picasso），作家欧内斯特·海明威（Ernest Hemingway）、弗吉尼亚·伍尔夫（Virginia Woolf）和伊夫林·沃（Evelyn Waugh）等。

其后博伊德又相继发表多部小说，包括《永无宁日》（*Restless*，2006），《等待日出》（*Waiting for Sunrise*，2012），《单飞》（*Solo*，2013），《甜蜜的爱抚》（*Sweet Caress*，2015），《爱是盲目的》（*Love Is Blind*，2018）等。

除了长篇小说，博伊德还出版过两部短篇小说集《美国佬车站》（*On the Yankee Station*，1988）和《娜塔莉“X”的命运》（*The Destiny of Nathalie “X”*，1996）。此外，博伊德也编写了一系列影视作品，如电视剧《游戏善恶》（*Good and Bad at Games*，1983）和《荷兰女孩》（*Dutch Girls*，1985），这两部剧本于1985年作为合集《校园风云》（*School Ties*）出版。博伊德还编剧并导演了电影《终极战役》（*The Trench*，1999）。

威廉·博伊德是后殖民作家群体中的中坚力量，他的作品具有鲜明的后现代特色。他能够充分运用时空快速跳跃、叙述视角不停转换、意识流以及废弃线性结构等典型的现代主义小说技巧，而且还玩弄文字游戏，把他要表达的思想通过这些形式加以反映。

（林梦茜）

作品简介

《冰激凌战争》（*An Ice-Cream War*）

历史小说《冰激凌战争》的故事发生在1914年至1918年期间，地点是东非的英国和德国殖民地。故事的真实历史背景是第一次世界大战，德国作为同盟国一方与英国作为协约国一方在东非战场交战。一开始英国人以为，德国军队兵员不足，供给匮乏，如果双方交战，德国一方坚持不了几个星期。然而，德国东非殖民地的军事指挥官保罗·冯·雷托—福尔贝克（Paul von Lettow–Vorbeck）指挥着不足一万四千人的军队（包括一万一千当地士兵）与十倍于己的协约国军队作战，对英属东非的铁路、要塞发动突袭，力求用游击战术拖住尽可能多的英军，目的是减轻德军西线战场的压力。这小股德军与英军持续交战到1918年年底才向英军投降，这时停战协定已经签署。西线战场战事惨烈，死伤无数，相比之下，发生在东非的这段边缘战事鲜为人知，但小说就是在这一背景下展开。作者引用当时在非洲服役的英国军人之言："我们都会像冰激凌一样，融化于烈日之下。"

故事一开始讲述美国人沃尔特（Walter）在乞力马扎罗山附近的英属殖民地经营农场，他和边界另一边的邻居德国人艾里克（Eric）保持着友好邻里关系。故事这时转向英国的加布里埃尔（Gabriel）和菲利克斯（Felix）兄弟一家。哥哥加布里埃尔是英国军官，战事打断了他和新娘夏丽斯（Charis）的新婚蜜月，他接到命令到东非参加军事行动。在他离开英国来到非洲战场期间，菲利克斯和夏丽斯之间的关系发展成一段叔嫂恋，这时传来哥哥被德军俘获的消息。带着赎罪的心情，菲利克斯决心参加东非战事，找到并救出哥哥。而身在战俘营医院的加布里埃尔迷恋上了护士丽丝尔（Liesl），而她正是艾里克的妻子。在东非战场的早期战事中，艾里克加入了德军，他烧毁了邻居沃尔特的农场，破坏了农场设备，毁掉了沃尔特一家的生计。战争彻底改变了沃尔特的命运，他将妻儿托付给岳父，自己加入了英军，接下来几年的征战也是他向德军对手艾里克的复仇之战。

这些来自不同民族背景经历、原本有着各自追求的个人在无可抗拒的外力面前，无论他们是否情愿，也只能卷入冲突之中。小说从四条独立线索展开叙述，将其编织、汇聚在非洲历史场景中。小说生动描写了战争的

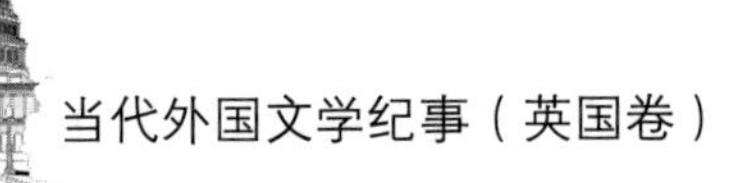

无情和荒谬，相对于环境条件，个人是如此的渺小、无力，而只能任其摆布。多个主人公从不同视角展示了历史事件，以及性爱、背叛，乃至死亡对人性的拷问。

（张世耘）

《布拉萨维尔海滩》（*Brazzaville Beach*）

小说《布拉萨维尔海滩》由相对独立的三个部分组成。第一部分讲述了女主人公霍普·克利沃特（Hope Clearwater）在布拉萨维尔海边居住的生活。第二部分描写了霍普与前夫约翰·克利沃特（John Clearwater）的第一次婚姻。第三部分真实而生动地叙述了霍普在格洛索阿沃尔研究中心（Grosso Arvore Research Centre）的工作经历。

霍普的前夫约翰是一个热心于学术研究并追逐名利的数学家，他们刚结婚时住在伦敦南部的一所公寓，夫妻恩爱，生活幸福。霍普认为约翰就是她心中理想的男人，聪明绝顶，事业心强，感情专一。她拿到博士学位后，导师让她参加野外的勘测工作，同时做一些实验，虽然工作很辛苦，但她觉得非常充实，很有成就感。然而，就在她的事业蒸蒸日上时，丈夫的数学研究每况愈下，他专门从事的混沌理论研究毫无进展，他变得孤僻、易怒，有一次在伦敦的一家意大利餐馆歇斯底里地大发脾气。更为糟糕的是，霍普发现约翰与一位大学同事的妻子有染。她终于无法忍受这一切。最后，他们的婚姻不可避免地以悲剧结束。

为了摆脱痛苦，霍普去了非洲，在格洛索阿沃尔研究中心工作，专门从事黑猩猩的研究。在这个研究中心她一干就是25年，长期观察研究两组黑猩猩的生活。在非洲期间，霍普与埃及人乌斯曼·修克里（Usman Shoukry）有过一段短暂的爱情经历，乌斯曼是刚果空军部队的飞行员，他们俩真心相爱，并在布拉萨维尔海边买了一套旧房，常去海边休息放松。后来乌斯曼在执行一项飞行任务时丧生。

威廉·博伊德（William Boyd）

作者不仅以错综复杂的故事情节和女主人公坎坷的人生经历深深吸引住读者，用浅显易懂的语言介绍深奥的数学混沌理论，并且生动地描述了与人类行为相似的黑猩猩之间你死我活的自相残杀。有评论家指出，这是一部充满悬念并挑战读者智慧的优秀小说。

（张世红）

安妮塔·布鲁克纳（Anita Brookner）

作家简介

安妮塔·布鲁克纳（Anita Brookner，1928—2016），英国女小说家，艺术史学家。

布鲁克纳出生在伦敦，父母为犹太裔移民，她曾就读于伦敦国王学院（King's College，London），获学士学位后在伦敦大学考陶尔德艺术研究所（Courtauld Institute of Art，University of London）深造，并获得美术史博士学位。她的学术研究领域是18世纪、19世纪绘画，曾在不同大学举办讲座，并在1967年至1968年间任剑桥大学有史以来第一位女性斯雷德美术讲座教授（Slade Professor of Art）。她长期在考陶尔德艺术研究所任教，自1977年升任高级讲师，直至1988年退休。她从未结婚，长期照料年迈父母。

她相继发表了多部美术专业领域著作，包括《未来之精神：法国美术批评研究》（*The Genius of the Future*：*Studies in French Art Criticism*，

1971），《格勒兹：一个18世纪现象的兴衰》（*Greuze*：*The Rise and Fall of an Eighteenth–Century Phenomenon*，1972），《雅克—路易斯·大卫》（*Jacques–Louis David*，1980）等。

1981年，53岁的布鲁克纳发表了第一部小说《人生开端》（*A Start in Life*），小说美国版的书名为《首次登场》（*The Debut*），故事女主人公儿时就憧憬文学中的浪漫，后成为学者，然而生活和文学并不是一回事，她既要忙于研究巴尔扎克小说，还要照料父母生活。

她的第二部小说《天意》（*Providence*）于1982年发表，女主人公凯蒂（Kitty）出生于法国移民家庭，是大学文学专业讲师，仍然是单身。她爱慕一位教授同行，但似乎对方并没有从自己过去的情感失败阴影中走出来。凯蒂期待浪漫爱情，渴望归属感，然而现实并不如意。故事没有太多跌宕情节，而是更多表现了女主人公内心需求和期待与现实之间的落差。

小说《杜兰葛山庄》（*Hotel du Lac*）是她的第四部小说，于1984年发表。小说主人公伊迪丝（Edith）是浪漫小说作家，她的情感经历并不像许多同龄人那样顺理成章，即便是遇到朋友们觉得可以结婚的对象，到了最后她还是选择放弃。朋友们让她离开一段时间到瑞士度假酒店杜兰葛山庄小住。在这里，她遇到了各色人物，并且结识了一位男士。这位男士提出愿意娶她为妻，但伊迪丝发现对方竟然同时和住在酒店的另一女性有染。小说获得布克奖，并于1986年被改编成电视剧。

1988年，小说《迟到者》（*Latecomers*）发表，故事围绕两个性格迥异的犹太男孩儿展开。第二次世界大战使他们成为难民孤儿，从德国来到伦敦，两人成了朋友，在此后岁月中，他们成家立业，还合伙经商，以各自方式面对过去和当下。

小说《天使湾》（*The Bay of Angels*）发表于2001年。小说通过女主角的叙述聚焦她和母亲的故事。母亲丧夫之后一直和女儿相依为命，女儿16岁时，母亲再婚，随丈夫去了法国，女儿完成大学学业后从事学术研究工作，但她的情感生活却并不顺利，生活中要面对情感上的孤寂。继父去世后，母亲病倒，住在医院疗养，女儿因此需要往返于英国和法国。女儿在此期间结识了母亲的医生，开始了他们之间的情感关系，而母亲也走完了自己的一生。小说细腻刻画了母女不同的追求和缺憾。

小说《陌生人》（*Strangers*）于2009年发表。男主人年逾七旬，过着退休生活，他从未娶妻，也鲜有亲朋走动交往，即便与他人往来，相互之间仍然保持陌生人的距离。他的一次威尼斯之行改变了他习以为常的独处生活。一个比他年轻很多的女子进入他的生活，不久他又重逢旧爱。小说情节简单，更多着墨于单身男主人公的内心描摹。

布鲁克纳一生创作颇丰，其他作品包括：小说《看着我》（*Look at Me*，1983）、《亲情与友情》（*Family and Friends*，1985）、《错误的结合》（*A Misalliance*，1986）、《来自英格兰的朋友》（*A Friend from England*，1987）、《刘易斯·帕西》（*Lewis Percy*，1989）、《人生苦短》（*Brief Lives*，1990）、《闭上一只眼》（*A Closed Eye*，1991）、《欺骗》（*Fraud*，1992）、《家庭罗曼史》（*A Family Romance*，1993）、《一己之见》（*A Private View*，1994）、《洛基尔街事件》（*Incidents in the Street Laugier*，1995）、《此情不再》（*Altered States*，1996）、《访客》（*Visitors*，1997）、《缓慢下落》（*Falling Slowly*，1998）、《不当影响》（*Undue Influence*，1999）、《天使湾》（*The Bay of Angels*，2001）、《接下来的大事》（*The Next Big Thing*，2002），学术著作《浪漫主义及其缺憾》（*Romanticism and Its Discontents*，2000）等。

1990年，她被授予大英帝国指挥官头衔。

2016年，布鲁克纳去世，享年87岁。

（张世耘）

作品简介

《杜兰葛山庄》（*Hotel du Lac*）

小说《杜兰葛山庄》的主人公伊迪丝（Edith）是浪漫小说作家，住在伦敦，已是39岁的年龄，却还是孑然一身。她只身来到瑞士一家旧式格调的湖畔酒店杜兰葛山庄小住。四年前一次聚会中她和有妇之夫戴维（David）产生了恋情。这样的关系给她带来了幸福的短暂体验，但两人情爱难成正果，毕竟戴维并不想放弃自己的婚姻。而她的追求者杰弗里（Geoffrey）向她求婚，但她却不爱对方，尽管朋友们认为杰弗里是合适的结婚对象，她也决定接受他，可到了婚礼前最后一刻她却打了退堂鼓，临阵脱逃，这让她的亲朋好友很是难堪和气愤。他们让她暂时离开一段时间，出来冷静反思一下。她也打算利用这段时间完成她的新小说。

这个季节山庄里的客人不多，她与他们有了交往，但交谈中她更多是倾听和观察。她结识的客人中有一对富有的母女普西太太（Mrs Pusey）和詹妮弗（Jennifer），她们每年都要来此小住、购物。母亲是一个富有的寡妇，与人交谈只管自说自话。女儿未婚，对母亲格外殷勤。她们的举止、美容效果和服饰使她们看上去比实际年龄年轻不少。对普西太太来说，这也是应对暮年和孤独的一种方式。

她在山庄结识的另一位女客是莫妮卡（Monica），和伊迪丝年龄相同，她漂亮苗条，丈夫富有、拥有贵族头衔。但她有饮食障碍症，只吃蛋糕等甜食。她的丈夫并没有和她一起来到山庄，而是让她一人来此地疗养，纠正她的饮食问题。丈夫迫切希望她能为他生儿育女，否则他们的婚姻难保。莫妮卡在山庄的饮食习惯依然如故，她虽善谈，但不难看出她生活中的不快。

伊迪丝还认识了住在山庄的内维尔（Neville）先生，一个成功的生意人，他对伊迪丝颇有好感，但他对婚姻的看法与伊迪丝的浪漫憧憬全然不同，他认为婚姻应该有利个人事业和社交生活，双方也可以搭帮过日子。

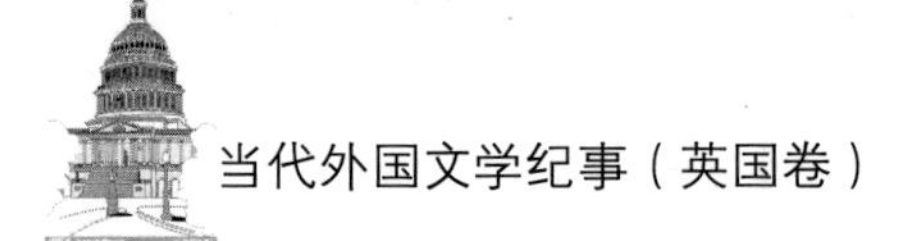

虽然他们相识没几天，他就向伊迪丝求婚。显然，他们之间并没有爱情，对此他们也开诚布公，这毕竟是务实的选择，况且这也不影响务实婚姻之外保持自己的情爱空间。经过短暂的考虑，伊迪丝决定向现实低头，接受内维尔先生的求婚。在山庄期间，她继续给情人戴维写信，尽管这些信并没有寄出。决定接受务实婚姻之后，她又给戴维写了一封信，告诉他自己要结婚了，他们不能再见面了。

第二天一早，伊迪丝从她的房间出来寄信时却看到内维尔先生与詹妮弗偷情后从詹妮弗的房间里溜出来。伊迪丝撕掉了没有寄出的信，给戴维发了一封电报，电文只有两个字："即归"。

（张世耘）

安东尼·伯吉斯（Anthony Burgess）

作家简介

安东尼·伯吉斯（Anthony Burgess，1917—1993），本名约翰·安东尼·伯吉斯·威尔逊（John Anthony Burgess Wilson），曾用笔名约瑟夫·凯尔（Joseph Kell），英国小说家，文学评论家和文学教授。

伯吉斯出生在曼彻斯特（Manchester）一个天主教家庭，1940年毕业于曼彻斯特大学（University of Manchester）英国语言文学系，早年对音乐兴趣浓厚，大学毕业后参军，在英国皇家军队医疗队中任钢琴师，1946年退伍，在爵士乐队中弹钢琴，后改行教书。伯吉斯1946—1950年在伯明翰大学（University of Birmingham）任教，1948—1950年任职于教育部，1950—1954年在班伯里中学（Banbury Grammar School）讲授英语，1954—1959年间，伯吉斯在英属殖民地马来亚和文莱任教育官员，积累了大量创作素材。

1959年，伯吉斯被诊断患有不可治愈的脑瘤，被认为只有一年寿命，于是他回到英国从事写作，希望给妻子留下赡养费。后证明为误诊，但他仍每年至少出版一本著作。1968年，伯吉斯的妻子因病去世。之后伯吉斯离开英国，在美国多所学校任教职，后在马耳他、意大利、摩纳哥和瑞士等国的大学讲学，并继续以充沛的精力从事创作。伯吉斯是英国皇家文学学会（Royal Society of Literature）会员，曾获得法国政府颁发的“文学艺术旗手”（Commandeur des Arts et des Lettres）称号。1993年11月22日，伯吉斯在伦敦去世。

伯吉斯在小说、音乐、戏剧、评论等方面都颇有造诣，被认为是同代最有才华和独创性的作家之一。他是一位多产的作家，共创作五十多部作品。他的作品既描写异国风情，也讽喻本国的奇异习俗。他对现代社会持悲观态度，作品中时常反映出对现代人类进退两难抉择的探寻，但他的小说基本为喜剧基调。他在语言方面造诣颇深，掌握数种东、西方语言。伯吉斯将对语言的灵活运用，机智幽默的讽刺与丰厚的文学修养相结合，体现出丰富多变的文学风格，如流浪汉小说、仿英雄风格小说、历史传奇以及社会讽刺小说等。

在马来亚和文莱期间，伯吉斯创作了他最早的三部小说《老虎的时光》（*Time for a Tiger*，1956），《毯子中的敌人》（*The Enemy in the Blanket*，1958）和《东方的床》（*Beds in the East*，1959）。这些作品均取材于作者的远东经历，1972年作为《马来亚三部曲》出版。1961年，伯吉斯用约瑟夫·凯尔的笔名发表《孤掌难鸣》（*One Hand Clapping*，1961）。1962年，他用安东尼·伯吉斯的笔名发表的小说《欠缺的种子》（*The Wanting Seed*，1962）是一部对人口过剩世界的反乌托邦描写。他关于抒情诗人F. X. 恩德比（F. X. Enderby）的滑稽系列《恩德比的内心》（*Inside Mr Enderby*，1963），《恩德比的外表》（*Enderby Outside*，1968）以及《发条遗嘱》（*The Clockwork Testament*，1974）描述了恩德比在英国、意大利、摩洛哥、美国遭遇的一系列不幸和趣事，表现了作家犀利的讽刺才能和卓越的语言创造力。许多评论家认为伯吉斯自己就是恩德比的原型。

1962年发表的《发条橙》（*A Clockwork Orange*）是伯吉斯最畅销的作品，为他奠定了小说家的声誉。1971年，斯坦利·库布里克（Stanley Kubrick）将其搬上银幕。这部小说充满了暴力和高科技，其内容和风格被为该书美国初版写后记的评论家斯坦利·海曼（Stanley Hyman）评为"野蛮"。连作家本人也在美国新版本引言"再吮发条橙"中对作品的成功表示意外。书中主人公阿列克斯（Alex）被认为是当代小说中最典型的暴力形象之一。

小说以未来社会为背景，由故事主人公阿列克斯回首自己的成年过程，叙述15岁到19岁其间的种种经历。他的叙事使用纳查奇语（Nadsat），这是一种在英语中混杂了俄语、吉卜赛语、黑社会团伙语言等语言词汇的独特语言，"纳查奇"一词在俄语中的意思是"青少年"（teen）。小阿列克斯行事暴虐，集各种劣迹于一身。政府对他采用了技术手段防止他作恶，但同时也使他不再拥有自主意志，变为技术社会制造、操纵的机械发条橙。

伯吉斯的其他小说包括《熊的蜜》（*Honey for the Bears*，1963）和《圣维纳斯前夜》（*The Eve of Saint Venus*，1964）。之后入围布克奖决选名单的《世俗权势》（*Earthly Powers*，1980）是以年过八旬的同性恋作家肯尼思·图米（Kenneth Toomey）为叙述者的第一人称长篇小说。作品将真实人物与虚拟人物交织在一起，构成一部20世纪世界全景图。

其他小说有《世界新闻末日》（*The End of the World News*，1983）、《邪恶者的王国》（*The Kingdom of the Wicked*，1985）、《弹钢琴的人》（*The Piano Players*，1986）、《老铁》（*Any Old Iron*，1989）和故事集《魔鬼模式》（*The Devil's Mode*，1989）。除小说外，伯吉斯还著有传记《莎士比亚》（*Shakespeare*，1970）、《海明威传》（*Ernest Hemingway and His World*，1978）、《燃烧至灵魂：D. H. 劳伦斯的生活与工作》（*Flame into Being: The Life and Work of D. H. Lawrence*，1985），

以及1993年出版的伊丽莎白时期著名诗人、剧作家克里斯托弗·马娄（Christopher Marlowe）的传记《德普特福德的死人》（*A Dead Man in Deptford*，1993）。他的《莫扎特与狼帮》（*Mozart and Wolf Gang*，1991）以怪诞的手法讲述了沃尔夫冈·莫扎特（Wolfgang Mozart）的人生。“沃尔夫冈”（Wolfgang）是莫扎特的名字，而名字拆开就变成了“狼”（wolf）和“帮”（gang）两个英文单词，放在一起是“狼帮”的意思。他的文学批评著作主要有《詹姆斯·乔伊斯导读》（*Here Comes Everybody*：*An Introduction to James Joyce for the Ordinary Reader*，1965）等。

此外，他还创作了舞台剧、电视剧剧本和几十部音乐作品，包括合唱和管弦乐作品，以及百老汇音乐剧《赛拉诺》（*Cyrano*，1973）。伯吉斯著有两卷本自传《安东尼·伯吉斯忏悔录 I：小威尔逊和大上帝》（*Little Wilson and Big God*：*Being the First Part of the Confessions of Anthony Burgess*，1987）和《安东尼·伯吉斯忏悔录 II：你有过属于你的时光》（*You've Had Your Time*：*Being the Second Part of the Confessions of Anthony Burgess*，1990）。

（蔡莹）

作品简介

《发条橙》（*A Clockwork Orange*）

小说《发条橙》发表于1962年，1971年被改编为电影，1990年根据作者本人的舞台剧本改编为音乐剧，2008年获普罗米修斯名人堂奖（Prometheus Hall of Fame Award）。《发条橙》是安东尼·伯吉斯最畅销的作品。

书中主人公阿列克斯（Alex）被认为是当代小说中最典型的暴力形象之一。故事以未来社会为背景，酷爱贝多芬的问题少年阿列克斯操着独特的纳查奇语（Nadsat）讲述了他从15岁到19岁的成长经历。小阿列克斯吸毒纵欲，无恶不作，以施暴为乐，是物质文明社会创造出的一个令人忧虑的反道德文明产物。政府采用叫作“路德维克疗法”（the Ludovico technique）的生物技术对他的改造，虽制止了其犯罪行为，却剥夺了其意志自由，从另一方面削弱了他的人性。他仿佛一个技术社会制造的发条橙，在机械规律的支配下身不由己地行动。

作者之所以选用发条橙的象征，是因为英语的“橙子”称为orange，马来语的“人”称为orange。“发条橙”外表像是普普通通的橙子，内部却是机械装置，并非自然物产。具体落实在本书主人公身上，便体现为各种各样的反社会行为。阿列克斯这个人物的典型性还在于，他的名字以及他的同伙的名字是在英文和俄文中共同使用的。不少评论家指出，在阿列克斯入狱—出狱的经历中，伯吉斯突出描写了不同类型的政府的种种弊症。“纳查奇”这个词是作者从俄文借来的，原意为“十几岁的”，相当于英文中的“teen–”。纳查奇语中的“好”或“棒极了”，也是从俄文借的。这个词的妙用在于，作者将其中的一个辅音稍加改动，便成了英文中的“恐怖片”一词，生动地暗示了西方青少年喜欢观看恐怖电影的心理特点。作者在语言方面的深厚功底，也在此书中得到创造性的体现。

（蔡莹）

《世俗权势》（*Earthly Powers*）

小说《世俗权势》（*Earthly Powers*）发表于1980年。在英国1982年的畅销书中，该书名列第二。它以喜剧和百科全书式的手法对20世纪的文学、社会、道德、宗教等方面进行了全景式的叙述。伯吉斯在小说中虚构了两个主要人物，其中一个是肯尼思·图米。伯吉斯自己承认他是以英国小说家毛姆为原型来创作图米这个角色的。

图米是一个世界闻名的小说家，一生名利双收，他不仅阅历丰富，而且广交朋友，认识英国首相温斯顿·丘吉尔（Winston Churchill）、小说家

詹姆斯·乔伊斯（James Joyce），甚至著名经济学家约翰·凯恩斯（John Keynes）。但由于他是同性恋者，家人对他十分冷淡，社会也排斥他，使他没有家庭的安慰，得不到社会的认可，闹了许多笑话，让人啼笑皆非。小说结尾描述他在罗马被流氓抢劫，在马耳他岛的房产又被无理没收，成为一个社会边缘人。最后他决定与妹妹一同回到英国安享晚年，他的妹妹是雕塑家，妹夫多米尼科·康潘纳提（Domenico Campanati）是一个屡变其曲风的作曲家，其作品知名度不高。同样，图米对自己的作品评价也不高，只是凭自己的一点小聪明而赢得一些读者爱好。他所认为的真正有价值的作家是一个犹太人，他欲援救而未成，死在集中营。通过图米的叙述，作者流露了对西方文艺的幻灭感，对文艺作品的商品化表示失望。他对第二次世界大战后30年的社会风气尤为不满：美国文科大学生不知何为《新约》，意大利的青年暴徒专欺负老年人，这一切使他感慨万千。

小说的另一名主角是意大利神父卡罗·康潘纳提（Carlo Campanati），与图米有亲戚关系，卡罗名义上是多米尼科的哥哥，实际上是一个收养的孤儿。他富于人情味的布道改变了梵蒂冈的作风。他死后被封为圣人（Saint），因为他曾把一个医院中的贫儿从死里救活，实现了奇迹。伯吉斯用神父卡罗·康潘纳提来影射教皇约翰二十三世（Pope John XXIII），因为他不喜欢教皇。神父卡罗在他笔下是一名浮士德式（Faustian）的悲剧人物，自愿与魔鬼做交易，以求换取教皇在人世间的一切权力。

伯吉斯将书中虚构的人物和20世纪的著名文人以及艺术精英交织在一起，用历史事件作为小说主人公图米的叙述背景，并对人性的善与恶进行了深刻的反思。小说结构紧凑，以历史事件的发展顺序安排情节。作者对图米的性格形成进行了精心构思，图米的同性恋取向使他受到社会的排斥，导致他性格孤僻，冷漠无情，成为局外人，同时使他对世人和社会进行冷静的观察。书中反映的问题虽然是宗教方面的，但实际上反映了当代知识分子对现实的不满，看不见出路而由此感到的苦闷。

（张世红）

安东尼亚·拜厄特（Antonia Byatt）

作家简介

安东尼亚·拜厄特（Antonia Byatt，1936—　），英国学者，文学批评家，小说家。

拜厄特出生于约克郡谢菲尔德市（Sheffield），曾就读于约克郡的教友派芒特学校（Quaker Mount School），后就读于剑桥大学纽纳姆学院（Newnham College，Cambridge University），获学士学位，之后又先后就读于宾夕法尼亚州布林茅尔学院（Bryn Mawr College）和牛津大学萨默维尔学院（Somerville College，Oxford University）。先后在伦敦大学、中央艺术设计学院（Central School of Art and Design）、伦敦大学学院（University College London）讲授英美文学和英语课程。后放弃教职，专心从事写作。她的家人多在文学、学术方面有所建树，父亲也从事小说创作，她的两个妹妹中，其中一位是著名小说家玛格利特·德拉布

尔（Margaret Drabble），两个妹妹中的小妹则是艺术史学家海伦·兰登（Helen Langdon）。

她的第一部小说《太阳的阴影》（*The Shadow of a Sun*）发表于1964年，讲述一个女孩在父亲威权阴影下成长的故事。其后发表的小说《游戏》（*The Game*，1967）是一个关于两姐妹关系的故事。1978年至2002年，她陆续发表了四部曲小说，分别为：《花园中的处女》（*The Virgin in the Garden*，1978）、《静止的生活》（*Still Life*，1985）、《通天塔》（*Babel Tower*，1996）和《吹口哨的女人》（*A Whistling Woman*，2002），小说两位女主人公生活在20世纪五六十年代的英国，是一对姐妹，是剑桥大学毕业的知识女性。这四部曲也是知识女性在女性主义运动背景下定位女性身份和成长的经历。其中《静止的生活》获得国际笔会/麦克米伦银笔奖（PEN/Macmillan Silver Pen Award）。

1990年，她发表了小说《占有：一段罗曼史》（*Possession: A Romance*），故事围绕两位当代文学研究者罗兰·米歇尔（Roland Michell）和莱德·贝利（Maud Bailey）展开，他们研究维多利亚时期两位诗人兰道夫·艾什（Randolph Ash）和克丽丝特布尔·拉莫第（Christabel LaMotte）的书信、日记等历史资料，试图还原他们真实的私人情感生活。而在这一过程中，两位研究者也堕入爱河。小说获得1990年布克奖，2002年改编为电影。

2009年，小说《孩子的书》（*The Children's Book*）发表，小说讲述19世纪末到第一次世界大战结束期间几个家庭与孩子们的经历，小说入围布克奖决选名单。小说《天使与昆虫》（*Angels & Insects*）于1992年发表，包含两部短篇小说，《恩爱天使》（*The Conjugal Angel*）和《尤金尼亚蝴蝶》（*Morpho Eugenia*），前者探讨维多利亚时期人们对死亡的看法，后者讲述一个维多利亚时期青年博物学家的故事，后改编为电影。

拜厄特的其他作品包括：短篇小说集《糖》（*Sugar and Other Stories*，1987）、《马蒂斯故事集》（*The Matisse Stories*，1993）、

《夜莺眼中的精灵》（*The Djinn in the Nightingale's Eye*，1994）、《基本元素：火与冰的故事》（*Elementals*：*Stories of Fire and Ice*，1998）、《短篇小说小黑书》（*Little Black Book of Stories*，2003），小说《传记作家的故事》（*The Biographer's Tale*，2000）、《世界毁灭：诸神的终结》（*Ragnarok*：*The End of the Gods*，2011），学术评论著作《自由的程度：爱丽丝·默多克的早期小说》（*Degrees of Freedom*：*The Early Novels of Iris Murdoch*，1965）、《华兹华斯和柯尔律治与他们的时代》（*Wordsworth and Coleridge in Their Time*，1970）、《爱丽丝·默多克研究》（*Iris Murdoch*：*A Critical Study*，1976）、《不受拘束的时代：华兹华斯和柯尔律治，诗歌与生活》（*Unruly Times*：*Wordsworth and Coleridge*，*Poetry and Life*，1989）、《心灵的激情：文选》（*Passions of the Mind*：*Selected Writings*，1991）、《论历史和小说：散文选》（*On Histories and Stories*：*Selected Essays*，2000）、《小说中的肖像》（*Portraits in Fiction*，2001）、《孔雀与葡萄藤蔓：论威廉·莫里斯与马里亚诺·福图尼》（*Peacock & Vine*：*On William Morris and Mariano Fortuny*，2016）等。

她于1990年和1999年获颁大英帝国指挥官勋章和大英帝国指挥官女爵士勋章（Dame Commander of the Order of the British Empire，DBE），现居住在伦敦。

（张世耘）

作品简介

《占有：一段罗曼史》（*Possession*：*A Romance*）

小说《占有：一段罗曼史》的主人公罗兰·米歇尔是一个默默无闻的文学批评家，整天埋在英国文学史的故纸堆里。他在伦敦图书馆阅读维多利亚时期著名诗人兰道夫·艾什的手稿时，发现艾什给女诗人克丽丝特布尔·拉莫第写的一封情书，这使他感到意外，因为在一般读者眼里，艾什不仅是一个才华横溢的诗人，而且还是一个忠实于妻子的好男人。米歇尔觉得艾什和拉莫第之间可能有人们所不知的隐秘恋情，决定顺着这个线索深入挖掘下去。他听说年轻的女博士茉德·贝利不仅是专门研究拉莫第的学者，而且还是拉莫第亲戚的后代，于是他找到贝利，希望她能助一臂之力，共同研究艾什和拉莫第，贝利欣然答应。

由于研究艾什的学者如云，学术竞争十分激烈，为了避人耳目，他们带上有关艾什和拉莫第的文献资料，远离伦敦的学术圈，潜心研究艾什和拉莫第的生平事迹。随着研究不断深入，他们发现艾什和拉莫第不仅经历了一段狂热的恋情，而且还有一个私生女，但迫于当时维多利亚社会严厉的道德舆论压力，拉莫第只好悄悄地将私生女送给自己的姐姐抚养，而外人一直以为这个私生女是拉莫第姐姐的女儿。而贝利一直被人们当作拉莫第姐姐的女儿的后代，贝利从来也没有怀疑过自己的出身背景。现在真相大白，原来贝利就是拉莫第亲生女儿的后代。

在探寻艾什和拉莫第的隐秘恋情的过程中，米歇尔和贝利由一般的合作关系发展到互相产生好感，继而双双堕入爱河。拜厄特似乎是在给人们一种暗示，即艾什和拉莫第在维多利亚时期受到禁锢和压抑的爱情之花在米歇尔和贝利身上重新绽放。这是一部充满悬念、扣人心弦的小说，但同时也对读者的耐心提出挑战，因为书中有大量的日记、诗歌、私人信件，而这些内容对于读者了解艾什和拉莫第的内心世界和感情经历是不可缺少的。

（张世红）

《通天塔》（*Babel Tower*）

小说《通天塔》又译《巴别塔》，发表于1996年。

女主人公弗莱德莉佳（Frederica）是剑桥大学毕业生，聪颖漂亮，但书生气十足。当她决定嫁给乡村地主奈杰尔（Nigel）时，她的剑桥朋友们都大为惊讶，认为她太草率了。婚后不久，弗莱德莉佳意识到自己犯了一个大错，奈杰尔性格粗鲁，心胸狭隘，独断专行。她的剑桥朋友们来看望她时，奈杰尔不仅态度冷淡，而且恶语相加。更为恶劣的是，奈杰尔还经常动手打她。弗莱德莉佳终于无法忍受奈杰尔的暴行，带着儿子里奥（Leo）离开奈杰尔，到伦敦一所艺术学校教书，她说："我必须工作，我要独立。"

虽然弗莱德莉佳和奈杰尔之间的感情破裂，但都很爱儿子里奥，谁也舍不得放弃儿子。于是在他们俩之间展开了漫长的儿子监护权的争夺战，小说用了大量篇幅叙述这场诉讼，作者通过这场诉讼巧妙地提出了妇女争取独立、提高社会地位的问题。小说另一个与此平行的诉讼是弗莱德莉佳的好友裘德（Jude）被指控出版了一部淫秽小说。弗莱德莉佳也卷入其中，她极力为裘德辩护。

《通天塔》不仅描述了家庭和情感危机，而且反映了整个时代的各种重大事件。如国际上的柏林墙事件，古巴导弹危机，肯尼迪被刺，"上帝已死"引起的宗教危机，计算机语言的发明；英国国内的披头士乐队风靡一时，摇滚乐大行其道，引起了整个西方文学界轰动的《查特莱夫人的情人》（*Lady Chatterley's Lover*，1928）的出版官司，普罗富莫丑闻（Profumo Scandal），校园骚乱，等等。这一切在书中都得到了生动的再现，使读者犹如身历其境。出版界称《通天塔》为一部波澜壮阔、史诗般的小说。

（张世红）

安洁拉·卡特（Angela Carter）

作家简介

安洁拉·卡特（Angela Carter，1940—1992），英国小说家、诗人和评论家。

卡特出生在英国伊斯特本（Eastbourne），1960年第一次结婚，在《克罗伊登广告人周报》（*Croydon Advertiser*）工作，并在布里斯托尔大学（Bristol University）英国文学系进修。卡特1969年离婚，迁居日本两年。1976年至1978年，她成为大不列颠艺术协会研究员，在谢菲尔德大学（Sheffield University）开设写作课程，其间，她第二次结婚。1980年至1981年她任布朗大学（Brown University）写作课程的客座教授，并曾在美国及澳大利亚四处旅行、教学，但定居伦敦，于东英吉利大学（University of East Anglia）任教。1992年2月因癌症病逝。

卡特的作品孕育着强烈的死亡主题，擅长使用超现实主义描写和象征主义，并从传统童话故事和民俗神话中寻找灵感和主题。卡特于1966年出版第一部诗集《独角兽》（*Unicorn*）和第一本惊险小说《影舞》（*Shadow Dance*），立刻被誉为英国最具独创性的作家之一。之后出版小说《魔幻玩具店》（*The Magic Toyshop*，1967），1987年拍摄成电影。这部小说把她同魔幻现实主义联系在了一起，并获得了约翰·卢埃林·里斯纪念奖。这部小说描写了一个当代女孩的成长过程中经历的恐惧和性幻想。

她于1986年出版的《数种知觉》（*Several Perceptions*），获得了萨默塞特·毛姆奖。她之后的小说进一步显露出新哥特主义的特点和女性主义意识，例如《英雄与恶徒》（*Heroes and Villains*，1969）、《爱》（*Love*，1971）、《霍夫曼博士的魔鬼欲望机器》（*The Infernal Desire Machines of Doctor Hoffman*，1972）、《新夏娃的激情》（*The Passion of New Eve*，1977）、一部关于一个维多利亚时期会飞翔的马戏团女演员的小说《马戏团之夜》（*Nights at the Circus*，1984，该小说获得了詹姆斯·泰特·布莱克纪念奖），以及《明智的孩子》（*Wise Children*，1991）。

安洁拉·卡特的短篇小说集包括：《烟火》（*Fireworks*，1974）、《染血之室与其他故事》（*The Bloody Chamber and Other Stories*，1979）、《黑色维纳斯》（*Black Venus*，1985）等，其中《染血之室与其他故事》获得切特南奖（Cheltenham Prize），该短篇集中故事《狼群》（"The Company of Wolves"）是在著名传统童话《小红帽》（"Little Red Riding Hood"）基础上的再创作，并于1984年由她改编为同名电影。

她亦著有文集《毫不神圣》（*Nothing Sacred*：*Selected Writings*，1982）、新闻写作选集《删除多余之词》（*Expletives Deleted*，1992）。卡特在1977年曾翻译出版了查尔斯·佩侯（Charles Perrault）的童话作品《查尔斯·佩侯的童话故事》（*The Fairy Tales of Charles Perrault*，1977）。1993年，卡特的短篇小说集《美国鬼魂与旧世界奇观》（*American Ghosts and Old World Wonders*）和《焚舟纪》（*Burning Your Boats*，1995）在她

去世后于英国出版。

（魏歌）

作品简介

《魔幻玩具店》（*The Magic Toyshop*）

《魔幻玩具店》描写了一个当代女孩成长过程中经历的恐惧和性幻想。主人公梅勒妮（Melanie）在15岁的青春期开始意识到自己的肉体和欲望。一天深夜，她趁着父母远行，偷穿母亲的结婚礼服，幻想自己的成长，但莫名袭来的恐慌让母亲的结婚礼服绽裂成片，而这个夜晚也以惊惧告终。隔日醒来，梅勒妮收到电报，父母因难双亡，梅勒妮跟她的弟弟、妹妹都被送往菲利普（Philip）舅舅家。在他的阴霾黑暗的玩具店中，她体验到与过去完全不同的生活，污秽但充满异性魅力的两个男孩、无法说话的舅妈、凶暴邪恶的舅舅，让她感觉生活在梦境中。某日下午，一个乱伦的场景引起一场大火，终于让这个玩具店成为废墟，所有鬼魅般的玩具也一同葬身灰烬。暧昧不明的结尾反映了当代人类的处境，即终极解答的缺失和令人恐怖的不确定性。这部小说显露了卡特对童话和弗洛伊德无意识论的浓厚兴趣。

（魏歌）

《明智的孩子》（*Wise Children*）

《明智的孩子》是安洁拉·卡特的最后一部长篇小说。

小说以孪生姊妹多拉·钱斯（Dora Chance）和诺拉·钱斯（Nora Chance）75岁的生日庆祝活动开始。多拉是故事的主要叙述者，随着小说的展开，她向读者讲述了自己丰富多彩的一生和复杂有趣的家族史。

多拉出生在一个演员世家，她的奶奶是莎士比亚戏剧的女演员，生父梅尔基奥尔·哈泽德（Melchior Hazard）是英国当代著名演员，义父佩里格林·哈泽德（Peregrine Hazard）既是探险家又是演员，多拉本人也是演员。小说大部分由多拉的回忆构成：她与妹妹诺拉被生父抛弃的痛苦经历，她年轻时的演艺生涯，在好莱坞打拼的艰难岁月。由于是“私生女”，多拉和诺拉一生都在为自己的合法身份抗争。她们的生父梅尔基奥尔一生有过三次正式婚姻，与第一任妻子生下了双胞胎女儿萨斯基娅（Saskia）和伊嫫根（Imogen），与第二任妻子没有孩子，与第三任妻子生下了双胞胎儿子格雷斯（Gareth）和特里斯特拉姆（Tristram）。多拉和诺拉是梅尔基奥尔与年轻女子普雷蒂·基蒂（Pretty Kitty）发生婚外情生下的双胞胎女儿，普雷蒂生下她们后就去世了。生父梅尔基奥尔从未承担过父亲的责任，她们姊妹俩是由义父即叔叔佩里格林养大的。在这个大家庭里，由于“私生女”身份，多拉和诺拉受尽了同父异母的兄弟姐妹们的欺负和凌辱。一直到多拉和诺拉参加梅尔基奥尔一百岁的生日聚会时，梅尔基奥尔才第一次承认她们是他的孩子。

安吉拉·卡特在这本小说里对社会的传统观念提出质疑，如出身的非法性与合法性，“嫡出”的是否就比“庶出”的高贵？作者用多拉和诺拉的行为做了回答。萨斯基娅和伊嫫根是合法的孪生女儿，但她们却将自己的亲生母亲推下楼梯摔伤，然后抢走了她的钱。她的老年生活是由多拉和诺拉照顾的。巧合是这部小说的一大特点：多拉两姊妹的生日与父亲梅尔基奥尔以及莎士比亚的生日碰巧在同一天；多拉和诺拉是孪生姊妹，她们的生父和义父是孪生兄弟，与她们同父异母的萨斯基娅和伊嫫根是孪生姊妹，同父异母的格雷斯和特里斯特拉姆是孪生兄弟，小说结尾时多拉和诺拉收到一份特殊的礼物，竟然是一对双胞胎婴儿。兴奋之余多拉和诺拉说道，她们还要再活20年，因为她们想看到这对双胞胎长大成人。乐观精神贯穿整部作品，小说的最后一句话是：“唱歌跳舞真让人开心。”

（张世红）

卡里尔·丘吉尔（Caryl Churchill）

作家简介

卡里尔·丘吉尔（Caryl Churchill，1938—　），英国女剧作家。

丘吉尔出生在伦敦市。母亲当过秘书、模特、演员，父亲是个漫画家。丘吉尔10岁时，全家搬到加拿大的蒙特利尔，她在那里生活了7年。1957年她进入牛津大学，读书期间就开始了她的创作生涯，写出了一些剧本，包括《楼下》（*Downstairs*，1958）、《愉快时光》（*Having a Wonderful Time*，1960）等。除此之外，她还写了不少广播剧，并且从未间断对于政治的研究。广播剧的创作经历为后来丘吉尔突破舞台时空束缚影响很大。1960年丘吉尔完成学业时，战后英国剧场的第一次浪潮正方兴未艾。1962年，广播剧《蚂蚁》（*The Ants*）问世。该剧原本是电视剧剧本，后来改为广播剧在BBC第三频道播出。丘吉尔后期作品中的很多重要主题，如个人命运与社会政治的纠缠、乌托邦与反乌托邦（dystopia）等在该剧中已经初见端倪。1961年，丘吉尔嫁给了律师大卫·哈特（David Harter）。1963年至1969年的几年时间里，她成了地道的家庭主妇，三个孩子的母亲。丘吉尔曾说，相夫教子的几年时间培养了她的“政治觉悟”。作为职业作家，丘吉尔真正崭露头角的作品是创作于1972年的《所有者》（*Owners*）。该剧探讨了包括男女两性在内的各种隶属、所有关系。她创作这部作品仅用了三天时间。

20世纪七八十年代的英国，新实验和政治剧场蓬勃发展。爱德华·邦德（Edward Bond）、霍华德·布伦特（Howard Brenton）等剧作家把布莱希特（Brecht）剧场理论搬上英国舞台，卡里尔·丘吉尔开始接触实验剧场和演员。20世纪70年代起，丘吉尔和一个叫做“妖邪军团”（Monstrous Regiment）的女性剧团合作，进入了她戏剧生涯的新阶段。这段时期内，丘吉尔由孤独的女性写作转为积极的集体创作。她曾经说，这段集体创作时光让她“像小孩子看哑剧一样兴奋”。作品《醋汤姆》（*Vinegar Tom*，1976）就创作于这一时期，该剧讲的是17世纪女巫审判的故事。与此同时，她还参与社会主义剧团，创作了《白金汉郡的闪亮之光》（*Light Shining in Buckinghamshire*，1976）。

剧作《九重天》（*Cloud Nine*）于1979年2月在位于英国托特尼斯市（Totnes）的达廷顿艺术学院（Dartington College of the Arts）首演，在英国皇家宫廷剧院（Royal Court Theatre）演出两年之后，于1981年5月又在美国外百老汇（off–Broadway）上演，叙述了农场一家人爱欲交缠的故事。农场主父亲表面上是个好父亲、好丈夫，背地里却和人私通；父亲的朋友探险家哈利（Harry）是同性恋者，不但和黑人管家有一腿、和小男孩玩性游戏，还获得女主人的青睐；家庭教师是女同性恋者，尽管后来跟探险家哈利结婚，却多次向“女”主人（男演员饰演）示爱。该剧第一幕设在1880年英国殖民统治下的非洲，第二幕发生在1979年的伦敦。尽管两幕戏时间跨越百年，然而剧中人物年龄只增长了25岁。这种舞台处理方法似乎影射：经过百年的历史变迁，人们的思想观念并没有太多成长。另外，

第一幕戏中的7个演员在第二幕中甚至调换角色和性别。在第一幕中，妻子贝蒂（Betty）由男性扮演，儿子爱德华（Edward）则由女孩扮演，黑人管家乔舒亚（Joshua）由白人扮演，而没有一句台词的小女孩用布娃娃代表。丘吉尔如此调换角色的性别、肤色是为了突出人物的自我心理定势，因为母亲的角色完全依据父亲的意志生活，所以由男性扮演；黑人管家的角色完全依据白人的意志而生活，所以由白人扮演。全剧几乎涵盖了包括婚姻、性模式、性取向、性别气质等所有两性话题。作品变装反串的做法近乎闹剧，却唤醒人们对性别和种族认同等问题进行反思。

剧作《优异女子》（*Top Girls*，1982）中女主角马琳（Marlene）是典型的中产阶级，独自在一家职业中介公司“优异女子”（Top Girls）打拼多年，17岁时曾经生下一个女儿交给乡下的妹妹乔伊丝（Joyce）扶养长大。第一幕中，为了庆祝自己的提升，马琳邀请到了众多“优异”女子来参加：维多利亚时期的探险家、旅行家伊莎贝拉·伯德（Isabella Bird），她是欧洲游历世界各国，甚至见过摩洛哥皇帝的唯一女性；还有公元855年至858年女扮男装的罗马教皇琼（Pope Joan），虽然一直没有被人们拆穿身份，后来却因突然在节日庆典游行途中分娩，遭到群众砸石而死；日本天皇妃子二条夫人（Lady Nijo），原为天皇身边的宠后，后来却成为游历全日本的苦行僧；达尔·格雷特（Dull Gret），画家彼得·勃鲁盖尔（Pieter Breughel）绘画作品中追逐邪恶势力的妇女；中世纪、文艺复兴时期乔叟和乔万尼·薄伽丘（Giovanni Boccaccio）笔下的“温顺妻子”格里塞尔达（Patient Griselda）。不消说，这些历史和虚构出来的不平凡女子聚集一堂本身就充满了戏剧性。第二幕、第三幕，作品回到了当代现实生活，场景设在“优异女子”职业中介公司的办公室以及马琳的妹妹乔伊丝的后院和厨房。如果说作品第一幕用超现实的手法展现了优异女子的辉煌和荣耀，第二幕回到现实层面展现了一个优异女子的坚韧和无情，那么第三幕则在于揭示取得这种优异成就付出了怎样的代价。剧中马琳被塑造成一个坚韧且无情的职业女性，在遵守丛林法则的社会竞争中，她剥削其他女性。为了出人头地，她在女儿一出世时就丢给妹妹抚养。该剧既是对社会剥削制度的批判，也是对女性主义的深刻反思。

除了《九重天》和《优异女子》外，卡里尔·丘吉尔的其他作品如《大笔钱财》（*Serious Money*，1987）、《疯狂森林》（*Mad Forest*，1990）等不但获得了商业上的巨大成功，而且在社会上也引起了强烈的反响。《大笔钱财》是作者最具有讽刺和批判色彩的剧作，围绕剧中人斯库拉（Scilla，发音同希腊神话中吞吃水手的女海妖）找出哥哥死因以及他死后大笔钱财的下落为线索，描写了拜金社会中人们对金钱近乎宗教般的痴迷以及形形色色的欺诈行为。剧中众多扁平式人物（flat character）的名字充满了寓意和象征色彩，颇似中世纪道德剧的做法。这种人物塑造还起到了布莱希特戏剧式的"间离"效果。作品力图打破戏剧幻觉，引发观众反思，进而达到批判社会的功用。《疯狂森林》是丘吉尔同一些英国戏剧专业的学生合作的成果。

2000年，剧作《远方》（*Far Away*）在英国皇家宫廷剧院演出，由电影《舞动人生》（*Billy Elliot*，2000）与《时时刻刻》（*The Hours*，2002）的导演史蒂文·达德利（Steven Daldry）执导。第一幕中，小女孩琼（Joan）夜里醒来后无意中发现姨父在殴打囚犯，却被姨妈解释成惩罚"叛徒"。第二幕是成年以后的琼和她的伙伴一边做着各式各样华丽的帽子，一边抱怨工作的不合理。随着谈话的不断深入，逐渐揭露出帽子真正的用途是给死囚行刑前游行时戴的。第三幕的人物对话中充满了看似不相关的各式名词，却暗指美国攻打伊拉克等国际政治时局。剧作《远方》时间上跨越半个世纪，通过一个小女孩成长的不同阶段，描绘了一幅阴暗的反乌托邦画面。

丘吉尔的作品大多指涉阶级、金钱、政治、女性等社会问题，其他主要作品包括：《沼泽地》（*Fen*，1983）、《数字》（*A Number*，2002）、《爱与信息》（*Love and Information*，2012）等。丘吉尔的戏剧通过时间错置、性别错位（cross-gender）、对话重叠（overlapping dialogue）、幻觉、幽灵、布莱希特式歌曲等众多手法，突破了传统现实主义戏剧的框架，对当代英国戏剧产生了一定的影响。丘吉尔作品独特的政治视角和她对剧场的革新实验使其跻身当代英国剧坛的重要剧作家之列。

（冯伟）

作品简介

《九重天》（*Cloud Nine*）

剧作《九重天》为两幕话剧，第一幕的时间背景是19世纪80年代英国维多利亚时代，地点是英国在非洲的殖民地。第二幕的时间背景是1979年，地点是英国伦敦。两幕故事时间相距百年之久。剧中第一幕中，克莱夫一家是生活在非洲的英国殖民地的英国人。第二幕中，这一家人的故事在伦敦得以继续。

第一幕开始时，一家人登场亮相，父亲克莱夫（Clive）是英国殖民地官员，身为男性，克莱夫笃信夫妇有别，各司其位，不可越界。他自认为是当地非洲人的“父亲”，也是这个家庭的“父亲”，理应凌驾他人之上，是不可违背的家长。他的妻子贝蒂由一位男演员反串饰演，寓意她不过是男权文化的化身。她自认尽人妻之道乃天经地义，按她自己的话说：“我活着的唯一目的，就是活成他心中期待的妻子。”9岁的儿子爱德华则由一位女演员饰演。他的父亲要求他具有男孩子应有的男子气，但他从小喜欢玩玩具娃娃，父母为此责备他，他也想更加阳刚一些，然而他本性并非如此。小女儿维多利亚（Victoria）在第一幕中并非由真人演员饰演，而只是一个玩具娃娃，如道具一样任人摆布，没有自己的话语。

克莱夫家中还收养了一位黑人男仆约书亚，由一位白人演员饰演，他要按白人主人的意志和期望生活，还声称自己虽然是黑人肤色，却拥有白人的心灵。剧中其他角色包括克莱夫的岳母莫德（Maud），爱德华和维多利亚的家庭女教师艾伦（Ellen），克莱夫的好友、探险家哈里，附近邻居、寡妇桑德斯太太（Mrs Saunders）等。

克莱夫认为，他的职责是教化当地非洲人。在他这样的英国殖民者看来，未开化的非洲人理应服从英国的文明治理和秩序，但在英国士兵和当地村落的冲突中，约书亚的父母也被英军杀害，约书亚在家中也可以阳奉阴违，这无疑从一个侧面凸显了所谓文明秩序与非洲部落文化、克莱夫这样自认的白人主人和劣等黑人之间的矛盾。同样，剧中人物看上去简单、有序的家庭、社会关系却掩盖着种种可谓伦常乖舛之情，虽然只是偷来暗去，但也是克莱夫男权家长威权和维多利亚时代文化难以压抑的个体爱欲常情。作为典范妻子的贝蒂竟然爱恋哈里，还亲吻了他，甚至想和他一起出走；哈里则一方面向贝蒂表达爱意，另一方面提出和约书亚去仓库做爱，约书亚也同意了。哈里还有娈童癖好，他和爱德华做性游戏，而爱德华也显然乐在其中。艾伦是同性恋，一心爱恋贝蒂。克莱夫对桑德斯太太动手动脚，满足自己的性欲后却不管桑德斯太太尚未尽兴就脱身走开，显示出他的传统男权意识，毫不尊重女性情感。他知道哈里和贝蒂两人之事后却原谅了哈里，认为男人的友谊不应因为本性并不可靠、脆弱的女性而受到影响，哈里则误认为克莱夫给了他同性恋暗示，又转向克莱夫示爱，但克莱夫并没有这个意思，他想尽快帮助哈里娶妻完婚。在他眼中，无论真实性取向如何，男女婚姻是人生的必然。随后哈里向艾伦求婚，而两个性取向完全不同的人竟然结为夫妇。白人饰演的黑人家仆约书亚对白人的忠诚也靠不住，这一幕结束时，他用枪指向了克莱夫。

第二幕的背景已是百年之后的现代英国伦敦，但剧中主人公们的年龄只增加了25岁，寓意时间和地点的变化带来了相应的时代和观念变化，但历史传统变化依然缓慢，继续束缚主人公们的意识和行为。这一幕中的贝蒂不再由男演员反串，而是回归由女演员饰演。她已经离开了克莱夫，但并不适应单身生活。维多利亚在第二幕由真人饰演，她已嫁人，育有一子，显然，丈夫马丁（Martin）和她的关系有时会让她有压抑感。她的女友林（Lin）是女同性恋者，她表示希望和维多利亚做爱，而维多利亚似乎对此并不完全排斥，甚至乐于尝试，对她来说这是婚姻生活之外的调剂和自主空间。爱德华这时已长大成为同性恋者，与另一男子格里（Gerry）住在一起，他的性格像是母亲的别样翻版，与格里相处时，他处于不平等的弱势一方，情感上依附于对方，显然，他父亲培养他男子气概的期望完全落空，直到剧情最后阶段，他才有所变化，意识到自己应该有独立的人生，他住到妹妹维多利亚和她的女友那里，他们三人在一张床上同眠共枕。女性演员饰演的贝蒂在第二幕结束时与第一幕男性演员反串饰演的贝蒂相拥在一起，其寓意可由观众玩味、解读。

《九重天》通过喜剧极端剧情和角色性别反串饰演凸显作者关注的诸多主题，包括由克莱夫代表的维多利亚时代男权社会传统、压抑的本真个性，比如贝蒂，为了忠诚于丈夫而压抑自己对艾伦的情感，以及传统观念对男性、女性的简单划分和角色偏见、传统对性的压抑导致的各种见不得人的性关系和性认同危机。其他主题包括文化冲突和种族歧视、家庭权力关系等。剧作名意指幸福状态，何为幸福、由谁定义可有不同解读。

（张世耘）

罗迪 · 道伊尔（Roddy Doyle）

作家简介

罗迪 · 道伊尔（Roddy Doyle，1958—　），爱尔兰小说家，剧作家。

道伊尔出生于都柏林，就读于萨顿（Sutton）的圣 · 玢坦基督兄弟学校（St. Fintan's Christian Brothers School），之后在都柏林大学（University College Dublin）继续接受教育，学习英文和地理，获得学士学位。道伊尔在都柏林北部的一所学校从事英语和地理教学长达14年，1993年后成为全职作家，是当代爱尔兰的杰出作家，尤其长于书写都柏林人生活的方方面面。

道伊尔的小说朴实无华，却内蕴丰富。在最初的三部小说中，道伊尔了讲述住在都柏林北郊的拉比特（Rabbitte）一家的故事，对话真实生动、极富现代感，描写饱含深情，满溢怜悯。第一部小说《承诺》（*The Commitments*）发表于1987年，主人公吉米（Jimmy）组织了一支乐队，

致力于把心灵带给人们，获得短暂的成功；在第二部小说《婴儿》（*The Snapper*，1990）中，他妹妹莎伦（Sharon）生了一个私生子；在第三部小说《货车》（*The Van*，1991）中，吉米挣扎着不成为一个可有可无的人，和朋友宾伯（Bimbo）一起登上一部货车。第三部小说进入布克奖的最后角逐。这三部小说于1992年结集为《巴里镇三部曲》（*The Barrytown Trilogy*）发表。

然而，道伊尔最突出的优势还在于通过某个妇女或儿童的成长命运来关注社会的变迁。翌年（1993年），愈加成熟的他以一部儿童题材长篇小说《帕迪·克拉克，哈哈哈》（*Paddy Clarke Ha Ha Ha*，又译《童年往事》）问鼎布克奖。这部小说以1968年的巴里镇为背景，通过生动地描述一个10岁的小男孩受父母失败婚姻影响的童年世界，把笔触更多地伸向人物的内心世界，创下了布克奖获奖作品有史以来的最佳销售记录。

《撞上门的女人》（*The Woman Who Walked into Doors*，1997）以第一人称叙述，对女人心态的把握纤毫入微，成功地书写了一个女人的心境。故事一开始，警察上门通知39岁的保拉·斯宾塞（Paula Spencer），她丈夫查洛（Charlo）因抢劫、杀人被警方当场击毙。保拉没有掉泪，恍惚中回忆起18年来自己如何从幸福的新娘变成四个孩子的母亲，在挨打和等待中度过17年，如何靠酒精麻醉自己，又如何为保护自己的女儿勇敢地将丈夫赶出家门。

此外，道伊尔还写有剧本《战争》（*War*，1989）和《黑面包》（*Brownbread*，1989）。其他作品包括：1999年出版的小说《明星亨利》（*A Star Called Henry*），继续讲述小说《明星亨利》主人公亨利·斯马特（Henry Smart）故事的续篇《哦，玩那个东西！》（*Oh，Play That Thing!*，2004），保拉·斯宾塞系列小说第二部《保拉·斯宾塞》（*Paula Spencer*，2006），《哦，玩那个东西！》的续篇《失去的共和》（*The Dead Republic*，2010），第五部巴里镇背景小说《胆量》（*The Guts*，2013），《微笑》（*Smile*，2017），《查理·萨维奇》（*Charlie Savage*，

2019），短篇小说集《被逐出者及其他故事》（*The Deportees and Other Stories*，2007）、《斗牛》（*Bullfighting*，2011）等。

（杨春升）

作品简介

《帕迪·克拉克，哈哈哈》（*Paddy Clarke Ha Ha Ha*）

小说背景是20世纪60年代的爱尔兰，地点是都柏林北部工人住宅区巴里镇，小说叙事主人公帕迪·克拉克是一个10岁男孩儿，他有一个弟弟，他给弟弟起的外号是辛巴达（Sinbad），他还有两个妹妹。帕迪是个聪颖的孩子，只要肯努力学习，他在学校的成绩可以相当优秀，但他一门心思总是想和一帮坏孩子混在一起，这帮孩子领头的是他的好友凯文（Kevin），他们要么在空房子里点一把火，要么在水泥还没干时刻上自己的名字，要么恶整一下老年妇女，要么就欺负、嘲弄更小的孩子，或者跑到禁止入内的地方胡闹。他们这个小团伙成员在一起抽烟、偷东西、打架。为了讨好凯文，帕迪可以欺负朋友，要是没人可以欺负，他甚至欺负自己的弟弟辛巴达，尽管这样，帕迪去到哪儿弟弟还总是跟着去到哪儿。

有一天，凯文又在欺负其他孩子，帕迪无意中看到自己的父母在吵架。他意识到父母间关系日益紧张，他很担心，想做点儿什么来阻止他们的争吵。他尽量多待在厨房里学习学校的功课，练习词汇拼写，想着有他在家，问他们一些问题、一起做作业，父母就不会吵架了。

但这并没有起什么作用。父母不和愈演愈烈，父亲酗酒、发脾气，父母之间也难以正常相处。兄弟俩夜里也能听到父母争吵，他们为此焦虑、担忧，害怕有一天家不成家。帕迪现在已经很少跟凯文一起整人，转而更加关照弟弟。一天，老师把弟弟带到他的班上，弟弟在哭泣，老师让帕迪回家告知母亲，但帕迪并没有跟母亲说学校发生的事，他想要护着弟弟。

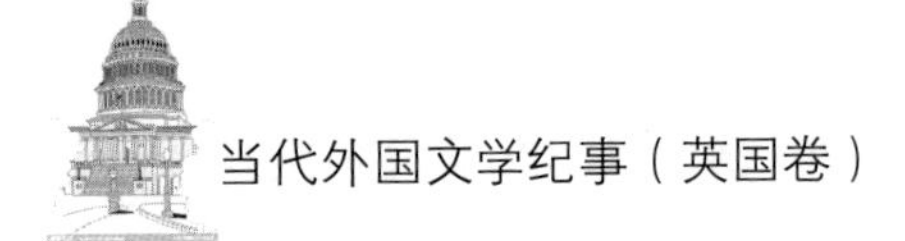

有一次放学后，帕迪和凯文打了一架，他不再和这帮孩子来往了。他在家花更多时间学习，学习成绩也越来越好。他整晚不睡觉，在父母卧室门外听里面的动静，一天夜里他到厨房喝水，看到父亲动手打了母亲，他爱父母，愿意他们一家在一起，但他明白，父母恐怕会分手了。

他曾经想过尝试各种办法让父母重归于好，甚至有一阵还琢磨过，是不是如果他离家出走，父母就不会分开了，他觉得父母不和是不是因为他做错了什么。但无论他怎么做、怎么想，最让他担心的事情还是发生了，他的父亲最终离开了家。同学们还火上浇油，拿这事儿取笑他，冲着他喊："帕迪·克拉克，帕迪·克拉克，他爸走了，哈哈哈！"

由于小说叙事者是一个10岁少年，小说语言也表现了那个时代背景下这个年龄群体的语言风格，从叙事逻辑上也表现出不同于成人习惯的因果、时空关系顺序，而是从年轻主人公的角度观察、感受，串联起不同时空的事件。这也是一部主人公的成长小说。

（张世耘）

玛格利特·德拉布尔（Margaret Drabble）

作家简介

玛格利特·德拉布尔（Margaret Drabble，1939— ），英国小说家、传记家、文学评论家和社会学者。

德拉布尔于1939年7月5日出生于英国约克郡谢菲尔德市。父亲约翰·F. 德拉布尔（John F. Drabble）是小说家、律师。母亲卡特林·玛丽（Kathleen Marie）是一名教师。德拉布尔是家里的二女儿，姐姐是小说家、评论家安东尼亚·拜厄特，妹妹是艺术史学家海伦·兰登，其兄弟理查德·德拉布尔（Richard Drabble）是女王的御用大律师（Queen's Counsel）。

1947年，德拉布尔开始在母亲任教的教友派寄宿学校蒙特学校（Mount School）学习。随后，她在剑桥大学纽纳姆学院学习英语语言文学，1960年以优异的成绩获得了超一等学位（Starred First）。毕业之后，她曾短暂就职于皇家莎士比亚公司（Royal Shakespeare Company），但不

久就离开公司，投身于文学评论和文学写作。

德拉布尔小说的主人公多为女性，早期的作品主要反映女性面对爱情、婚姻、事业和子女的困惑和困境。她的第一本小说《夏日鸟笼》（*A Summer Bird–Cage*）于1963年发表，描写了年轻女性对婚姻的思考。萨拉（Sarah）学业成绩优异，但却对未来充满忧虑。聪颖美丽的姐姐露易丝（Louise）放弃了工作和自由，选择了富足但不幸福的婚姻生活。这让萨拉陷入深思：女性应该选择事业还是选择家庭。小说一经发表便赢得了广泛关注。翌年发表的小说《加里克年》（*Garrick Year*）则描写了已婚女性爱玛（Emma）的婚姻生活。爱玛为了丈夫的事业，放弃了自己热爱的播音工作。她拒绝丈夫对性爱的要求，并侮辱他的职业，两者的婚姻陷入僵局，就在这一年，两人都开始对婚姻不忠。

1965年发表的《磨砺》（*The Millstone*）将年轻女性和母亲双重身份融合为一体，讲述了一位青年女作家由单身女性偶然间转变为单身母亲的故事。罗莎蒙德（Rosamund）是一位特立独行的女博士，她热爱事业、追求独立、拒绝婚姻，但偶然一次激情让她成为未婚母亲。她独自承担起孕育、养育孩子的责任，历尽痛苦的心理磨砺，让她对社会和自己都有了更深入的认识。该书受到读者和评论界的好评，并于同年获得了约翰·卢埃林·里斯纪念奖。

1967年，她发表了《金色的耶路撒冷》（*Jerusalem the Golden*）。出身清贫的克拉拉（Clara）想要凭借才华改变命运，却发现女性的才华在这个社会里毫无用处，她不得已只能靠美貌依附于男人才得以进入上流社会，却在感情破裂后又被迫返回家乡。该作品获得了詹姆斯·泰特·布莱克纪念奖。1969年发表的《瀑布》（*The Waterfall*）继续描写女性在婚姻中的困境。简（Jane）的丈夫终日在外，简即将生产第二个孩子，与照顾自己的詹姆斯（James）产生感情。二人驾车出游发生车祸，婚外情就此曝光。最后，虽然婚外情仍然存在，但是简对自己有了全新的认识。

20世纪70年代起，德拉布尔的作品呈现了新的风格。作者一改其以往以一个叙述者贯穿故事的做法，将更大的社会背景呈现在读者面前。1972年，《针眼》（*The Needle's Eye*）发表。书中，年轻贵妇罗丝（Rose）厌倦了貌合神离的婚姻生活，离开了丈夫，和三个孩子生活在简陋的公寓里，并将全部财产投入非洲学校的建设中，以实现生命的意义和价值。后来学校毁于大火，罗丝又重返家庭。书中作者仍以女性的处境作为主线贯穿始末，但初次涉及了男性意识问题，标志着德拉布尔作品由简单的故事情节转向更宽阔的社会背景。该书获得了《约克郡邮报》图书奖的最佳小说奖（the *Yorkshire Post* Book Award，Finest Fiction）。

小说《黄金国度》（*The Realms of Gold*）于1975年发表，讲述了女考古学家弗朗西斯（Frances）对待人生的态度。她热爱自己的事业，在专业领域取得了卓越的成就，但在婚姻和爱情中却屡屡受挫。1977年发表的《冰封岁月》（*Ice Age*）探讨了英国20世纪70年代中期的社会和经济困境。1980年发表的《中年》（*The Middle Ground*）记录了新闻记者被迫采取股份制的社会现实。这一时期她还发表了一个三部曲：《光辉灿烂的道路》（*The Radiant Way*，1987）、《天生好奇》（*A Natural Curiosity*，1989）和《象牙门》（*The Gates of Ivory*，1991），讲述了20世纪80年代三个女性的人生经历，描写了英国政治、经济现状和环境对个人的限制，揭示了繁华假象下的社会症结。1996年，她发表了《爱克斯摩的女巫》（*The Witch of Exmoor*）。

进入21世纪，德拉布尔的小说开始关注知识女性年过半百却依旧孤身一人时所处的困惑状态。2001年，她发表了小说《白桦尺蛾》（*The Peppered Moth*），讲述一家三代女性的故事，塑造了一个聪明、暴躁又专横的女性形象。2002年，她发表了《七姐妹》（*The Seven Sisters*）。书中女主人公坎迪达（Candida）在婚姻失败后，来到伦敦开始新的生活。她意外地得到去意大利旅游的机会，并由此开始了新的探索。2006年发表的《海的女郎》（*Sea Lady*）讲述了女性主义学者艾丽莎（Alisa）和幼时相识的海洋生物学家汉弗莱（Humphrey）时隔30年后重逢的故事，描述了

30年间英国经济、文化、科学、教育多方面的变化。德拉布尔近期发表的小说作品为《纯金宝贝》（*The Pure Gold Baby*，2013）和《暗洪潮涌》（*The Dark Flood Rises*，2016）。

除小说之外，德拉布尔还著有剧本、短篇小说、传记、评论和杂文。1969年，她发表了短篇小说《战争的礼物》（*The Gifts of War*）。1974年，她发表了《阿诺德·本耐特传记》（*Arnold Bennett*：*A Biography*）。1976年，她发表了《天才托马斯·哈代》（*The Genius of Thomas Hardy*）。1978年，她发表了《为了女王和国家：维多利亚时代的英国》（*For Queen and Country*：*Britain in the Victorian Age*）。翌年，她发表了《一位作家眼中的英国：文学中的风景》（*A Writer's Britain*：*Landscape in Literature*）。1995年发表了《安古斯·威尔森传记》（*Angus Wilson*：*A Biography*）。2009年，她发表了个人回忆录《地毯的图案：与拼图的个人历史》（*The Pattern in the Carpet*：*A Personal History with Jigsaws*）。2011年，她发表了短篇小说集《微笑女人一生中的一天：短篇小说全集》（*A Day in the Life of a Smiling Woman*：*Complete Short Stories*）。此外，德拉布尔还参与了《牛津英国文学》（*The Oxford Companion to English Literature*）第五版（1985）和第六版（2000）的编辑工作。

德拉布尔的文学成就为她在英美文学界赢得了很高的地位。她获得了谢菲尔德大学、曼彻斯特大学、基尔大学、布拉德福大学、胡尔大学、东英吉利大学和约克大学等多所大学的名誉博士学位。1973年，德拉布尔获得美国艺术文学学院颁发的E. M. 福斯特奖（E. M. Forster Award），并于1980年到1982年担任国家图书联盟会长。2008年，获得大英帝国指挥官女爵士勋章。2011年，因其对文学的贡献，获得金笔奖（Golden PEN Award）。

（姜晓林）

作品简介

《七姐妹》（*The Seven Sisters*）

小说《七姐妹》主要由四个章节构成：“她的日记”“意大利之旅”“艾伦的说法”“尾声”。第一章“她的日记”是女主人公坎迪达写在笔记本电脑里的日记，讲述了自己的家庭变故以及现在的孤独生活。年岁渐老的坎迪达先是遭遇丈夫安德鲁（Andrew）背叛出轨、与丈夫离婚，继而受三个女儿疏远、抛弃，彷徨迷茫之中，她离开萨福克（Suffolk），搬进了伦敦一所破旧的公寓里。为了打发时日，她参加了一个维吉尔研习班，研习班关停之后又加入由研习班改建的健身俱乐部，白天去健身，晚上回家玩电脑里的单人纸牌游戏。她时常回忆起在萨福克时的过往、与丈夫的生活点滴、与女儿们的交集，反观如今的生活，她认为虽然贫苦，但是这是崭新的生活，自由的生活，因而对未来充满希冀。

第二章“意大利之旅”是以第三人称进行的叙述。坎迪达在伦敦的生活潦倒无趣，就在此时，幸运从天而降，她得到一笔意外之财，于是她带着她在维吉尔研习班的几位同学以及两位旧友，跟随埃涅阿斯的足迹去往突尼斯和意大利西西里岛，开启了意大利的游览之旅。这一行人加上她们的意大利导游成了旅途中的七姐妹。在游览过程中，坎迪达对她的姐妹们有了更多的了解，对自己的行为和生活也有了深入的认识。但是，就在此时，坎迪达突然离奇身亡。

第三章“艾伦的说法”是以坎迪达的女儿艾伦（Ellen）为第一人称进行的叙述。艾伦从母亲的朋友那里听说了母亲自杀的消息，赶到了公寓并拿到了母亲生前写日记的笔记本电脑。她开始阅读母亲的日记，想从里面发现导致母亲突然死亡的原因。她一边阅读母亲的日记，一边回忆和母亲的过往，一边对日记内容和叙述手法加以评论。她指责母亲对于许多事实并没有如实描述，并怀疑很多事件和人物的真实性，但是对于母亲的死因却始终没有头绪。

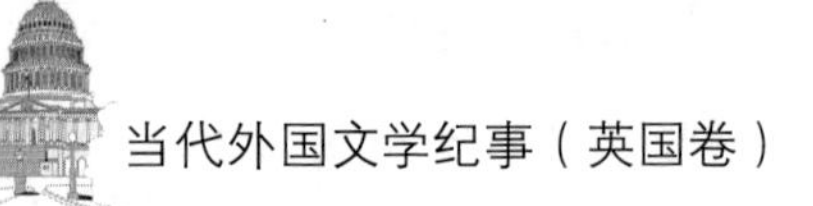

第四章“尾声”再次以坎迪达为第一人称进行叙述。她告诉读者其实整本书的叙述者一直都是坎迪达本人。她根本没有勇气自杀，她编造了自杀事件、模拟艾伦的视角都只是想从不同的角度来思考生活。通过把自己想象成艾伦，她在困惑、彷徨的人生里，找到了新的角度去理解过去的事情。

（姜晓林）

卡罗尔·安·达菲（Carol Ann Duffy）

作家简介

卡罗尔·安·达菲（Carol Ann Duffy，1955—　），苏格兰诗人、剧作家。

达菲出生于格拉斯哥（Glasgow），父母是工人阶级的激进分子，幼年随父母迁居英格兰。

达菲生性敏感而早慧，对故乡始终怀着深情。她的诗作《原籍》（“Originally”）描述了当年背井离乡的惶惑和对故土的眷恋，表达了失去本土文化和语言的痛苦，并传达了自己和故乡的联系永远无法割裂的感受。她在《我母亲说话的方式》（“The Way My Mother Speaks”）等作品中多次表达了对故乡的怀念，在《素歌》（“Plainsong”）中描绘了故乡风景的美妙亲切。她写了不少表达乡愁的优美作品。

达菲在斯塔福德郡的斯塔福德女子中学（Stafford Girls’ High School）

受过教育，1974年至1977年在利物浦大学（University of Liverpool）哲学系学习并以优等成绩毕业，1977年至1981年在格拉纳达电视台（Granada Television）工作，1982年至1984年任伦敦东区学校（East End Schools）的住校作家（writer in residence）。自1983年起她在伦敦的《界限》（*Ambit*）杂志任诗歌编辑，1985年在斯卡伯勒（Scarborough）的北行政区大学（North Riding College）做过访问学者，1996年起任曼彻斯特都会大学（Manchester Metropolitan University）的诗歌创作教授、威克森林大学（Wake Forest University）客座教授，现经常住在伦敦。

达菲是以戏剧开始自己的写作生涯的。她的三部剧作曾在利物浦和伦敦的剧院上演。她诗歌中出色的作品多是爱情诗，往往体现着精湛的戏剧手法，比如戏剧化的时刻、人物塑造和结构等。她的诗歌作品主要有《肉身风向标及其他》（*Fleshweathercock and Other Poems*，1973）、《第五首最后的歌》（*Fifth Last Song*，1982）、《站立的裸女》（*Standing Female Nude*，1985）、《丢弃的嗓音》（*Thrown Voices*，1986）、《出卖曼哈顿》（*Selling Manhattan*，1987）、《另一个国家》（*The Other Country*，1990）、《威廉和前首相》（*William and the Ex–Prime Minister*，1992）、《时光无情》（*Mean Time*，1993）、《诗选》（*Selected Poems*，1994）、《午夜会面：三首年轻的诗》（*Meeting Midnight*：*Three Young Poems*，1995）、《小册子》（*The Pamphlet*，1998）、《世界的妻子：诗歌》（*The World's Wife*：*Poems*，1999）、《世上最大龄的女孩》（*The Oldest Girl in the World*，2000）、《停下来死亡：关于死亡和失去的诗》（*Stopping for Death*：*Poems of Death and Loss*，2001）、《狂喜》（*Rapture*，2005）、《情诗》（*Love Poems*，2009）、《蜜蜂》（*The Bees*，2009）、《多萝西·华兹华斯太太的圣诞生日》（*Dorothy Wordsworth's Christmas Birthday*，2014）等。达菲是同性恋者，但她早期爱情诗中爱恋对象的性别并不明朗。在《时光无情》和《诗选》中才出现同性恋题材。

她的诗集中往往包含各种风格的作品，其多样性令人赞叹，既有抒情的爱情诗，也有尖锐的政治讽刺诗。她的作品多关注现实问题，特别是弱势族群的生存状况。不少作品反映的是城市中满怀悲愤的边缘人群的声音。也有评论者认为她的作品具有女性主义色彩，如用作诗集题目的《站立的裸女》那篇作品。

她的作品最突出的特点是戏剧性的独白。她在将人物语言诗歌化的同时，始终保持着其特色，不带丝毫作者口吻的痕迹。很多人物在癫狂状态下以富于音乐性的语言激发了读者的悲悯，如《赦罪文》("Words of Absolution")。她的诗集《站立的裸女》中包括各色人物的独白，有战地记者、移民的孩子和奥地利作曲家弗朗茨·舒伯特(Franz Schubert)，甚至还有一对海豚。《世界的妻子：诗歌》也获得了评论界很高的评价，其中的作品绝大部分是以古往今来著名人物的妻子和情人们的口吻写的，如伊索(Aesop)、庞蒂乌斯·彼拉多(Pontius Pilate)、迈达斯(Midas)、浮士德(Faust)、希律王(Herod the Great)、夸齐莫多(Quasimodo)、拉撒路(Lazarus)、西格蒙德·弗洛伊德(Sigmund Freud)和查尔斯·达尔文(Charles Darwin)等人的妻子或情人。

她最引人入胜的作品的叙述者往往是些在道德上应受谴责的人，如谋杀犯和秘密支持纳粹的人。他们戏剧性的独白坦率地抒发了感情，颇具感染力。这样的作品有《闲暇教育》("Education for Leisure")和《精神病患者》("Psychopath")等。

达菲还经常在同一首诗中创造出多种不同的声音，比如《出卖曼哈顿》中的一首诗《死生》("Dies Natalis")。叙述者不断地投胎转世，先后是埃及女王的一只猫、一只信天翁、一个男人和一个婴儿。不同叙述者的语言特点完全不同。她的多部诗集中都有这类作品，如《全面》("Comprehensive")、《一个清楚的音符》("A Clear Note")和《模范村》("Model Village")等。她提倡语言的丰富，不避讳俗语和俚语，认为语言禁忌是呆板和愚蠢的。她曾在作品《洗嘴，用肥皂》

（“Mouth，with Soap”）中讽刺了这种“语言审查员”的虚伪。达菲还写了很多给孩子们的诗。

达菲获得过C. 戴·刘易斯奖金（C. Day Lewis Fellowship）、全国诗歌竞赛奖（National Poetry Competition Award）、埃里克·格雷戈里奖（Eric Gregory Award）、“绘画诗歌”竞赛（“Poems about Painting” Competition）一等奖、苏格兰艺术委员会奖（Scottish Arts Council Award）、乔姆利诗歌奖（Cholmondeley Award for Poetry）、兰南文学奖（Lannan Literary Award）、大英帝国勋章（Order of the British Empire）、国家抽奖基金（National Lottery Grant）等。她的作品《站立的裸女》获1986年度苏格兰艺术委员会奖，《时光无情》获1993年度苏格兰艺术委员会奖，《出卖曼哈顿》获1988年度萨默塞特·毛姆奖，《另一个国家》获1989年度迪伦·托马斯奖、惠特布莱德诗歌奖（Whitbread Award for Poetry）和前进诗歌奖（Forward Prizes for Poetry），《停下来死亡：关于死亡和失去的诗》获1997年度信号诗歌奖（Signal Poetry Award），《世上最大龄的女孩》获2001年度信号诗歌奖，《狂喜》获2005年度T. S. 艾略特奖（T. S. Eliot Prize）。2009年，她成为首位荣获英国“桂冠诗人”（Poet Laureate）荣誉称号的女性诗人。她是当今英国最受欢迎和推崇的诗人之一。

达菲的其他作品有戏剧《带走我丈夫》（*Take My Husband*，1982）、《梦之洞穴》（*Cavern of Dreams*，1984）、《小妇人、大男孩》（*Little Women，Big Boys*，1986）、《损失》（*Loss*，1986）、《卡萨诺瓦》（*Casanova*，2007）等。她还编辑了两部诗集，改编过《格林童话》。

（李小鹿）

道格拉斯·邓恩（Douglas Dunn）

作家简介

道格拉斯·邓恩（Douglas Dunn，1942—　），苏格兰诗人。

邓恩生于苏格兰伦弗鲁郡（Renfrewshire），父亲是一名工人。邓恩1959年至1962年在伦弗鲁郡伦弗鲁县图书馆任初级馆员，1962年从苏格兰图书管理学校（Scottish School of Librarianship）毕业，到苏格兰斯特拉思克莱德大学（University of Strathclyde）任图书馆助理，1964年至1966年在美国俄亥俄州阿克伦城（Akron）阿克伦公共图书馆任助理馆员，1966年到格拉斯哥大学化学系图书馆任馆员，于1969年以最优等成绩毕业于英国胡尔大学（University of Hull）英语专业。1969年至1971年，邓恩在胡尔大学布林莫尔·琼斯图书馆任馆员，1971年后任伦敦《文汇》（*Encounter*）月刊的诗歌评论员直到1979年。与此同时，1974年至1975年他任胡尔大学的创作研究员。1981年至1982年他是敦提大学（University of Dundee）

的创作研究员，后为自由作家。1984年，邓恩在澳大利亚新英格兰大学（University of New England）任住校作家。1987年，他获敦提大学荣誉法学博士学位，1987年至1989年为该校荣誉访问教授。1991年起，邓恩任圣安德鲁斯大学（University of St. Andrews）英语语言和文学教授。同时，自1993年起，他是圣安德鲁斯苏格兰研究会（St. Andrews Scottish Studies Institute）主任。1996年，他获胡尔大学荣誉文学博士学位，现居苏格兰。

邓恩的诗歌作品主要有《特里街》（*Terry Street*，1969）、《死水》（*Backwaters*，1971）、《夜》（*Night*，1971）、《更幸福的生活》（*The Happier Life*，1972）、《爱或虚无》（*Love or Nothing*，1974）、《野蛮人》（*Barbarians*，1979）、《圣凯尔达的议会》（*St. Kilda's Parliament*，1981）、《欧罗巴的情人》（*Europa's Lover*，1982）、《挽歌》（*Elegies*，1985）、《诗选1964—1983》（*Selected Poems 1964—1983*，1986）、《北光》（*Northlight*，1988）、《新诗选1966—1988》（*New and Selected Poems 1966—1988*，1989）、《但丁的套鼓》（*Dante's Drum-Kit*，1993）、《驴耳朵》（*The Donkey's Ears*，2000）和《一年的下午》（*The Year's Afternoon*，2000）等。

邓恩的作品中经常出现的题材是苏格兰及其人民的生活。《特里街》描写的是胡尔市工人阶级居住区的市民生活。那里住着起早贪黑辛苦工作的男人们，也有头脑空洞却梦想着奢华生活的女人们。邓恩能够出人意料地使用意象和象征使诗歌充满暗示和隐喻。《野蛮人》是部优美的作品，展现了作者高超的诗艺。其中描写的也多是像特里街的人们一样微不足道的小人物。有评论认为其中《园丁》（“Gardeners”）、《学生》（“The Student”）和《在一间村舍等待的艺术家》（“An Artist Waiting in a Country House”）等作品带有马克思主义的色彩。《圣凯尔达的议会》同样以平凡的人为题，在这部诗集中作者的思想和技巧更加成熟了。在《但丁的套鼓》中，他对受压迫者一贯的深切同情表现得尤为明显。《欧罗巴的情人》哀悼了欧洲活力的丧失。《挽歌》是邓恩为了纪念他的第一任妻子、艺术馆高级管理员莱斯利·华莱士（Lesley Wallace）而写的。这一作品备受好评，写得情真意切，读者难以不为之动容。它确立了邓恩为英国当代重要诗人的地位，是20世纪80年代以来英国最出色的诗人之一。

邓恩获得过众多奖项：1966年度埃里克·格雷戈里奖、1984年度苏格兰艺术委员会奖和1989年度乔姆利诗歌奖。《特里街》获得了1970年度苏格兰艺术委员会奖和1972年度萨默塞特·毛姆奖，《爱或虚无》获得了1975年度苏格兰艺术委员会奖和1976年度杰弗里·法伯纪念奖，《圣凯尔达的议会》获得了1982年度霍桑登奖（Hawthornden Prize），《挽歌》获得了1985年度惠特布莱德诗歌奖和年度图书奖（Book of the Year Award），1981年他成为皇家文学学会会员。他也是苏格兰艺术委员会、苏格兰国际笔会（Scottish PEN）、作家协会（Society of Authors）会员。

邓恩还写过韵文的剧本《每天清晨》（*Early Every Morning*，1975）、《奔跑》（*Running*，1977）、《盛装杀戮》（*Dressed to Kill*，1992），电视剧剧本《农夫的份额》（*Ploughman's Share*，1979），广播剧《月光下的苏格兰人》（*Scotsmen by Moonlight*，1977）、《韦德布恩的奴隶》（*Wedderburn's Slave*，1980）和《望远镜花园》（*The Telescope Garden*，1986）等。他还改编了让·拉辛（Jean Racine）的剧本《安德洛玛刻》（*Andromache*，1989）。邓恩写的短篇小说也很受称赞，他出版过《秘密村庄》（*Secret Villages*，1985）和《男朋友和女朋友》（*Boyfriends and Girlfriends*，1995）。后者是一部出色的短篇小说集，其中大多是关于庸俗的苏格兰中产阶级中年人发生转变的故事。作品构思巧妙、文风优美，思想深刻而不乏风趣幽默，尤其展示了作者创作对话的高超技巧。

邓恩还编辑了十多部诗歌选集及其他文学作品集，如《苏格兰：文选》（*Scotland: An Anthology*，1992）和《法伯20世纪苏格兰诗歌》（*The Faber Book of Twentieth-Century Scottish Poetry*，1992）等。《苏格兰：文选》收集了20世纪作家写的关于苏格兰的诗和文章，包括外国人的作品。

其中很多政治性较强，描绘出了较为严酷的苏格兰图景，从中可以了解到苏格兰存在的优缺点，更能感受到编者对自己民族历史和文化的热诚，而他谦逊地并未将自己的作品收录其中。《法伯20世纪苏格兰诗歌》包括了用盖尔语、苏格兰语和英语写的作品，但所有作品都具有迥异于英国文学的典型的苏格兰特色。

邓恩在早期受到了拉金的影响，他出版了《受了影响：道格拉斯·邓恩论菲利普·拉金》（*Under the Influence*：*Douglas Dunn on Philip Larkin*，1987）。他还出版过《选举税，财政欺骗：为什么该反对社区收费》（*Poll Tax*，*the Fiscal Fake*：*Why We Should Fight the Community Charge*，1990）等。

（李小鹿）

安·恩赖特（Anne Enright）

作家简介

安·恩赖特（Anne Enright，1962— ），爱尔兰女小说家。

恩赖特出生于爱尔兰都柏林，曾就读于都柏林圣三一学院并获得学士学位，后深造于英国东英吉利大学，学习文学创作，并获得硕士学位。

恩赖特曾在爱尔兰广播电视台（RTE）从事电视制片工作。她自1993年开始全职写作。

1991年，恩赖特的第一部作品、短篇小说集《携带的圣女水》（*The Portable Virgin*）发表，当年获得鲁尼爱尔兰文学奖（Rooney Prize for Irish Literature）。

她的第一部长篇小说《父亲的假发》（*The Wig My Father Wore*）发表于1995年，小说女主人公格蕾丝（Grace）在一家爱尔兰电视台工作，参与一个娱乐游戏节目“爱情测试”（The Love Quiz），节目也还算成功。

她的家庭情况很普通，但并不让她省心，母亲比较烦人，父亲也因为中风而谈吐不清。她曾经和电视节目组同事有过一次恋爱，但也是往事了。可以说她的生活一直波澜不惊，这时天使斯蒂芬（Stephen）出现在她的生活中。斯蒂芬早在1934年自杀身亡，现在成了天使来到人间救助迷失方向的人。他晚上睡在格蕾丝的床上，但他并没有非分之想，即便是格蕾丝有心，他也无意，他的一门心思还是上天对他的使命召唤。奇怪的是，他接触的人和事有了细微改变。他能够预先知道赛马结果，他能帮助格蕾丝母亲下注；格蕾丝的一个同事长于拈花惹草，现在突然重新爱上自己的太太。格蕾丝的改变是唤起自己对父亲假发的记忆。她五岁时，父亲买了一个假发，因为这时他已经秃顶了。她母亲在家展示的就是几张父亲秃顶之前的照片，其中有他们的婚礼照片。格蕾丝记得她小时候，这个假发还是她的喜爱之物，但长大后就觉得假发戴在父亲头上像是马的鬃毛做成的，别扭难看。小说涉及爱、家庭、父母与子女关系、宗教等话题，并重新审视当代通俗娱乐文化和玩世不恭的价值观。

2000年，她的第二部长篇小说《你是什么样的人》（*What Are You Like*）发表，小说女主人公玛利亚（Maria）于1965年出生于都柏林，她出生时，母亲患脑瘤去世，父亲马上就再婚了。这时玛利亚已经20岁了，正在学习工程学。她对自己的生活感到困惑，决定去美国纽约，在这个所谓的迷失者家园尝试重新探索人生。她遇到一个男子安东（Anton）并爱上了他。她无意中翻看男友的东西，在钱包中看到一张照片，照片中12岁的女孩和她长得一模一样。这个女孩名字是萝丝（Rose），现年20岁，目前在英国，对自己的生活也深感疑惑，觉得自己学习小提琴没有前途，竟会去商店偷东西。两个生活轨迹不同的年轻女子其实是孪生姐妹，出生时父亲觉得无力单独抚养两个幼女，因此萝丝被一个英国富人家庭收养，她在10岁时开始与安东相识。萝丝从养父那里知道自己的身世，开始寻找自己的血缘家人。故事围绕两个孪生姐妹展开，她们逐渐接近、走到一起时已经25岁了。小说获得2001年度得安可奖（Encore Award）并入围2000年度惠特布莱德小说奖决选名单。

恩赖特的第三部小说《艾丽萨・林奇的欢愉》（*The Pleasure of Eliza Lynch*，又译《林奇的欢愉》）于2002年发表，小说根据历史真实人物和故事创作而成。小说主人公艾丽萨（Eliza）是一个爱尔兰女子，出生于1833年，后成为巴拉圭将军、总统弗朗西斯科・洛佩兹（Francisco López）的情妇，为他生下六个孩子，是巴拉圭事实上的第一夫人，直到洛佩兹总统在巴拉圭战争中战死，后回到欧洲。一些评论家认为该小说的创作手法与加夫列尔・马尔克斯（Gabriel Márquez）的魔幻现实主义可有一比。

2007年，小说《会聚》（*The Gathering*，又译《聚会》）发表，小说讲述了赫加蒂（Hegarty）家族几代人的历史和秘密。小说标题指亲人死后家人会聚到一起参加亡者的葬礼。小说女主人公维罗妮卡（Veronica）39岁，是两个女儿的母亲，过着中产阶级的安逸生活。小说开始时，维罗妮卡得知她的哥哥利亚姆（Liam）刚刚在英国自杀身亡了。她哥哥是个酒鬼，生活一团糟，但她和哥哥感情上十分亲近。她要写出她所知道的家庭故事，有关哥哥和祖母家中发生的丑恶之事。

小说将过往和当下相互交织叙述，家庭几代人的故事逐步呈现出来。故事回溯到她的祖母艾达（Ada）结婚之前，她当初的男友是兰伯特（Lambert），但她最终嫁给了兰伯特的好友查理（Charlie），虽然她的丈夫是查理，但兰伯特却是她的家中常客。

维罗妮卡和哥哥儿时曾经在祖母艾达家住了一年。在她的记忆中，哥哥总是惧怕夜幕的降临。他的恐惧背后隐藏着家族难以启齿的秘密：兰伯特有恋童癖，维罗妮卡的哥哥竟然是兰伯特的性虐对象！这也是利亚姆一生不幸的起因。小说的结尾部分是家人会聚后的葬礼，利亚姆还有儿子，家族的未来可期。小说获得2007年度曼布克奖小说奖。

2008年，恩赖特发表了短篇小说集《快照》（*Taking Pictures*），大部分故事聚焦女性生活中的体验。

小说《忘却的华尔兹》（*The Forgotten Waltz*）于2011年发表，小说叙事者是女主人公吉娜（Gina），她是一位信息技术行业从业者，34岁，已婚，她性感、风趣、自信、精力充沛。小说以倒叙形式展开，讲述吉娜如何爱上一个已婚男人肖恩（Seán），两人从热恋、偷情，直至事情暴露，婚姻破裂，两个恋人在一起开始新的生活，而他们之间还有肖恩的12岁女儿艾维（Evie），她对吉娜破坏自己父母的婚姻耿耿于怀，但吉娜却必须承担起后妈的责任，也必须面对她选择的生活现实。这是一个寻常的婚外情故事，作者以她精雕细刻的词句剖析人物的情感、家人关系细节，真爱的欢愉、希冀和之后的现实回归。小说获得2012年度卡内基奖章卓越小说奖（Carnegie Medal for Excellence in Fiction）并入围柑橘奖小说奖（Orange Prize for Fiction）决选名单。

2015年，小说《绿色之路》（*The Green Road*）发表，小说故事时间跨越三十年，小说主人公罗莎琳（Rosaleen）是马迪根（Madigan）家族的女性大家长，家族土地位于爱尔兰西海岸的克莱尔郡（County Clare）的一个小镇。小说分为两部分，第一部分讲述罗莎琳的四个孩子——丹（Dan），埃米特（Emmet），康丝坦斯（Constance）和汉娜（Hanna）——离开母亲寻找各自的理想生活。丹原本想成为神职人员，但后来来到美国大都市纽约，销售过鞋子，后在画廊做助理，他对自己的性取向也很困惑，既有同性恋伴侣，也有女友。康丝坦斯并没有远离母亲，而还是住在克莱尔郡。埃米特在非洲国家马里，在一个援救组织工作，他有一个女友，但他们两人并不合拍，继而分手。汉娜住在都柏林，是一个失业演员，有一个刚出生的孩子。她酗酒过度，酒后根本无法关照自己的孩子。罗莎琳已经逐渐年老，身体在走下坡路，子女也都不在身边，她决定出售家族的土地。小说第二部分叙述四个子女因此踏上回家之路，一起度过家乡的最后一次圣诞节。小说采用第三人称叙事，讲述一个家庭成员之间的疏离和他们尝试重建关系的故事。小说获得2015年度爱尔兰小说年度最佳奖（Irish Novel of the Year）。

她的其他作品包括短篇小说集《昨日天气》（*Yesterday's Weather*，2009）、回忆录《制造婴儿：蹒跚为母》（*Making Babies：Stumbling into Motherhood*，2004）等。

（张世耘）

作品简介

《会聚》（*The Gathering*）

小说《会聚》讲述了赫加蒂家族几代人的历史和秘密。小说标题指亲人死后家人会聚到一起参加亡者的葬礼。小说女主人公维罗妮卡39岁，是两个女儿的母亲，过着中产阶级的安逸生活。小说开始时，维罗妮卡得知她的哥哥利亚姆刚刚在英国一个度假海滩溺水自杀身亡了，他在自己口袋里装满石头，目的是确保自杀成功。她哥哥是个酒鬼，和母亲的关系也不是很好，家里人没有相亲相爱的那种关系，但她和哥哥感情上十分亲近。哥哥的死让她想起了许多哥哥的往事。她准备写出她所知道的家庭故事，曾经发生的罪恶事件，而哥哥是受害者，是哥哥最终嗜酒，沦落，走上不归之路的起因。

她准备讲述在她祖母家中的那个夏天的故事，当时她只有八九岁的年纪，她现在也不敢确定自己记忆的真实性，以及她所说的这件事是否真的发生过，但她觉得有必要为这件不确定的事"作证"。

小说叙事将过往和当下相互交织，家庭几代的故事也得以慢慢展现出来。维罗妮卡的父亲已经去世，母亲也已经70岁，记性一天不如一天。维罗妮卡对自己的母亲颇有怨气，在她看来，母亲一辈子总是忙于怀孕生子，一共生下十二个孩子，还有七个孩子流产，她只知道生孩子，却不考虑相应后果和责任。维罗妮卡认为哥哥死亡的种子早在他出生之前就已经播撒生根。

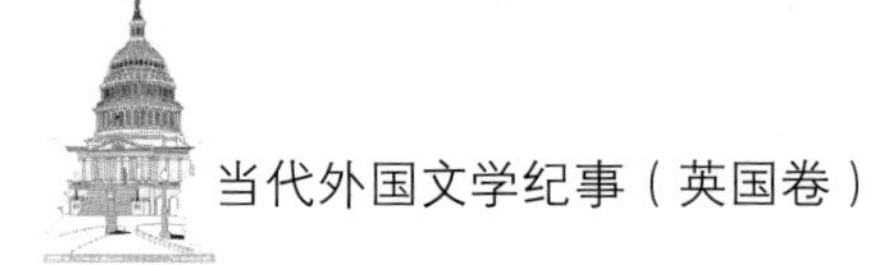

故事回溯到她的祖母艾达，维罗妮卡想象中故事发端于1925年，那时祖母艾达还没有结婚，她的男友是兰伯特，但她最后嫁的却是兰伯特的好友查理，维罗妮卡怀疑祖母艾达曾经是个妓女，婚姻使她得以恢复名声。虽然她嫁给了查理，但兰伯特却经常到她家里来。

维罗妮卡和哥哥曾被送到祖母艾达家住了一年。她记得哥哥晚上总显得十分害怕。她记得有一天自己进屋时撞见兰伯特性虐待她哥哥的一幕！小说的结尾部分是家人会聚后的葬礼，透过利亚姆的儿子的眼睛仍然可以看到家族未来的希望。小说获得2007年度曼布克奖小说奖。

（张世耘）

詹姆斯·芬顿（James Fenton）

作家简介

詹姆斯·芬顿（James Fenton，1949—　），英国诗人。

芬顿发表的作品很少，出版的诗集往往也只包括几首诗，但他是被与W. H. 奥登、T. S. 艾略特和叶芝等相提并论的重要诗人，每首作品都被称作是登峰造极的杰作。

芬顿1949年4月25日出生于英国林肯市（Lincoln）的一个牧师家庭，少年时期曾入唱诗班学校（chorister school）学习，这对他日后的诗歌创作不无裨益。他的作品多具有优美的韵律。1968年，他进入牛津大学一年后就凭借《我们西方的家具》（*Our Western Furniture*）获得了牛津大学纽迪吉特奖（Newdigate Prize）。这成了他出版的第一部诗集。

芬顿1969年发表诗集《把你的泪装进我的瓶》（*Put Thou Thy Tears into My Bottle*）。1971年至1972年，他在《新政治家》杂志先后任助

理文学编辑和编辑助理。1972年，他发表诗集《终点冰碛》（*Terminal Moraine*）。这部诗集中作品的内容和风格迥异，既有轻松的讽刺诗，也有丰富厚重的历史叙事诗，体现了作家的多才多艺。

1973年至1975年，芬顿在东南亚任自由记者，1976年至1978年在《新政治家》杂志任政治专栏作家。1978年，芬顿出版了诗集《一所空房子》（*A Vacant Possession*），并开始担任《卫报》（*The Guardian*）驻德国的记者。1979年，芬顿开始任《星期日泰晤士报》（*Sunday Times*）的戏剧评论员。1981年，他发表了《死去的士兵》（*Dead Soldiers*）和《德意志安魂弥撒》（*A German Requiem*）。《德意志安魂弥撒》来自他在德国工作的经历。全诗共有9节，描述了诗人一次去墓地参加第二次世界大战阵亡者纪念活动的经历和感受。诗歌没有采用第一人称叙述，而是用第二、三人称叙述，以巧妙的方式展现出战争给社会造成的巨大灾难，以及给人们造成的深刻的心理影响。如诗作开篇所说："它不是他们建的。它是他们拆的。/ 它不是房子。它是房子之间的空间。/ 它不是存在的街道。它是那不再存在的街道。/ 它不是纠缠你的记忆。/ 它不是你已经写下的。/ 它是你已经忘记的，你必须忘记的。/ 你一生都必须继续忘记的。"这些诗句也谴责了德国人对战争的反省不够深刻，他们有意或下意识地忘记自己的民族在战争中的所作所为。正如诗篇后面所说："多么安慰，一年一两次，/ 聚到一起，忘掉旧时代。"纪念成了一个形式化的仪式，一个为了能够"幸运的健忘"的仪式。这是战争幸存者之间的约定。仪式过后，一切都过去了，"没有更多的要谈了"。1981年，该诗集获南方艺术文学奖诗歌奖（The Southern Arts Literature Award for Poetry）。（本段引文均出自詹姆斯·芬顿：《德意志安魂弥撒》，《英国当代诗选》，布莱克·莫里森、安德鲁·莫申编，马永波译，河北教育出版社，2003年，第220—222页。）

他的诗集《战争记忆》（*The Memory of War*，1982）也赢得了广泛好评。1983年，他出版了诗集《流亡的孩子》（*Children in Exile*），写的是一群柬埔寨孩子经过了20世纪70年代祖国的动荡之后在意大利一个领养他们的家庭开始新的生活，他们仍恐惧地记得过去噩梦般的生活。这部作品也广为人们所称道，有评论家认为芬顿和W. H. 奥登的作品颇具相似之处。同年，芬顿出版了诗集《战争回忆和流亡的孩子：1968年至1983年诗集》（*The Memory of War and Children in Exile*：*Poems 1968—83*）。

1984年至1986年，芬顿任《泰晤士报》的首席文学评论员，1986年至1988年任《独立报》（*Independent*）驻远东的记者，到了柬埔寨、越南和菲律宾。在这一阶段，他发表了《离别时分大厅》（*Partingtime Hall*，1987）和《吕宋纸信封》（*Manila Envelope*，1989），后者是他在菲律宾期间写的诗。芬顿的记者生涯对他的创作有很大影响。他关注的是周遭世界和重大的社会问题，而不是致力于抒发诗人的个人情感。作品多取材于具有政治性的现实生活，思想深刻。他的风格接近于叙事诗人，有的作品仿佛浓缩的小说。作品中的叙述者往往保持着静默，只将事实客观地呈现给读者，引起读者的思考。

自1990年起，芬顿任《星期天独立报》（*Sunday Independent*）的艺术专栏作家。1993年，他出版了诗集《摆脱危险》（*Out of Danger*），其中一些诗纪念了某些历史性的时刻，比如1980年伊朗霍梅尼的上台、耶路撒冷的冲突等。有评论认为他在这些作品中利用重复等手法表现了历史的可怕轮回。1994年至1997年，芬顿任牛津大学诗歌教授。1998年，他出版了文集《达·芬奇的侄子：关于艺术和艺术家》（*Leonardo's Nephew*：*Essays on Art and Artists*），讨论了从古埃及的葬礼仪式、达·芬奇的侄子（一个被历史遗忘的卓有成就的雕刻家）到法国新印象派画作的创作地点、美国艺术家贾斯珀·约翰斯（Jasper Johns）和约瑟夫·康奈尔（Joseph Cornell）等各种话题。这本著作得到了众多书评家的一致赞誉。

2001年，芬顿发表了文集《诗歌的力量：牛津讲座》（*The Strength of Poetry*：*Oxford Lectures*），其中包括12篇文章，是他在牛津授课的讲义中精选出的内容，讨论了西默斯·希尼（Seamus Heaney）、西尔维亚·普拉斯（Sylvia Plath）、菲利普·拉金和W. H. 奥登等诗人。2002年，他出版了《英国诗歌入门》（*An Introduction to English Poetry*），并开始任英国国家美术馆理事。2003年，他出版了《爱的炸弹：及其他音乐诗》（*The Love Bomb: And Other Musical Pieces*）。后来他又成为皇家艺术学会的会员，并受任写了《天才的学校：皇家艺术学会的历史》（*School of Genius*：*A History of the Royal Academy of Arts*，2006）一书。2012年，他出版了诗集《黄色郁金香：1968—2011年诗歌》（*Yellow Tulips*：*Poems 1968—2011*），诗集收录了他在1968年至2011年间创作的诗歌。

芬顿赢得过1973年度埃里克·格雷戈里奖、1984年度杰弗里·法伯纪念奖、1986年度乔姆利诗歌奖，1983年入选皇家文学学会，1999年成了他的母校牛津大学马格达林（Magdalene）学院的荣誉研究员，也是皇家学会的古文物研究者。

芬顿还改编过两部歌剧剧本，一是《里戈莱托》（*Rigoletto*），改编自弗兰切斯科·皮亚韦（Francesco Piave）的歌剧剧本，原剧作者是维克多·雨果（Victor Hugo）。二是《西蒙·博卡内格拉》（*Simon Boccanegra*），同样改编自皮亚韦的歌剧剧本，原剧作者是安东尼奥·古铁雷斯（Antonio Gutiérrez）。他还创作过电视纪录片《伯顿：一位超级巨星的肖像》（*Burton*：*A Portrait of a Superstar*，1983），出版过戏剧评论集《你很棒：〈星期日泰晤士报〉戏剧评论集》（*You Were Marvellous*：*Theatre Reviews from the Sunday Times*，1983）和政论集《所有错误的地方：在太平洋圈的政治上漂流》（*All the Wrong Places*：*Adrift in the Politics of the Pacific Rim*，1988），后者讨论的是柬埔寨和越南的政治问题，芬顿支持这些国家的共产党人。他的其他著作还有《论雕像》（*On Statues*，1995）、《哈姆莱方言：对安特里姆郡阿尔斯特苏格兰人的个人记录》（*The Hamely Tongue*：*A Personal Record of Ulster-Scots in County Antrim*，1995）、关于园艺的《由100包种子而来的花园》（*A Garden from a Hundred Packets of Seed*）等。他编辑过三本书：《原始的迈克尔·弗雷恩》（*The Original Michael Frayn*：*Satirical Essays*，1983）、《柬埔寨证人：索梅斯·梅自传》（*Cambodian Witness*: *The Autobiography of Someth May*，1987）和《日本地下》（*Underground in Japan*，1992）。

（李小鹿）

佩内洛普·菲兹杰拉德（Penelope Fitzgerald）

作家简介

佩内洛普·菲兹杰拉德（Penelope Fitzgerald，1916—2000），英国小说家。

菲兹杰拉德于出生于英国的林肯市。她一生创作了九部篇幅不长的小说，多次获奖、得到提名，比如《天堂之门》（*The Gate of Angels*，1990）曾获布克奖提名，而她的最后一部小说《蓝色的花》（*The Blue Flower*，1995）曾获1997年美国全国书评界奖（The National Book Critics Circle Award），成为第一位获得该奖项的非美国裔作家。除小说创作外，她还撰写了三部人物传记，其中包括她1977年为前拉斐尔派画家爱德华·博恩—琼斯（Edward Burne–Jones）所做的传记，以及她为父亲和叔父三兄弟写就的多人传记《诺克斯兄弟》（*The Knox Brothers*，1977）。

菲兹杰拉德创作第一部小说时已经61岁，在此之前有着颇为丰富的生活阅历。1939年，她从牛津大学的萨默维尔学院毕业，之后曾供职于BBC。此外她为了抚养三个孩子，曾开过书店，在儿童演艺学校做过英文教师，也担任过家庭辅导教师。她日后创作的小说中，有些直接取材于早年的亲身经历，比如在涉及剑桥大学的学习生活的《天堂之门》中就可以看到她早年在牛津大学的求学经历，又比如她的小说《书店》（*The Bookshop*，1978）也与她一度经营书店有关，而《离岸》（*Offshore*，1978）直接来自她曾经住在船屋中的生活经验。

她的第一部小说《金色小孩》（*The Golden Child*，1977）写的是英国一家博物馆中，一件与古代加曼特人（Garamantes）有关的展品所引出的谋杀案。作品采用侦探小说的形式，在神秘紧张的气氛中对人性进行了精彩的描绘和深刻的剖析。

早期的成名作《书店》取材于菲兹杰拉德的生活经历。故事发生在1959年，当时主人公格林（Green）的丈夫已经去世八年，她独自生活在萨福克郡的哈德波罗镇（Hardborough）。当她决定买下一间无人居住又时常闹鬼、名叫“旧宅”（Old House）的一处老房子，并打算开一间书店时，却引来了镇上各种反对意见。书店在一片怀疑中开业，同时为了增强影响力，她还开展了会员制图书借阅业务。在这过程中，她与店里的帮工结下了深厚的友情，也在各色人借书的过程中体察到了人生百味。然而店里的一本《洛丽塔》（*Lolita*，1955）招来了许多人的议论，包括当地最有影响力的加马特夫人（Mrs Gamart）。加马特夫人本来就想在“旧宅”里开办一间艺术研究中心，因此她利用这个机会，动用自己的人脉关系，让任国会议员（member of parliament）的侄子设法通过了一项法案，将那些最近五年内无人居住的房产由政府强行买回，格林因此失去了“旧宅”的所有权。书店被迫关闭，受人欢迎的借阅图书馆也因此中止。《书店》在1978年获得布克奖提名。值得一提的是，2017年《书店》被改编为同名电影，由西班牙导演伊莎贝尔·科赛特（Isabel Coixet）改写并执导，英国演员艾米丽·莫蒂默尔（Emily Mortimer）、比尔·奈（Bill Nighy）和美国演员派翠西娅·克拉克森（Patricia Clarkson）主演。

1979年菲兹杰拉德创作的《离岸》获得了布克奖。这本小说的大部分情节发生在停泊在泰晤士河的巴特西河岸（Battersea Reach）旁的一组船屋中。船屋的主人们有独自带着两个孩子、热切盼望丈夫回心转意的中年女性，有行踪神秘、从事性工作，还帮朋友藏匿赃款的年轻男子，还有想卖掉自己的船屋的年迈画家。这本小说取材于菲兹杰拉德生活中最为艰辛的一段时间，当时她自己也住在巴特西河岸旁的一艘船屋中。作家本人认为船屋具有特殊的象征意义，因为它既不在坚实的陆地上，又没在真正的河流中，这反映出人物的情感处在安定感和真正的冒险体验的夹缝中。小说的题词（epigraph）来自但丁《神曲·地狱篇》（*La Divina Commedia: Inferno*）的第十一章：“那些陷在泥泞的沼泽中的幽灵，那些被狂飙吹荡、雨雷击打的亡魂，以及那些不断相撞，互相辱骂的魂灵。”

1995年创作的《蓝色的花》是菲兹杰拉德晚年的佳作。这部小说的题目“蓝色的花”是德国浪漫主义诗人、文学家诺瓦利斯（Novalis）在他作品中创造出的一个代表着梦境、理念和爱，却无法触及和实现的形象。《蓝色的花》也是一部历史小说，它的背景正是18世纪末的德国萨克森州，是德国浪漫派的全盛时期，是约翰·沃尔夫冈·冯·歌德（Johann Wolfgang von Goethe）、约翰·费希特（Johann Fichte）、弗里德里希·谢林（Friedrich Schelling）等人的哲学思想产生重要影响的时代。梦幻中的“蓝色的花”幻化为现实中一位相貌普通、名叫索菲·冯·库恩（Sophie von Kuhn）的12岁小女孩。经过父亲允许，诺瓦利斯与索菲订婚，然而索菲在三年后就因肺结核去世，随之而去的还有那朵蓝色的花所象征的一切。

（纳海）

作品简介

《天堂之门》（*The Gate of Angels*）

小说《天堂之门》是佩内洛普·菲兹杰拉德的主要作品之一。

故事发生在1912年的剑桥大学。主人公弗雷德·费尔雷（Fred Fairly）是虚构的剑桥大学圣天使学院（College of St. Angelicus）的年轻物理学家，热衷于研究量子理论。他像许多同时代的科学家一样，认为科学的进步将解释宇宙间的一切现象，人类从此无须再为情感和信仰所困惑。然而巧合却将他和一位陌生女孩的命运捆绑在一起。一天，费尔雷在校园内骑自行车，一辆农用车突然冲上马路，把费尔雷和黛西·桑德斯（Daisy Saunders）双双撞倒，两人失去知觉，被雷本教授（Prof. Wrayburn）接到家中救治。

雷本太太因为看到桑德斯手上的结婚戒指，误以为她和费尔雷是夫妻，让他们在同一张床上休息，因此引起了不少的尴尬和误会。清醒之后，二人无法回忆起当时他们的自行车是如何相撞的。费尔雷立即对桑德斯产生了好感，却又想到他所在的学院要求学者终生保持独身，于是费尔雷回到了剑桥大学继续工作，而桑德斯只身前往伦敦，希望在一家医院中寻求一个护士的职位。由于没有工作经验，她只得接受一份带有一年试用期的实习护士职位。

桑德斯在医院的工作普通而繁重，然而她对周围的人和事却总怀有好奇和善意。有一天，一个名叫詹姆斯·埃尔德（James Elder）的男子从桥上跳入泰晤士河自杀未遂，被送进桑德斯所在的医院疗伤。他向桑德斯坦露了自己的心事：埃尔德孤家寡人，生活寂寞无聊，在医院醒来之后还向桑德斯打听报纸有没有刊登有关他的消息。过度的抑郁和绝望让埃尔德失去了进食的欲望，这让桑德斯很是担心，于是她冒着违规的风险，去到一家报社，要求在报上刊登有关埃尔德的故事。消息很快传到了医院，上级医生非但没有嘉奖桑德斯行为背后的善意，反而谴责她违背了护士的执业规范，擅自将病人的隐私透露给媒体，将桑德斯辞退。

失去工作的桑德斯只好回到剑桥镇，投奔了雷本夫妇，并且在剑桥镇的一家收容所找到一份可以糊口的工作。她的归来让本来已经平静的费尔雷内心再次掀起波澜，他想跟桑德斯求婚，又怕他和桑德斯之间巨大的社会地位差异会成为不可逾越的鸿沟——桑德斯来自劳动阶层，而费尔雷在剑桥大学任职。他给桑德斯讲朱塞佩·威尔第（Giuseppe Verdi）歌剧《茶花女》（*La Traviata*，1853）的情节，敏感的桑德斯立即意识到费尔雷担心自己不被他家人接受。借由家人来剑桥看他的机会，他安排桑德斯与他们见面。

故事的结尾围绕着"是谁在路上撞倒了桑德斯和费尔雷"这个问题，描写了法庭展开调查取证的经历。费尔雷、桑德斯和雷本夫人都被叫去当证人。案件的审理过程中，桑德斯曾经为了报道埃尔德的故事而找过的报社记者托马斯·凯利（Thomas Kelly）意外地出现在法庭，并宣称在桑德斯摔倒当天，他碰巧经过现场，因为他本来在附近的一间酒店订好了房间，准备和桑德斯共度一夜。费尔雷听到这样的描述时的愤怒可以想象，因此在法庭休庭后，他在附近找到一间咖啡馆，等着凯利出现，从而对他进行报复。看到凯利出现后，费尔雷冲上去，揪住衣领将其打晕在地。

费尔雷回到了剑桥大学，给学生们讲高斯定理（Gauss's Theorem）。在讲课的过程中，他也跟学生们分享了自己的一些随感，提醒学生们要警惕科学家的骄傲和自大，要有宽广的心胸接纳与你不同的意见，要知道科学家也是有血有肉、跟周围的人和事时刻发生关系的生命体。桑德斯因为费尔雷报复凯利，很是愤怒，决定离开剑桥镇回到伦敦，却不料在去往火车站的途中迷失了方向，跌跌撞撞走到了费尔雷所在的学院附近。她看到一个几乎晕厥、双目失明的老人。帮助老人恢复意识后，她起身离开，却碰上了正要回到圣天使学院的费尔雷。他们之间还会发生什么？桑德斯和费尔雷最终是否能在一起？故事在悬而未决中结束。

《天使之门》是一部体量轻的历史小说，但菲兹杰拉德用有限的空间重现了第一次世界大战前的剑桥大学的社会氛围和思想争论。书中有一些奇异的片段，比如圣詹姆斯学院（College of St. James）的院长马修（Matthew）曾占一章的篇幅讲述一个看似和情节毫无关联的鬼故事。书中的情节推进依靠大量的巧合，似乎是作者在替费尔雷思考，宇宙万物的运行在多大程度上是由于不可预测的偶然。

这部小说获得布克奖提名。

（纳海）

威廉·戈尔丁（William Golding）

作家简介

威廉·戈尔丁爵士（Sir William Golding，1911—1993），英国小说家。

戈尔丁生于英格兰康沃尔郡（Cornwall）一个知识分子家庭，父亲亚历克·戈尔丁（Alec Golding）是一位有名的教师。从马尔伯勒文法学校（Marlborough Grammar School）毕业后，戈尔丁进入牛津大学布拉斯诺斯学院（Brasenose College，Oxford University）学习自然科学，两年后转读英国文学。他悉心研究盎格鲁—撒克逊时代的历史，这段学习对他后来的文学创作影响很大。

1935年，戈尔丁大学毕业，获得英文学士学位和教学许可证。毕业前，他出版了一本题为《诗集》（*Poems*，1934）的包括 29首小诗的小册子，《诗集》入选麦克米伦（Macmillan）当代诗丛之一。

毕业后4年内，戈尔丁曾从事写作、表演和为小剧院当导演等工作。1939年，他在索尔兹伯里（Salisbury）的华兹华斯主教学校（Bishop Wordsworth's School）做了一名教师。第二次世界大战爆发后，他参加了英国皇家海军，指挥火箭炮艇，被授予中尉军衔。战争中他目睹了德国俾斯麦号战舰的沉没和联军在诺曼底的登陆。后来戈尔丁说，自己最好作品的灵感源于他做教师和在军队效力的经历。1945年，戈尔丁返回索尔兹伯里继续从事教学工作，同时开始进行小说创作。

1954年，戈尔丁发表长篇小说《蝇王》（*Lord of the Flies*），获得巨大声誉。《蝇王》是戈尔丁第一部，也是最著名的小说。它曾被21家出版社拒绝，但是问世后立即成为20世纪50年代末、60年代初的畅销书，深受第二次世界大战后一代青少年读者的欢迎，这部小说叙述一群英国孩子来到一个荒岛上，不得不自己组织起来谋求生存。孩子们在文明社会培养而成的现代民主意识在短短的时间里被偶像崇拜、野蛮杀戮等非理性行为取代。小说通过展现善与恶，人性与兽性，文明与野蛮等一系列矛盾冲突，反映了人类文明和理性的脆弱。小说将现实主义的描绘叙述和象征体系巧妙结合，着力表现人心黑暗面这一主题，呼吁正视人自身的残酷和贪婪，纠正人对自我本性的无知状态，比较典型地代表了战后人们从那场旷古灾难中引发的对人性思考。小说于1963年和1990年被改编成电影。

继《蝇王》之后，戈尔丁发表的小说有《继承者》（*The Inheritors*，1955）、《品契·马丁》（*Pincher Martin*，1956）和《自由堕落》（*Free Fall*，1959）。《继承者》的情节发生在旧石器时代中期，以一位史前人展望未来的角度，讲述了人类这一新的物种残忍地消灭祖先尼安德特人的故事。这是一部以人类学为基础的科幻小说，展现了人性本质中的暴力与堕落，表现出作者对人类所持的悲观态度。《品契·马丁》讲述了一位海军军官在船被鱼雷击中后面临痛苦死亡时充满负罪感的回忆。《自由堕落》同样在作品中表现人类制造罪恶这一主题。

戈尔丁在6年内发表了4部小说。在这段很短的时间内，他不仅获得

了评论界的认可和赞誉，还被认为是位独具特色、大有希望的作家。早在1955年，便有评论称《继承者》表现了戈尔丁杰出的才华，称他为当代最具独创性和想象力的小说家。英国知名评论家弗兰克·克默德（Frank Kermode）表示《自由堕落》和戈尔丁的其他小说一样，是“充满杰出才能作家的天才之作”。这些赞誉对一位发表作品仅有几年之久的作家来说是非常难能可贵的。

1955年，戈尔丁成为英国皇家文学学会会员。1961年获牛津大学文学硕士学位，同年辞去教职，专门从事写作。1966年获颁大英帝国指挥官勋章。他于1964年和1967年分别发表了《尖顶》（*The Spire*）和《金字塔》（*The Pyramid*），并在1965年出版文集《热门》（*The Hot Gates*）。此前戈尔丁还写过剧本《铜蝴蝶》（*The Brass Butterfly*）。这部模仿萧伯纳风格的喜剧作品在1958年上演和出版。它反映的现代文明中科学与创造的地位问题，是作家最喜爱的主题之一。

之后发表的作品有《蝎子神》（*The Scorpion God*，1971，含三篇中篇小说）、《看得见的黑暗》（*Darkness Visible*，1979）、《启蒙之旅》（*Rites of Passage*，1980）和《纸人》（*The Paper Men*，1984）。《启蒙之旅》获1980年度布克奖，并与后来的《近距离》（*Close Quarters*，1987）和《甲板下的火》（*Fire Down Below*，1989）一起组成海上三部曲。《看得见的黑暗》获詹姆斯·泰特·布莱克纪念奖。文学评论集《活动的靶子》（*A Moving Target*）和作者去世前完稿的《巧语》（*The Double Tongue*）分别出版于1982年和1995年。1983年，戈尔丁获得诺贝尔文学奖。瑞典文学院评价他的小说“用明晰的现实主义的叙述艺术和多样的具有普遍意义的神话，阐明了当今世界人类的状况”。1988年，他被授予爵士爵位。

戈尔丁的作品富有哲理，题材丰富，背景多样，风格多变，但其目的具有一致性，即对人性善恶的探寻与展示。戈尔丁常把孤立的个人或群体置于极端情况下，表现了文明的约束一旦放松，人类的原始本能就会暴露无遗。他超越了以往作家对个人和社会现实的表现或模仿，关注更为广阔、基本和抽象的问题，即形而上和神学问题。他对社会道德迅速而不可避免的分崩离析的描述富于哲理和想象力，揭示了人性的残忍和文明的脆弱，表现出作家对人类未来的关切。戈尔丁往往采用象征手法表现严肃主题，运用现实主义的叙述方法创造现代神话，在西方被称为“寓言编撰家”。

（蔡莹）

作品简介

《启蒙之旅》（*Rites of Passage*）

小说《启蒙之旅》，又译《成长的仪礼》，是威廉·戈尔丁创作的海上三部曲中的第一部，当年获得英国的布克奖。

小说开头出现在读者眼前的是一艘超期服役的破旧军舰从英国向澳大利亚缓慢驶去的画面。故事发生在19世纪初拿破仑战争的尾声，讲述了贵族青年爱德蒙·塔尔波特（Edmund Talbot）从英国到澳大利亚的海上经历。塔尔波特在这几个月的海上旅行中每天都坚持写日记，并对船上各种人物的言行举止做了生动的描述，其中有武断专行的安德逊船长（Captain Anderson），喋喋不休的仆人韦勒（Wheeler），派克（Pike）一家，以及令船上所有人都反感的柯利牧师（Reverend Colley）。

《启蒙之旅》是一部集海上旅行、社会风情、个人经历为一体的历史小说，与戈尔丁的另一部小说《蝇王》一样，《启蒙之旅》也将人性的阴暗面进行了大胆的曝光。戈尔丁关注的是动态的社会，尤其是一群背景不同的人处于孤立、竞争以及情绪低落的状况时的各种表现。通过《启蒙之旅》，戈尔丁向人们展示了人与人之间的暴力和互相残害的行为并非总是发生在极端情况下，而随时可能发生在日常生活中。戈尔丁不仅在情节安

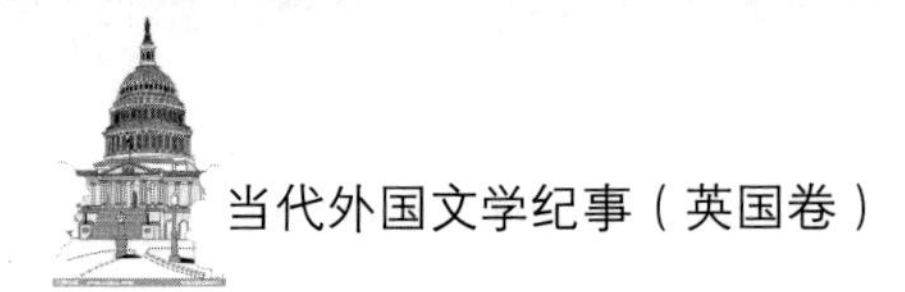

排、人物刻画方面堪称大师，并且对小说的主题思想有精确的把握，让读者思考社会的正义性，以及社会秩序分裂的严重后果。

（张世红）

阿拉斯戴尔·格雷（Alasdair Gray）

作家简介

阿拉斯戴尔·格雷（Alasdair Gray，1934—2019），苏格兰小说家，剧作家，诗人。

格雷出生于苏格兰格拉斯哥市。第二次世界大战爆发时，年仅5岁的格雷被疏散到乡下，后回到格拉斯哥，曾在格拉斯哥艺术学院（The Glasgow School of Art）学习壁画，后教授过绘画、做过画师，再后来开始小说创作。他的童年和其后经历为他的名作《兰纳克》（*Lanark*，1981）中第二、三卷提供了创作素材。

1981年，格雷发表了小说《兰纳克》，早在25年前，他就开始了这部小说的创作。小说分为四卷，但各卷顺序安排却相当独特，小说开篇并非第一卷，而是第三卷，之后才是第一卷和第二卷，最后以第四卷结束。“开场白”部分和“尾声”部分的安排也不合常理，分别穿插在小说中

间。别出心裁的小说各部分结构关系与亦真亦幻、时空交错的小说叙事相呼应。小说讲述两个人的故事，他们分别住在两个城市：格拉斯哥和安桑克（Unthank），然而两个主人公显然是同一个人，一个人生失败，求爱不能，走向自杀，另一个是失败的市长，静候毁灭和死亡；两个城市相似之处更是不言而喻，安桑克是格拉斯哥的超现实主义拷贝。小说穿插使用现实主义和超现实主义，产生了独特效果，其手法被认为具有后现代作品特点。小说获1981年度苏格兰艺术委员会奖和苏格兰年度图书奖（Scottish Book of the Year Award）。

他的第二部小说《珍妮》（*Janine*）发表于1982年，主人公是一个负责安装报警系统的电工，他躺在一个旅店房间里，做着各种色情幻想，其中夹杂着过往的记忆。小说《凯文·沃克的败落》（*The Fall of Kelvin Walker*）发表于1985年，主人公凯文·沃克出生于一个苏格兰小镇，他初出茅庐，雄心满满，来到伦敦一闯天下。他的父亲笃信上帝，而他则认同尼采的“上帝已死”和强力意志说法，相信个人的勇气意愿可以征服他人，争得个人机遇。虽然经历了许多失败，但他终于在传媒行业大获成功，成为炙手可热的脱口秀主持人。不过这也是他从事业顶端跌落的开始，他最终成为一名牧师。

小说《可怜之物》（*Poor Things*）于1992年发表，故事情节依据的是维多利亚时代医生阿奇博尔德·麦肯德里斯（Archibald McCandless）的回忆录。麦肯德里斯的朋友戈德温·巴克斯特（Godwin Baxter）医生具有神奇医术，曾经将溺水自杀女子腹中胎儿的大脑移植给自杀女子，使她复活。贝拉（Bella）是这个复活女子的名字，她具有成年人的身体和婴儿的头脑，但她聪明善学，心无城府，只是缺乏与年龄相应的经验。巴克斯特将她介绍给麦肯德里斯，他们很快相恋、订婚了。但这时贝拉竟和另一个男人出走，在各国游历，后心智成熟决定回到苏格兰，最终与麦肯德里斯结婚，这也是麦肯德里斯回忆录的幸福结局。然而，贝拉附上的一封60年后才可以打开的信，否认麦肯德里斯有关她的说法，称之充斥着流行于维多利亚时代的不实之言。小说获得1992年度惠特布莱德小说奖和1992年度《卫报》小说奖。

格雷的其他作品包括：小说《皮革》（*Something Leather*，1990）、《麦克格罗提与拉德米拉》（*McGrotty and Ludmilla*，1990）、《历史创造者》（*A History Maker*，1994）、《麦维丝·贝尔弗雷泽》（*Mavis Belfrage*，1996）、《黄昏恋》（*Old Men In Love*，2007），剧作《弗雷克》（*Fleck*，2008），诗歌集《诗集》（*Collected Verse*，2010），短篇小说集《几乎不可靠的故事集》（*Unlikely Stories*，*Mostly*，1983）、《阿拉斯戴尔·格雷短篇小说集（1951—2012年）》（*Every Short Story by Alasdair Gray 1951—2012*，2012）等。

（张世耘）

作品简介

《兰纳克》（*Lanark*）

《兰纳克》是阿拉斯戴尔·格雷的第一部小说，也是他最著名的小说。

小说结构十分奇特，全书分为四卷，小说从第三卷开始，接下来是第一卷和第二卷，最后是第四卷，而“开场白”部分则放在第三卷和第一卷之间，“尾声”部分则插在第四卷中间。也就是说，读者翻开小说阅读，是从第三卷开始，然后才是“开场白”，接下来读第一卷和第二卷，紧接着就是第四卷，但第四卷还没结束，“尾声”这一部分却横插进来，按照作者的说法，“尾声”部分太重要了，不能放在小说结尾。

小说一开始，也就是第三卷的开始，一个青年男子在火车上醒来，但他记不起自己姓名和过去，就为自己起名兰纳克（Lanark）。他来到了一个不见天日、如地狱般的城市安桑克，那里怪病肆虐。不久，兰纳克自己

也得了怪病，皮肤上长出鳞片，后被吞入城市墓地一张大嘴中，他醒来躺在某个组织机构之中，在此处，病人被筛选分类，一些不能治好的病人会被送走处理用作燃料。

小说第一卷和第二卷转向一个名叫邓肯（Duncan）的人，他在第二次世界大战爆发之前出生在格拉斯哥，战争爆发后疏散到乡下，战后重回城市，在格拉斯哥艺术学院上学，学业优异，但皮肤有疾患，和女性的关系也不成功，最后精神出现问题，投海自杀。

小说第四卷讲述兰纳克返回安桑克，这里社会争斗无所不在，经济生活陷于危机，社会凋敗和瓦解无可避免，在“尾声”部分，兰纳克甚至还见到了故事的作者，作者告诉他：“我就是你的作者”，暗示说，他先是写邓肯的故事，但不喜欢邓肯，才又写兰纳克，而故事主人公仅仅存在于文字中。他作为安桑克市长，对城市的毁灭无能为力。故事结尾，安桑克在即将来临的灾难中分崩离析，主人公等待死亡的来临。

故事有两个交错的叙事线索，兰纳克和邓肯分别在格拉斯哥和安桑克，两个人与两个衰败、相似的城市关联呼应。第一卷和第四卷讲的是兰纳克的故事，第二卷和第三卷讲述邓肯的故事。兰纳克的部分奇异、怪诞、超现实，而邓肯的部分则相对贴近现实，源于作者自身经历。在第三卷兰纳克无法记起自己的名字，想知道自己是谁，神谕明示他会得知邓肯的故事。显然，读者不难看出，兰纳克和邓肯为同一个人，安桑克和格拉斯哥为同一个城市，兰纳克犹如邓肯转世幽灵，在安桑克生活。

（张世耘）

大卫·海尔（David Hare）

作家简介

大卫·海尔（David Hare，1947— ），剧作家、导演、电影制作人。

海尔出生于英格兰萨塞克斯郡（Sussex），于剑桥大学获得硕士学位。1974年，他在伦敦与人合办一所戏剧公司；1984—1987年、1989年后长期担任伦敦皇家国家剧院（National Theatre）导演。

海尔的早期作品大多讽刺第二次世界大战后英国的堕落和颓废，其中包括：《矿渣》（*Slag*，1970）、《翻身》（*Fanshen*，1975）、《牙齿和微笑》（*Teeth 'n' Smiles*，1975）、《富足》（*Plenty*，1978）等。1985年，海尔和霍华德·布伦特（Howard Brenton）共同创作《真理》（*Pravada*），之后又创作了三部曲：《狂奔的魔鬼》（*Racing Demon*，1990）、《嘟囔的法官》（*Murmuring Judges*，1991）、《没有战争》（*The Absence of War*，1993），分别批评英国的教会、司法和政党体系。

这三部曲奠定了海尔在英国剧坛的地位，使他和哈罗德·品特（Harold Pinter）、汤姆·斯托帕德（Tom Stoppard）一道成为英国当代剧坛的重要作家。

20世纪90年代起，海尔的作品逐渐从政治主题转向家庭、两性关系的探讨。这些作品包括《天窗》（*Skylight*，1995）、《蓝屋》（*The Blue Rooms*，1998）、《艾米的观点》（*Amy's View*，1999）等。海尔继承了20世纪50年代"愤怒的青年"之后英国戏剧的批评现实传统。他的作品如《指节铜套》（*Knuckle*，1974）、《富足》《真理》等都以鲜明的女性形象、电影技巧的使用、机智诙谐的戏剧对白、作品对于社会政治问题的极大关注等特征而闻名。

海尔信奉社会主义，他的作品多取材于第二次世界大战后的英国生活。作为具有鲜明政治倾向的左翼作家，海尔并没有将作家本人的政治倾向带进作品。相反，他的作品在主题上存在着大量的多义和含混。海尔的作品具有浓厚的悲观主义色彩，能够引导观众不断地进行反思，督促人们不断地审视，批判既定的社会秩序和现存制度。作为一个具有高度政治敏感性的剧作家，海尔的首要考虑不是为社会问题开出解救药方，而是打破意识形态下的虚幻，真实地暴露社会问题，引导人们批判地审视和思考。

处女作《矿渣》是一部三个老师开办女子学校的闹剧。作品暗喻英国大国地位的衰落，讲述了三个女人争相控制学校，而学校生源却逐渐下降的故事。该作虽然受到了相当的肯定，但有些评论者如斯坦利·考夫曼（Stanley Kauffmann）却评论它"结构涣散、时而令人乏味"。直到1974年剧作《指节铜套》问世，海尔的戏剧才能才得到肯定，并被打上了争议性作家的烙印。该剧于1974年在伦敦首演，讲述的是剧中人柯利寻找失踪妹妹的故事。《纽约时报》（*The New York Times*）的评论指出："作品真正的意义不在于神秘故事，而在于故事后的潜台词，它揭露行业协会的腐败，描绘了道德败坏的城市中形形色色的骗子和勒索者。"海尔试图说明，社会中真正的罪犯是那些外表体面的富足阶层。

作品《翻身》讲述的是1945年到1949年间中国一个村庄土地改革的故事。顾名思义，“翻身”就是农民翻身当家作主的意思。《翻身》于1975年4月在谢菲尔德市首演，同月又在伦敦上演，获得众多好评。

《富足》是海尔最成功的剧作之一。作品设在海尔最熟悉的第二次世界大战后的英国，充满了浓郁的英国色彩。它讲述了女主人公苏珊（Susan），昔日法国战场上出色的英国情报员理想幻灭的故事。女主角在作家笔下代表着英国满怀激情与理想主义的一代，第二次世界大战则代表着英格兰英雄主义的最后一缕残阳，战后的和平与富足则见证了英国帝国地位的丧失和道德的衰落。作品最初在英国并没有受到太多好评，几年后在美国的上演却立即引起轰动，好评如潮。由影星梅丽尔·斯特里普（Meryl Streep）主演的同名电影也受到了如《洛杉矶时报》《华盛顿邮报》等媒体的盛誉。

《真理》剧名取自苏联官方报纸《真理报》，探讨了现代新闻工业与事实真相等问题。不同于前期作品大多集中在第二次世界大战后的英国社会，海尔在20世纪80年代以后表现了更加广阔的全球视野，作品描述了如美国、苏联、印度、非洲等不同国家和地区的人物。《世界地图》（*A Map of the World*，1982）在写作风格上更接近于萧伯纳，作品围绕着持有左派观念的英国记者斯蒂芬（Stephen）和具有右派看法的印度小说家维克托（Victor）之间的争论展开，内容涉及同性恋、第三世界贫穷、女性主义等众多话题。在叙事手法上，作品在虚构与现实之间频繁转换，颇似斯托帕德在本剧九个星期前上演的《真相》（*The Real Thing*）。两部作品都采用了“戏中戏”的手法，都探讨了戏剧与政治、艺术与现实等问题。

直到20世纪90年代后期，海尔仍然保持着旺盛的创作精力，不断有新作问世。其中包括《天窗》《艾米的观点》《蓝屋》《犹大之吻》（*The Judas Kiss*，1998）等。《天窗》围绕着凯拉（Kyra）和汤姆（Tom）两个昔日的情人展开。然而这对情人中，汤姆是凯拉的老板，是有妇之夫，年龄比凯拉大20岁。两人的恋情因为汤姆妻子的发现而结束。汤姆妻子死

后，他试图争取凯拉回到自己的身边。然而如海尔早期作品的一贯风格，两个情人在思想价值和意识形态上都存在巨大的分歧。汤姆代表着成功、富足阶级，而凯拉则生活在下层社会，两人之间始终存在着似乎不可逾越的巨大鸿沟。

《蓝屋》改编自阿图尔·施尼茨勒（Arthur Schnitzler）的性爱喜剧《轮舞》（*Reigen*，1897，又名*La Ronde*），故事背景则是当代的伦敦。《蓝屋》再一次暴露了现代社会中隐藏在“风流社会”的女人、军官、贵族、决斗、舞会和调情后面形形色色的暗流。这部作品因为美国著名影星妮可·基德曼（Nicole Kidman）的演出更使得该剧声名鹊起。《犹大之吻》讲述的是剧作家奥斯卡·王尔德（Oscar Wilde）和他的同性恋人阿尔弗雷德·道格拉斯（Alfred Douglas）的故事，该作于1998年在纽约市首演。

1997年，海尔应国家剧院之托进行了一系列的中东之旅，希望搜集有关中东冲突的戏剧素材。中东之旅带来的不是海尔的戏剧作品，而是名为《途经德洛罗莎》（*Via Dolorosa*，1998）、长达90分钟的戏剧独白。海尔作为“演员”叙述了他旅途中遇到的30个人的不同观点，其中既包括阿拉伯人又包括以色列人。题目中的德洛罗莎（Dolorosa）指的是圣城耶路撒冷中的一条鹅卵石路。他其后创作多部作品，包括《垂直时间》（*The Vertical Hour*，2006）、《温和女高音》（*The Moderate Soprano*，2015）等。

海尔还是一位重要的导演、电影摄制者，他创作的电影剧本包括《不速之客》（*Wetherby*，1985）、《富足》（*Plenty*，1985）、《夜巴黎》（*Paris by Night*，1988）等。此外，2002年，海尔还把麦克尔·康宁汉（Michael Cunningham）1998年的普利策获奖小说《时时刻刻》（*The Hours*）改编为电影剧本《时时刻刻》（*The Hours*），将英国小说家弗吉尼亚·伍尔夫再度搬上银幕。该片由国际知名导演斯蒂芬·戴德利（Stephen Daldry）执导，众多著名影星如妮可·基德曼和梅丽尔·斯特里普共同主演。

1998年，因为他对英国剧坛所作的重要贡献，海尔被封为爵士。迄今为止，海尔已经获得了包括纽约戏剧评论界最佳外国戏剧奖（New York Drama Critics' Circle Award for Best Foreign Play）、柏林电影节金熊奖（Berlin Film Festival Golden Bear）、劳伦斯·奥利弗最佳新剧奖（Laurence Olivier Award for Best New Play）、金球奖（Golden Globe Awards）最佳电影剧本提名、奥斯卡最佳剧本改编提名等众多奖项和提名。

（冯伟）

作品简介

《天窗》（*Skylight*）

剧作《天窗》1995年首演，时空背景是英国首相撒切尔夫人政策影响下的英国社会。撒切尔夫人当政期间（1979—1990），为解决英国经济衰退和失业问题，她推出一系列政策，包括紧缩货币、国有企业私有化、限制工会作用等，虽然她执政后英国经济有所起色，但其政策也导致更多企业破产、失业率上升、贫富差距加大等社会问题。《天窗》剧情就是在这样的社会背景中展开，时间大约是在撒切尔夫人卸任首相职务后一年，剧中人物在一定程度上代表了当时社会不同阶层背景中个人的不同价值取向及情感纠葛之间的冲突。

剧中主要人物凯拉是一名年轻教师，受过良好教育，出身于富裕的中产阶级家庭。一个寒冷夜晚，在伦敦北部一个破败街区，凯拉回到家中，她住在脏乱的劳工阶层公寓，室内温度不足，只有基本生活设施。可想而知，她的生活并不宽裕。当晚她家的访客是爱德华（Edward），18岁，他们已有三年没有联系了。凯拉当年曾受聘为爱德华父亲汤姆工作，凯拉应

聘时只有18岁，汤姆年长20岁，已婚，性格强势，他经营的生意也相当红火，凯拉和汤姆不久陷入热恋，两人的恋情持续了六年之久。凯拉曾是汤姆一家的好友，爱德华也把她当作自己的姐姐看待。按汤姆的说法，他和妻子爱丽丝（Alice）并不是和谐的一对儿。凯拉虽然觉得愧对汤姆妻子，但她也乐于得到汤姆提供的物质生活享乐。然而这段恋情最终被汤姆的妻子发现，凯拉也因此不得不离开。这一分手就是三年，两人自此各走各的人生路，汤姆专注于他的生意发展，而凯拉则转而承担起社会工作角色，投身贫困儿童教育，愿为解决社会问题尽一己之力。就在一年之前，汤姆的妻子去世了，爱德华这次不请自来，认为凯拉不应该这样从他的生活中消失，也希望她能和父亲重新和好。

不久，汤姆也来到凯拉家中，但他并不知道爱德华前脚也来找凯拉。他对当年之事多有自责，也希望他们能重拾旧爱。他们在凯拉家里做饭聊天。汤姆对凯拉的居所和生活不以为然，认为她这是在惩罚自己，既没有必要，也不应安于此道，她教的学生基础很差，这是浪费自己的才华。而凯拉则认为自己长处得其所用，只是两人看法不同而已。显然，汤姆以自我为中心，追求物质生活。他认为凯拉选择爱一群人的事业，其实相对爱一个具体的人要容易得多。凯拉开始时倾听较多，开口较少，但她坚持自己的理想主义立场，两人的见解不同，难免一争高下。汤姆说话直来直去，自负傲慢，凯拉则不温不火，耐心应对。他们的价值观不同，对生活的看法也各有自己的道理。他们的交谈不仅仅是政治、经济观点的你来我往，对意大利面食的做法，两人也可以各有看法。他们之间年龄之差、生活观念之差，是难以跨越的鸿沟，但两个曾经的恋人也有共同的情感记忆和亲近相通之处。

（张世耘）

托尼·哈里森（Tony Harrison）

作家简介

托尼·哈里森（Tony Harrison，1937—　），英国诗人。

哈里森是当代英国最重要的诗人之一。他在诗歌界是个特立独行的人，不属于任何流派，又总在名不见经传的小出版社发表作品。

哈里森生于英格兰中北部城市利兹（Leeds）的一个工人阶级家庭。他天生聪慧，11岁时和其他5名工人阶级的孩子一起赢得了著名的利兹文法学校（Leeds Grammar School）的奖学金，后来获得了利兹大学（University of Leeds）古典文学专业学士学位、比较语言学硕士学位。他的出身背景和所受教育之间的巨大矛盾和反差构成了他日后作品的一个重要主题。

哈里森自1960年至1962年在英国约克郡的迪斯伯里（Dewsbury）学校任校长，1962年至1966年在尼日利亚的艾哈迈都·贝洛大学

（Ahmadu Bello University）教英语，1966年至1967年在捷克的查尔斯大学（Charles University）教书，1967年至1968年及1976年至1977年获北方艺术奖金（Northern Arts Fellowship）分别在纽卡斯尔大学（University of Newcastle）和杜伦大学学习，1968年至1969年在《立场》（*Stand*）杂志任编辑，1969年获评联合国教科文组织旅行诗歌研究员（UNESCO Traveling Fellow in Poetry），1973年至1974年获格莱吉诺格艺术奖金（Gregynog Arts Fellow）在威尔士大学（University of Wales）学习，1977年至1978年任皇家国家剧院的剧院剧作家，1979年至1980年获“英/美二百周年纪念奖金”（UK/U.S. Bicentennial Fellowship）旅居纽约，1987年至1988年任大不列颠古典协会（Classical Association of Great Britain）主席，后长期居住在约克郡。

他的主要诗歌作品有《土木工事》（*Earthworks*，1964）、《纽卡斯尔是秘鲁》（*Newcastle Is Peru*，1969）、《利兹居民》（*The Loiners*，1970）、《雄辩派的10首诗》（*Ten Poems from the School of Eloquence*，1976）、《来自“雄辩派”和其他的诗》（*From “The School of Eloquence” and Other Poems*，1978）、《续：“雄辩派”的五十首十四行诗》（*Continuous*：*Fifty Sonnets from “The School of Eloquence”*，1981）、《给约翰·济慈一个金橘》（*A Kumquat for John Keats*，1981）、《尚武的美国》（*U.S. Martial*，1981）、《诗选》（*Selected Poems*，1984）、《火隙：一首两条尾巴的诗》（*The Fire Gap*：*A Poem with Two Tails*，1985）、《V. 和其他的诗》（*V. and Other Poems*，1990）、《冰冷的到来：海湾战争诗》（*A Cold Coming*：*Gulf War Poems*，1991）、《戈耳贡的注视》（*The Gaze of the Gorgon*，1992）、《在哈萨克斯坦可能的一天》（*A Maybe Day in Kazakhstan*，1994）、《永远的吟游诗人：诗选》（*Permanently Bard*：*Selected Poetry*，1995）、《桂冠诗人的积木和其他偶得诗》（*Laureate's Block and Other Occasional Poems*，2000）、《钟下》（*Under the Clock*，2005）等。

哈里森作品的题材和形式的范围都很广。他的诗歌主要反映工人阶级和中下阶层的声音。他始终关注的是社会矛盾和阶级冲突，表现社会底层的人们对社会上层及其精英文化的反抗。在《他们与我们》（“Them and Us”）中他宣告：“不错，你们这些孬种！我们占领你们该死的诗歌领地。”不论其作品的背景是古希腊、罗马，还是伦敦或利兹，这一核心思想贯穿了他作品的始终。他有时借用欧洲历史中的事例来表现政治和宗教上的强权压迫，如《婚礼的火炬》（“The Nuptial Torches”）。这是一首以伊莎贝拉王后的口吻描绘宗教裁判所的诗。不喜欢他的人认为他的作品充斥着敌意和好斗情绪，但是没人能否认他运用语言的智慧和能力。

他的第一部诗集是《利兹居民》，其中作品的语言貌似粗糙，仿佛街头民谣，实际上其节奏和韵律经过精心设计，其通俗和口语化表现了工人阶级语言的勃勃生机。《续：“雄辩派”的五十首十四行诗》中的十四行诗采取了乔治·梅瑞狄斯（George Meredith）写《现代爱情》（*Modern Love*，1862）时发明的十六行形式。哈里森用方言土语来写十四行诗，以此颠覆了这一文学经典形式的神圣性。

20世纪80年代中期以后，他的作品的题材更多地转向个人生活。在《V.和其他的诗》中，哈里森以精湛的技艺用“脏话”改写了托马斯·格雷（Thomas Gray）的《墓园挽歌》（*Elegy Written in a Country Churchyard*，1751）。在这首诗中，他回忆了父母的墓碑遭到当地流氓的肆意涂鸦。这些下等人的语言粗俗而下流，他们代表那些道德沦丧并丧失了文明传统的人。《给约翰·济慈一个金橘》是他的作品中比较温和而机智因而广受赞誉的作品。

哈里森也是一个成功的剧作家、翻译家和电视剧剧本作家。他擅长翻译并改编世界名剧，既能保持原作的精髓，又赋予了诗剧全新的表现形式。他改编了莫里哀的《厌世者》（*Le Misanthrope*，1666）、拉辛的《菲德拉》（*Phèdre*，1677）、雨果的《王子的游戏》（*Le roi s'amuse*，1832），还有索福克勒斯、阿里斯托芬和埃斯库罗斯的剧作，都获得了很大成功。他改编了《谜》（*The Mysteries*，1985），取材于中世纪神秘剧。他还翻译过诗集和歌剧剧本。

他自己也写剧本，如《激情》（*The Passion*，1977）、《鞠躬》（*Bow Down*，1977）、《美狄亚》（*Medea*，1991）、《平凡的合唱队》（*The Common Chorus*，1992）、《诗或半身像》（*Poetry or Bust*，1993）、《广岛的阴影及其他电影/诗歌》（*The Shadow of Hiroshima and Other Film/Poems*，1995）等。他创作的电视剧剧本有《北极天堂》（*Arctic Paradise*，1981）、《大H》（*The Big H*，1984）、《爱的回忆》系列（*Loving Memory Series*，1987）、《亵渎者的盛宴》（*The Blasphemers' Banquet*，1989）等。

哈里森创立了影视诗歌形式，通过电视使诗歌在广大公众中产生影响。用作诗集题目的《戈耳贡的注视》即是为电视所写的，并在BBC播放过。《广岛的阴影及其他电影/诗歌》里也有很多为电视或剧院所写的作品。哈里森在1998年还创作并导演了气势恢宏的电影《普罗米修斯》（*Prometheus*），把盗火英雄的故事置于后工业时代的英国和东欧。他虽然迎合时代潮流利用了大众媒介，但始终视自己为一个诗人，认为无论自己的作品采取了什么外在形式，其本质都是诗。

哈里森赢得过乔姆利诗歌奖，1984年入选皇家文学学会。他的作品《利兹居民》获得了1972年度杰弗里·法伯纪念奖，改编的埃斯库罗斯剧作《奥瑞斯忒亚》（*The Oresteia*，1983）获1983年度欧洲诗歌翻译奖（European Poetry Translation Prize），电影《V.》（*V.*，1987）获1987年皇家电视协会奖（Royal Television Society Award），《戈耳贡的注视》获1993年度惠特布莱德诗歌奖，电影《新娘的黑雏菊》（*Black Daisies for the Bride*，1993）获1994年意大利奖（Prix Italia），《广岛的阴影及其他电影/诗歌》获1996年度威廉·海涅曼奖（William Heinemann Prize）。

（李小鹿）

西默斯·希尼（Seamus Heaney）

作家简介

西默斯·希尼（Seamus Heaney，1939—2013），爱尔兰诗人。

希尼出生于北爱尔兰的一个天主教家庭，在德里郡（County Derry）的莫斯邦（Mossbawn）农场长大。农场一侧的溪流即是北爱尔兰和爱尔兰共和国的分界线。希尼的祖、父辈都是农民，而他赢得了一所天主教寄宿学校圣哥伦布学院（St. Columb's College）的奖学金，1957年又进了贝尔法斯特的女王大学（Queen's University）。1963年，诗人菲利普·霍布斯勃姆（Philip Hobsbaum）到女王大学执教，并组织了著名的“贝尔法斯特小组”，这个诗人团体中包括德里克·马洪（Derek Hahon）和迈克尔·朗利（Michael Longley）。希尼参加了这个活跃的诗人小组，并在霍布斯勃姆的鼓励下开始了诗歌创作。希尼后来曾在美国的加利福亚大学伯克利分校（University of California，Berkeley）任教，也做过自由作家。

希尼出版过诗集《一个博物学家之死》（*Death of a Naturalist*，1966）、《进入黑暗之门》（*Door into the Dark*，1969）、《外出过冬》（*Wintering Out*，1972）、《北方》（*North*，1975）、《田间劳作》（*Field Work*，1979）、《斯威尼的重构》（*Sweeney Astray*，1984）、《斯特森岛》（*Station Island*，1984）、《山楂灯笼》（*The Haw Lantern*，1987）、《幻视》（*Seeing Things*，1991）、《酒精水准仪》（*The Spirit Level*，1996）、《开垦的土地：1966—1996年诗选》（*Opened Ground*：*Poems 1966—1996*，1998）等。

希尼受菲利普·霍布斯勃姆的影响较大。他作品的题材很多是日常生活中平淡无奇的琐事，特别是他早期的作品多以爱尔兰乡间生活为题材，如他的头两部诗集。他在作品中回忆自己过去的生活，细致地描绘了父母、祖父等辛勤的劳动者。他们娴熟的技艺、富于力量的身体和劳动的节奏在他诗意的语言中凝结成了一个个璀璨而富于魅力的瞬间。这类诗作有《搅奶油的日子》（“Churning Day”）、《挖掘》（“Digging”）、《莫斯邦：献给玛丽·希尼的两首诗》（“Mossbawn：Two Poems in Dedication to Mary Heaney”）等。希尼的写作风格含蓄，很少直抒胸臆地描绘感情，而是通过写实的笔法，利用重点突出的细节来传达情感。这一特点在他描写弟弟去世的《期中假期》（“Mid-Term Break”）、为母亲去世而写的悼亡诗等作品中都可见一斑。他丰富的感情、细致的观察和对细节的出色选择使司空见惯的生活琐事具有了深刻的诗意。他的有些作品也反映了爱尔兰农民严酷的生活环境。政府通过警察严密地监控着农民的生产劳动，同时英、爱矛盾和民族矛盾也给百姓的生活带来了苦难。这样的作品有《警察来访》（“A Constable Calls”）和《受害者》（“Casualty”）等。

在《外出过冬》《北方》和《田间劳作》中，诗人回顾了爱尔兰充满黑暗的历史。诗集《北方》收集了他著名的“沼泽诗”（bog body poems）。这些作品非常有力，其中很多是由从丹麦沼泽中挖掘出的古代被祭祀者及爱尔兰沼泽中出土的尸身为题材引发的。希尼对这些男女尸首做了解剖学般细致的描述，构建出这些被凌虐者生前的故事，并从古代的受刑者联想到爱尔兰民族历史中的被杀戮者，反思了死亡的残酷、个体生命的无力和脆弱、民族政治的动荡以及人类的蒙昧和暴行。这类作品中著名的有《格劳巴尔男尸》（“The Grauballe Man”）、《托伦人》（“The Tollund Man”）、《惩罚》（“Punishment”）、《沼潭女皇》（“Bog Queen”）、《亲属关系》（“Kinship”）和《奇异的果实》（“Strange Fruit”）等。死亡对于希尼是具有震撼力的。他有很多诗作是关于死亡的，包括亲戚的死和朋友的死，如《葬仪》（“Funeral Rites”）和《在贝格湖滨的沙滩——纪念卡伦·麦克特尼》（“The Strand at Lough Beg—In Memory of Colum McCartney”）等。这些作品探索了生与死的意义和关系。

希尼也有一些短小、优美而并不沉重的作品。他的一些描写乡村生活和景象的诗音律和谐、意象柔美，有着浓郁的爱尔兰气息，如《布洛格》（“Broagh”）、《阿纳霍瑞什》（“Anahorish”）、《收获结》（“The Harvest Bow”）等。布洛格是个包含着独特的爱尔兰方音的地名，阿纳霍瑞什是希尼出生的地方，收获结是丰收时爱尔兰男人向女人表达爱情的礼物。这些作品都表现出了希尼强烈的民族意识。他认为自己是爱尔兰诗人，而不是英国诗人。他的诗被编入《企鹅英国当代诗选》（*The Penguin Book of Contemporary British Poetry*，1982）后，希尼以诗歌的形式发表了《一封公开信》（*An Open Letter*，1983），声明自己是爱尔兰诗人。

他出版的文学评论集有《先入之见：1968—1978年论文选》（*Preoccupations*：*Selected Prose 1968—1978*，1980）、《舌头的管辖：1986年T. S. 艾略特纪念讲座及其他评论写作》（*The Government of the Tongue*：*The 1986 T. S. Eliot Memorial Lectures and Other Critical Writings*，1988）、《诗的匡正》（*The Redress of Poetry*，1995）。1999年，他重译了《贝奥武甫》（*Beowulf*：*A New Translation*），出版后获得一致好评，被认为是最好的翻译版本。进入21世纪后，希尼依然保持着旺盛的创作力，出版了

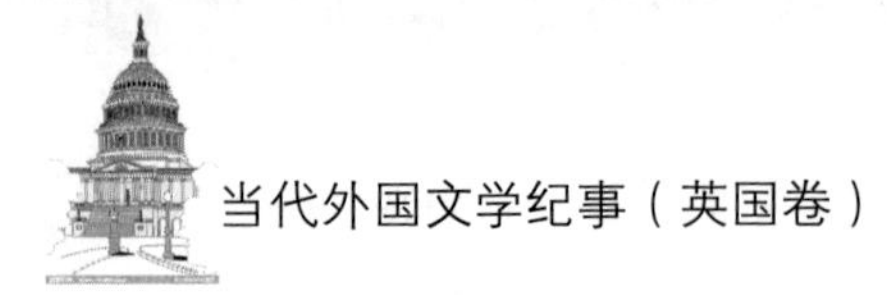

诗集《电灯》（*Electric Light*，2001），并发表了不少评论文章。

希尼1995年获得了诺贝尔文学奖，是叶芝之后最著名的爱尔兰诗人。

（李小鹿）

苏珊·希尔（Susan Hill）

作家简介

苏珊·希尔（Susan Hill，1942—　），小说家、儿童文学作家、广播剧作家和评论家。

希尔出生于英国北约克郡斯卡伯勒镇（Scarborough，North Yorkshire），曾就读于考文垂（Coventry）的文法学校，在学校就读的最后一年发表了她的第一篇小说《围栏》（*The Enclosure*，1961），描述两性关系和婚姻的解体。之后她进入了伦敦国王学院读英文，毕业后为一些期刊和报纸做过五年的文学评论。

1968年到1974年期间，希尔先后写作了小说《绅士与淑女》（*Gentlemen and Ladies*，1968），描述了小乡村里一群上了年纪的女人们苦乐参半的生活，小说的气氛从葬礼上一个陌生人的出现开始突然变得紧张；以英国海岸为场景的《变得更好》（*A Change for the Better*，1969），讲述了一个女人对其控制欲极强的母亲徒劳的反抗；获得了萨默塞特·毛姆奖的《我是城堡的国王》（*I'm the King of the Castle*，1970）通过两个11岁男孩之间痛苦的意志较量，生动有力地再现了童年的恐惧；《奇异的相遇》（*Strange Meeting*，1971）讲述在第一次世界大战的西方战线上一个保守、自省的中尉，同一个大大咧咧、慷慨的战友之间的友情；获得惠特布莱德奖的《夜鸟》（*The Bird of Night*，1972）探讨了天才和癫狂之间的联系；以及描写一个年轻寡妇丧夫之痛的《一年之春》（*In the Springtime of the Year*，1974）。同时希尔还出版了短篇故事集《信天翁》（*The Albatross*，1971），获得了约翰·卢埃林·里斯纪念奖；并把她的许多广播剧作收集成册于《寒冷国度及其他广播剧》（*The Cold Country and Other Plays for Radio*，1975），讲述四个被雪围困的绝望的南极探险者的故事。

1975年，希尔嫁给了莎士比亚学者斯坦利·威尔斯（Stanley Wells），并宣布停止写作小说，专注于广播剧和月刊专栏。但1983年出版的《黑衣女人》（*The Woman in Black*，又译《魂游你左右》）表明她回归了小说创作。希尔的许多作品都显示了对气氛和自然环境的细微差别的敏感，这一特点在哥特小说风格的《黑衣女人》中造成了出色的悬念效果，生动再现了维多利亚鬼魂故事的惊悚氛围，后来被改编成了风靡一时并至今还在上演的舞台剧和电视剧。1992年她又写了相似风格的幽灵故事《镜子中的薄雾》（*The Mist in the Mirror*）。她还相继创作了回忆童年过圣诞节的《雪夜灯光》（*Lanterns Across the Snow*，1987），讲述中年大学教师对年轻女孩的激情的《空气与天使》（*Air and Angels*，1991），以及为达夫妮·杜穆里埃（*Daphne du Maurier*）的《蝴蝶梦》（*Rebacca*，1938）所写的续集《德温特夫人》（*Mrs de Winter*，1993）。

希尔还出版了两部自传，《魔术苹果树》（*The Magic Apple Tree*，1982）和《家》（*Family*，1989），以及一些儿童读物，包括《这能是真的吗？》（*Can It Be True*，1988）、《苏茜的鞋子》（*Susie's Shoes*，1989），《玻璃天使》（*The Glass Angels*，1991）和《王中王》（*King of*

Kings，1993）。

从2004年起，希尔开始创作一系列以大侦探西蒙·塞拉叶（Simon Serrailler）为主人公的犯罪小说，第一部《神出鬼没》（*The Various Haunts of Men*，2004）取得了商业上的成功，虽然文学评论家对其褒贬不一，其后相继出版了《内心的纯洁》（*The Pure in Heart*，2005）、《黑暗冒险》（*The Risk of Darkness*，2006）、《沉默的誓言》（*The Vows of Silence*，2009）、《街上阴影》（*Shadows in the Street*，2010）、《背叛信任》（*The Betrayal of Trust*，2011）、《身份问题》（*A Question of Identity*，2013）、《审慎的体现》（*The Soul of Discretion*，2014）。

（魏歌）

作品简介

《黑衣女人》（*The Woman in Black*）

小说《黑衣女人》的叙事者亚瑟（Arthur）是个律师，曾经丧妻，后再婚，有四个继子女。在圣诞节前夜，一个传统节目是讲鬼怪故事，孩子们要他也讲一个。亚瑟将这个故事写了出来。

话说当年，亚瑟23岁，在一家律师行工作，他接到老板交代的工作任务，出差去克莱辛吉福德镇（Crythin Gifford），这个小镇位于英格兰东北部海岸。他去那里为一位刚刚去世的客户德拉布洛太太（Mrs Drablow）处理身后之事。他在火车上遇到一位名叫塞缪尔（Samuel）的乘客，到站后亚瑟乘坐他的汽车一起去克莱辛吉福德镇。塞缪尔把亚瑟送到镇上一个旅店后和他告别，并跟他说，如果需要帮忙，可以找他。第二天上午，亚瑟散步之后回到旅店，看到德拉布洛太太的代理人杰罗姆先生（Mr Jerome）留给他的字条，告诉他会过来和他一起参加德拉布洛太太的葬礼。

葬礼没什么人到场，亚瑟却看到一个奇怪女人，一身黑衣，面容竟与

死人无异，但是当他跟杰罗姆先生说他看见这个黑衣女人，杰罗姆却坚称自己根本没有看见。德拉布洛太太生前寡居在“鳗鱼沼地大宅”，这座房子坐落在海岸沼地之中，位于沼地堤道的最远端，沼地涨潮时就成为一个隔绝小岛。午饭时，亚瑟跟当地人聊天，有人说这座房子不会有人购买，却又不肯说明原因。一提起德拉布洛太太，小镇居民都是三缄其口。

亚瑟乘坐马车经沼地堤道来到这座大宅，他转悠到近旁墓地，那个黑衣女人竟然再度现身，他想过去看个究竟，但黑衣女人一下子又消失不见，无踪可循。真是见了鬼了！在大宅中，他发现很多书信、收据等文字材料。

他准备回到小镇，从大宅出来走上堤道，这时他好像听到了马车的声音，但接下来的声音像是马车和马匹陷入沼泽，一个孩子在溺水时哭喊。这时水已经上涨，他赶紧返回大宅。

早上他回到小镇，后又找到塞缪尔一起吃饭，说自己要在大宅里再待上两天，查看那些找到的文字材料。他带上了塞缪尔的小狗重回大宅。在杂乱的文字材料中，他发现一些信件是一个女子詹妮特（Jennet）写给德拉布洛太太的，她应该是德拉布洛太太的亲戚，她将自己非婚生孩子交给德拉布洛太太收养。

他带来的小狗似乎察觉到什么，低吼不止，亚瑟随小狗来到房子外面，沼地方向又传来声音，听上去是一辆马车陷入泥中，孩子在哭喊。他回到房子里面，小狗又开始低吼，并领他来到楼上一个房间，这个房间的房门他曾经查看过，当时是锁上的，但现在房门却敞开着。这是一间儿童房，里面一个摇椅竟然还在摇动，但并没有人摇动摇椅！他早些听到的声音是这里传出来的。

半夜，亚瑟醒来，带小狗来到户外，他一抬头，又瞥见黑衣女人站在儿童房窗前，正注视着他。第二天一早，塞缪尔来了，他们一起回到镇上。在旅店，亚瑟翻看德拉布洛太太的信件，他发现一份死亡证书，死者是詹妮特的儿子，他开始理清事情的头绪。原来詹妮特未婚怀孕，她和德拉布洛太太是亲姐妹。德拉布洛太太说服她把儿子交给自己，由他们夫妇两人养育，孩子则不能知道詹妮特是他的生母。詹妮特离开儿子一段时间，但她实在无法忍受和儿子骨肉分离，又回到大宅，她答应不会向儿子透露他的身世真相。然而不幸的是，一天，载着她儿子和保姆的马车陷在沼泽里，两人连同马车夫一起命丧沼地。詹妮特这时正好站在儿童房窗前，目睹悲剧的发生，却无能为力。儿子死后，詹妮特也精神失常了。后来她也去世了，但她死后仍然阴魂不散，不时现身大宅和小镇，为儿子索命。塞缪尔告诉他，谁看到她的幽灵，谁的孩子就会遭殃，莫名而亡！

亚瑟回到伦敦，不久后迎娶丝黛拉（Stella）为妻，还有了一个儿子约瑟夫（Joseph）。一次，一家人一起去伦敦附近一处集市，约瑟夫见到马车，非要坐，可马车只能载两个乘客，丝黛拉和约瑟夫母子俩上了车，亚瑟看着她们，这时他突然看到了黑衣女人，她突然出现在马车前，马匹受惊，失控狂奔，马车撞上一棵树，事故中，约瑟夫当场死亡，丝黛拉伤势严重，十个月之后也不治身亡。

《黑衣女人》是一部具有哥特文学风格的惊悚类小说，情节充满悬念和诡异效果。

（张世耘）

阿兰·霍灵赫斯特（Alan Hollinghurst）

作家简介

阿兰·霍灵赫斯特（Alan Hollinghurst，1954— ），英国小说家，诗人，翻译家。

霍灵赫斯特出生于格罗斯特郡（Gloucestershire）的斯特劳德镇（Stroud），大学就读于牛津大学马格达林学院（Magdalen College，Oxford University），于1975年获得学士学位，1979年获得硕士学位。从1982年到1995年，他在《泰晤士报文学增刊》任职。他公开承认自己是同性恋者。

他的诗歌作品包括1982年发表的《与男孩们的私语》（*Confidential Chats with Boys*）等。

1988年，他发表了第一部小说《游泳池图书馆》（*The Swimming Pool Library*），故事背景是20世纪80年代初的伦敦，故事主人公威尔（Will）

是一个英俊的同性恋男青年，祖父曾任检察署署长，因出色贡献获颁贵族头衔，而他继承的祖父遗产使他衣食无忧。他常去同性恋聚集的地方寻找性伴侣。一次，他来到一个公园公共洗手间猎艳，遇见一些同性恋者在此寻欢作乐，一位年长者突然晕倒，其他人担心被发现一哄而散，威尔却留下来对他采用人工呼吸急救，挽救了他的性命。后来他在自己经常光顾的同性恋俱乐部又遇到这位老者，他名叫查尔斯（Charles），83岁，英国上议院议员，曾任英国非洲殖民地官员。查尔斯也了解了威尔的出身和才华，但这时这个年轻人整天无所事事，他就邀请威尔为自己写传记。他把自己的日记交给威尔阅读，这些日记记述了查尔斯的学生时代、他在非洲的经历，直至第二次世界大战战后。同为同性恋者，查尔斯的经历与威尔这个小青年的经历形成鲜明反差。威尔后来得知，查尔斯因性取向入狱还是威尔自己的祖父任上所为。小说生动描述了英国20世纪80年代同性恋亚文化现实。小说获得1989年度萨默塞特·毛姆奖。

他的第二部小说《折叠的星星》（*The Folding Star*）于1994年发表，故事主人公爱德华（Edward），32岁，同性恋者，从英国来到比利时一个小城，有两个学生在那里跟他学习英语。他的学生吕克（Luc），17岁，相貌俊美，因旷课被所在教会学校开除。爱德华有一个性伴侣谢里夫（Cherif），他相貌平平，热恋着爱德华，但他们之间的情感却只是单恋关系。爱德华深深迷恋于吕克的美貌。他的另一个学生的父亲是绘画艺术专家，专门研究象征主义画家奥斯特（Orst），他请爱德华为奥斯特博物馆编写目录。奥斯特曾经迷恋一位苏格兰女演员，但不久女演员溺亡，从此奥斯特专注于为她画像。爱德华对吕克之美的迷恋和奥斯特对女演员之美的迷恋以及爱德华情感经历形成呼应。小说获得1994年度詹姆斯·泰特·布莱克纪念奖。

他的第三部小说《魅惑》（*The Spell*）于1998年发表，故事围绕四个主要人物罗宾（Robin）、贾斯丁（Justin）、亚历克斯（Alex）和丹尼

（Danny）展开。罗宾是一位建筑师，四十多岁。贾斯丁是罗宾的同性男友。亚历克斯是公务员，贾斯丁的前男友。丹尼是罗宾的儿子，22岁，热衷于夜店生活和淫乱行为。亚历克斯则爱恋着丹尼。小说描述了同性恋群体的生活方式以及他们之间的错综性伴侣关系。

小说《美丽线条》（*The Line of Beauty*）发表于2004年，故事背景是20世纪80年代的英国伦敦，男主人公尼克（Nick）是公开的同性恋者，出生于一个普通人家。他刚从牛津大学毕业，打算在伦敦大学学院攻读博士学位。他来到牛津大学同学托比（Toby）的家中小住。托比的父亲是商人，他积极参与政治，是议会保守党议员。母亲是犹太人，娘家相当富有。托比的妹妹凯瑟琳（Catherine）患有抑郁症，病症控制不好就有可能做出伤害自己的事。尼克住在他们家中，时间一长，就像是家人一样，对此，凯瑟琳的父母求之不得，一旦女儿犯病，尼克也能帮得上忙。小说围绕主人公住在托比家的经历展开，表现了20世纪80年代英国社会现实和同性恋、吸毒、艾滋病等社会现象。小说获得2004年度曼布克奖小说奖（Man Booker Prize for Fiction）。2006年，小说被BBC改编为电视剧。

2011年，他的第五部小说《陌生人的孩子》（*The Stranger's Child*）发表，故事开始于第一次世界大战前，年轻的贵族诗人塞西尔（Cecil）到他的剑桥大学同学乔治（George）家中做客，他们之间有恋人关系。乔治的妹妹达芙妮（Daphne）芳龄十六，为他而神魂颠倒。塞西尔在达芙妮的亲笔签名集上题写了一首田园格调爱情小诗留作纪念。这首诗似乎是为达芙妮而写，达芙妮也这样想，但实际上诗中情感的表白对象很可能是她的哥哥。塞西尔后来在战争中死去，但星移斗转，他身后终成名人，这首小诗诗句更是在英国家喻户晓。故事沿着达芙妮的生活轨迹发展，延续到21世纪初，揭示塞西尔和达芙妮两家人故事的台前幕后。小说中漫长的历史时光见证了社会演进以及同性恋亚文化的生存变迁。小说入围2011年度曼布克奖初选名单。

他的翻译作品包括法国剧作家拉辛的剧作《巴雅泽》（*Bajazet*，

1991）和《贝芮妮丝》（*Bérénice*，2012）。

（张世耘）

作品简介

《美丽线条》（*The Line of Beauty*）

小说故事背景是20世纪80年代的英国伦敦。1979年，撒切尔夫人作为保守党领袖出任首相，她倡导自由市场、国有资产私有化、个人至上，以及维多利亚时期的价值观。此时失业率上升，贫富差距也随之增大。20世纪80年代，追求享乐的心态影响着社会风气，有钱人更是纸醉金迷，人们对性行为的态度更为开放，性放纵、同性恋、吸毒也是这个时期社会文化的一部分。

小说开始时是1983年。男主人公尼克是公开的同性恋者，他出生于一个普通人家，刚从牛津大学毕业，打算在伦敦大学学院攻读博士学位，研究美国小说家亨利·詹姆斯（Henry James）。他在大学毕业前不久才公开了自己的同性恋性取向。

他来到牛津大学同学托比家中小住。尼克此前一直爱慕托比，但一直没有实际行动。直到此时他还从来没有过同性恋性伴侣。托比与父母和妹妹同住在伦敦的富人区，父亲是成功的生意人，同时还是保守党议员，母亲出生于一个富有犹太人家庭，托比的妹妹凯瑟琳患有抑郁症，有自残行为。由于尼克和凯瑟琳建立了互信关系，托比的父母希望他能长期住在他们家帮他们照应病情时常发作的女儿。他几乎成了这个权贵家庭中的另一个成员。托比家人也能够宽容地理解他的同性恋性取向。

尼克的第一个同性恋恋人列奥（Leo）是通过求偶广告结识，是一个黑人，在政府部门任职，他母亲并不能接受他的同性恋性取向。他们之间第一次发生性行为是在托比家后面的社区私有花园里。

托比21岁生日时，家里为他庆生，在他母亲娘家乡间宅邸举办了生日社交聚会，请来的客人多是达官富贾，还有托比在牛津大学时的同学。尼克被一个男服务生所吸引，跟他约好幽会，但并没有赴约。他遇到了他一直心有所念的牛津大学同学、黎巴嫩人瓦尼（Wani），他富有、相貌俊美，父亲是经营超市的大亨。他并没有公开自己的同性恋性取向，也已经和未婚妻订婚。尼克他们接下来在托比卧室里吸毒。

尼克和瓦尼成了同性恋性伴侣。他们虽然在一起，但不能公开他们的同性恋关系。为遮人耳目，尼克为瓦尼的电影公司做事，两人名义上是工作关系。后来他们之间的同性恋关系被凯瑟琳发现。

列奥已经和尼克分手，但几年后尼克得知列奥已经死于艾滋病，列奥在分手之前就知道自己染上了艾滋病，而他之前的性伴侣也是死于艾滋病，他应该是由以前的性伴侣传染染上的艾滋病。列奥的母亲一直无法接受儿子是同性恋的事实，认为他的艾滋病是因为使用洗手间不洁坐便器而传染上的。

托比的父亲参加了1987年议会竞选，也的确再次当选，不过他仅以微弱优势胜出。而这时瓦尼也感染了艾滋病，病情越来越严重。他告诉尼克，托比的父亲可能因为财务账目问题出事。果不其然，他的财务丑闻不久被媒体曝光。凯瑟琳知道父亲和女秘书的婚外情，她告诉了她的前男友，结果此事被媒体披露。托比父亲因此辞去议员职务。尼克和瓦尼的事和照片也上了小报。托比父亲不让尼克继续住在他家。

尼克离开了托比的家。他做了艾滋病检查，正在等待第三次检查的结果。

小说表现了英国20世纪80年代同性恋群体和他们面临的主流社会环境，同时也展现了80年代撒切尔政府时期的社会现实。

（张世耘）

尼克·霍恩比（Nick Hornby）

作家简介

尼克·霍恩比（Nick Hornby，1957—　），英国小说家，剧作家，诗人。

霍恩比出生于英国萨里郡（Surrey）雷德希尔镇（Redhill），曾于剑桥大学学习英文，毕业后做过英文教师、记者、《纽约客》（*New Yorker*）杂志流行音乐评论家。

1992年，他发表了论文集《当代美国小说》（*Contemporary American Fiction*）。同年，他出版了回忆录《极度狂热》（*Fever Pitch*），讲述自己作为阿森纳俱乐部球迷的经历。回忆录获1992年度威廉·希尔年度最佳体育书籍奖（William Hill Sports Book of the Year Award），后改编为戏剧和电影。后于2012年获得英国体育书籍奖（British Sports Book Award）。

1995年，他的第一部小说《高保真》（*High Fidelity*，又译《失恋排

行榜》）发表，故事主人公罗布（Rob）三十多岁，生活没有什么目标，对自己的能力也没有什么信心。他开了一家二手唱片店，店里生意并不景气，女友劳拉（Laura）也和他分手了。分手原因他也不清楚。他习惯把事情列成排名表，他把排名前五位的最伤心恋爱经历列了出来，从12岁开始算，在他看来，劳拉还排不进前五。这时劳拉竟是和他楼上一个邻居在一起，他想搞明白自己恋爱中出的问题。他联系上排行表列出的前女友们一探究竟。劳拉父亲去世了，这给他们的关系带来转机，劳拉也愿意回到他身边，他也需要理顺自己的活法。劳拉让他列出前五位理想工作排行表，但却没有一个工作适合自己。看来最终他还是应该做自己熟悉的音乐本行。小说于2000年改编为电影。

他的第二部小说《关于一个男孩》（*About a Boy*）发表于1998年，主要讲述了一个三十多岁男人和一个12岁男孩儿之间关系的故事。2002年，小说改编为电影。

小说《如何为善》（*How to Be Good*）于2001年发表，故事女主人公是一个医生，也是两个孩子的母亲。她的丈夫一直没有稳定工作，他自私、说话刻薄。她真的希望丈夫为人不是这个样子。后来丈夫结识了信仰导师，突然由一个内心充满愤恨的人转变为乐善好施的人，把钱物和儿子的计算机也送给别人，让孩子们与不受欢迎的同学交往，甚至帮助安排无家可归者的住处。这样的转变让女主人公无所适从。在此之前，她作为医生、母亲，一直是一个好人的角色，尽管她也有不完美的地方，比如，她有外遇，也主动提出离婚要求。显然，女主人公需要重新审视为善的道德标准。小说获得2002年度WH 史密斯文学奖小说奖。

2005年，小说《漫漫长路》（*A Long Way Down*）发表，书中四个主要人物在新年前夜相遇在楼顶，他们互不相识，但他们竟然都打算从楼顶跳下结束生命。他们其中一人曾经是电视脱口秀主持人，因为和一个15岁少女发生关系而入狱，结果是妻离子散；一个是音乐家，他的乐队散了，女友也和他分手了；一个是单亲母亲，儿子有残疾；一个是问题少女，男友也离她而去。四人交谈后终于没有自杀。此后生活虽有波折，但他们都还在继续生活下去。小说入围2005年度惠特布莱德小说奖决选名单。

他的其他作品包括：小说《砰！》（*Slam*，2007）、《裸体朱丽叶》（*Juliet*，*Naked*，2009）、《喜剧女孩》（*Funny Girl*，2014）等。

（张世耘）

作品简介

《高保真》（*High Fidelity*）

主人公罗布是伦敦一家音像商店的老板，35岁，性格忧郁，容易伤感，唯一的爱好就是音乐。35岁以前他是个感情不专一、频频换女友的花花公子。小说开始时，相处了3年的女友劳拉与他分手，投入另一个小伙子伊安（Ian）的怀抱。劳拉聪明漂亮，是个很出色的律师，罗布不知道为何劳拉要离开他，究竟什么地方出了问题。

劳拉离去后，罗布陷入回忆，曾经与他相好过的女子无数，他把印象最深的5个列成排行榜，以此来打发空虚的时光。后来，他认识了乡村女歌手玛丽（Marie），玛丽的歌声哀婉动听，让他心碎，让他流泪，他爱上了玛丽，并与玛丽同居。然而，罗布还是忘不了劳拉。有几次他遇见劳拉时，问她是否还愿意回到他身边，劳拉断然拒绝。罗布依然不死心，他每天给劳拉打30次电话，故意在伊安的住处附近频繁出现。然而，这一切都是徒劳，劳拉依然不理睬他。一天，机会终于来到，劳拉打电话告诉罗布她父亲去世了，问他能否参加她父亲的葬礼，他当即答应去参加葬礼。葬礼结束后，劳拉伤心地说她现在很孤独，需要罗布的安慰和照顾。他们俩终于又走到一起。小说结局是典型的好莱坞大团圆。经过感情的种种波折，罗布终于成熟，不再轻浮。当一家报社的年轻女记者喜欢上罗布并向他示爱时，罗布意识到，劳拉才是他的归宿，他不想再改变自己的生活，

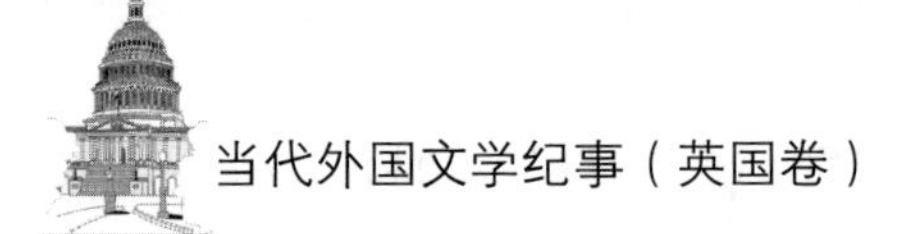

他向劳拉正式求婚，劳拉没有给他明确的答复，但他相信劳拉会答应他的求婚。

这部小说不仅反映了普通人的生活，而且触及人的情感最深之处，作者以敏锐的眼光分析并描述了男女之间的关系，为什么有的男人女人走到一起，为什么有的男人女人走到一起又分开。小说的语言优美，风格幽默，对话充满机智，音乐元素贯穿始终是小说的一大特点。

（张世红）

泰德 · 休斯（Ted Hughes）

作家简介

泰德 · 休斯（Ted Hughes，1930—1998），原名爱德华 · 詹姆士 · 休斯（Edward James Hughes），英国诗人，儿童文学作家。

休斯出生在英格兰约克郡的米索姆洛伊德村（Mytholmroyd），7岁时全家搬到南约克郡（South Yorkshire）小城麦克斯伯勒（Mexborough）。家乡粗犷豪放的自然景色和年少时打猎钓鱼的经历对休斯日后的创作影响很大。从麦克斯伯勒中学毕业后，休斯在皇家空军中做过两年地面无线机修工。后来，他考入剑桥大学潘布鲁克学院（Pembroke College, Cambridge University）攻读英语，两年后转学考古和人类学，1954年毕业。在校期间，他阅读了大量神话和民间传说。

1956年，休斯和5人一起创办文学杂志《圣博托尔夫评论》（*St. Botolph's Review*）。在杂志的创刊聚会上，他结识了美国自白派女诗人

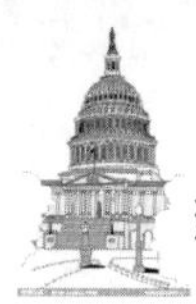

西尔维亚·普拉斯。两人在4个月后结为夫妇，才子佳人的结合一时传为佳话。

1957年，休斯的第一部诗集《雨中鹰》（*The Hawk in the Rain*）在纽约诗歌中心（Poetry Center）举办的“首次出版大赛”（First Publication Book Contest）中获得第一名。该书1957年在英国和美国出版，好评如潮。

1959年，在马萨诸塞州一所大学任教的休斯与普拉斯回到英国。他于1960年出版的第二部诗集《牧神祭》（*Lupercal*）获得当年的萨默塞特·毛姆奖。

1962年10月，休斯移情别恋阿西亚·薇维尔（Assia Wevill），性格激烈的普拉斯在1963年用煤气结束生命。休斯被认为应对妻子自杀负责，成为普拉斯的广大崇拜者和众多女性主义批评家抨击的对象。此后几年内，休斯中止了诗歌创作。1969年，薇维尔也带着女儿自杀。面对如影随形的指责，休斯在之后的30年间一直保持沉默，将精力投入整理和出版普拉斯的诗作中。

1970年，休斯再次结婚。他搬到郊外，开始了多产的创作。在40多年的文学生涯中，休斯共创作九十多部作品。他不仅是一位杰出的诗人，还是成功的舞台剧、歌剧脚本、儿童读物作家和出色的诗歌翻译家。他的其他主要作品有：《诗选》（*Selected Poems*，1962，与托姆·冈恩［Thom Gunn］合著）、《沃德沃》（*Wodwo*，1967）、《铁人》（*The Iron Man*，1968，或称《铁巨人》［*The Iron Giant*］）、《乌鸦》（*Crow*，1970）、《季节之歌》（*Season Songs*，1976）、《高黛特》（*Gaudete*，1977）、《穴居之鸟》（*Cave Birds*，1978）、《爱密特遗迹》（*Remains of Elmet*，1979）、《荒野镇》（*Moortown*，1979）、《河》（*River*，1983）、《花与虫》（*Flowers and Insects*，1986）、《观狼》（*Wolfwatching*，1989）、《给公国的雨咒》（*Rain-Charm for the Duchy*，1992）和《新诗选集》（*New Selected Poems*，*1957—1994*，1995）等。1997年根据奥维德（Ovid）的《变形记》（*Metamorphoses*）改

编的《奥维德的故事》（*Tales from Ovid*）获得惠特布莱德年度最佳图书奖和WH史密斯文学奖。

休斯常被称作“自然诗人”。他的诗常用动物表达现实世界，通过动物寓言的方式对人的本能给以充分展现，继而展开对人性深层次的剖析，有很强的象征性和寓言色彩，体现了一种人类学的深度。食肉，善于嘲讽，而又不可毁灭的“乌鸦”形象出现在他的很多作品中。

休斯的诗多以暴力为主题，认为是暴力在统治着自然界和人类社会。他用诗的语言，把对大自然的美景与残酷性的感受和对人类社会的认识进行对比。他擅长采用神话构架，通过丰富的想象来描写掠夺者与牺牲者。休斯打破了传统诗歌的修辞传统，力主用直白、强烈的语调表现深刻的内在情绪，形成一种简洁的风格。他认为“节律的声音唤醒了故去的鬼魂，在那合声中难以唱出自己的声音。用不会唤回的鬼魂的语言说话更为简单”。

1998年，休斯出版诗集《生日信札》（*Birthday Letters*），献给他与普拉斯的女儿弗里达和儿子尼古拉斯。这88首诗是在三十多年中为纪念亡妻生日陆续完成的，首次揭示了他与普拉斯婚姻中的恩恩怨怨。这本书一出版就成了英国和美国的畅销书，并为他赢得T. S. 艾略特奖和惠特布莱德图书奖。这部诗集不仅把他的文学声誉推上了顶峰，也在一定程度上驱散了由于普拉斯之死而笼罩在他身上的阴影。

休斯获得过多项文学大奖，如惠特布莱德图书奖、萨默塞特·毛姆奖、佛罗伦萨城国际诗歌奖（City of Florence International Poetry Prize）、女王诗歌金勋章（Queen’s Gold Medal for Poetry）、前进诗歌奖（Forward Prizes for Poetry）、WH史密斯文学奖和T. S. 艾略特奖等。

1984年，休斯被封为桂冠诗人，一直担任到他1998年10月28日因癌症去世。他还获得过大英帝国军官勋章（OBE）。去世两周前，他被女王伊丽莎白二世授予功绩勋章（Order of Merit）。他被公认为20世纪英国最重要的诗人之一。

（蔡莹）

石黑一雄（Kazuo Ishiguro）

作家简介

石黑一雄（Kazuo Ishiguro，1954—　），日裔英国小说家，剧作家。

石黑一雄出生于日本长崎，1960年，他随家人移居英国，在萨里郡就读文法学校，后于肯特大学（University of Kent）学习英文和哲学，毕业后曾在伦敦从事社工工作。他曾在东英吉利大学学习文学创作研究生课程，于1980年获得硕士学位，在此期间他得到英国女作家安吉拉·卡特（Angela Carter）的指导。1982年，他开始全职写作。

他的第一部小说《远山淡影》（*A Pale View of Hills*）于1982年发表，故事女主人公悦子（Etsuko）出生在日本长崎，现寡居英国，她的第一任丈夫是日本人，两人育有一女，她的第二任丈夫是英国人，她随丈夫离开日本来到英国定居，开始了新的生活，两人也育有一女，而她带到英国的大女儿却自杀了。故事围绕女主人公对日本第二次世界大战后经历的旧时回忆展开。小说获温尼弗雷德·霍尔比纪念奖（Winifred Holtby Memorial Prize）。1983年，他被《格兰塔》杂志评为20位英国最佳青年小说家之一。

1986年，他的第二部小说《浮世画家》（*An Artist of the Floating World*）发表，小说主人公是一个退休画家，在绘画能力上颇有声望。他讲述自己第二次世界大战前后的经历。他曾积极参与民族主义运动、帮助政府宣传其军国主义政策。日本战败后的经历也和他的个人生活交织在一起，他的叙事从一个画家的视角揭示了日本当时的社会状态和国民心态。小说获得1986年惠特布莱德年度最佳图书奖并入围布克奖决选名单。

1989年，他的第三部小说《长日将尽》（*The Remains of the Day*）发表，故事发生在英国，时间是1956年的夏季，叙事者是达林顿勋爵（Lord Darlington）庄园的管家詹姆斯（James），庄园的新主人是一个富有的美国人，此时他人还在美国，他让管家在这期间休假，开车出去转转。詹姆斯正好借这个机会去看望一下以前曾在庄园一起工作过的女同事肯顿小姐（Miss Kenton），看她是否愿意重回庄园工作，因为她刚刚给他来过信，他感到她也许会考虑出来工作。他一路上回想第二次世界大战前他和肯顿小姐在庄园一起工作时经历的往事。当时他的前主人和英国纳粹分子关系密切，在此期间肯顿小姐决定离开庄园，结婚成家。这次他与肯顿小姐见面后得知，尽管她的婚姻不一定出于真爱，但她并没有出来工作的意思。故事主人公通过回忆，反思自己的对管家职业、前雇主的认识和态度，以及自己和肯顿小姐之间的情感。小说获得1989年度布克奖，后改编为电影。

小说《无可慰藉》（*The Unconsoled*，1995）讲述一位著名钢琴演奏家首次来到欧洲大陆某个城市举行演奏会，但他的记忆却有许多缺失，对自己来这里的目的有些搞不清楚。而他似乎也不像是初次到访这座城市，反而像是旧地重游，这里还有他的情人和她的儿子。许多人似乎认识他，请他帮忙解决他们遇到的各种问题，而他也难于拒绝这些求助者，他感到

有责任慰藉他们。这里发生的事似乎是他过去的经历重现。小说获得1995年度切特南奖。

小说《上海孤儿》（*When We Were Orphans*）于2000年发表，故事发生在第二次世界大战前的英国和中国上海，故事主人公克里斯托弗（Christopher）在上海出生，但在他的父母突然失踪后他成为孤儿，被送回英国，成年后他成为著名侦探，还收养了一个孤女。二十多年后他重回上海，想要查明他父母失踪的事情。此时适逢中国遭到日本侵略，在经历诸多波折后他发现其实当年他的父亲是和情人一起离开上海去了香港，后死于伤寒，母亲被军阀掳去做了姨太太。小说入围惠特布莱德图书奖和布克奖小说奖决选名单。

2005年，小说《别让我走》（*Never Let Me Go*）发表，故事以现实主义笔法讲述科幻故事，由克隆人女主人公讲述自己和她的克隆人朋友、恋人的成长、生活、恋爱经历。2005年，小说被《时代》（*Time*）杂志列入自1923年创刊以来100部最伟大英文小说名单，是当时名单中最新发表的一部小说。

2015年，他的首部短篇小说集《小夜曲：音乐与黄昏五故事集》（*Nocturnes*：*Five Stories of Music and Nightfall*）发表，并入围詹姆斯·泰特·布莱克纪念奖决选名单。

2015年，奇幻小说《被埋葬的巨人》（*The Buried Giant*）发表，故事时间背景是英格兰历史早期、公元五六世纪，亚瑟王（King Arthur）刚去世不久，不列颠人和撒克逊人之间处于和平状态。故事主人公是一对相濡以沫的夫妻，他们上路找寻多年不见的儿子，但他们对儿子已经没有什么记忆了，原因是当时人们有莫名的失忆症。他们在途中经历曲折，知道了人们失忆的原因，也见证了导致他们失忆的怪兽被杀，但杀死怪兽的代价是人们重新记起过去相杀之仇，撒克逊人和不列颠人的战争会再次降临。夫妻两人也恢复了记忆，知道儿子已经死去，他们还要面对妻子曾经背叛丈夫的过往记忆和将来。

2017年，他获得诺贝尔文学奖。

他现在和妻子女儿生活在伦敦。

（张世耘）

作品简介

《别让我走》（*Never Let Me Go*）

小说《别让我走》是石黑一雄的主要作品之一。

小说围绕故事叙事者女主人公凯茜（Kathy）展开，时间是20世纪90年代，地点是英国，叙述开始时凯茜31岁，她做“看护员”（carer）工作已有11年了。她的工作是在不同的康复中心照看完成“捐献”（donation）的“捐献者”（donor），不久她也将要做第一次捐献。

作为看护员，她的朋友露丝（Ruth）和托米（Tommy）也是她的看护对象。他们三个是在一个名为黑尔舍姆（Hailsham）的寄宿学校中一起学习、成长的好友。这是一所颇具神秘感的学校，学校课程和教学格外强调体育，确保学生们能有健康的体魄。同时，培养学生的创造力也是教学的重点。一位被称为“夫人”（Madame）的神秘女士会不时造访学校，选出学生的优秀绘画作品送到校外一个画廊。

在寄宿学校时，露丝比较招人喜爱，但颇有心机，为了达到目的可以说谎，而托米则待人诚恳，但脾气有些不好，他也不是那种很有“创造力”的那类学生，他的绘画作品也从没有入选画廊，不过他从老师露西（Lucy）那里得知，他其实无须在意是否具有创造才能，反正这样的才能也毫无用处。这出自一个重视创造力的学校老师之口的确不同寻常。托米虽然没有什么朋友，但凯茜和他之间却一直心有戚戚。在那些日子里，凯茜在宿舍中最爱听的音乐磁带是《别让我走》这首歌，但是不久磁带却丢失了。

他们的生活一如既往，直到有一天露西告诉他们，他们是克隆人！他

们被克隆出来就是为了将来要把他们的重要器官捐献出来！知道了自己的身份和命运，凯茜并没有感到特别吃惊，她似乎早已对此隐隐有所感知。

露丝和托米开始谈恋爱，而凯茜只能将自己对托米的情感埋在心里。不久他们从学校毕业，来到被称为“村舍”（The Cottages）的地方居住，在这里，他们有更多的自由活动空间。一天，他们几个一起出来，托米和凯茜两人来到二手商店，找到了凯茜曾经丢失的音乐磁带。他们感受到相互之间的情感。露西对此有所察觉，她想方设法将他们分开。凯茜决定离开这里开始她的“看护”训练。

数年后，她听说露丝已经捐献了器官，她主动要求去看护露丝。露丝承认她出于忌妒心，阻止了凯茜和托米在一起，她向他们道歉，并给了他们“夫人”的地址，让他们去找她，争取参加传言中的捐献延迟项目。据说如果两个克隆人真心相爱，就可以延缓捐献，这样他们就能有更多时间在一起。

露西死后，托米也已经捐献了三次，而一般情况下，捐献四次之后就很难存活了。凯茜这时既是他的女朋友又是他的看护员。他们一起找到“夫人”，但他们得知根本就没有这样一个延迟项目，不可能延迟他们的捐献，他们只能接受命运安排：被克隆后慢慢长大，成为看护员，捐献器官，最后完成使命死去。按“夫人”的说法，黑尔舍姆学校其实是一个人道对待克隆人的实验，学校重视创造性教育的目的是向公众证明克隆人同样具有灵魂。但是这样的人道主义举措却得不到资助，学校也因此关闭了。

托米的身体状况越来越差，他要求凯茜不再做他的看护员，他也接到指示做第四次捐献，凯茜尽管并不情愿离开，但也只好和托米告别。

最后，托米完成了他的使命，而凯茜也接到指示做第一次捐献。她平静地接受她的命运。

（张世耘）

霍华德·雅各布森（Howard Jacobson）

作家简介

霍华德·雅各布森（Howard Jacobson，1942— ），犹太裔英国小说家，专栏作家，电视节目制作人。

雅各布森出生于曼彻斯特（Manchester），毕业于剑桥大学，后在悉尼大学（University of Sydney）任教，三年后回到英国，在剑桥大学塞尔文学院（Selwyn College）讲授英文。20世纪70年代，他曾在伍尔弗汉普顿理工学院（Wolverhampton Polytechnic）讲授英文，这段经历也成为他第一部小说《从后面上来》（*Coming from Behind*，1983）的故事素材。

小说《从后面上来》的主人公赛夫顿·戈德伯格（Sefton Goldberg）是一个三十多岁的犹太青年，在罗茨利理工学院（Wrottesley Polytechnic College）讲授英文课程，但他的观念和习惯和其他人格格不入，眼看同事事业有成，自己却难有建树，他只是一心想申请剑桥大学的研究员岗位。

不可思议的是，他所在学校竟然要和一家足球俱乐部合并使用设施，而英国文学课就会在体育场讲授。小说并非以故事情节见长，而是以喜剧讽刺、幽默手法描写了校园和学术生态。

第二部小说《偷窥》（*Peeping Tom*）于1984发表，故事时代背景是20世纪六七十年代，主人公巴尼·福格尔曼（Barney Fugelman）是讽刺小说作家，痴迷于19世纪作家托马斯·哈代（Thomas Hardy）和性爱。他的第一个妻子经营一家礼品店。一次，一位催眠师将他催眠，他俨然一副哈代年轻时的做派，对此他并没太当回事，但他妻子坚信丈夫就是哈代的转世化身，还用哈代作品中女主人公的名字为自己的店铺重新命名，开始专门经营哈代相关商品，生意也十分红火。福格尔曼介绍来的一个哈代研究者竟然插足他们的婚姻。福格尔曼远走他乡，来到哈代作品描述的地方，并认识了他的第二个妻子，一个同样着迷于哈代的女子。小说以喜剧笔调刻画了主人公的性爱经历。

小说《男人的范例》（*The Very Model of a Man*）发表于1992年，小说从《圣经》人物该隐（Cain）的视角展开叙事，重新创作了该隐杀害弟弟亚伯（Abel）而流放的故事。1998年，小说《不再做好好先生》（*No More Mister Nice Guy*）发表，主人公弗兰克·利兹（Frank Ritz）五十岁，以评论电视节目为生，因此整天在看电视，他的伴侣是情色小说作家。他们之间争吵不休，他只能出走，开始和各色女性的交往。小说讲述了主人公经历的中年生活危机和追寻性体验的历程。

1999年，自传体小说《厉害的沃尔泽》（*The Mighty Walzer*）发表，故事背景是20世纪50年代曼彻斯特的犹太人社区，主人公奥利弗·沃尔泽（Oliver Walzer）是一个性格内向的犹太裔男孩，父亲让他参加了一个当地俱乐部的乒乓球队，这项运动在当地犹太人中相当流行，是外族歧视社会氛围中犹太族裔群体联系互动的方式。很快，沃尔泽的乒乓才华展现出来，水平在当地已是出类拔萃，这也有助于他后来进入剑桥大学，但他的心思并不真正专注于自己的运动才能，而是放在女孩子身上。一个是邻家女子萨拜因·温伯格（Sabine Weinberger），她和男性比较随便，招引对象也并非仅限于沃尔泽；另一个是乒乓球比赛冠军，名字是洛娜·皮切利（Lorna Peachly），沃尔泽跟她打球反而乐于输给她。但他的性爱经历远没有他掌握乒乓球技能那样成功，他后来娶了温伯格为妻。小说是一个男青年的成长经历，同时展现了20世纪50年代英国曼彻斯特犹太社群生活的方方面面。小说获得波灵格大众伍德豪斯奖（Bollinger Everyman Wodehouse Prize）戏剧作品奖。

小说《芬克勒问题》（*The Finkler Question*）于2010年发表，故事情节聚焦三个好友：朱利安·特雷斯洛夫（Julian Treslove）、塞缪尔·芬克勒（Samuel Finkler）和里伯·塞夫契克（Libor Sevcik）。特雷斯洛夫已经49岁却从未有过婚姻。他曾经在BBC做过电视台制作人、名人替身，但事业上并不顺利。芬克勒是犹太裔作家，电视名人。他毕业于牛津大学，成名于出版通俗知识书籍，不久前丧妻，他和特雷斯洛夫是老同学，两人之间的相互较劲甚至多于友情。他们两人的忘年之交、年已八旬的老友塞夫契克和芬克勒一样，是犹太裔，也刚刚丧偶。他曾经是讲授欧洲历史的教师和专栏作家，特雷斯洛夫和芬克勒过去是他的学生。三人已是多年之交，他们之中唯有特雷斯洛夫不是犹太人。

特雷斯洛夫生性偏执，浪漫多情，甚至对自己有悲剧幻想，但女友和他的关系难以持久，最终都离他而去。芬克勒作为犹太人，一方面对犹太人历史上受到迫害感同身受，但另一方面又公开批评以色列对巴勒斯坦人过度使用暴力。塞夫契克对以色列问题的看法与芬克勒大相径庭，认为虽然以色列的政策有所偏激，但芬克勒的看法是一些犹太人的无端自我责难。一天晚上，特雷斯洛夫在伦敦街头被一个女人抢劫，抢劫他的女人还冲他愤愤说了声“你这个犹太人”。他的朋友并不相信这事的真实性。不久特雷斯洛夫又爱上了犹太女子赫夫齐芭（Hephzibah），她是塞夫契克的亲戚，正在筹建英国犹太人博物馆。而特雷斯洛夫也开始认为自己是一个犹太人。他学习犹太人的文化，遵循犹太人的礼仪和习俗，但他无法真正获得犹太人的文化历史身份。小说获得2010年度曼布克奖。

2014年，小说《J》（*J*）发表，故事发生在未来，地点是一个偏远的海边小镇，居民的名字都改成了犹太人姓氏，初衷是消除种族、文化差异。人们对过往讳莫如深，只是称之为“过去发生的事，假如真的发生过”（WHAT HAPPENED，IF IT HAPPENED）。为了防范历史重演，人们放弃使用互联网社交媒介，重新以书信方式交流。人们交流的内容也有所限制，甚至玩笑话都应避免，以免触发不良后果。人们听音乐限于抒情歌曲一类，阅读的书籍也是励志的回忆录、食谱、爱情故事等。然而，压抑的愤怒和恶行却暗流涌动。小说男主人公凯文·科恩（Kevern Cohen）住在小镇旁的悬崖小屋里，是一位木雕师。女主人公艾琳·所罗门斯（Ailinn Solomons），年轻、美丽，是一个孤儿，由修道院修女抚养成人。两人在乡镇集市上相识相爱。他们是偶然相识，还是有人有意安排？他们自己都说不清。科恩被怀疑与另一个女子的谋杀案有关，警方探长开始调查此案。随着故事情节围绕主人公展开，往事一点点显现出来。原来，很多年前发生的事件曾经升级为新一轮反犹太人暴行。数十年来，这里的人们压抑真情实感，试图抹去过去的记忆。这是一部有关未来社会的反乌托邦小说，描述可能发生的社会景象。小说入围2014年曼布克奖决选名单。

雅各布森还发表了其他多部作品，其中包括小说《赤背毒蛛》（*Redback*，1986）、《有谁心有不安？》（*Who's Sorry Now?*，2002）、《亨利的故事》（*The Making of Henry*，2004）、《卡卢基之夜》（*Kalooki Nights*，2006）、《爱的举动》（*The Act of Love*，2008）、《动物园时代》（*Zoo Time*，2012）、《夏洛克是我的名字》（*Shylock Is My Name*，2016）、《“女人”》（*Pussy*，2017），文学评论文集《莎士比亚的高尚：四位悲剧主角以及他们的友人和家人》（*Shakespeare's Magnanimity*：*Four Tragic Heroes*，*Their Friends and Families*，1978），游记《澳大利亚之行》（*In the Land of Oz*，1987），纪实《根：犹太人之

旅》（*Roots Schmoots*：*Journeys Among Jews*，1993），幽默语言研究《真正的幽默：从可笑升华至崇高》（*Seriously Funny*：*From the Ridiculous to the Sublime*，1997），专栏文集《无论这是什么，反正不是我所乐见》（*Whatever It Is*，*I Don't Like It*，2011）等。

（张世耘）

作品简介

《芬克勒问题》（*The Finkler Question*）

小说《芬克勒问题》围绕三个好友展开。人物之一朱利安·特雷斯洛夫49岁，他从未结过婚，曾经在BBC工作，职业发展并不如意。他曾与不同女友生下两个儿子，他们都已经成人。另一位主角塞缪尔·芬克勒（Samuel Finkler）是犹太裔作家，毕业于牛津大学，发表过畅销哲学读物，是电视名人，他的妻子刚刚去世。两人过去的老师里伯·塞夫契克（Libor Sevcik）年近九旬，丧偶，是犹太裔捷克人，纳粹大屠杀的幸存者，退休前做过教师和专栏作家。三人有多年的交情。

特雷斯洛夫生性偏执，但浪漫多情，动辄陷入爱河，他甚至幻想自己是意大利歌剧中的悲剧人物，看着爱人在自己怀中香消玉殒。他十几岁时，一个吉卜赛女子给他看手相，告诉他，他将来将会遇到一个女子，与她相爱，但也会因此陷于危险之中。其后他的女友的名字都多少与吉卜赛女子提到的女子名字相似，但她们和他的关系难以持久，最终都离他而去。

芬克勒对自己的犹太人身份心态复杂，他一方面传承犹太传统价值理念，另一方面却对一些犹太人的做法深恶痛绝。他参加了一个知名犹太人士团体，名为“羞耻的犹太人”，专门批评以色列的暴行，作为犹太人，他们不齿于自己人的行为，对于犹太人被反犹暴力伤害的问题，他认为犹

太人曾经被迫害，但那是很久之前的旧账，现在必须有个限度规则。正如他妻子生前留给他的信中所说，他对他人的期待过高，无法企及。

而三人中的年长者塞夫契克仍未摆脱丧偶之痛。他对以色列问题的看法与芬克勒完全不同，他觉得也许哪天自己会去以色列避难，以色列的作为虽有出格之嫌，但毕竟是自家人的事，他认为芬克勒的观点是犹太人的自我仇恨意识，而反犹恶行无处不在，在英国尚不能免，这并非发生在“很久以前”。

塞夫契克的家在伦敦市中心，一天晚上，特雷斯洛夫在他家吃饭，几个朋友一起追忆过去的时光，饭后特雷斯洛夫回家走在伦敦街头，望着街边店铺橱窗，心中想着自己的童年往事，这时，一个女人突然出现，把他推挤到小提琴店橱窗前，抢走了他的钱包、手机和手表，他还听到这个女人冲他呵斥“你这个犹太人”。他觉得这其实是一起针对犹太人的反犹举动。这令他感觉自己应该就是犹太人，而在此之前认为自己不是犹太人。事后特雷斯洛夫将这次抢劫事件告诉了芬克勒，但芬克勒并不相信他，认为他编造了这个故事，目的是想让自己有理由成为犹太人。塞夫契克也不相信特雷斯洛夫被女人抢劫的说法，因为一个女人是不可能抢劫一个男人的。

数天之后，特雷斯洛夫在一个晚会结识了一个美国女子，和她一起回家后做爱，但他觉得这个女子误以为他是犹太人。他很奇怪为什么抢劫他的女人和这个萍水相逢的美国女子都把他当成犹太人。

塞夫契克请特雷斯洛夫参加犹太教逾越节晚宴，特雷斯洛夫结识了塞夫契克亲戚的孙女赫夫齐芭，她正准备开设一个英国犹太人博物馆。他很快爱上了她，并愿意帮助她，在博物馆承担一份工作。但是他和塞夫契克、芬克勒、赫夫齐芭在一起时，深感他们三个犹太人之间有共同的语言和文化背景，他虽努力了解犹太习俗细节，真心想进入这个不属于他的世界，但他作为非犹太人难于融入其中。

故事结尾时，塞夫契克自杀身亡，芬克勒和赫夫齐芭按犹太教习俗为亡者祈祷，特雷斯洛夫不是犹太人，不能做这样的宗教祈祷。赫夫齐芭为塞夫契克祈祷，也为她最终和特雷斯洛夫分手而祈祷，而芬克勒则为塞夫契克、自己的故去妻子和所有犹太人祈祷，也包括他并不真正理解的特雷斯洛夫。

小说没有引人入胜的故事情节，而是通过故事人物的寻常生活轨迹表现了英国犹太人的个体经历，着重探讨在英国文化氛围下犹太人的自我意识问题。作为犹太人，芬克勒需要面对价值观和身份认同冲突难题，而特雷斯洛夫执着寻求犹太身份归属，为此学习希伯来文字，参加犹太宗教活动，甚至与犹太人女友恋爱，他的经历也是非犹太人群体对犹太人群体的想象。

（张世耘）

凯瑟琳·詹米（Kathleen Jamie）

作家简介

凯瑟琳·詹米（Kathleen Jamie，1962—　），苏格兰女诗人，散文家，大学教授。

不管从哪个角度来看，凯瑟琳·詹米的生活都如普通人那样的波澜不惊、循规蹈矩——一个幸福的四口之家，一份大学里的兼职教学工作，其余的时间交给诗歌创作和旅行。詹米于1962年5月13日出生在苏格兰伦弗鲁郡（Renfrewshire）的约翰斯顿（Johnston），童年时期举家搬至爱丁堡郊区的柯里（Currie）。父亲是一名会计师，母亲在律师事务所工作，而家族中也没有过诞生过文豪的历史。正是这样一种轻松自由的环境让詹米自觉地选择了文学创作之路。她自己回忆说，成为作家其实是一个消极的决定，因为她不想在办公室里工作30年，她觉得一定还有另外的生活方式。于是她去了爱丁堡大学（University of Edinburgh）读哲学硕士，同时继续诗歌创作。后来她的诗引起了诗人道格拉斯·邓恩（同时也是圣安德鲁斯大学的英语教授）的注意，并大为欣赏。

大学毕业后她在谢菲尔德遇到了未来的丈夫菲尔·巴特勒（Phil Butler），一个从伦敦来的家具木匠，两人有着共同的爱好——登山。婚后他们在苏格兰法夫郡（Fife）的纽堡（Newburgh）定居了下来，并且有了两个孩子——邓肯（Duncan）和弗雷亚（Freya），他们继承了他们父亲的艺术天分。丈夫很乐意照顾孩子和分担家务，这给了詹米很多的便利。一年中一半的时间里她在圣安德鲁斯大学教授文学创作课，剩余的时间她可以自由支配，沉浸在诗歌的天地里专心创作。

詹米热爱旅行，曾用诗歌获奖所得的钱去巴基斯坦和喜马拉雅一带，并写了几本游记。1989年她和摄影家肖恩·史密斯（Sean Smith）一起去中国西藏旅行的成果是《自治区：来自西藏的诗歌和印象》（*The Autonomous Region*：*Poems & Photographs from Tibet*，1993）。20世纪90年代初她独自去巴基斯坦北部旅行，写成了《金色的山巅：巴基斯坦北部行记》（*The Golden Peak*：*Travels in Northern Pakistan*，1992）。"9·11"事件后她重返当地，根据新的经历和体会又写了《在穆斯林中：巴基斯坦边境的会面》（*Among Muslims*：*Meetings at the Frontiers of Pakistan*，2002）一书。第一次去巴基斯坦时她就受到了热情招待，并且和几个当地妇女有了很好的交情。时隔多年旧地重游，尽管当地变化巨大，时局也更为紧张，但是她并没有被忘记，仍旧受到了欢迎，她们围坐在一起，聊女人的家庭生活。她们需要照顾孩子和年迈体虚的老人，还有工作。她们从少女成长为女人，她们在家庭中承担着不同的角色责任，既是母亲又是女儿，还是妻子。人生经历让东西方女人有了对生命共同的感悟。这本书被《独立者》（*The Independent*）杂志评价为"绝对耀眼"，而《泰晤士报文学增刊》刊文认为这是"当代西方作家中最有力的描述之一"。

尽管写了几本游记，詹米本质上仍旧是个诗人，而她的游记散文也总有很多诗化的语言。早在1981年她就因诗歌方面的出色表现获得了作家协会颁发的埃里克·格雷戈里奖。次年她出版了第一本诗集《黑蜘蛛》（*Black Spiders*），并且获得了苏格兰艺术委员会奖，当时她只有20岁。1987年，布勒戴克斯出版社（Bloodaxe）出版了她的诗集《我们这样生活着》（*The Way We Live*），抒情的诗行和对苏格兰方言的自如运用显示了她日渐增强的文字驾驭能力。她对于语言有独到的见解，坚决抵制那种为了所谓的责任感去使用苏格兰方言的行为，她认为一个诗人用它写诗，是因为它就在他/她的嘴边和耳际，它有着标准英语无法胜任的地方，能够产生标准英语无法达到的效果。布勒戴克斯出版社在1994年和2002年又分别出版了她的两本诗集《示巴女王》（*The Queen of Sheba*）和《苏格兰夫妇死了：1980—1994年的诗》（*Mr and Mrs Scotland are Dead*：*Poems 1980—1994*）。前者广受好评，获得了1995年度萨默塞特·毛姆奖和1996年度法伯纪念奖。不过詹米自嘲它带有一个小小民族和她的人民的琐碎与小气，而后者也被列入角逐2003年葛理芬诗歌奖（Griffin Poetry Prize）的最终名单。

孩子的出生激发詹米写了另一诗集《分娩》（*Jizzen*，1999），集子名称来自古老的苏格兰语（英语对应为"childbed"）。不过詹米最有名的一本诗集当属《树上小屋》（*The Tree House*，2004），为此她获得了2004年度前进奖最佳诗集奖（Forward Prize for Best Poetry Collection）和2005年苏格兰艺术委员会年度图书奖。这个集子描述了苏格兰当地的动物和自然环境。詹米认为，最需要和解和修复的是我们与自然界的关系。这是我们唯一的世界，没有某个更好的地方在等待我们，而资源也不是无穷尽的。这种对自然的关注、了解和亲近进一步体现在了她的最新著作《发现》（*Findings*，2005）中。这部散文集不同于她以往的任何作品，风格更加个人化。在此书的准备过程中詹米经历了一系列可怕的家庭事件——母亲的中风，（外）祖父（母）的健康恶化，还有丈夫致命的肺炎。但是她还是挺过来了，并且进行了一系列对大自然的观察，用自己的全部感官去关注自然界的生物。这本书除了记录自然界之外，还包含了那个非常时期个人和家庭的经历，文字里透露了作者的慷慨、睿智和敏感，以及对自然的好奇心与亲密情感。

（翁丹峰）

萨拉·凯恩（Sarah Kane）

作家简介

萨拉·凯恩（Sarah Kane，1971—1999），英国剧作家。

凯恩的戏剧创作着重舞台艺术和戏剧形式的实验，同时强调语言的精简和诗意化。凯恩的作品中大量充斥着性、吸毒、暴力、战争、死亡等元素，标志着英国新生代戏剧家“直面戏剧”浪潮的兴起，是当代英国剧坛非常富有争议性的作家。

凯恩出生于英国埃塞克斯郡（Essex）的布兰特伍德，母亲是一名教师，父亲是《每日镜报》（*Daily Mirror*）记者。童年时代的凯恩兴趣广泛，极其聪颖好学，笃信上帝。然而在凯恩1989年去布里斯托尔大学学习戏剧以前，她已经完全失去了对宗教的狂热，但她的一生都没能摆脱童年时代的影响。凯恩甚至声称自己作品中的大量战争、强奸、暴力等意象都直接来自童年时期《圣经》的阅读经验。高中时代，凯恩参加了当地的剧社，还曾导演过契诃夫和莎士比亚的戏剧。尽管她认为自己不是一个尽心的学生，她还是在1992年以优异的成绩从布里斯托尔大学戏剧系毕业。之后她进入伯明翰大学攻读编剧硕士学位，师从著名戏剧家大卫·埃德加（David Edgar）。虽然埃德加指出，该课程三分之一的毕业生都专门从事剧场工作，凯恩却认为该课程枯燥无味，尤其对课程中关于三幕剧结构等写作程式感到厌烦。

在她短短的一生中，萨拉·凯恩一共创作了五部剧作：《摧毁》（*Blasted*，1995），《菲德拉的爱》（*Phaedra's Love*，1996），《清洗》（*Cleansed*，1998），《渴求》（*Crave*，1998）和《4. 48 精神崩溃》（*4.48 Psychosis*，1999）。此外，凯恩还曾为BBC第四频道写过一个电视剧剧本《皮肤》（*Skin*，1997）。凯恩患有抑郁症，并最终因此自缢身亡，她的作品常常被认为是她自己特殊经验的写作。

1995年1月，《摧毁》由詹姆斯·麦克唐纳（James Macdonald）执导，在英国皇家宫廷剧院上演。皇家宫廷剧院历来以上演独创试验性作品闻名。早在1904年至1907年，萧伯纳即是这个剧场的领军人物。1956年以后，该剧场转租给英国舞台公司（English Stage Company），该公司除介绍塞缪尔·贝克特（Samuel Beckett）、贝尔托·布莱希特（Bertolt Brecht）等欧洲作家外，还着重鼓励创新性作品。约翰·奥斯本（John Osborne）就是该公司培养的重要作家。1965年，爱德华·邦德（Edward Bond）最受争议的作品《获救》（*Saved*）也在此上演。《摧毁》刚一上演，便在社会上引起轩然大波，成为英国剧场三十多年以来最具争议的作品。剧中，一位小报记者带着一位略显痴呆的年轻姑娘入住利兹一家旅馆，先是向姑娘求欢，继而强奸了她，并对她进行侮辱、嘲弄。作品中赤裸裸地描写强奸、食婴等场面，引来了英国报界评论的众多非议。伦敦一评论者甚至称该剧是“一餐令人恶心的秽物”。

《菲德拉的爱》是凯恩第二部同样令人震撼的剧作。该剧于1996年5月在伦敦城门剧场（Gate Theatre）首演。该剧取材自古罗马戏剧家塞内加

（Seneca）的乱伦悲剧《菲德拉》（*Phaedra*），将剧中人物关系置于当代场景之中，但凯恩笔下的希波吕托斯（Hippolytus）和塞内加的版本截然不同。《菲德拉的爱》舞台背景也设在皇家宫廷，但展现在舞台上的希波吕托斯过着富足空虚的生活，并以自慰取乐。尽管希波吕托斯身体肥胖，发着体臭，但继母菲德拉却爱上了儿子，并渴望与其肉体的结合。菲德拉被希波吕托斯抛弃后，留下遗书指控后者对她进行强奸。然而强奸的指控让希波吕托斯重新找回了生命的尊严，他被施用各种酷刑，临死前说道："要是这样的时刻再多一些就好了。"

剧作《清洗》表现大学场景中的爱恋和暴力；《渴求》这部剧表现不同个体的内心情感体验；《4. 48 精神崩溃》则是一部没有情节和人物的剧作，演员在舞台上语无伦次，更多表现的是神经症状态下个人的内心呼号。

《4.48 精神崩溃》完成于作者自杀的前一周，是一部非常私人化的作品，写的是一位患抑郁症的姑娘自杀的心理体验过程。剧名中的"4.48"是指凌晨四时四十八分，生理上人们精神错乱而最容易自杀的时刻。该剧仍由詹姆斯·麦克唐纳执导，首演于伦敦皇家宫廷剧院。萨拉·凯恩在早期作品中即摆脱了自然主义的舞台背景，而这部作品更是完全摒弃了传统戏剧中的情节人物和角色与台词。剧本大部分是由不确定的、与角色无关的诗句和段落组成。除此之外，萨拉·凯恩还把舞台指令简化到最低程度，剧本中还插入数列、字母组合、医生临床记录等非戏剧性文体。

完成《4.48 精神崩溃》后，萨拉·凯恩曾试图吞服大量抗抑郁药和安眠药自杀，被发现后送入医院抢救后苏醒。然而两天后，她再次自杀，最终自缢于医院的卫生间里。近年来，萨拉·凯恩的剧作一直在世界各地上演，在北美和欧洲，尤其是德国具有极大的影响。许多人认为，萨拉·凯恩的自杀让世界失去了20世纪末最优秀的剧作家。

（冯伟）

作品简介

《摧毁》（*Blasted*）

剧作《摧毁》为独幕话剧。剧情开始时的场景是英国利兹市一家豪华酒店中一间客房里，时间不详。这时外面正发生暴乱战争。45岁的男子伊恩（Ian）和21岁的女子凯特（Cate）两人来到房间里。伊恩安排这次会面的目的是诱使凯特满足自己的性欲。伊恩是一个暴力种族主义小报的记者，抱有强烈种族偏见，他声称有敌人要伤害他，随身携带一把枪，不时摆弄，谈吐中对他人充满仇恨言辞，还不停饮酒，酒精作用下更是肆无忌惮。凯特则显得易于顺从，明显心智幼稚，有些口吃，紧张时会短暂晕厥，几年前凯特还是十几岁少女时他们两人曾经有一段恋情。伊恩目前患有肺癌和肝病，似已时日无多，尽管身体如此，他还是尽显男性的强势。此时他一心想和凯特发生性关系，但凯特并不同意，声称她已有了新的男友，她还反问伊恩，当年为什么不回她电话也不告诉她原因，伊恩回答说，有人监听他的电话，他不愿别人听到他对女人软弱，意思是这会让他显得不够阳刚。他们两人言谈举止一来一往之中，可以看出伊恩一直是两者中恃强凌弱的一方，对待凯特还是老套的男人诱奸女人的手法，甚至在凯特昏厥时，他对凯特佯装性行为过程中还用枪指着凯特的头，其暴力控制欲可见一斑，同时他却一再表示爱着凯特，而凯特则是受其摆布、控制的一方，虽一直不情愿和伊恩有性行为，但伊恩还是要将自己的意愿强加于她。在当夜，伊恩将凯特强奸，而强奸一幕并没有直接在舞台上呈现，而是通过早上可见房间里花束散落一地作为喻指。

第二天早上，一个持步枪的士兵闯入酒店房间，正在洗手间冲澡的凯特从洗手间逃走，房间里只剩下伊恩和士兵。士兵发现凯特逃走后说她这样跑出去很危险，因为外边有很多杂种士兵。言外之意，凯特逃出去也难免被士兵奸污。随着一声巨响，酒店房间的墙壁被迫击炮炮弹炸开一个大洞，原来封闭的空间此时与外部世界和战争互通开放了。而房间内两人关

系中，伊恩已经是弱势一方，士兵喋喋不休地讲述自己的暴力经历，说他和其他士兵有一次不但杀死了男人们，还强奸了四个女人，包括一个12岁的女孩儿。他说自己的女人被人强奸，喉咙被割开，耳朵和鼻子被切下，钉在大门上，他们还吃掉了她的眼睛。随后他强奸了伊恩，还吸出他的眼睛，咬下来，并吃掉了他的眼睛。随后他开枪自杀。

凯特回到酒店房间，怀中抱着一个婴儿，这是一个女人交到她手上的。伊恩想要自杀，因为他眼睛已经瞎了，到了生无可恋的地步，但凯特劝他不要这样做，两人争论起来，一方相信宗教来生之说，另一方则坚持科学观点。伊恩拿过枪想自杀，但枪膛里已经没有子弹。这时凯特发现婴儿已经死亡，她用一块块地板盖在婴儿身上，将其掩埋。她想出去找些食物回来，暗示她可以用身体换食物。她走后，伊恩又将婴儿尸体从地板下拖出来，饥饿中竟然生食婴儿。凯特带着食物回来时，她的两腿间有血渗出。剧终时，她在喂食奄奄一息的伊恩。此时，女主人公照料着曾对自己施暴的垂危男人，似可解释为人性本能的另一面，这一情景在全剧暴力关系的背景下引人玩味。

该剧主题涉及男女之间不平等角色权力关系、男性对女性在不同环境下的性暴力、战争暴力、战争，以及男女之间甚至男人之间由戏剧关系凸显的社会关系现实等。

剧中包含一些背离伦常、令人发指的残暴情节，虽然是剧作者的戏剧艺术想象和虚构，但这样的剧情以离奇的形式冲击观众的感官，迫使他们目睹战乱社会生存冲突中的残酷甚至变态行为，以及人性的可怖一面。

对中国观众来说，如此的戏剧表现手法尤其可能令人感到不适。从文化角度看，西方思想传统与我们的思想传统多有不同，我们的传统伦理纲常建立在“君臣父子”、人际关系和睦有序的理想之上，“中也者，天下之大本也；和也者，天下之达道也。致中和，天地位焉，万物育焉”（《中庸》），本性与人伦相辅相成，道德即自然。在西方传统中，基督教神本主义从神学原则出发，视世俗伦常为信仰羁绊，《圣经》就提到，主的到来“并不是叫地上太平，乃是叫地上动刀兵”（《马太福音》10:34），父子、母女、婆媳之间相争（《路德福音》12:53），“弟兄要把弟兄，父亲要把儿子，送到死地，儿女要与父母为敌，害死他们”（《马太福音》10:21），人世间伦常与信仰相悖，则地上刀光剑影，是以达至对神的爱和绝对服从。到了西方现代人文主义思想时期，以神为中心转向以人为中心。西方现代政治学开山之人霍布斯论及人性，其影响可谓深广，他从经验主义原则出发，假设了人通过所谓社会契约进入国家状态之前的“自然状态”，在此状态下，人与人自然平等，但自然人性在自然状态下的绝对自由中力求最大限度占有资源，人与人之间相互恐惧，因欲壑难填而相互敌对，处于一切人对一切人的战争状态，永无休止，而人生则“孤独、贫困、龌龊、野蛮、短暂”。在他眼中，文明社会伦常秩序并非“自然”。

霍布斯的理论是形而上学思考，以严密逻辑论证形式推论自然状态下人性之暴虐，剧作者则将其艺术思考搬上戏剧舞台，通过戏剧表演的虚拟“真实”揭示战乱中社会失序后的人性和人伦冲突。两者从各自的角度一窥所谓文明社会伦常秩序之外的人性和可能的行为。

（张世耘）

詹姆斯·科尔曼（James Kelman）

作家简介

詹姆斯·科尔曼（James Kelman，1946—　），苏格兰小说家，短篇故事作家，剧作家。

科尔曼出生于苏格兰格拉斯哥，15岁就离开学校在印刷业做学徒，后从事了一系列的临时工作，中间断断续续夹杂着失业期。有一段时间他曾进入斯特拉思克莱德大学攻读哲学，但发现其实用性太差，就放弃了学位中途离开。他还参加了格拉斯哥大学的一个写作社，在那里接触了汤姆·伦纳德（Tom Leonard）等一些作家，后来和他们合著了一些作品。科尔曼和他的妻子、家人住在格拉斯哥，他是以街头语言写作的代表作家，同时也是苏格兰所有被践踏、对政府愤愤不平的人群的代言人。

1983年，他出版了第一本书，故事集《支票》（*Not Not While the Giro*），夹杂着简洁幽默的街头俗语，真实地描绘了苏格兰城市劳工阶级的生活。他受詹姆斯·乔伊斯和安东·契诃夫的影响，坚持通俗的写作风格，这一特点在他几部小说中得到了进一步的发展：描写格拉斯哥工人阶级生活的毫无英雄色彩却富有人性的小说《公交车售票员汉斯》（*The Busconductor Hines*，1984），描述了汉斯如何在绝望中应付枯燥的工作和冷酷无情的公交总公司，并遐想着一个无政府的美好社会；《冒险者》（*A Chancer*，1985）是关于一个孤僻而有强迫症的赌徒的故事，社会的冷漠和不公让他索性在赌博中追寻内心向往的生活；故事集《灰狗早餐》（*Greyhound for Breakfast*，1987）获切特南奖；入围布克奖决选名单的《不满》（*A Disaffection*，1989）得到了评论界的广泛好评并获得詹姆斯·泰特·布莱克纪念奖，小说成功刻画了一个29岁的普通中学教师，不满于在学校和社会的虚伪体制中频频受挫愈加痛苦的生活，借着酒精和对女同事热烈却得不到回应的爱情的刺激，开始了自己的反抗。

他的第四部畅销小说《晚了，太晚了》（*How Late It Was*，*How Late*，1994）获得了布克奖。小说呈现了一幅赤裸裸而富讽刺意味的官僚主义社会众生图，讲述了格拉斯哥一个失业的建筑工人兼商店惯偷，纵酒昏睡两天后在一个小巷子里回过神来，然后又因为斗殴被警察拘留，在监狱中发现自己双眼完全失明，痛苦地面对女友的离开和警察局没完没了的审讯。小说生动地叙述了他在当局权势面前激烈反抗和默然承受的相互夹杂态度，成功地再现了充满无声挣扎的内心独白，是一部囊括黑色幽默、巧妙的政治嘲弄和苏格兰下层社会俗语的杰出作品。

科尔曼创作过剧作《哈迪和贝尔德，以及其他戏剧》（*Hardie and Baird and Other Plays*，1991）。在1991年和2002年他分别发表了论文集《最近的一些抨击》（*Some Recent Attacks*）和《而法官说》（*And the Judge Said*）。2001年他创作了小说《翻译叙事》（*Translated Accounts*），描绘了一个霸权横行、毫无自由的无名领域，唤起读者对现实社会表面井井有条而背后充满不稳定因素的担忧和恐惧。2004年他发表了《自由的土地上需谨慎》（*You Have to Be Careful in the Land of the*

Free），是一部关于一个在美国流浪的苏格兰赌徒的小说。他的小说《男孩，别哭》（*Kieron Smith*，*Boy*，2008）获得苏格兰艺术委员会奖。其后他发表的作品包括短篇小说集《如果这是你的生活》（*If It Is Your Life*，2010），小说《尘土之路》（*Dirt Road*，2016）等。

（魏歌）

作品简介

《晚了，太晚了》（*How Late It Was, How Late*）

小说《晚了，太晚了》是一部后存在主义小说，获得1994年度布克奖。

主人公萨米（Sammy）38岁，无业游民，酒鬼，曾经有过一次失败的婚姻，因犯罪多次进监狱。小说一开始，萨米酒醉两天后的早晨在格拉斯哥一条街边苏醒过来，与警察发生冲突，被警察暴打一顿，然后抓进警察局。小说主要讲述此后一周萨米的经历。进了警察局后萨米发现自己的眼睛已被打坏，什么也看不见了，什么也记不清了，只是模模糊糊想起两天前与几个朋友在一起喝酒，后来发生了什么他全然不知。在警察局里他不停地受到审讯，因为警察怀疑萨米两天前曾与恐怖分子查里（Charlie）有过接触，萨米说他不认识查里，但警察认为萨米在撒谎，一时又找不到证据，只好把他放了，打算过几天再逮捕他。在此之前萨米数次进监狱，他害怕再被关进监狱，于是在儿子彼得（Peter）的帮助下逃离格拉斯哥，希望开始新的生活。

作者在小说中大量运用内心独白的手段表现主人公的孤独、无助、绝望，例如萨米酒醉两天后醒来对自己说："你醒来后发现躺在阴暗潮湿的角落里，恨不得马上离开这个世界，这种思想压得你喘不过气来，但又不甘心，想面对现实，脑子里充满各种想法，可又什么也做不了。你是一个无用的人，一个坏蛋，一个遭世人抛弃的废物。”萨米不明白为什么自己的生活像梦魇一般：不幸的婚姻，数次扒窃被抓，被后来的女友海伦（Helen）抛弃，与他那群狐朋狗友鬼混酗酒，被警察暴打成盲人，而医生竟然拒绝证明他已经失去视力。这一切既有社会的原因，也有他自身的原因。他缺乏信心，无自制力，冲动鲁莽，做事从不考虑后果，自私冷漠。萨米与儿子彼得形成鲜明的对照，虽然彼得只有15岁，但心地善良，关心他人，他非常爱父亲，冒着极大的风险帮助父亲。彼得告诉父亲，他想一同离开格拉斯哥，今后和父亲在一起。冷酷无情的萨米最后却抛下彼得，不辞而别。

《晚了，太晚了》是一部集黑色幽默、政治讽刺、后存在主义为一体的杰出小说。作者以其敏锐的眼光、犀利的笔触反映了现代社会边缘人的苦闷与绝望。1994年，詹姆斯·凯尔曼因此而获得布克奖。《纽约时报》评论道：“这是一部描写生动、思想深刻、富有特色的佳作。”

（张世红）

A. L. 肯尼迪（A. L. Kennedy）

作家简介

A. L. 肯尼迪（1965— ），全名艾莉森·路易丝·肯尼迪（Alison Louise Kennedy），英国女小说家。

肯尼迪出生于苏格兰的邓迪市（Dundee），曾就读于华威大学（Warwick University），在大学期间就已经开始文学创作。她的第一部短篇小说集《夜间几何与加斯卡登列车》（*Night Geometry and the Garscadden Trains*）于1990年发表，小说集获得约翰·卢埃林·里斯纪念奖、苏格兰艺术委员会奖等多项荣誉。1993年，她发表了小说《寻舞》（*Looking for the Possible Dance*），故事围绕苏格兰的一个年轻女性展开，讲述她与父亲、情人及其他人相处的复杂问题。两年后，她发表了《愉悦》（*So I Am Glad*，1995），是两个孤独年轻人的爱情故事。其后，她发表了两部小说集：《既然你已经回来》（*Now That You're Back*，1994）和

《原福》（*Original Bliss*，1997）。

1999年，小说《你需要的一切》（*Everything You Need*）发表，故事主人公之一内森·斯泰普斯（Nathan Staples）是一位靠写作为生的作家，住在远离威尔士海岸的小岛上，岛上居民除他之外还有另外五位作家，十五年前被他离弃的女儿也来到这个小岛，她希望成为一位作家，但她并不知道斯泰普斯是她的父亲，而斯泰普斯也试图找回父女之爱和内心满足。

2007年，小说《终战日》（*Day*）发表，主人公在第二次世界大战期间服役于英国皇家空军，是轰炸机机枪手，做过战俘。战事结束五年后，他在一部电影中担任群众演员，而电影讲述的就是战俘故事，他的战时经历记忆由此展开。小说获得2007年度科斯塔年度最佳图书奖（Costa Book of the Year Award，2006年称惠特布莱德图书奖）。

2011年，她发表了小说《蓝书》（*The Blue Book*），故事女主人公贝丝（Beth）和她的男友德里克（Derek）登上游轮开始航海旅程，她在游轮上遇到了前情人亚瑟（Arthur），两人曾在一起假扮灵媒骗取钱财，故事围绕贝丝的情感关系展开。

她的其他作品包括短篇小说集《难忘之举》（*Indelible Acts*，2002）、《结果》（*What Becomes*，2009）、《时尚》（*All the Rage*，2014）等。

1993年，文学类杂志《格兰塔》将她列为20位英国最佳青年小说家之一。她是英国皇家文学学会会员，现居住在英国格拉斯哥市。

（张世耘）

作品简介

《原福》（“Original Bliss”）

中篇小说《原福》是小说集《原福》中作为小说集标题的中篇小说。

女主人公海伦（Helen）是格拉斯哥的一位家庭主妇，丈夫布林德尔（Brindle）先生野蛮凶恶，不仅经常动手打海伦，而且嘲讽她的宗教信仰。由于长期受到丈夫的虐待，她对生活失去信心，情绪低落，每天晚上看电视直到深夜，以此填补心灵的空虚，躲避丈夫的暴力。一天晚上她在电视上看到格卢克（Gluck）教授谈论怎样完善自我的节目，格卢克教授风度翩翩，口才极好，他的电视讲座深深打动了海伦。当海伦得知格卢克在斯图加特参加学术会议时，决定亲自去找他，寻求帮助。格卢克听海伦叙述了自己不幸的经历后，把她当作有心理问题的普通案例，给了她一些自救的建议，第一次见面十分平淡。然而，随着见面的次数不断增加，这两个孤独的灵魂发现不仅可以向对方倾诉，而且可以互相安慰。

格卢克教授把全部精力都投入自己的专业领域里，在电视上、学术会议上风光无限，可是他没有朋友，内心很孤独。当他独处时，他拼命地用色情录像、杂志消磨时光，尽管他也为自己的龌龊行为感到羞耻。海伦一开始完全把格卢克教授当作精神导师了，并不知道他内心孤独、阴郁、颓废的一面。当格卢克教授向海伦坦陈他那地狱般的隐私时，海伦不仅感到震惊，而且感到恶心，她无法接受这个让她感到恐怖的事实，于是又回到格拉斯哥，回到她那凶恶的丈夫身边。海伦从一个恐怖的世界回到另一个恐怖的世界，她唯一能做的就是虔诚地向上帝祈祷。

《原福》是一部感人的小说，作者用优美的语言对真实的感情和受伤的灵魂进行了生动的描述。

（张世红）

多丽丝·莱辛（Doris Lessing）

作者简介

多丽丝·莱辛（Doris Lessing，1919—2013），英国小说家。

莱辛出生于伊朗，父母为英国人。1925年，5岁的莱辛随全家迁至英国殖民地南罗德西亚（Southern Rhodesia，现津巴布韦）。莱辛14岁辍学，从此以后开始博览群书、自学成才。莱辛在首都索尔兹伯里（Salisbury）做过多份工作，包括护士、速记打字员和电话接线员等。曲折的早年经历成为莱辛日后创作的重要素材。莱辛1939年与法兰克·惠斯顿（Frank Wisdom）结婚，生一男一女，于1943年离婚。

此后莱辛对政治产生兴趣并加入了激进政治组织，由此结识第二任丈夫并于1945年再婚，育有一子。1949年莱辛独自携小儿子前往英国定居，并于1950年发表其第一部小说《青草在歌唱》（*The Grass Is Singing*），从此开始其文学生涯。由于其杰出的文学成就，英国王室于1999年授予莱辛

名誉勋爵（Companion of Honour）。2001年，莱辛获得西班牙阿斯图里亚斯王子奖的文学奖项（Prince of Asturias Prize in Literature）。她还获得过柯恩文学终身成就奖（David Cohen Prize for Literature）。2007年，她获得诺贝尔文学奖。

莱辛的著作十分丰富，包括十多部长篇小说，七十多篇短篇小说，两部剧本，一本诗集，多本论文集和回忆录，以及自传等。莱辛的小说具有鲜明的自传性，许多小说的内容源于她在非洲的童年记忆和参加政治、社会活动的经历。她作品中的主题包括文化冲突、种族歧视、个人内在性格正反面的挣扎，以及个人意识和集体利益之间的关系等，充分结合了心理内省、政治分析、社会纪录和女性主义等因素。莱辛的作品体现了她对于政治的关注、对于女性地位和命运的思考，以及对于科技进步带来的灾难的恐惧。此外，她还深受印度作家伊德里斯·夏（Idries Shah）的影响，在作品中表现出对苏菲（Sufi）教义的浓厚兴趣。

20世纪五六十年代，莱辛发表了一系列以非洲为背景的小说，谴责了白人殖民地对非洲人的迫害，以及由此造成的思想贫乏。莱辛的第一部小说《青草在歌唱》讲述了一个白人家庭主妇和她的黑人仆人之间的复杂关系。其后发表了“教育/成长小说”（Bildungsroman）五部曲《暴力下的孩子们》（*Children of Violence*，1952—1969），通过描述女主人公在罗德西亚（Rhodesia，现津巴布韦和赞比亚）的童年经历直至第二次世界大战后的英国社会，深入探讨了南部非洲的白人与黑人之间的关系。《金色的笔记本》（*The Golden Notebook*，1962）是莱辛最有名的长篇小说之一，小说描写一位名叫安娜·伍尔夫（Anna Wulf）的女作家实验性地设置了四个笔记本，每本笔记采取不同的文体，每个笔记本有自己的人物和事件，中间穿插着叫作“自由女性”的传统叙事故事。伍尔夫最后精神崩溃，四个笔记本中的人物搅混在一起。通过这个独立女性在男性世界中经历的各种感情危机，莱辛深入剖析了当代女性的多重性，被誉为对女性主义运动具有里程碑意义的一部小说。

在20世纪70年代的两部小说《下降到地狱简述》（*Briefing for a Descent into Hell*，1971）和《生存者回忆录》（*Memoirs of a Survivor*，1974）中，莱辛尝试了用神话和幻想的方式来探索人的精神分裂和社会的崩溃。

在1979年至1983年之间，莱辛发表了另一组包括五部小说的系列作品《南船星系中的老人星座：档案》（*Canopus in Argos*：*Archives*），作品中莱辛以史诗和奇幻的笔法描述了一个充满创造自由的虚构世界。莱辛借鉴了科幻小说的传统，以太空为背景讲述了一种来自外太空的超人类智慧生物为指引人类历史发展付出的努力，作品中丰富的想象使得作者能够更自由地探讨人类在20世纪中经历的各种痛苦和灾难，同时该系列小说也体现了苏菲神秘主义思想对莱辛的影响。

在完成这一组小说之后，莱辛以简·萨默斯（Jane Somers）为笔名发表了两部"浪漫主义"和现实主义的小说，现合称为《简·萨默斯的日记》（*The Diaries of Jane Somers*，1983），由此回到了其现实主义的创作手法。《善良的恐怖分子》（*The Good Terrorist*，1985）以纪录片式的现实主义笔法描述了一群来自伦敦的中产阶级革命分子的各种活动。《第五个孩子》（*The Fifth Child*，1988）充分结合了现实主义和幻想的因素，讲述了一个丑陋、暴力而且变态的孩子的出生如何给一个幸福家庭带来梦魇的寓言故事。《又见爱情》（*Love*，*Again*，1996）关注的则是老年人对于爱情的渴望。其后她发表的小说作品包括《玛拉和丹》（*Mara and Dann*，1999）、《世间畸人》（*Ben*，*in the World*，2000，是《第五个孩子》的续篇）、《最甜美的梦》（*The Sweetest Dream*，2001）、《丹将军和玛拉的女儿格丽特以及雪狗的故事》（*The Story of General Dann and Mara's Daughter*，*Griot and the Snow Dog*，2005）以及《裂隙》（*The Cleft*，2007）。

莱辛在20世纪90年代的作品以一系列短篇小说为主，其中包括1992年出版的短篇小说集《观者眼中的伦敦》（*London Observed*）。莱辛这一时期的短篇小说集中讨论了种族矛盾、政治冲突等话题，同时还包括了各类社会问题，如孤独问题、老龄问题（尤其是妇女）、隔代冲突，以及人与人之间的异化和孤立现象等。莱辛在其短篇小说中对于这些问题的探讨比其长篇小说更加深入和有力。莱辛还撰写了两部自传：《心之旅》（*Under My Skin*，1994）和《漫步树荫中：1949—1962》（*Walking in the Shade*：*1949—1962*，1997）。

莱辛无疑是我们这个时代最有影响力的作家之一，她总是走在时代的前列，不仅对于过去四十多年来人类社会的思想、情感和文化上的变化都深为关注，而且还亲自参与其中。作为一个现实主义作家，莱辛不断尝试各种不同的现实主义叙事技巧，但她的作品和她的人生一样，都能够给人以从一而终的感觉。莱辛的作品注重的是人类整体的问题，而不是分割的片断世界。正如莱辛的朋友、科幻小说作家布莱恩·欧迪斯（Brian Aldiss）指出的那样："你读多丽丝·莱辛不是为了锻炼你的忍耐力，而是为了获得启迪。"

（林梦茜）

作品简介

《第五个孩子》（*The Fifth Child*）

小说《第五个孩子》的时代背景是20世纪60年代到80年代。一对年轻的中产阶级夫妻迎来了他们第五个孩子的降生，但是这个孩子带给他们的却是破碎的家庭情感纽带，也毁灭了他们的世外桃源生活。

小说中两个年轻人哈丽特（Harriet）和大卫（David）在一个公司聚会中相遇。他们可以说是一见钟情，因为他们对生活的目的有着相同的理解：在他们看来，幸福的基础是传统家庭观和子女绕膝的天伦之乐。

在他们所处的20世纪60年代，"贪婪和自利"代表了时代的精神。

而他们两个对性爱和家庭的过时观念则显得与潮流格格不入，甚至被人看成“行为怪癖”，但哈丽特看到，不少朋友都经历了父母离异和生活的动荡，这使她格外珍视自己安宁的童年，因而决心追求她的旧式家庭理想。与她不同，大卫7岁时父母离异，虽然他总是开玩笑说他有两对父母，但父母离异的确在他心中留下了阴影。尽管他在父母家中都有自己的房间，但他感觉那仅仅是“房间”而已，并不是他的家。而他勤奋工作就是为了有一个自己的家。

两个志趣相同的年轻人很快就决定步入婚姻的殿堂，但是要想建立他们理想中的家庭，伦敦这样的现代都市显然并不适合他们，在那里也不可能找到适合他们的房子，因此他们选中了距离伦敦两小时路程的一个小镇中的一座维多利亚式三层大宅，房子里有许多的房间和走廊，有足够的空间让众多儿女嬉戏其间。然而，这座宅子虽然符合他们的家庭理念，却远非他们的财力所及，因此在别人看来，这样的选择简直是脑子错乱。幸而他们可以依赖大卫父亲的资助。在这幢大房子里，他们计划要养育“很多”的孩子。

的确，如他们所愿，在短短七年时间里，四个孩子相继到来。哈丽特母亲尽管希望有自己独立的生活，但还是必须来这里帮助照料孩子。同样，为了这样的生活方式，大卫每天上下班路上要花费四个小时往返于小镇和伦敦之间。难怪，用哈丽特的话说，生活在当下的英国，养育多个子女让她感到自己在别人眼中就像是“罪犯”。然而，夫妻两个坚守的家庭理想似乎从未动摇。当他们听到孩子们在房子里跑上跑下喧闹的声音时，他们能够“呼吸到幸福”。

这时，哈丽特第五次怀孕了。这第五个孩子还在母亲的腹中就显现出怪异、令人不安的迹象，而这种不安和不祥的预感，加上她这次怀胎过程中异常痛苦，竟然使她将胎儿看作“敌人”和“怪物”。终于，婴儿降生了。孩子取名为本（Ben），他的相貌怪异，一身蛮力，行为举止与一般幼儿截然不同，而他的需要和情感又难于被人理解和掌控。他的存在逐渐改变了整个家庭的氛围。家里的狗和猫相继被杀死，而本自然就是罪魁祸首。如果他能够杀死一条狗，难道就不可能伤害别的孩子吗？大宅中原本的温馨和平静被恐惧所取代。亲友日渐疏远，其他孩子甚至住到亲友家，夫妻俩也因他而变得貌合神离，原本他们共同打造的人间仙境分崩离析。作为母亲的哈丽特尽管不愿像其他人那样排斥他，但她也怀疑儿子是“不属于人类”的异类，或是穴居的人类先祖。她也曾试着“以人性”改造本，但这反而使本更加封闭自己。到了20世纪80年代，社会更是充斥了暴力和犯罪，本也逐渐长大，开始混迹于社会上的无良青少年团伙。那么，等待他这样一个怪人的未来会是怎样？这是作为母亲的哈丽特挥之不去的担忧。

（张世耘）

《世间畸人》（*Ben, in the World*）

小说《世间畸人》，或译《浮世畸零人》，是作者另一部小说《第五个孩子》的续集。小说继续讲述故事主人公本成年之后的经历。

本自一出生就因其外形怪异、情绪和举止让人难于理解，被视为异类。他尚未成年便离家出走，而故事开始时他已经18岁了，几年来他四处漂泊，独自面对严酷的生存环境。由于与常人的不同，他只能在社会的边缘艰难求生，成为被人欺骗和利用的对象。他被毒贩利用偷运毒品到法国，他在这个陌生并且语言不通的国家经受了各种羞辱和挫折。后来，一个纽约来的电影人看到本的怪异特质正好可以在他的电影中派上用场，因此把本带到巴西。再后来，本又被科学家当作异类带走，作为研究的对象。然而，世人从不会看到，在他的古怪相貌举止、强壮的身体和原始习性（食生肉，嗅觉超常敏锐）的背后掩藏着一个脆弱的情感世界，而只有真正关心他的人才可以感受到他笨拙和压抑的情感冲动，以及因此而积压的挫败感和愤怒。他也会察言观色，了解他人对他的反应，虽然举止怪异，却心存善意。有意思的是，能够给予他同情和关爱的几个人都是女性，并同样生活在社会的底层和边缘，她们同样是主流文明社会歧视的对象。

在这个寓言式的故事中，本是以人类祖先的冥顽状态置身于现代文明之中，不但他的心智与现代社会要求格格不入，而且他自降生开始就在家庭和社会中受到排斥，他的行为社会化过程极度欠缺，因此其行为和所谓正常行为规范的冲突格外突出。的确，本也在努力控制自己的本能。本在成长过程中表现出来的难以控制的愤怒情绪也表明了这样的冲突。这使人想到西方社会大众普遍接受的弗洛伊德的精神分析理论。弗洛伊德将文明看成一个压抑系统（repressive system），本我或本能冲动导致的暴力倾向通过社会化过程，或者被压抑，或者以社会可以接受的方式升华（sublimation）。作者让小说主人公本以虚构的极端状态与社会行为规范直接碰撞，凸显出社会规范对异端行为的暴力压抑特性。这显然符合弗洛伊德心理分析理论的基本假设，但是如果从霍布斯有关文明与野蛮的假设角度看，暴力的根源是野蛮状态下个体之间的互不信任，只有强制规则才能建立信任。这样，文明与野蛮的暴力关系就从本能冲动与规则之间的矛盾转向更多交往冲突或暴力与更少交往冲突或暴力之间的个体理性选择，从而也消解了文明对个体本能的暴力压抑说。或许本的境遇可以有多种解读。另外，原始意识在失去原始生活世界条件下，何以存在，又如何与文明生活世界条件共存并保持自身独立不被同化，这样的疑问也难有简单的解答。当然，小说主人公本所代表的原始本性与作者笔下资本主义文明的丑恶形态之间的对立揭示了作者的政治立场。

（张世耘）

佩内洛普·莱夫利（Penelope Lively）

作家简介

佩内洛普·莱夫利（Penelope Lively，1933—　）闺名佩内洛普·洛（Penelope Low），小说家，儿童文学作家。

莱夫利生于开罗，童年在埃及度过，12岁时父母离异，被送往伦敦，后就读于牛津大学圣安娜学院，1954年获得历史学学位。1957年她与杰克·莱夫利（Jack Lively）教授结婚，育有一子一女，家住牛津郡（Oxfordshire）和伦敦。她获得过大英帝国指挥官女爵士勋章等荣誉头衔，是英国皇家文学学会及作家协会会员。其作品中反复出现的主题是过去对现在的干扰，强调回忆的重要意义和历史的连续性。

莱夫利一开始为儿童写小说，包括《阿斯特柯特》（*Astercote*，1970），《低语的骑士》（*The Whispering Knights*，1971），《托马斯·坎普的幽灵》（*The Ghost of Thomas Kempe*，1973，该书获得卡内基奖章

［Carnegie Medal］），《回去》（*Going Back*，1975），《及时缝一针》（*A Stitch in Time*，1976，该书获英国最高儿童文学奖——惠特布莱德儿童图书奖）。

她的第一部成人小说《通往里其菲尔德之路》（*The Road to Lichfield*，1977）获布克奖提名，该书写一女子去看望垂死的父亲，陷入婚外恋并出其不意地揭开父亲的秘密。1978年短篇故事集《唯独缺了茶壶》（*Nothing Missing but the Samovar*）出版并获得南方艺术文学奖。《时间的珍宝》（*Treasures of Time*，1979）通过一位著名的考古学家及使其成名的英格兰威尔特郡遗址将过去与现在联结起来，获得艺术协会全国图书奖（Arts Council National Book Award）。《审判日》（*Judgement Day*，1980）主要描写英国乡村生活及当地教堂的25年。

此后作品包括小说《仅次于自然，艺术》（*Next to Nature*，*Art*，1982），书名出自英国诗人瓦特·兰多（Walter Landor）75岁生日时所作《终曲》（"Finis"）一诗中的诗句"Nature I loved，and next to Nature，Art"；小说《完满的幸福》（*Perfect Happiness*，1983）讲述一位女性在其名人丈夫死后获得新生活的历程；小说《据马克说》（*According to Mark*，1984）讲述一位已婚传记作者在搜集传记主人公已故作家吉尔伯特·斯特朗（Gilbert Strong）生平资料过程中与斯特朗的孙女相爱以及其后情感关系和发现新的传记资料的故事，而这部小说令她再次获布克奖提名；小说《月亮虎》（*Moon Tiger*，1987）讲述一位出色的女历史学家临终前回忆其第一次世界大战后的童年生活到20世纪70年代的生活经历，情感中心放在第二次世界大战时在埃及的一段爱情故事，小说最终为其夺得布克奖，并同时入围惠特布莱德图书奖决选名单。

莱夫利的其他作品还包括小说《逝世》（*Passing On*，1989），讲述母亲逝世后的家庭关系；《心灵城市》（*City of the Mind*，1991），讲述一位建筑师眼中多重想象的伦敦；《克莉奥佩特拉的妹妹》（*Cleopatra's*

Sister，1993）以一座想象的城市卡林比亚（Callimbia）为背景，将历史、政治和神话巧妙交织在一起；小说《热浪》（*Heat Wave*，1996）是一部关于母爱的作品。

她的短篇故事集《纸牌》（*Pack of Cards*）于1986年出版。她的一卷本自传《夹竹桃，蓝花楹》（*Oleander*，*Jacaranda*）于1994年出版，该书开头附有插图，介绍莱夫利坐车从家里到希利奥波里斯（Heliopolis）沿途看见夹竹桃和蓝花楹的逸事。

进入21世纪以来莱夫利陆续发表的作品包括回忆录《敞开的房子》（*A House Unlocked*，2001），小说《照片》（*The Photograph*，2003）、《后果》（*Consequences*，2007）、《家庭影集》（*Family Album*，2009）、《由此而起》（*How It All Began*，2011）等。

（杨春升）

作品简介

《月亮虎》（*Moon Tiger*）

小说中，77岁的女主人公、历史学家克劳迪娅（Claudia）身患癌症，躺在伦敦一所医院的病房里。小说多数章节都从病房里克劳迪娅和探视者或护士的对话开始，引出女主人公零星散乱的往事。第二次世界大战期间，克劳迪娅曾在埃及当过战地记者。她回忆了战时在非洲沙漠中与一名美国士兵汤姆（Tom）的恋情。汤姆在战争中不幸身亡，她自己也不幸流产。回国后克劳迪娅出版了一本成功的历史书，与俄国人亚斯帕（Jasper）同居后分开，他们的私生女丽莎（Lisa）大部分时间由祖母和外祖母照看。克劳迪娅还帮助逃避战乱到伦敦的男孩定居下来。

小说中既有传统小说的情节和人物刻画，也不乏对埃及异国风情的描写，同时还包含了一些现代主义和后现代主义小说的手法。女主人公的第一人称回忆和第三人称有限视角叙事杂糅，不按时间顺序而是按人物回忆的心理时间组织，过去时与现在时交替使用，正如她在开篇声言要写的世界史一样："没有顺序，全部事情同时发生。"书中讨论了史书的撰写，"是否应将其写成线性的历史呢？"按克劳迪娅的想法，历史就是一个"万花筒"，摇一摇看能掉出些什么来。历史并非实际发生的事情。小说有意模糊现实与虚构之间的界限，有时虚构甚至比历史更真实。正如克劳迪娅所说："小说比现实更持久。战场上的皮埃尔，缝纫着的班纳特家的女孩，打谷机旁的苔丝都被固定在纸上，在百万人的脑海中。"她看有关第二次世界大战的电视剧也感到更真实。

另一打破现实主义幻想的手段是现实闯入虚构中。故事中描写动物园里眼睛像珠子般亮晶晶的10岁女孩，同莱夫利在自传《夹竹桃，蓝花楹》中回忆自己9岁时的情景非常相似。实际上，莱夫利并不像评论家所认为的那么传统，这部作品的优点也并不只是对第二次世界大战期间埃及的视觉、听觉和嗅觉上的出色描写。女作家熟练地将现代主义和后现代主义的手法融合到传统手法中，迎合了部分现代读者不太接受这些手法，又希望阅读现代有关认知和本体论的小说的心理。

（杨春升）

戴维·洛奇（David Lodge）

作家简介

戴维·洛奇（David Lodge，1935—　），英国批评家和小说家。

洛奇出生于伦敦一个传统的天主教家庭。他就读于伦敦大学学院，分别于1955年和1959年获得学士和硕士学位。其后就读于英国伯明翰大学并获博士学位，从1960年起留校在英语系任教，1976年获现代英语文学教授职位直至1987年退休。退休以后洛奇成为一个全职作家，同时兼任伯明翰大学现代英语文学荣誉教授，继续住在伯明翰。此外他还是英国皇家文学学会会员。

洛奇是一位学者型作家兼评论家，他既写小说又写文学批评，而且在两个方面都颇有建树。洛奇小说的题材通常来自他比较熟悉的知识分子和学术界的生活，作品风格介于现实主义和对文学的揶揄、戏谑和反讽之间，结合了多种文类的技巧和风格，含有丰富的隐喻、讽喻和转喻以及寓言。洛奇在进行小说创作的时候有非常强的整体意识，作品的每一个细节都要服从整体的安排，通过对人物和事件不断进行选择和取舍以及时间与空间的复杂交织，展现了从文体、修辞到道德、心理、社会和历史等多方面的意义，以实际作品体现了他的学术观点。

洛奇于1960年发表了其第一部小说《看电影的人们》（*The Picture-goers*）。1962年发表的《金杰，你真傻》（*Ginger You're Barmy*）反映了他在攻读硕士学位之前服兵役的经历。早期的主要小说还包括《大英博物馆在倒塌》（*The British Museum is Falling Down*，1965）和《换位》（*Changing Places*，1975）。《换位》是一部讽刺小说，书中两位分别来自英国和美国的教授因参加了一项交流项目而互相交换职位，他们在经历了一系列的文化差异和冲突之后逐渐融入了当地社会，甚至在无意识中交换了汽车、妻子和家庭。

洛奇成长在一个天主教家庭，因此他的作品中有很多天主教徒的角色，天主教信仰是他的小说主题之一，这一点在小说《你能走多远？》（*How Far Can You Go?*，1980，在美国出版时标题为《灵魂与身体》[*Souls and Bodies*]）中得到了充分的体现。该小说讲述了在二十多年的时间跨度中，一个复杂的罗马天主教组织如何经历了教会内外一系列的道德和社会变化。

洛奇的小说还体现了他作为大学教授的知识和经历，《小世界：学者罗曼司》（*Small World：An Academic Romance*，1984）继续了《换位》中两位教授的故事，进而以年轻教师佩西·麦加里格尔（Persse McGarrigle）和安杰莉卡·帕布斯特（Angelica Pabst）为主角，生动地描述当代西方学术界的众生相，从学术会议到爱情追求，从追名逐利到寻欢作乐，从理论研究到道德观念的冲突，展现了一幅栩栩如生的社会画面。

《好工作》（*Nice Work*，1988）则转而描述年轻女英语讲师罗玢·彭露丝（Robyn Penrose）和一个小型工程公司经理维克多·威尔科克斯（Victor Wilcox）之间的关系，从学校生活进一步扩大到社会，描写了大

学与工业社会、女性主义与大男子主义、人文学者与企业家之间的种种矛盾。《好工作》被普遍认为是洛奇的代表作。

《天堂消息》（*Paradise News*，1991）中，牧师伯纳德（Bernard）陪伴父亲杰克（Jack）去夏威夷看望其父将死的妹妹，在岛上经历了亲人、爱人之间错综复杂的感情纠葛。《治疗》（*Therapy*，1995）关注的则是男性的中年危机。最新近作《作者，作者》（*Author*，*Author*，2004）在史料基础上，通过作者的想象和创造，以小说的形式讲述了美国著名作家亨利·詹姆斯坎坷曲折的人生之路。洛奇的文学成就为他赢得了诸多荣誉，《换位》获霍桑登奖，《你能走多远？》获1980年度惠特布莱德年度最佳图书奖，《小世界：学者罗曼司》和《好工作》均入围布克奖决选名单。

洛奇对现代文学理论和各种文类的发展趋势有着较深入的研究，在学术和文学批评方面也著述颇丰。《小说的语言》（*Language of Fiction*，1966）是洛奇最重要的理论著作之一。《小说的艺术》（*The Art of Fiction*，1992）总结了洛奇自己的文学创作经验和成果，在实例验证的基础上论述了小说的各个方面和各种风格，被认为是自E. M. 福斯特（E. M. Forster）的《小说面面观》（*Aspects of the Novel* ，1927）以来，最出色的面向大众的小说研究作品之一。洛奇的文论和批评作品体现了他深入浅出的写作风格。在介绍和解释各种文学理论的同时，他对现实主义小说的蓬勃发展也颇有期待。

洛奇还为电视剧和舞台剧创作和改编各种剧本。1989年，洛奇成功将小说《好工作》改编成为电视剧，获得了皇家电视奖的最佳电视剧奖（Best Drama Serial，Royal Television Society Award）。《写作游戏》（*The Writing Game*，1990）是洛奇的第一部戏剧作品。1994年，洛奇将狄更斯的著名小说《马丁·翟述伟》（*Martin Chuzzlewit*）改编成电视剧，又一次受到普遍的欢迎和赞赏。《无可争辩的事实》（*Home Truths*）是一部创作于1998年的戏剧，洛奇在此基础上于1999年创作了同名中篇小说。

作为一名教授作家，戴维·洛奇无论是在文学界、学术界，还是对于普通大众来说，都颇具盛名和影响力。他是一名多产并具有强烈理论自觉的小说家，其小说在很大程度上保留了英国传统文学的情节框架，但洛奇在语言学理论的基础上又格外关注叙事技巧，这使其作品既不同于传统文学的叙事，又比现代文学中的那种庄重、冷峻的风格显得更加活泼而诙谐。同时，洛奇也善于借鉴和使用各种文类，使其作品不仅思想深刻，而且有很强的可读性，雅俗共赏，充分展现了我们这个多面的世界。

他的其他作品还有小说《庇护所之外》（*Out of the Shelter*，1970）、《不愿起床的男人及其他故事》（*The Man Who Wouldn't Get Up*：*And Other Stories*，1998）、《思索》（*Thinks ...*，2001）、《耳聋判决》（*Deaf Sentence*，2008）、《风流才子的双面人生》（*A Man of Parts*，2011）等。

文学理论与批评作品包括《十字路口的小说家》（*The Novelist at the Crossroads*，1971）、《现代写作方式》（*The Modes of Modern Writing*，1977）、《运用结构主义：19世纪和20世纪文学》（*Working with Structuralism*：*Essays and Reviews in 19th and 20th Century Literature*，1981）、《继续写作：1965—1986年应景散文》（*Write On*：*Occasional Essays 1965—1985*，1986）、《巴赫金之后：小说与批评散文集》（*After Bakhtin*：*Essays on Fiction and Criticism*，1990）、《现代文学批评与理论》（*Modern Criticism and Theory*：*A Reader*，1992）、《写作实践》（*The Practice of Writing*，1997）、《意识与小说》（*Consciousness and the Novel*，2003）、《亨利·詹姆斯之年》（*The Year of Henry James*，2006）等。

（林梦茜）

作品简介

《小世界：学者罗曼司》（*Small World*：*An Academic Romance*）

《小世界：学者罗曼司》是一部校园小说，是20世纪译介到中国最有影响的英国当代小说之一。

小说共分为五个部分，第一部分以1979年4月拉米奇大学（University of Rummidge）（拉米奇为洛奇小说中虚构的城市）召开的一个小型学术会议为引子，为读者描绘了校园生活的一个侧面。虚构的莱默利克大学学院（University College，Limerick）的青年教师佩西·麦加里格尔第一次参加这样的学术会议，他刚完成硕士学位论文。参加会议的其他几个主要人物有：拉米奇大学教授菲利普·斯沃洛（Philip Swallow），美国教授莫利斯·扎普（Morris Zapp），美国退休教授西比尔·梅登（Sybil Maiden）以及年轻美丽的安杰莉卡·帕布斯特小姐。麦加里格尔对帕布斯特一见钟情，小说后来的情节始终穿插着麦加里格尔对帕布斯特的追求。斯沃洛和扎普上一次见面是十年以前，此时斯沃洛已当上英语系系主任，扎普正在研究解构主义理论，学术上各有自己的建树。

第二部分展现的是世界各地学者的众生相，扎普正在赴会的旅途中，澳大利亚学者罗得尼·温赖特（Rodney Wainright）在赶写一篇学术论文，扎普的前妻戴丝瑞·伯德（Désirée Boyd）忙着创作一部小说，西格弗雷得·冯·特比兹（Siegfried von Turpitz）告诉亚瑟·金费希尔（Arthur Kingfisher）联合国教科文组织的文学协会主席一职正空缺，拉迪亚得·帕金森（Rudyard Parkinson）为获得这一职位到处游说，意大利学者弗维亚·莫干那（Fulvia Morgana）在飞机上与扎普教授交谈。学者、教授们忙于参加世界各地的学术会议。切雷尔·莎莫比（Cheryl Summerbee）出现在第二部分的情节里，她是英国航空公司的职员，在希思罗机场工作，她的职业非常重要，因为她帮助书中的其他角色飞往世界各地。

第三部分以阿姆斯特丹的一次学术会议为重头戏，会议期间，麦加里格尔发现自己的学术成果被德国学者西格弗雷得·冯·特比兹剽窃，对这一丑行，麦加里格尔公开揭露，扎普教授挺身支持麦加里格尔，维护学术尊严。斯沃洛在土耳其遇见了十年前的情人，两人重温旧情，斯沃洛打算与妻子离婚。

第四部分讲述麦加里格尔为了追求帕布斯特，到夏威夷、东京、耶路撒冷等地参加学术会议，但他的追求总是失败。在耶路撒冷会议期间，斯沃洛与情人又在一起，但最终他们之间的暧昧关系由于斯沃洛的儿子出现而结束。

第五部分一开始，书中的所有角色都出现在纽约召开的现代语言学会的学术会议上。金费希尔主持小组讨论，斯沃洛、扎普、莫干那等人陆续发言。麦加里格尔错把安杰莉卡·帕布斯特的孪生妹妹莉莉（Lily）当作安杰莉卡，并与她发生性关系，当莉莉告诉麦加里格尔她不是安杰莉卡时，麦加里格尔觉得很遗憾。小说结尾时，麦加里格尔终于认识到，最适合他的女人不是安杰莉卡·帕布斯特，而是切雷尔·莎莫比。然而，当他赶到希思罗机场去找莎莫比时，机场的工作人员告诉他，莎莫比已离开希思罗机场，不知去向。

《小世界：学者罗曼司》是一部充满喜剧色彩、诙谐幽默的后现代主义力作，被许多学者认为是西方的《围城》。在现代英国文学中，以善写校园小说而著称的戴维·洛奇是一位国际知名度很高的学者和作家。他这部校园小说的代表作《小世界：学者罗曼司》虽描写学界，内容涉及形形色色的文艺理论，如结构主义、解构主义、女性主义、新马克思主义等，但作品仍具有很强的可读性，可谓妙趣横生、满篇珠玑。

（张世红）

《好工作》（*Nice Work*）

小说《好工作》的故事发生在一个虚构的英国中部城市拉米奇，以拉

米奇大学和一个工厂区为描写对象。大学用一道无形的围墙把自身同外部世界隔开，里面的人忙于教学和科研，大学及其所代表的一切都在封闭的世界里，在外人看来，大学神秘莫测，还有点令人望而生畏。而工厂区里厂房林立，库房连片，道路纵横，弯道环绕，又密布着杂草丛生的铁道路堑和年久失修的运河。这是两个不同的世界，他们互不往来，各有各的价值观，各有各的语言和举止，一切都大相径庭。

小说女主人公罗玢·彭露丝是拉米奇大学研究19世纪英国文学的讲师，男主人公维克多·威尔科克斯是一家工厂的总经理。本来，彭露丝和威尔科克斯生活在不同的世界，各自有不同的追求、不同的观念、不同的忧虑。然而，政府的工业年“影子”计划（Industry Year Shadow Scheme）使他们走到一起。按照政府的计划，彭露丝每周去一次威尔科克斯的工厂，像“影子”一样跟随他一天，了解和熟悉工厂是如何运转和经营的，以此加强大学与工厂的联系，促进学术与产业之间的交流。在一段时间里彭露丝跨越两个世界的边界线来回飘游，过着一种双重生活，觉得自己因此成了一个更有趣、更复杂的人。最初彭露丝很瞧不起威尔科克斯，认为他没受过良好的教育，文化水平不高，满脑子功利主义；在威尔科克斯眼里，彭露丝是一个学究气十足、对工业资本主义抱有偏见的激进左翼分子。他们互相敌视，格格不入。随着小说情节的不断深入，彭露丝和威尔科克斯之间的关系发生了微妙的变化，他们由猜忌、怀疑、敌视对方逐渐发展到尊重对方，威尔科克斯甚至爱上了彭露丝。但彭露丝并不为威尔科克斯的狂热追求所动，这是注定要失败的一场爱情游戏，因为彭露丝认为一个推崇女性主义的大学教师和工厂主之间根本不可能产生爱情。

《好工作》不仅仅是一出性格和社会习俗喜剧，而且是一部问题小说，它既提出当下的现实问题，也涉及更为普遍的问题。书中提出的重要问题就是大学的地位和作用，尤其在当今世界工业逐渐衰退、金融服务行业迅速发展的形势下，大学应起什么作用。

（张世红）

希拉里·曼特尔（Hilary Mantel）

作家简介

希拉里·曼特尔（Hilary Mantel，1952— ），英国女小说家，诗人。

曼特尔出生在英国德比郡格罗索普市（Glossop），大学期间在伦敦政治经济学院（London School of Economics and Political Science）学习法律，后转学到谢菲尔德大学，1973年获得法学学士学位。大学毕业后她从事社工工作，后来有九年时间相继在博茨瓦纳（Botswana）和沙特阿拉伯（Saudi Arabia）生活。1987年到1991年，她为《旁观者》（*The Spectator*）杂志撰写影评文章。

她的第一部小说《每天都是母亲节》（*Every Day Is Mother's Day*）于1985年发表，故事背景是20世纪70年代的英国，一对母女以一种与世隔绝的状态生存着，母亲以灵媒为业，女儿有智力障碍，分派来的社工希望帮助女儿，却又被母亲阻碍。故事围绕母女和一个女社工的际遇展开。第二年，她

发表了这部小说的续集《空白财产》（*Vacant Possession*，1986）。

1988年，小说《加萨街上的八个月》（*Eight Months on Ghazzah Street*）发表，故事讲述一个年轻英国女子随丈夫来到沙特阿拉伯，她居住在一个阿拉伯社区，也结识了两个受过西方教育的已婚女性穆斯林。故事通过女主人公的视角讲述一个西方女性在这样一个伊斯兰国度所体验的种种社会现实和不同文化价值观。

小说《弗拉德》（*Fludd*）发表于1989年，故事背景是英国北部一个民风闭塞、沉闷压抑的小镇，时间是1956年，主人公之一安格温（Angwin）是天主教教区教士，他为人正直，但早已失去了对上帝的信念，他在自己职位上只是尽职而已。一个雨夜造访的陌生人弗拉德（Fludd）来到小镇。随他而来的是不可思议的奇迹：安格温喝酒时，酒瓶中的酒怎么喝都不会减少；弗拉德看上去并没有在吃东西，可盘中食物却一扫而空。弗拉德接触过的人也有所改变。尽管安格温认为弗拉德是主教指派的新助理，但他却乐于向弗拉德倾诉自己的信仰危机，也不再优柔寡断。修道院最年轻的修女是一个乡村姑娘，被爱尔兰修道院逐出来到这里，她聪慧、浪漫，与小镇民风格格不入。弗拉德看过她的手相之后，她内心燃起对生活新的希冀。小说获温尼弗雷德·霍尔比纪念奖、切特南奖和南方艺术文学奖。

历史小说《一个更安全的地方》（*A Place of Greater Safety*）发表于1992年，小说依据史料，围绕三个法国大革命领袖人物乔治·丹东（Georges Danton）、马克西米连·罗伯斯庇尔（Maximilien Robespierre）和卡米尔·德穆兰（Camille Desmoulins）的生平经历，史诗般展现了法国大革命的重要历史事件。小说获得《星期日快报》年度最佳图书奖（*Sunday Express* Book of the Year）。

小说《变温》（*A Change of Climate*，1994）讲述一对夫妻的故事。时间是在20世纪80年代，他们有四个孩子，热心慈善，帮助那些遭遇不幸的好人，他们30年前曾在南非做传教士，有过不堪回首的经历，痛失双胞胎之一。20世纪70年代回到英国后，绝不重提旧事。但是丈夫的外遇、妻子多年压抑的愤懑使他们的情感、婚姻和信仰经历考验。

小说《爱的实验》（*An Experiment in Love*，1995）讲述三个女孩从中学同学一直到就读伦敦大学的经历，小说获得1996年度霍桑登奖。小说《巨人奥布莱恩》（*The Giant*，*O'Brien*，1998）的故事取材于18世纪80年代真实人物，主人公之一查尔斯·奥布莱恩（Charles O'Brien）来自爱尔兰，身材畸高，为脱困挣钱，来到伦敦供人观看，他还是爱尔兰民间故事的说书好手；另一个主人公是来自苏格兰的科学怪人约翰·亨特（John Hunter），他着迷于尸体解剖和收集，自然一心想研究奥布莱恩的独特身体。两人各有不同寻常之处。最后亨特在奥布莱恩死后如愿以偿买下他的尸体，而奥布莱恩的尸骨保存至今。

2003年，自传《脱离阴影：回忆录》（*Giving Up the Ghost*：*A Memoir*）发表，记述作者自己的童年和成年后走上文学的创作之路。小说《黑暗深处》（*Beyond Black*）于2005年发表，女主人公以阴阳两界灵媒为业，故事讲述她和助手在伦敦周边各郡的灵媒表演旅程。小说入围2006年度英联邦作家奖和柑橘奖小说奖决选名单。

2009年，历史小说《狼厅》（*Wolf Hall*）发表，故事背景为都铎王朝时期（The Tudor Period），以文学形式再现了英国重要历史人物托马斯·克伦威尔（Thomas Cromwell）从一个普通青年一步步走上政治舞台，达到其权力巅峰。小说展现了历史事件的宏大画卷，包括国王亨利八世（Henry Ⅷ）决意废弃凯瑟琳王后（Queen Catherine）、沃尔西枢机主教（Cardinal Wolsey）为之与罗马教廷斡旋、英国教会脱离罗马教会、沃尔西失势免职乃至受控叛国、国王迎娶第二任王后等史实，小说同时也生动刻画了克伦威尔身处复杂局势之中的作为和人格特点。小说获得2009年度曼布克奖小说奖和2010年度沃尔特·司各特历史小说奖（Walter Scott Prize），并入围2009年度科斯塔图书奖最佳小说奖（Costa Book Awards, Best Novel）和2010年度柑橘奖小说奖决选名单。

2012年，历史小说《狼厅》的续篇《提堂》（*Bring Up the Bodies*）发表，故事续接《狼厅》的叙事，讲述克伦威尔的故事。亨利在夏秋之际来到乡下的狼厅庄园，不久爱上庄园主的女儿简·西摩（Jane Seymour）。亨利的第二任王后安妮·博林（Anne Boleyn）只有一女却没有为亨利生下儿子，加上与亨利不合，亨利一心想结束自己的第二段婚姻。这时克伦威尔已是亨利的首席大臣，是他的左膀右臂，亨利再次解除婚姻的难题也是亨利交给他的使命之一。博林的家族势力庞大不愿善罢甘休，克伦威尔则运用各种伎俩搞到证供，以迫使其就范。最终，经审判，王后被判犯有通奸罪，后被处死。克伦威尔被授予男爵爵位。2012年，小说获得年度曼布克奖小说奖和科斯塔年度最佳图书奖等多项奖项。

她的其他作品包括短篇小说集《暗杀玛格丽特·撒切尔》（*The Assassination of Margaret Thatcher*，2014）等。

她分别于2006年和2014年获颁大英帝国指挥官勋章和大英帝国指挥官女爵士勋章。

（张世耘）

作品简介

《狼厅》（***Wolf Hall***）

《狼厅》为希拉里·曼特尔的主要作品之一，获得曼布克奖等多项奖励。

小说以英国都铎王朝时期为背景，讲述主人公托马斯·克伦威尔的一生。克伦威尔父亲是一位铁匠，经常对儿子拳脚相加，他无法忍受父亲的暴力，离家出走到了姐姐家，后乘船去欧洲大陆，参加了法国军队，成为一名雇佣兵，后又在比利时和意大利从商。

回到英国后，他开始从事律师一行，他聪明过人、雄心勃勃，逐渐在法律界崭露头角。不久他结识了沃尔西枢机主教，后在他手下工作，而沃尔西曾担任大法官（Lord Chancellor），是国王亨利八世的宗教、世俗事务的主要顾问。王后凯瑟琳出身西班牙王室，并没有为他产下儿子，如果亨利去世而没有子嗣，王位旁落，国家可能会陷入动荡。亨利迫切想得到子嗣，千方百计要解除自己和凯瑟琳王后20年之久的婚姻，迎娶自己的婚外情人安妮·博林。亨利让沃尔西设法与教皇交涉，帮助他解除婚姻，而天主教教会将婚姻视为神圣，只承认凯瑟琳王后的合法身份，迟迟不批准亨利的离婚请求，沃尔西的努力归于失败，亨利对他多有不满，博林也促使亨利与他反目。

克伦威尔在沃尔西的庇护下，羽翼渐丰，成为沃尔西的得力助手，进入了亨利的权力圈。他这时也已娶妻成家，育有一儿两女。同时他也接触了欧洲的宗教改革书籍。但是到了1529年，一场瘟疫夺走了他妻子和女儿。

沃尔西因交涉亨利离婚不成而失势，于1529年被免除政府官职，还被控犯有叛国罪。树倒猢狲散，人人避他而不及，但克伦威尔对他仍一直忠心耿耿，还在亨利面前尽力为沃尔西申诉。他对主人的忠诚也赢得亨利的敬重，到了16世纪30年代他更是得到亨利倚重，官至首席大臣。正是在他主理朝政期间，王权被置于罗马教皇之上，拥有在其疆土之内一切事物的最高管辖权，自然也包括解除亨利自己婚姻的权力。1534年，议会通过的《最高治权法案》（*Act of Supremacy*）确立英国国教，由英国国王取代罗马教皇成为英国国教最高权威，王权最高治权之主权从而凌驾于英国国教教会法律。

亨利不久也与凯瑟琳王后离婚，迎娶博林。然而，博林生了女儿，却并没有为他产下儿子，这令他心生不快。1535年，克伦威尔安排亨利的夏季行程，这期间亨利要在狼厅这处庄园逗留数日，正是在这里，亨利开始关注到狼厅庄园主人的女儿简·西摩，她其后成为亨利的第三任妻子。

（张世耘）

伊恩·麦克尤恩（Ian McEwan）

作家简介

伊恩·麦克尤恩（Ian McEwan，1948—　），英国小说家。

麦克尤恩出生在距离伦敦大约60公里的奥尔德肖特镇（Aldershot），父亲在军队服役，军衔至军士长，他儿时曾随父母在军队海外驻地生活，11岁时被送回英国，在一家政府办的寄宿学校读书，17岁时他开始对文学产生兴趣。1970年，他在萨塞克斯大学（University of Sussex）获学士学位，其后在东英吉利大学进入创意写作硕士班，于1971年获得硕士学位。

麦克尤恩的第一部作品是他的硕士学位论文短篇小说集《最初的爱，最后的仪式》（*First Love，Last Rites*，1975），短篇故事中多有涉及突破伦常的心态和行为，而变态和罪恶却又本是人性使然，尤其凸显青春成长的躁动。作品发表后即引起评论界极大关注。英国著名诗人安东尼·斯威特（Anthony Thwaite）高度评价了这本书，对麦克尤恩的才华尤为赞赏，认为他不过二十来岁就能创作出如此出色的作品，其“原创性令人震惊”。翌年，这部作品获得专门为35岁以下作家所设的萨默塞特·毛姆奖。他的另一部中短篇小说集《床笫之间》（*In Between the Sheets*）在1978年发表，故事依然延续了他第一部小说集的阴暗色调，且有过之而无不及，阉割、兽交、乱伦、恋童癖、恋物癖，不一而足。1979年，应BBC之约编写的电视剧剧本《立体几何》（*Solid Geometry*）在制作过程中因剧本涉及被管理层认为有伤大雅的情节而被中途叫停，剧本改编自他的第一部短篇小说集中的故事之一。这一事件在当时也引起不同观点的争议。

麦克尤恩的中篇小说《水泥花园》（*The Cement Garden*）发表于1978年，故事围绕四个兄弟姐妹展开，父母因病去世，他们又不得不面对孤儿家庭的成长经历，甚至最后姐弟之间发生乱伦。故事中的许多情节多让人感到不适，比如将母亲尸体置于水泥箱中葬于家里以及乱伦场景等。1981年，他发表了第二部小说《只爱陌生人》（*The Comfort of Strangers*），讲述一对情感炙热却深感无聊的情人在某个城市的度假经历，故事涉及男女性关系中的施虐和受虐游戏、血腥杀人犯罪等。该小说入围布克奖决选名单。剧作家哈罗德·品特在1990年将其改编为电视剧剧本。尽管他的早期作品充斥极端和暴力，但其丰富蕴含无疑使之超越恐怖场景的表象。

20世纪80年代中期之后，麦克尤恩的作品开始有所转变，不像之前作品那样充斥变态和恐怖的情节。1987年，小说《时间中的孩子》（*The Child in Time*）发表，讲述一个父亲丢失3岁女儿后寻女之旅中的心路历程。小说《无辜者》（*The Innocent*）于1990年发表，讲述了冷战初期主人公在柏林的经历，他参与的窃听苏联一方的工作令他卷入与一名德国女子的恋情并与之订婚，之后两人在与该女子前夫的一场打斗中将前夫打死，只能将死者肢解后寻找合适抛尸地点，但并未如愿。为避免放在箱子里的尸块被发现，他们只好另想办法，这也引发了新的复杂情节和人物关系。1992年，小说《黑犬》（*Black Dogs*）发表，故事主人公为岳母写回忆录，记述他患病岳母的过往经历，凸显欧洲战乱和冷战历史留下的现实和心理阴霾。该小说也入选布克奖决选名单。1997年发表的小说《爱无可忍》（*Enduring Love*）的叙事开始于主人公乔（Joe）和多年情人的一次意外经历，在人们试图救助载人气球的事故中，有人为救人丧生，一个有心理疾患的男子在与乔的一个眼神交换之后，两人生活因此发生纠葛，故事情节也随之逐步展开。

1998年，小说《阿姆斯特丹》（*Amsterdam*）发表，故事是关于两个朋友之间的约定，他们的前女友因病去世，生前饱受病痛折磨，他们约定，如果有一天这样的厄运落在他们头上，他们会相互协助前往荷兰，这样就可以寻求合法安乐死。小说获得布克奖。2001年，小说《赎罪》（*Atonement*）发表，小说故事开始时，13岁的女主人公布里奥妮（Briony）误解了家中女佣的儿子罗比（Robbie）和她姐姐的真实情感关系，在她表姐被强奸事发时，尽管她没有看清强奸者的面貌，却从自己看待事物的角度出发，指认罗比为强奸者，致使其因此入狱。第二次世界大战爆发后罗比以参军服役的方式结束刑期，但他和姐姐这对相爱的恋人却在战争中相继去世。意识到自己的错误和后果后，布里奥妮以她自己的方式赎罪。

2005年，小说《星期六》（*Saturday*）发表，故事发生在2003年2月的一个星期六，伦敦有人集会抗议美国入侵伊拉克，就是在这样的时局氛围下，故事自此展开，主人公的这一天既寻常，也有意外。小说获得2006年度詹姆斯·泰特·布莱克纪念奖。2007年发表的小说《在切瑟尔海滩上》（*On Chesil Beach*）入围2007年度曼布克奖小说奖决选名单，同时获得英国年度最佳图书奖（British Book Awards，Book of the Year）和年度最佳作家奖（Author of the Year Awards）。

此后他又相继发表了多部小说，包括《追日》（*Solar*，2010）、《甜牙》（*Sweet Tooth*，2012）、《儿童法案》（*The Children Act*，2014）、《坚果壳》（*Nutshell*，2016）等。

他的多部小说也改编成电影，包括《最初的爱，最后的仪式》《水泥花园》《只爱陌生人》《赎罪》等。

麦克尤恩现居住在伦敦。

（张世耘）

作品简介

《赎罪》（*Atonement*）

小说《赎罪》是伊恩·麦克尤恩最著名的小说之一。

小说主要由三个部分加一个作者结语组成。第一部分围绕13岁的女主人公布里奥妮展开。故事的开端是1935年夏天。布里奥妮的家庭属于英国上层阶级，她是家中三个子女中年龄最小的一个，她的志向是成为作家，她年仅11岁时就开始写短篇小说。她的哥哥利昂（Leon）比他大12岁，在伦敦银行界工作，这次回家度假还带来一个朋友保罗（Paul），是巧克力生意暴发户，富有但无趣。姐姐塞西莉亚（Cecilia）比布里奥妮大10岁，在剑桥大学读书，从学校回来度假。父亲杰克（Jack）这时去了伦敦并不在家，而母亲艾米莉（Emily）一直患有偏头疼，家中事情主要由下人管理。这时家中还来了三个表亲姐弟，他们是15岁的罗拉（Lola）和9岁的双胞胎皮埃洛（Pierrot）和杰克逊（Jackson），他们因为父母正在闹离婚，暂时来这里居住。家中女佣的儿子罗比23岁，是家中园丁，在剑桥大学获得文学学位，正在考虑学习医学。主人一家对他很好，资助了他的学业，儿时他也是利昂和塞西莉亚的玩伴。

布里奥妮写了一个剧本，要在欢迎哥哥的晚宴上表演，她希望她的表姐弟扮演其中的角色。戏没排好却发生一系列事情。先是布里奥妮在窗前看到罗比和姐姐在花园喷泉池旁，姐姐脱下衣服跳下水。由于距离较远，她并不知道究竟是怎么回事，她靠想象猜测，是不是罗比让姐姐这样做的。

回到屋子里罗比打字写了一封信给塞西莉亚，信中加了些色情的不雅之词，但他又手写了一封，删去了不合适的话，但他错把言辞不雅的那封信交给了布里奥妮，请她交给她姐姐。布里奥妮读了这封信，想当然认为罗比是个色魔，对她姐姐不怀好意。随后她又在书房撞见罗比和姐姐两人紧贴在一起，看见她才分开。她的小脑瓜想象力十分丰富，认定罗比是在侵害姐姐，自己一定不能让罗比得逞。

接下来两个孪生表弟又离家出走，大家急忙四处搜寻。布里奥妮一个人在搜寻过程中看到罗拉被人强奸。尽管在夜色中难以看清，但她一口咬定强奸者就是罗比。罗比因此入狱。

小说第二部分开始时已是五年之后。第二次世界大战已经爆发，罗比已在监狱服刑三年半，出狱条件是必须从军参战。塞西莉亚一直和他书信传情，他在法国的战争中受了重伤，支撑他的是塞西莉亚的爱，他一心要回到她的身边。他在敦刻尔克撤退前昏昏睡去。

小说第三部分开始时，塞西莉亚已经成为一名护士，和家人不再来往。而布里奥妮这时已经18岁，她报名做了护士，她也明白自己所做的错事，她要为自己的过错赎罪。后来她参加了罗拉和保罗的婚礼，虽然她知道强奸罗拉的就是保罗。

她最后和姐姐见面时，罗比正在姐姐那里。她很高兴两个相爱的人终于能够在一起了。她向他们承认了自己的罪责，想知道她该如何补偿。他们告诉她该怎么做，才能为罗比洗清莫须有的罪名。

在作者结语部分，读者被告知，小说的作者就是布里奥妮，她已经77岁了，将不久人世。作者在小说中虚构了她和姐姐、罗比见面的那一幕，而真实情况是，罗比在第二次世界大战时死于敦刻尔克，姐姐也在伦敦轰炸中死去。他们生前没能在一起，她要让他们在自己的小说中相聚在一起，这也是她自己的赎罪。

（张世耘）

安德鲁·米勒（Andrew Miller）

作家简介

安德鲁·米勒（Andrew Miller，1960— ），英国小说家。

米勒出生于英国西部港口城市布里斯托尔（Bristol），曾于东英吉利大学学习文学创作，1991年获得硕士学位，1995年获得兰卡斯特大学（Lancaster University）文学批评和文学创作博士学位。他曾在不同国家生活，其中包括西班牙、法国、爱尔兰、荷兰和日本。

他的第一部小说《无极之痛》（*Ingenious Pain*）于1997年发表，小说通过主人公怪异的非人类特质凸显缺失痛楚和情感感受的意义。小说背景是18世纪的英国，主人公詹姆斯（James）出身于一个乡村贫穷家庭，他出生时没有啼哭，直到10岁都没有开口说话，他的身体感受不到疼痛，也没有情感，对别人的情感也视若无睹。一个游荡街头的骗子发现这个男孩的特异功能，带他参加巡回表演，用针扎手可以不觉疼痛，蒙骗观众购买假止痛药。詹姆斯13岁时，一个迷恋科学的怪人把他带走保护起来。詹姆斯逃离后，成为外科医生。一次，他遇到一个名叫玛丽（Mary）的女人，她具有魔法，通过她的法力，詹姆斯体验到了记忆的痛苦，以及爱的感受。他终于能感受到幸福和悲伤，但这也成了他的弱点。小说获得1997年度詹姆斯·泰特·布莱克纪念奖小说奖、1999年度国际IMPAC都柏林文学奖（International IMPAC Dublin Literary Award）和1997年度意大利格林扎纳·卡佛文学奖（Premio Grinzane Cavour）。

他的第二部小说《卡萨诺瓦》（*Casanova*）于1998年发表，小说以文学方式再现享誉欧洲的情圣、意大利作家、冒险家卡萨诺瓦的故事。

2001年，小说《氧气》（*Oxygen*）发表，小说故事时间背景是当代，故事发生地点分别在英国、美国和欧洲大陆。故事人物之一爱丽丝（Alice）寡居在英国，有两个成年儿子，她身患肺癌，身体在癌症的侵蚀之下每况愈下，病情令她呼吸困难。她的单身儿子亚力克（Alec）在病榻前照料她。他情感脆弱，总觉得两个儿子之中母亲更喜欢哥哥而不是自己，他一直留在家乡，总希望讨得母亲欢心，现在更加担心母亲随时会离他而去。他的法语水平很好，此时受聘将匈牙利避难移民拉兹罗（Laszlo）的戏剧作品《氧气》（*Oxygène*）从法文翻译成英文。他的哥哥拉里（Larry）目前住在美国旧金山，曾经是著名网球运动员、演员，但是他的名气已经在走下坡路，婚姻并不成功，女儿患有哮喘病和抑郁症，家庭财务上也是一团糟。拉兹罗是一个著名匈牙利剧作家，现在住在法国，兼职在索邦大学（Sorbonne Université）讲课。他的剧作讲述三个矿工在爆炸事故中困在井下，一个矿工已经放弃求生，一个抱怨社会不公导致他们现在的境遇，还有一个在努力撬开石块寻找空气入口求生，而外面的人也在想法子向他们的受困地点输入空气，但并不成功。故事几条情节线索并列交织，贯穿共同的主题。小说入围2001年度惠特布莱德小说奖和布克奖小说奖决选名单。

历史小说《纯净》（*Pure*）于2011年发表，小说背景是18世纪的法国巴黎，事件背景是巴黎“清白圣徒”（Les Innocents）教会公墓的搬迁工程。公墓位于巴黎右岸区（the Rive Droite）的北面，自公元4世纪起开始用作基督徒墓地，15世纪瘟疫爆发时，几个星期时间内就会增加五万多具尸体。每一个挖好的大坑可以埋下一千具尸体，如果空地没有了，就直接把过去的尸骨挖出另外储存，腾出地方掩埋新来的尸体。据估计当时总共已经有大约六百万人的尸骨埋葬于此。近旁的建筑都承受不了尸骨的挤压而垮塌，酒窖里葡萄酒会变成醋，肉会很快腐败。政府、教会、民众等不同利益方几经博弈。终于在1785年，法国国王路易十六下达政令——“清白圣徒”公墓将被改建为未来的蔬菜和香料市场。小说主人公让–巴蒂斯特（Jean–Baptiste）是一个受过良好教育的年轻工程师，他被委以重任负责这项工程，搬迁尸骨，拆除教堂和墓地。在这项净化历史沉积的工作中，让–巴蒂斯特必须应对教会内外各种势力的阻碍，也必须同这里的各色人物打交道，其中有他在教堂演奏管风琴的朋友，还有研究尸体分解的博士。日常事务的细节描述是小说叙事的主基调。当时巴黎在路易十六统治下的社会氛围也孕育着几年之后的政治风暴。1789年，巴黎市民攻占巴士底狱，法国大革命爆发。小说获得2011年度科斯塔年度最佳图书奖以及2011年度科斯塔图书奖最佳小说奖。

他的其他作品包括小说《乐观主义者》（*The Optimists*，2005）、《鸟儿一样的早晨》（*One Morning Like a Bird*，2008）、《跨越》（*The Crossing*，2015）等。

（张世耘）

作品简介

《无极之痛》（*Ingenious Pain*）

小说《无极之痛》是安德鲁·米勒的著名作品之一。

小说通过主人公怪异的非人类特质凸显他缺失痛楚以及人类情感的意义。小说的背景是18世纪的英国，主人公詹姆斯出生于1739年，死于1772年，他短暂的33年人生也从一个侧面表现18世纪欧洲生存条件下生命的不确定性。小说并不是按事件发生先后展开叙事，而是采用倒叙等策略突出叙事重点。

詹姆斯出生在英格兰西南部德文郡（Devon）一个乡村贫穷家庭，他母亲受孕前曾被一个神秘陌生人强奸。詹姆斯出生时没有啼哭，直到10岁都没有开口说话，眼睛颜色也和家人不同，他的怪异之处是感受不到疼痛，也无法体验任何情感，对别人的情感也无动于衷，他从不生病，受伤后恢复也很快。后来，詹姆斯的村子里暴发天花疫情，他的家人大都死去，一个江湖骗子发现这个男孩的特异功能，他教会这个男孩假装感觉到疼痛，带他巡回表演止痛药的效果，服药后针扎手可以不觉疼痛，以此蒙骗观众购买假止痛药。

詹姆斯13岁时，一个倾心科学的有钱人把他带走保护起来，他有自己的图书馆，专门在家中收藏各种怪胎奇物。有图书馆管理员提供便利，詹姆斯阅读了解剖、科学实验等各种科学藏书，还曾和这里“收藏”的连体双胞胎女孩发生过性关系，但他没有任何动情的感觉。后来这对双胞胎接受了分离手术，手术方式原始，惨不忍睹，还让她们丧了命，詹姆斯在一旁观看，对此却无动于衷，之后还练习给狗做手术。詹姆斯逃出此地后，在皇家海军成为外科医生助手，他甚至接手做手术，在战火中能够不动声色地沉着操作。他后来获得行医执照，在英格兰西南部城市巴斯（Bath）开设诊所执业外科医生。作为外科医生，他拥有高超技术，但冷酷无情，他的诊所合伙人也自杀身亡。

一次，他来到俄国圣彼得堡为凯瑟琳女皇接种天花疫苗，他遇到一个名叫玛丽的女人，她具有魔法功能，通过她的法力，詹姆斯体验到了记忆的痛苦，以及爱的感受，这个经历使他发疯，因此进了疯人院。终于，他既能感到幸福，也能感受悲伤，但这也成为他的弱点。

（张世耘）

安德鲁·姆辛（Andrew Motion）

作家简介

安德鲁·姆辛（Andrew Motion，1952—　），英国诗人、传记家、小说家，自1999年至2009年担任英国桂冠诗人一职。

姆辛于1952年10月26日出生于伦敦。早年就读于拉德利学院（Radley College）和牛津大学大学学院（University College，Oxford University），1974年获得学士学位，1977年获得文学硕士学位。自1976年至1980年，任教于胡尔大学，后又任教于东英吉利大学。2003年起，他被伦敦大学聘请为写作教授。在学校任教之余，他还在《诗歌评论》（*Poetry Review*）（1980—1982）和查托温达斯出版社（Chatto & Windus）担任诗歌编辑（1982—1989）。

姆辛16岁的时候，母亲发生坠马事故，之后瘫痪在床，几年后去世。这件事成为姆辛创作诗歌的重要动因，因此他的诗歌经常描写无常、

孤独和失落。1978年，姆辛发表了第一部诗集《游船》（*The Pleasure Steamers*）。其中《内陆》（“Inland”）一诗描写了17世纪的村民们在村庄遭遇洪灾之后不得不背井离乡时那种恐惧和无助的心情。该诗获得了1975年牛津大学纽迪吉特奖。1983年，他的诗集《秘密叙述》（*Secret Narratives*）出版。1984年，他发表诗集《危险游戏：诗歌，1974—1984》（*Dangerous Play*：*Poems 1974—1984*），获得《星期日邮报》/约翰·卢埃林·里斯奖（*Mail on Sunday*/John Llewellyn Rhys Prize）。1987年，他出版了诗集《自然现象》（*Natural Causes*），获得迪伦·托马斯奖。1991年发表的诗集《一生之爱》（*Love in a Life*）主要描写诗人对家庭和孩子的感想。1994年发表的诗集《万物之价》（*The Price of Everything*）由两首长诗组成——《欲望散记》（“Lines of Desire”）和《乔·索普》（“Joe Soap”），体现了作者对于战争、金钱等主题的观察和思考。之后几年他又发表了几部诗集，包括《盐水》（*Salt Water*，1997）、《安德鲁·姆辛诗选：1976—1997》（*Selected Poems*：*1976—1997*，1998）和《公共财产》（*Public Property*，2002）。2009年出版的诗集《煤渣路》（*Cinder Path*）入围了2010年泰德·休斯奖（Ted Hughes Award）。2010年，他发表了诗集《月桂与驴》（*Laurels and Donkeys*），描述了从第一次世界大战开始一直到当代的伊拉克战争和阿富汗战争，军人们在战场上的经历。2012年，他发表了诗集《海关》（*The Customs House*），继续表达他对战争的思考。2014年，应BBC之约，姆辛访谈了从阿富汗返乡的军人及军人家属，了解这些军人及军属对战争和回家的感受，并以访谈内容为基础撰写了数首诗，表现了战争给参战的军人和家属所造成的影响。同年，他将这些作品合成诗集发表，题名为《回家》（*Coming Home*），获得2014年泰德·休斯奖。

除了诗歌作品以外，姆辛还以其传记文学作品闻名。1986年，他为才华横溢的兰伯特家族撰写了传记《兰伯特家族：乔治、康斯坦特和基特》（*The Lamberts*：*George*，*Constant and Kit*），赢得了1987年的萨默塞特·毛姆奖。由于姆辛的诗在很大程度上受到了诗人菲利普·拉金的影响，他写了大量关于拉金作品的评论，并于1993年发表了为拉金所撰写的传记《菲利普·拉金：作家生涯》（*Philip Larkin*：*A Writer's Life*），该作品获得了惠特布莱德传记奖。此外，他还为诗人约翰·济慈（John Keats）撰写了《济慈传》（*Keats*：*A Biography*），于1997年出版。2000年，他发表了《投毒者维恩莱特》（*Wainewright the Poisoner*），讲述了托马斯·维恩莱特（Thomas Wainewright）这个集评论家、伪造者、画家和杀人嫌疑人多重身份于一身的传奇人物的一生。

在诗歌创作和传记创作之余，姆辛还创作了小说、散文、回忆录等多种形式的文学作品。2003年，他发表了短篇小说《虚构的凯克医生》（*The Invention of Dr Cake*）。2006年，他发表了回忆录《天性：我的童年回忆》（*In the Blood*）。2008年，他发表了散文集《生活方式：地方、画家和诗人》（*Ways of Life*：*On Places*，*Painters and Poets*）。2012年，他为罗伯特·路易斯·斯蒂文森（Robert Louis Stevenson）的《金银岛》（*Treasure Island*，1883）写了续篇《西尔维：重返金银岛》（*Silver*：*Return to Treasure Island*）。2015年，他又发表了小说《新世界》（*The New World*），讲述《西尔维：重返金银岛》中两位主人公后来发生的故事。

姆辛不仅是文学作品的创作者，更是文学教育和诗歌推广的践行者。担任英国桂冠诗人的十年间（1999—2009），姆辛致力让诗歌走近更多读者。他尤其注重青年人的诗歌教育，鼓励学校将诗歌纳入课程体系。此外，他还创立了诗歌档案馆（The Poetry Archive），为读者提供诗歌录音在线资源，并举办了诗歌背诵比赛（Poetry by Heart），鼓励英国的中小学生学习并背诵诗歌。

2009年，姆辛卸任桂冠诗人一职。同年，因其文学成就卓著，他被封为爵士。2015年，姆辛移居美国马里兰州巴尔的摩市（Baltimore），成为约翰斯·霍普金斯大学（Johns Hopkins University）的霍姆伍德教授（Homewood Professor of the Arts）。移居美国后发表了诗集《和谈》（*Peace Talks*，2015），鼓励读者运用语言的力量去表达痛苦和悲伤。2017年，他发表了诗集《登陆：1975—2015年诗选》（*Coming In To Land*：*Selected Poems 1975—2015*）。

（姜晓林）

作品简介

《安德鲁·姆辛诗选：1976—1997》（*Selected Poems: 1976—1997*）

诗集《安德鲁·姆辛诗选：1976—1997》于1998年发表，收录了安德鲁·姆辛在1976年至1997年间撰写的诗歌，由五个部分组成。

第一部分收录了1977年至1978年发表的七首诗。前面五首主要记录对母亲的回忆，后面两首表达了诗人对时政和战争的看法。《消亡一族》（“A Dying Race”）一诗记叙了母亲病重时父亲细心照料母亲的情形。《在阁楼上》（“In the Attic”）描写的是母亲去世后，诗人经常登上阁楼，抚摸母亲遗物的情景。《周年》（“Anniversaries”）讲述的是母亲去世后诗人每年怀念母亲的心情。

第二部分共有八首诗，主要表达对战争和政治时局的看法。《信》（“Letter”）讲述了战争年代的一个故事。一个女孩读着一封信，信的作者殷切盼望着来信，而女孩的哥哥也即将应征入伍。而就在此时，一架德国飞机坠落，飞行员没有来得及打开降落伞，坠亡在村子里。《独立》（“Independence”）讲述的是印度独立背景下发生的故事。通过男主人公的家庭和事业变故，诗人描绘了更广阔的社会背景，表现了当时社会的政治、经济和社会变化。《危险的游戏》（“Dangerous Play”）则以非洲殖民地的动荡为背景，讲述了伯爵被害一事所投射出的殖民地社会问题。

第三部分节选了1991年发表的诗集《一生之爱》当中的七首诗。《看》（“Look”）描写了自己的孩子在床上嬉戏的模样、母亲瘫痪在床上垂危的模样，从而引出自己对生命意义的思考。《当头一击》（“A Blow to the Head”）记叙了妻子在车站被同乘的孩子掌击的过程，同时联想到斯蒂芬所受的掌击和自己小时候受到的掌击，进而又联想到母亲头上的伤，最后发表自己对无常命运的感想。

第四部分只有一首长诗《欲望散记》（“Lines of Desire”），节选自1994年发表的诗集《万物之价》，描写了一个人所承受的来自过去和现实生活的压力。第一节“和平之梦”（“A Dream of Peace”）描写了想象中的战场和真实战场的巨大反差。想象中的战争是“一切如家”，但是真正的战场却是小溪边的士兵人头、逝去的战友、被毁的城市、被炸飞屋顶的火车站、难民。第二节“金钱唱歌”（“Money Singing”）描述了金钱在当今社会的作用和意义，揭示了金钱的本质是“压抑、肮脏、狡猾、泪水”。第三节“一部现代狂喜剧”（“A Modern Ecstasy”）叙述了主人公狩猎野兔的过程，表达了自己恨人群又恨孤寂、恨丑陋又恨美丽的矛盾心情。第四节“欲望散记”（“Lines of Desire”）从父亲和母亲的过往谈起，一直谈到现实生活的压力。

第五部分收录了1997年发表的诗集《盐水》当中的十二首诗。《盐水》（“Salt Water”）讲述了一个在奥福特村发生的传奇故事。渔民在夜里出海打鱼时捕到了一个男人鱼。他们将男人鱼关进城堡，折磨他、逼他说话，但男人鱼始终沉默，最后渔民们出于恐惧，将男人鱼放归大海。《惯坏的孩子》（“The Spoilt Child”）讲述了一个男孩遇到的惨剧。他带着心爱的小狗随母亲出行，但一只恶犬咬住小狗的喉咙。虽然恶犬的主人砸开了狗的嘴巴，露出了小狗的脖子，但是小狗依然没能救活，恶犬主人也没有道歉。他们离开了，留下了小狗的尸体。

（姜晓林）

V. S. 奈保尔（V. S. Naipaul）

作家简介

V. S. 奈保尔（V. S. Naipaul，1932—2018），印度裔英国作家。

奈保尔出生于特立尼达和多巴哥（Trinidad and Tobago），当时为英属殖民地。他写出第一部小说时年仅18岁，尽管这时还没有出版商愿意出版这部作品。他先是在特立尼达和多巴哥就读于女王皇家学院（Queen's Royal College），后获得奖学金来到英国，就读于牛津大学大学学院。大学毕业后，他开始了作家生涯，后曾受雇于BBC，参与《加勒比之声》（Caribbean Voices）节目的写作和编辑工作，也曾有一段时间为英国《新政治家》杂志撰写小说书评。

1957年，他发表了第一部小说《灵异推拿师》（*The Mystic Masseur*），故事发生地点是特立尼达和多巴哥，印度裔主人公曾做过小学教师，辞职后学习推拿按摩，但推拿按摩师事业却并非一帆风顺，然而他采纳他人建议，成了有神秘功力的推拿师，具有了祛除病魔的能力，这使他走上功成名就之路，后成为当地“民主”政治精英。小说经改编后拍成电影。

两年后，他的短篇小说集《米格尔街》（*The Miguel Street*，1959）发表，获得萨默塞特·毛姆奖，集子包括多个相互关联的故事，时间背景是第二次世界大战，地点是特立尼达和多巴哥首都西班牙港一个破败街区，故事生动展现了后殖民时代社会的日常生活现实。1961年，他发表了代表作《毕斯沃斯先生的房子》（*A House for Mr Biswas*），故事讲述了印度裔主人公毕斯沃斯在特立尼达和多巴哥的生活和种种工作经历，他一心希望能够有一所自己的房子，这对他来说意味着独立和成功。小说主人公的原型是作者的父亲。这几部作品以喜剧化笔触刻画了特立尼达和多巴哥社会生活的方方面面。

1962年，他发表了《重访加勒比》（*The Middle Passage:The Caribbean Revisited*）一书，讲述他旧地重游在特立尼达和多巴哥等国的所见所思，论及殖民主义、奴隶制、种族关系等议题。1963年，他发表了小说《斯通先生和爵士计划》（*Mr Stone and the Knights Companion*），小说背景地点为英国伦敦，主人公是个典型的小人物，62岁，即将退休，面对孤独和退休生活，他寻求新的生存之道。小说获得霍桑登奖。1967年，他发表了小说《模仿者》（*The Mimic Men*），故事主人公祖籍是印度，却在英属加勒比海岛国长大，后住在伦敦郊区旅馆，撰写回忆录。小说表现了殖民文化和社会对主人公的影响，以及主人公文化认同困境。小说获得1968年WH史密斯文学奖。

1971年发表的小说《自由国度》（*In a Free State*）为他赢得了布克奖。小说包含几个故事和不同主人公在异国他乡的经历，其中有印度人离开自己的祖国和熟悉的社会环境来到美国，也有西印度群岛人来到英国，也有英国人来到东非国家。作为脱离自己文化根基的外来者，他们经历了异国社会现实带来的文化冲击和情感错位，小说从个体心理和行为角度表现了自我认同、异化、同化等后殖民主义文化现象。

1987年发表的《到达之谜》（*The Enigma of Arrival*）是一部自传体小说，讲述主人公从特立尼达和多巴哥移民国外的经历，以及他对不同环境的感知变化。小说《浮生》（*Half a Life*，2001）和《魔种》（*Magic Seeds*，2004）的主人公威利（Willie）是印度裔移民，他就像无根的浮萍，漂泊不定，四海为家，从祖国印度来到英国，后又去了非洲国家，接下来是德国，再又回到印度参加革命运动，最终回到久别的英国。作为文化流亡者，主人公身份不断变化，生活漫无目标，但这也是他寻觅自我和家园的历程。

除小说之外，奈保尔还发表了大量游记类著作，以其混合的文化身份和视角记录自己对非洲、印度、加勒比地区等不同国家和地区的观感。

奈保尔的其他主要著作包括《埃尔维热的选举权》（*The Suffrage of Elvira*，1958）、《幽暗之地：印度之旅》（*An Area of Darkness*：*A Discovery of India*，1964）、《黄金国的失落：一部历史》（*The Loss of El Dorado*：*A History*，1969）、《游击队员》（*Guerrillas*，1975）、《印度：受伤的文明》（*India*：*A Wounded Civilization*，1977）、《河湾》（*A Bend in the River*，1979）、《在信徒的国度：伊斯兰世界之旅》（*Among the Believers*：*An Islamic Journey*，1981）、《寻找中心》（*Finding the Centre*，1984）、《南方的转向》（*A Turn in the South*，1989）、《印度：百万叛变的今天》（*India*：*A Million Mutinies Now*，1990），《世间之路》（*A Way in the World*，1994）、《超越信仰：伊斯兰旅行》（*Beyond Belief*：*Islamic Excursions*，1998）、《父与子的信》（*Letters Between a Father and Son*，1999）、《作家与世界：散文集》（*The Writer and the World*：*Essays*，2002）、《作家看人》（*A Writer's People*：*Ways of Looking and Feeling*，2008）、《非洲的假面剧：非洲信仰一瞥》（*The Masque of Africa*：*Glimpses of African Belief*，2010）等。

（张世耘）

作品简介

《到达之谜》（*The Enigma of Arrival*）

小说《到达之谜》是V. S. 奈保尔的一部自传体小说，作者叙述了1950年自己18岁时离开出生地特立尼达和多巴哥到世界各地游历的经过：移民美国，客居英国，寻根印度，穿越非洲。奈保尔一路自我流放，他追求完美而失落沮丧，渴望回归而无处可归，努力争取终觉一切皆空。对于奈保尔而言，到达某处并非简单意味着停止漂泊，更意味着灵魂的洗涤，意味着随遇而安的飘然气度。

小说的大部分情节发生在英国，在那里他租了一间乡村小屋从事写作。最初到达时，他把自己所居住的乡村视为几百年没有任何变化、被历史遗忘的角落。然而，随着他在乡村小屋居住和写作的时间延长，他开始看到这是一个不断发生变化的地方，只不过这里的普通百姓过着与世界上其他地方不同的生活。这使奈保尔对人们关于环境的概念进行反思：即我们对某一地方的先入为主的观念是怎样影响我们对其做出正确判断的。奈保尔重新审视了自己移民美国、移居英国的经历，并描述了每到一个新的地方他是怎样逐渐适应和了解新环境的。这是一部忧郁的小说，它向读者展示了一个灵魂孤独的人如何在经受失望、焦虑、悲伤、无助后始终泰然自若。

奈保尔不仅有非凡的记忆力，而且对大自然有敏锐的观察力，他凭借记忆中所捕捉到的精美细节和所观察到的大自然的奇妙景象，用文学的形式赋予他的经历魔幻般的意象。在体验不同国家的地貌风情、习俗制度以及语言文化之后，奈保尔不断思考，获得了一种既是感官体验又是心理经验、既源于真实感受又源于潜在记忆的新型叙事方法。他打破所有的写作规则，这部小说没有情节，没有悬念，没有人物刻画。令人惊奇的是，读者一旦打开书就会不停地读下去。奈保尔用语言的力量牢牢地吸引住读者。

（张世红）

卡里尔·菲利普斯（Caryl Phillips）

作家简介

卡里尔·菲利普斯（Caryl Phillips，1958— ），英国黑人移民小说家，剧作家，散文家。

菲利普斯出生于加勒比海群岛圣基茨（Saint Kitts），当时为英属殖民地，出生后四个月便随父母移居英国。他在英国中部城市利兹（Leeds）长大，后就读牛津大学女王学院（Queen's College，Oxford University）。在大学期间他就表现出出众艺术才华，他导演过戏剧节目，还担任过爱丁堡艺术节（Edinburgh Festival Fringe）舞台助理。他从20世纪80年代开始，相继发表了多部小说、剧作、散文集作品。他的很多作品题材涉及黑人离散和奴隶贸易主题。他先后在欧洲、非洲、亚洲和加勒比地区的大学担任教职。1994年至1998年期间，他在美国阿默斯特学院（Amherst College）任英文教授。自1998年开始，他在哥伦比亚大学巴纳德学院（Barnard

College，Columbia University）任英文教授。

1985年，他的第一部小说《最后通道》（*The Final Passage*）发表，小说讲述20世纪50年代一对年轻夫妻蕾拉（Leila）和迈克尔（Michael）携婴儿离开加勒比海岛移居英国伦敦，开始了他们背井离乡、在陌生文化环境下的生活。小说获得1985年度马尔科姆·埃克斯文学奖（Malcolm X Prize for Literature）。他的第二部小说《独立国家》（*A State of Independence*）于1986年发表，故事讲述主人公留学回国，重返加勒比岛国，但他发现在这个独立国家却没有独立氛围。

1998年，小说《高处》（*Higher Ground*）发表，小说包含三个故事，分别讲述奴隶贸易中的奴隶故事、美国黑人运动黑豹党（Black Panther Party）成员的故事以及生活在英国的波兰移民故事，三个故事具有相似的社会和文化议题背景。

1991年，小说《剑桥》（*Cambridge*）发表，故事时间背景是19世纪，女主人公艾米丽（Emily）30岁，单身，她从英国来到加勒比海群岛，亲访父亲的种植园，了解这里的情况。种植园原来的管理人这时莫名消失，取而代之的管理人阿诺德（Arnold）引诱艾米丽和他通奸，致使她怀孕。故事另一主人公剑桥（Cambridge）是种植园的黑人奴隶，十几岁时被奴隶贩子绑架，后被船长带到英国接受教育，成为基督徒后去非洲传教，行程中又被贩卖到这个种植园为奴，他能说一口标准英语，因此被人叫做剑桥，他的名字随主人的改变而几次改变，名字本身就是他不由自主的命运写照。阿诺德一直以来就纠缠他精神不很正常的妻子，剑桥对此却无力阻止。剑桥怀疑阿诺德与前任管理人之死有关。在两人争执冲突中，阿诺德死亡。剑桥被指控谋杀了阿诺德，在执行绞刑之前，他叙述了自己的故事。小说从种植园主白人女儿和黑人奴隶两个不同视角叙述，他们完全不同的生活世界使他们只能看到自己不同视野中的真相。小说获得1992年度《星期日泰晤士报》年度最佳青年作家奖（*Sunday Times* Young Writer of the Year Award）。

1993年，小说《渡河》（*Crossing the River*）发表，小说时间背景是18世纪，围绕四个独立故事线索展开，讲述三个被贩卖为奴隶的非洲孩子各自的经历。小说获得了1993年度詹姆斯·泰特·布莱克纪念奖小说奖并入围布克奖小说奖决选名单。

小说《血的本质》（*The Nature of Blood*）于1997年发表，故事女主人公是第二次世界大战期间纳粹集中营幸存者，她讲述了集中营的经历以及之后的事件，故事中穿插了不同人物的叙述和经历，是犹太人离散的创伤记忆。

2003年，小说《远岸》（*A Distant Shore*）发表，故事背景是当代英国。小说女主人公桃乐茜（Dorothy）和男主人公所罗门（Solomon）都住在英国北部的一个小镇上。桃乐茜是一名音乐教师，现年五十多岁，提前退休回到自己的家乡。她的邻居所罗门三十多岁，是镇上的杂活工人、守夜人，他是非洲难民，从战乱中的非洲逃离，来到这个小镇生活。桃乐茜的过去多有不幸，丈夫离她而去，之后两次和已婚男人发生情感关系，也以失败收场。桃乐茜孤独寂寞、渴望关爱，而所罗门则善解人意、乐于助人。在新的环境下，两个人之间开始建立起了友谊。所罗门在非洲时参加过内战，后目睹自己的家人被残杀，他先逃到法国，又逃到英国，后被指控强奸一名女子，幸亏这名女子不愿指控他，他才得以脱罪。来到这里是因为有人告诉他，这边比较好找工作。历经波折，他终于获得难民身份，也在小镇找到工作。但随着两人之间关系日渐紧密，桃乐茜心中有所顾虑，她对所罗门谎称要去一个海滨小镇探望姐姐，但其实她姐姐早已去世。然而她回来时发现所罗门已经被残害溺水身亡，凶手是一帮本地青年，但他们却并未因此受到应有惩罚。桃乐茜最后住进精神病院，对于她来说，只有所罗门和她心灵相通，但他们却已生死两隔。所罗门逃离战乱非洲的死神威胁却命丧避难国度的种族主义仇恨。小说获得2006年度英联邦作家奖。

小说《在黑暗中舞蹈》（*Dancing in the Dark*）于2005年发表，故事

讲述著名巴哈马裔美国演员伯特·威廉斯（Bert Williams）的故事。小说《外来者：三个英国人的生活》（*Foreigners*：*Three English Lives*）通过三个主人公的故事，讲述移民的经历。

菲利普斯的其他作品包括小说《落雪中》（*In the Falling Snow*，2009）、《失落的孩子》（*The Lost Child*，2015）、《日落帝国一景》（*A View of the Empire at Sunset*，2018），剧作《奇异水果》（*Strange Fruit*，1981）、《黑暗之处》（*Where There is Darkness*，1982）、《避难所》（*The Shelter*，1984）、《板球比赛》（*Playing Away*，1987），散文集《欧洲部落》（*The European Tribe*，1987）、《大西洋之声》（*The Atlantic Sound*，2000）、《世界新秩序》（*A New World Order*：*Selected Essays*，2001）等。

1994年，他获得兰南文学奖。

（张世耘）

作品简介

《渡河》（*Crossing the River*）

小说《渡河》由四个独立故事组成，时间横跨18世纪中期到20世纪中期，故事情节在时间上前后交错展开，开端事件发生在1753年的非洲西海岸，一个因庄稼歉收而穷困潦倒的父亲虽不情愿但不得不将三个孩子卖给贩运奴隶航船的船主英国人詹姆斯（James），他们父亲的名字未知，三个孩子的名字是纳什（Nash）、玛莎（Martha）和特拉维斯（Travis）。出卖孩子的父亲不可能是孩子们真正意义上的父亲，出售他们的时间和故事中他们经历的时间已经相去遥远，而父亲的声音始终联系着流散的非洲孩子，他是他们虚构的父亲，他们是他的后代传人。

小说第一部分“异教徒的海岸”（The Pagan Coast）讲述纳什

的故事。纳什出生在美国，故事中另一个主要人物是奴隶主爱德华（Edward），他住在美国弗吉尼亚州，是奴隶纳什的主人，但他为人单纯、善良。爱德华在纳什很小的时候就将他收养为家人，纳什也获得了自由，成为基督徒。19世纪30年代，他被"美国殖民社团"（American Colonisation Society）组织选派参加一个宗教与文明的开化项目回到西非的利比里亚（Liberia）传教。在当地，他逐渐意识到白人文明与非洲难以相融，他写给爱德华的信，爱德华也没有收到。后来爱德华听到纳什失踪的消息后赶往非洲，却发现他已死亡。

小说第二部分"西方"（West）讲述玛莎的故事，她出生在美国，故事开始时是19世纪中期，此时她年事已高，她和一群黑人前往加利福尼亚州，在路上她身患重病已无法继续前行，同伴将她留在科罗拉多州丹佛街头，严寒暴雪中，她回忆自己的一生。当年她的奴隶主死后，她和她的丈夫以及他们唯一的女儿被分别卖给不同的奴隶主，自此亲人生离死别。美国南北战争中南方蓄奴州政权倒台后，玛莎逃离她的主人来到堪萨斯州，她为了找到女儿重新骨肉团圆，和一群黑人踏上去加利福尼亚州的旅程，没想到因病困于严寒中的街头。这时一个白人女子发现了她，把她带到一个小屋中，当晚她在这里死去。

小说第三部分"渡河"（Crossing the River）是运送奴隶航船的船长詹姆斯在航行中的日志和书信内容。1782年，他从英国港口布里斯托尔起航，驶往西非黄金海岸（Gold Coast，加纳的旧称）做黑人奴隶贸易。他父亲死后，他接手这个生意。他对人还算公正，但出于生意的需要，他也可以冷酷无情，就是他从"父亲"手中买下三个黑人孩子，在他眼中，孩子们和其他黑人奴隶不过是交易的货物。他和"父亲"是黑人流散历史的象征写照。

小说第四部分"英格兰某地"（Somewhere in England）讲述特拉维斯的故事，时间背景是1936年至1945年，由名叫乔伊斯（Joyce）的白人年轻女子叙述。她在自己居住的小镇遇到了驻扎在附近的美国军人特拉维斯，两人相恋，乔伊斯很快就怀孕了，两人在1945年元旦结婚，特拉维斯婚后赶回前线，但孩子还没有出生，特拉维斯就在意大利阵亡。他们的儿子出生后不得不作为战争孤儿由郡政府照料。乔伊斯再见到儿子时是1963年了，这时他已经18岁了。

小说结尾，“父亲”仍然在聆听他的孩子们在河的另一边咏唱。

（张世耘）

哈罗德·品特（Harold Pinter）

作家简介

哈罗德·品特（Harold Pinter，1930—2008），英国剧作家，电影剧本作家。

品特出生于英国伦敦，是一位犹太裁缝之子，在伦敦东区的工人阶级居住区长大。他于1948年在皇家戏剧艺术学院（Royal Academy of Dramatic Art）学过两个学期表演，后来在数个剧团里担任专业演员。他于1956年之后开始进行戏剧创作。他所创作的剧作包括《房间》（*The Room*，1957），《送菜升降机》（*The Dumb Waiter*，1957），《生日晚会》（*The Birthday Party*，1957；1967年改编为电影），《看管人》（*The Caretaker*，1959；1963年改编为电影），《侏儒》（*The Dwarfs*，1960），《搜集证据》（*The Collection*，1961），《茶会》（*Tea Party*，1964），《归家》（*The Homecoming*，1964；1969年改编为电影），

《风景》（*Landscape*，1967），《沉默》（*Silence*，1968），《昔日》（*Old Times*，1970），《虚无乡》（*No Man's Land*，1974），《背叛》（*Betrayal*，1978；1983年改编为电影），《山地语言》（*Mountain Language*，1988），《派对时光》（*Party Time*，1991），《月光》（*Moonlight*，1993），《归于尘土》（*Ahses to Ashes*，1996），《庆典》（*Celebration*，1999），《追忆流水年华》（*Remembrance of Things Past*，2000）等。

除了戏剧作品之外，品特亦创作电影剧本，包括《侍者》（*The Servant*，1963），《事故》（*Accident*，1966），《幽情密使》（*The Go-Between*，1970）。品特还将自己的剧本改编为电影剧本，如《背叛》（1983年改编），并将他人的作品改编为电影剧本，例如《使女的故事》（*The Handmaid's Tale*，1987），《最后大亨》（*The Last Tycoon*，1974），《法国中尉的女人》（*The French Lieutenant's Woman*，1980），《李尔王》（*The Tragedy of King Lear*，2000）等。

2005年10月13日，瑞典文学院宣布，2005年度诺贝尔文学奖授予英国作家哈罗德·品特。瑞典文学院向新闻界发布的授奖理由是：品特"在自己的剧作中，揭示出日常唠叨之下的悬崖峭壁，并强行闯入封闭着的压迫之屋"。这一授奖理由言简意赅地说出了品特戏剧运用得炉火纯青的两个要素：对话与空间。瑞典文学院网站上登载的"哈罗德·品特生平与作品简介"中似乎也强调了这两个要素："品特使戏剧的基本元素得到恢复，即一个封闭的空间和不可预测的对话。"自2002年品特宣布自己罹患食管癌以来，他就一直进行治疗。获奖后，他亦无法亲自前往斯德哥尔摩领奖。因此他坐在轮椅上，于2005年12月7日以录像形式发表了46分钟的诺贝尔奖获奖演说。在品特发表获奖演说之后，瑞典文学院院士、瑞典文学院诺贝尔奖委员会主席、作家珀·瓦斯特伯格（Per Wastberg）也在12月10日的颁奖仪式上发表了颁奖演说。瓦斯特伯格提到"品特式的"（Pinteresque）这一形容词，它已经被收入《牛津英语词典》。的确，据

《牛津英语词典》记载，这一形容词首次出现于1960年。该词典还收录了1974年出现的一个例句："突然，大家都开口说话，就像公共汽车上被偷听到的对话一样。人们为此发明了一个词——品特式的。""公共汽车上被偷听到的对话"应该是在公共空间里的私密谈话，这种谈话漫不经心、断断续续，但又充满防范之心。品特式的对话正是这样的对话。在品特的剧作中，人们不愿意或者无法进行深入的交流，人们的对话似乎总是有一搭没一搭，并且总是充满着沉默，揭示出人与人之间的隔阂和人类的异化。但就是在这样的对话中，却又有捉迷藏的游戏；虽然对话者心照不宣地回避着危险的话题，但又不断进行着争夺话语权的斗争，发生着统治与臣服的权力交替。这大概就是所谓"日常唠叨之下的悬崖峭壁"，在平庸无聊之下隐藏着钩心斗角与惊心动魄。

就空间而言，典型的品特式空间是一个封闭的、充满着压迫感的空间；这一空间与现实生活完全隔离，而且一般没有具体的地点。空间的主人往往是一对人物；乍看上去，他们似乎和睦相处、相安无事。但是，随着陌生人的"强行闯入"，这一空间很快就被打破、被改变，这一空间的压迫感也就被揭示出来。在一对人物的平静、平淡、平凡的表面之下，隐藏着孤独、仇视、恐惧、忌妒、性欲的"万丈深渊"，笼罩着巨大无比的压迫感。而外力的侵入则使种种张力迸发出来，形成剧烈的冲突；在一间房屋的小小的空间之内，上演出一个时代的戏剧。

在品特戏剧生涯的初期，他的作品并未得到理解和重视。例如，他的第一部多幕剧《生日晚会》在1958年首演时，就遭到票房和评论的双重失败。当时，一位女士观戏后如此致信品特："亲爱的先生，如果您能向我解释大作《生日晚会》的意思，我将不胜感激。我有三点不甚了了：1.那两位男人是谁？2.斯坦利（Stanley）的出身如何？3.他们应该都算是正常的吗？请您理解，如果不回答这些问题，我就无法完全理解大作。"品特的回函体现了他毫不妥协的精神，也体现了他喜剧戏拟和意在言外的风格："亲爱的女士，如果您能向我解释您大札的意思，我将不胜感激。我有三点不甚了了：1.您是谁？2.您的出身如何？3.您应该算是正常的吗？请您理解，如果不回答这些问题，我就无法完全理解大札。”起初，评论界也只是将品特看作众多荒诞派戏剧家之一。与塞缪尔·贝克特、尤金·尤内斯库（Eugène Ionesco）、让·热内（Jean Genet）等荒诞派大师一样，品特在剧作中搬演出人类在20世纪的生存境况：在饱受两次世界大战的蹂躏和各种环境生态灾难的煎熬之后，人类陷入无望、无助、无奈的境地。荒诞派戏剧家正是将人类生存的荒诞性以荒诞的戏剧形式表现出来。不过，品特戏剧虽与荒诞派戏剧有相似之处，批评界后来却越来越清楚地认识到品特戏剧的独特之处，赋予品特戏剧以“威胁喜剧”之名。在他的“威胁喜剧”中，人物在极不恰当的时机表现出滑稽可笑之处；无言的场景却蕴含着深意——平静的表面之下往往潜伏着令人胆战心惊的威胁。

（冯伟）

作品简介

《背叛》（*Betrayal*）

剧作《背叛》（*Betrayal*）于1978年首演，1983年改编为电影上映。剧情围绕艾玛（Emma）与杰瑞（Jerry）的一段多年婚外情展开。杰瑞是艾玛的丈夫罗伯特（Robert）的多年好友，职业是作家经纪人，艾玛是画廊经营者。而多年来，杰瑞一直对罗伯特和自己的妻子朱迪丝（Judith）隐瞒这段私情。

该剧第一幕中，杰瑞和艾玛已有两年没有碰面了，此时一起坐在一家酒馆小叙一番过往和两人现在的生活。两人曾有一段持续七年的婚外私情，其间还租下一处公寓供两人幽会，两年前他们结束了这段情感。杰瑞随口提及有关艾玛的传闻，说她和作家罗杰（Roger）有染，罗杰是杰瑞的客户，罗伯特则是他的出版商，但艾玛对传言的回应含糊其词。艾玛告诉

杰瑞，就在前一天晚上，她丈夫向她坦白，多年来他多次婚外出轨，艾玛也向丈夫坦承自己和杰瑞的情感关系，现在他们的婚姻已经走到了尽头，此时艾玛对丈夫的背叛愤愤不已。令杰瑞尤其不自在的是，艾玛竟然对丈夫坦白他们两个过去的私情，要知道他和罗伯特两个可是多年至交，而且就在当天，杰瑞和罗伯特还在一起共进午餐，当时却一点儿也看不出，罗伯特知道自己的好友曾经背叛自己。这一幕剧情发生时间是1977年，这时罗伯特40岁，艾玛38岁。

第二幕剧情时间稍晚于第一幕，杰瑞对罗伯特提起此事，罗伯特却说，他四年前就知道妻子和杰瑞之间的私情，并非如艾玛所说，他只是刚刚得知，而艾玛其实也早就承认了他们的私情。让杰瑞感到不可思议的是，老友罗伯特这些年来一直对此心知肚明，却又三缄其口。而罗伯特则以为杰瑞知道他对此知情。

第三幕剧情时间是1975年，艾玛和杰瑞之间的激情已成过去，他们决定结束这段私情。他们各忙各自的事业，不再像以前那样，可以不顾工作和家庭的羁绊，随时想办法在公寓幽会。他们决定不继续租用这所公寓了。

第四幕剧情时间是1974年，杰瑞在罗伯特和艾玛家中做客，交谈中，罗伯特邀杰瑞和他打壁球，交谈中他话中有话，他告诉杰瑞，他们其实并不需要女人在身边。“壁球”在剧中显然带有特别的意涵。

第五幕剧情时间是1973年，罗伯特和艾玛在酒店房间里商量去威尼斯托切罗岛（Torcello）的计划。两人对一本书的看法各执一词，罗伯特认为其主题是“背叛”，艾玛对此并不认同。罗伯特发现了杰瑞寄给艾玛的一封信，从而从艾玛口中得知，他们两人已是多年的情人。罗伯特甚至对艾玛说，其实相比艾玛，他更喜欢杰瑞。

第六幕的剧情时间是1973年晚些时候，艾玛和杰瑞在他们偷情的公寓里，两人此时正在热恋之中。杰瑞提到自己办的两件事不够小心，担心妻子由此看出自己出轨。艾玛则只字不提自己已经对丈夫坦白他们的私情。

第七幕剧情时间是1973年更晚些时候，罗伯特和杰瑞在餐馆一起交谈。两人谈到托切罗岛，显然，罗伯特谈到的细节与杰瑞从艾玛那里听到的大有出入，而罗伯特则绝口不提杰瑞给艾玛的信，也丝毫没有透露自己已经知道他们两人苟且之事。两人对话一来一往，尽显各自心机。

第八幕剧情时间是1971年，艾玛和杰瑞在他们幽会的公寓里，他们的问答围绕杰瑞的妻子是否有可能知道他们的事，他妻子是否也对他不忠。艾玛还试探杰瑞是否对自己专情，是否会考虑离婚。两人对话，其情、其隐可略窥一斑。

第九幕剧情时间是1968年，在一次聚会上，杰瑞利用和艾玛在一起的机会，带着醉意向艾玛示爱。艾玛告诉罗伯特，他的好友喝醉了。而罗伯特似乎只当什么也没有发生，离开了房间。艾玛要离开时，杰瑞一把拉住了她，两人四目相视。全剧随之落幕。

该剧的创作灵感来自品特自己与有夫之妇、BBC女主播琼・贝克威尔（Joan Bakewell）长达7年的婚外情。该剧结构十分独特，全剧共九幕，除第二幕、第六幕和第七幕之外，剧中其他几幕则颠倒时间顺序安排，产生了断续的悬念效果，往事层层回放，而每一时点的戏剧展开，虽悬念犹在，却已是对戏剧时空的重新聚焦。剧中人物的琐碎对话掩盖着压抑的情感，自欺欺人的谎言，以及对真实的回避。

（张世耘）

萨尔曼·拉什迪（Salman Rushdie）

作家简介

萨尔曼·拉什迪（Salman Rushdie，1947—　），印度裔英国小说家。

拉什迪出生于印度孟买（Mumbai），父亲是商人。拉什迪14岁时被送到英国私立学校读书，其后在剑桥大学国王学院（King's College, University of Cambridge）学习历史并获得硕士学位。毕业后他回到父母身边，在巴基斯坦居住了一段时间，其间他曾为电视台编写脚本，后又回到英国，为广告商编写广告脚本。

1975年，他的第一部小说《格林姆斯》（*Grimus*）发表，讲述一个魔幻故事，是一个美国印第安人寻找生命真谛的旅程。他的第二部小说《午夜之子》（*Midnight's Children*）发表于1981年，故事围绕主人公萨利姆·希奈（Saleem Sinai）展开，他是私生子，是1947年印度独立日午夜出生的1001个孩子之中的一个孩子，具有心灵感应能力。小说叙事将个人和印度的重要历史事件交汇于叙事者的讲述之中。小说获得布克奖、詹姆斯·泰特·布莱克纪念奖等多项荣誉。1983年，他的第三部小说《羞耻》（*Shame*）发表，以文学方式再现了巴基斯坦的政治和社会现状，小说入围布克奖决选名单。

1988年，他发表第四部小说《撒旦的诗篇》。1990年，他的第五部小说《哈伦和故事海》（*Haroun and the Sea of Stories*）出版，这是一本儿童奇幻小说，于1992年获得作家协会奖（Writers' Guild Award）最佳儿童图书奖，后经他改编搬上戏剧舞台，在伦敦皇家国家剧院首演。小说《摩尔人的最后叹息》（*The Moor's Last Sigh*）于1995年发表，故事主人公莫拉伊斯（Moraes）来自孟买，由他讲述自己家族四代人的历史。

他的其他作品包括：小说《她脚下之地》（*The Ground Beneath Her Feet*，1999）、《愤怒》（*Fury*，2001）、《小丑沙利玛》（*Shalimar the Clown*，2005）、《佛罗伦萨妖女》（*The Enchantress of Florence*，2008）、《两年八个月和二十八个夜晚》（*Two Years Eight Months and Twenty-Eight Nights*，2015）、《戈尔登宅邸》（*The Golden House*，2017，或译《黄金宅邸》），短篇小说集《东方，西方》（*East*，*West*，1994）等。

拉什迪是英国皇家文学学会会员，2007年被授予大英帝国骑士指挥官勋章（KBE）。

（张世耘）

作品简介

《摩尔人的最后叹息》（*The Moor's Last Sigh*）

小说《摩尔人的最后叹息》是英国作家萨尔曼·拉什迪的一部长篇小

说。主人公莫拉伊斯讲述了本家族四代人的历史。

莫拉伊斯姓佐戈比（Zogoiby），被人们称为“摩尔人”，他是葡萄牙航海家达伽马（da Gama）后裔中最后一个幸存者。达伽马为了寻找香料航行到了印度，他的后代通过海运将香料卖到西方而发财致富。莫拉伊斯还有一个先辈叫布阿卜迪勒（Boabdil），是西班牙最后一个穆斯林国王，1492年布阿卜迪勒被迫向费尔迪南德（Ferdinand）投降，交出了自己统治的城市格拉纳达（Granada），他向格拉纳达作最后告别的地点被称做“摩尔人的最后叹息”，今天已成为旅游景点。布阿卜迪勒的后代到了印度南方，并用他的绰号“佐戈比”作为家族的姓。

莫拉伊斯的外祖父卡孟伊斯（Camoens）早期信仰共产主义，后来成为尼赫鲁（Nehru）的忠实信徒，为争取实现一个独立、统一的印度奋斗了一生，于1939年去世。尽管他没有看到印度独立这一天，但他希望独立后的印度将是一个超越宗教、超越阶级、超越种姓的国家。莫拉伊斯的父亲亚伯拉罕（Abraham）本来是低微的小职员，后来举家搬到了孟买，他在孟买贩卖海洛因，投资房地产，走私军火，最后发展到走私核武器，大发不义之财。在拉什迪的笔下，亚伯拉罕是一个带有喜剧色彩的恶棍。莫拉伊斯的母亲奥洛拉（Aurora）是一个较为复杂的角色，在很大程度上是这部小说的中心人物。她是一个天才画家，但不是一个合格的母亲，由于她全身心扑在艺术上，没有更多的时间和精力照顾孩子，为此她经常感到内疚。在她的系列画里，她试图用古老的、宽容的西班牙覆盖印度，用多元的浪漫神话覆盖丑陋的现实。奥洛拉的画暗示了拉什迪的意图，即不是用一个虚幻的世界替代印度，而是用一个理想的国度像薄纱一样覆盖印度。

如同《午夜之子》和《撒旦的诗篇》一样，《摩尔人的最后叹息》也是一部鸿篇巨制。由于拉什迪身上既浸淫着西方文化传统，又深受东方文化传统的影响，《摩尔人的最后叹息》里东西方的元素交替出现。有的评论家指出，读者若要更好地欣赏和理解这部小说，应从西方的小说叙事角度和东方传奇叙事角度来阅读这部作品。

（张世红）

威尔·赛尔夫（Will Self）

作家简介

威尔·赛尔夫（Will Self，1961—　），英国小说家，剧作家。

赛尔夫出生于伦敦，曾就读于牛津大学，1993年被《格兰塔》杂志评选为20位英国最佳青年小说家之一。2012年他受聘于布鲁内尔大学（Brunel University）任教授。

1991年，他出版了短篇小说集《精神病症数量理论》（*The Quantity Theory of Insanity*），故事中的一些人物在他以后的作品中也有表现，小说集获得杰弗里·法伯纪念奖。他的第一部长篇小说《我觉得好玩儿的事儿》（*My Idea of Fun*）于1993年发表，故事主人公有特殊记忆能力，也有精神治疗经历，他的成长过程令人咋舌，甚至有虐待伤害作乐的行为，但他的叙述似乎也充斥着幻觉。1996年，他的中篇小说《精神病的滋味》（*The Sweet Smell of Psychosis*）发表，故事讲述一个记者混迹伦敦媒体圈子的经历。

1997年，他发表了长篇小说《大猩猩》（*Great Apes*），主人公是伦敦的一个前卫画家，经过一夜放荡、吸毒，醒来后发现周遭所有人都变成了黑猩猩，包括他的女友，而他自己身上也有更多毛发，但是他坚信自己是人类。他被送到精神病病房，精神病医生们也都是黑猩猩。在精神病医生的帮助下，他开始适应环境。但是他脑海中总是萦绕自己是人类的记忆，为了解开这个疑问，他远涉重洋，到了非洲，寻找残存的人类。

小说《死人如何生活》（*How the Dead Live*）发表于2000年，故事女主人公身患癌症，跨越生死边界，进入亡灵世界。她发现生死的界限只不过是暂时的，并不清晰明确。小说《道林：模仿》（*Dorian，an Imitation*）发表于2002年，故事改编自奥斯卡·王尔德的小说《道林·格雷的画像》（*The Picture of Dorian Gray*），时代和地点转换为20世纪80年代初的伦敦。

2006年，小说《戴夫之书》（*The Book of Dave*）发表，故事讲述伦敦一名出租车司机，妻子离他而去，带走了他的儿子，他把自己的经历、所思所想，甚至出租车司机的伦敦街区知识写成一本书，埋在后院地下，这样他的儿子成年后可能会看到。但500年后，那时的宗教教派发现了这本书，将其看作自己教派的圣经，其作者也成了宗教先知。

小说《残端》（*The Butt*）发表于2008年，故事主人公在某一国度旅游，由于在酒店阳台上抽烟后扔下烟头，阳台下面的人因此受到轻微伤，因此牵涉该国的官司之中。作为惩戒，他被迫离开家人，穿越这一国度的大片荒蛮地域，这期间他与另一个游客一起经历这段旅途。小说获得2008年度波灵格大众伍德豪斯奖。

2012年，小说《伞》（*Umbrella*）发表，故事跨越不同时代，交错讲述1918年的流感蔓延致使大量人口死亡，也有患者罹患昏睡性脑炎，几十年昏迷不醒，一直躺在精神病院，而故事主要人物就是其中一位患者。故事又忽然跨越到了20世纪70年代，小说另一人物精神病医生使用新药试图唤醒患者。被新药唤醒的患者，面对的一切早已物是人非。故事又跨越到2010年，这位医生旧地重游，回顾自己的经历。小说入围2012年度曼布克奖小说奖决选名单。

他的其他作品包括中篇小说合集《公鸡与公牛》（*Cock and Bull*，1992），小说《步行去好莱坞》（*Walking to Hollywood*，2010）、《鲨》（*Shark*，2014）、《电话》（*Phone*，2017），短篇小说集《灰色区间》（*Grey Area*，1994）、《粗野男孩的坚固玩具》（*Tough，Tough Toys for Tough，Tough Boys*，1998）、《马克提医生及其他不幸故事》（*Dr Mukti and Other Tales of Woe*，2004）、《肝脏：一个虚构的器官以及四片耳垂的表面解剖》（*Liver：A Fictional Organ with a Surface Anatomy of Four Lobes*，2008）、《不可分割的自我：短篇小说选集》（*The Undivided Self：Selected Stories*，2010）等。

赛尔夫现居住在伦敦。

（张世耘）

作品简介

《大猩猩》（*Great Apes*）

像弗兰兹·卡夫卡（Franz Kafka）的小说《变形记》（*Die Verwandlung*，1915）一样，《大猩猩》也是一部离奇怪诞的超现实主义讽刺小说。

主人公西蒙（Simon）是一个功成名就的英国画家，一天早上他醒来后发现他的女朋友和周围的人全都变成了大猩猩，整个社会变成了大猩猩的社会，实际上他本人也变成了大猩猩，但他没有意识到。西蒙被送到医院急诊病房，由临床心理医生巴斯纳（Dr. Busner）负责治疗。

塞尔夫用大猩猩作为一面镜子，对人类社会以及人的爱情、人与人之间的关系进行讽刺，例如它们不停地梳洗打扮，互相亲吻屁股以表示敬意，但又不停地互相责骂。他把人类文明投射到大猩猩社会，其规章制度完美无缺，他让人与大猩猩的角色互相切换，一会儿人变成大猩猩，一会儿大猩猩变成人，既在人的身上体现“猩性”，在大猩猩身上体现“人性”。

小说用了大量篇幅讨论符号学，大猩猩使用的是一种完全不同于人类交流的方式，它们不用语言，而是用手势进行交流，手势和语言一样，也属于符号学的范畴。有趣的是，书中人物谈起弗洛伊德理论头头是道，似乎每个人都是弗洛伊德理论家，每个人都懂心理分析。

塞尔夫把自己视为讽刺小说家。乔纳森·斯威夫特（Jonathan Swift）是欧洲18世纪首位将类猿的人作为小说的创作题材的作家，其不朽之作是家喻户晓的《格列佛游记》（*Gulliver's Travel*，1726），随之而来的是荷兰人、德国人分别创作出的类似题材的小说。塞尔夫认为自己并未超越斯威夫特，只是继承了斯威夫特的传统。

（张世红）

维克拉姆·塞斯（Vikram Seth）

作家简介

维克拉姆·塞斯（Vikram Seth，1952—　），印度小说家，诗人，游记作家，长期在英国居住。

塞斯出生于印度加尔各答（Calcutta），父亲是公司高管，母亲是法官，童年曾随家人居住在伦敦，1957年返回印度就读小学，后在英国中学完成英国普通中等教育证书考试高级水平课程，之后在英国就读于牛津大学基督圣体学院（Corpus Christi College，Oxford University），于1975年获得学士学位，后赴美国斯坦福大学（Stanford University）学习，于1978年获得经济学硕士学位。他原本计划在斯坦福完成经济学博士学业，但他对经济学的兴趣有所降低，转而在斯坦福大学学习文学创作课程，后又在中国南京大学学习中国古典诗歌。他的性取向为双性恋，长期生活在英国。

1986年，他的第一部小说《金门：一部诗篇小说》（*The Golden Gate：A Novel in Verse*）发表，由13卷，共590首十四行诗组成，讲述几个生活在加利福尼亚州的朋友们的经历。

他的第二部小说《合适郎君》（*A Suitable Boy*，又译《如意郎君》或《合适男孩》）于1993年发表，小说有一千四百多页之长，讲述梅赫拉（Mehra）、卡普尔（Kapoor）、查特吉（Chatterji），以及坎（Khan）四个家庭的故事，小说时间背景是20世纪50年代，地点是印度，此时的印度刚刚在1947年获得独立，印度教教徒和穆斯林之间的激烈冲突最终使印度和巴基斯坦成为两个分治国家。小说中的露帕·梅赫拉太太（Mrs Rupa Mehra）是富有的种姓阶层的一位寡妇，育有两个儿子和两个女儿，大儿子已经娶妻，大女儿也已经出嫁，小女儿拉塔（Lata）19岁，她聪明、漂亮，未婚，还在大学读书，她的婚嫁大事是母亲的一块心病。在印度文化传统中，年轻人的婚嫁对象一般都是父母包办安排的，但此时政府的执政理念相对宽容，女性也有了一些自由空间。但是如果与男性权利相比较，女性的自主恋爱尤其与包办婚姻传统难以相容，更不要说与异教家庭通婚了。拉塔当然知道她的大学同学穆斯林青年卡比尔（Kabir）绝不是一个“合适的男孩”，但她仍然爱上了他。一次，有人看见拉塔和卡比尔在公众场合走在一起，就把这事告诉了她母亲。梅赫拉太太知道，一旦这事传出去，说女儿和穆斯林男子谈过恋爱，有身份的合适郎君家庭就不会考虑迎娶她的女儿做媳妇了。她立即安排和女儿一起去了加尔各答。在加尔各答，梅赫拉太太安排女儿认识了好几个“合适男孩”，他们都是同样的种姓阶层，有共同的宗教信仰，但他们都不能让拉塔真正动心，甚至他们之中还有人可能是同性恋者。故事围绕拉塔和卡比尔以及“合适男孩”展开。故事最后，拉塔还是决定放弃自己和卡比尔的爱情，选择一个自己喜欢，但是没有爱情的“合适郎君”。小说入围1993年度《爱尔兰时报》国际小说奖（*Irish Times International* Fiction Prize）决选名单，并获得1994年度英联邦作家奖以及1994年度WH史密斯文学奖。

小说《天籁》（*An Equal Music*）于1999年发表，小说标题源自英国17世纪诗人、教士约翰·邓恩（John Donne）的布道词，指基督徒的灵魂进入天堂后所聆听到的乐声。小说男主人公迈克尔（Michael）现年三十多岁，住在伦敦，曾在维也纳学习音乐，现在正在一个小有名气的弦乐四重奏小组担任第二小提琴手。在紧张充实的演出之余，他仍然会不时想起自己在维也纳学习音乐时的女友茱莉亚（Julia）。茱莉亚当时是他的同学，是钢琴演奏者，曾和他在一起演奏三重奏。迈克尔一次演出时由于过于紧张，导致演出失败，他旋即离开了维也纳。他的突然离去，也使他和茱莉亚从此失去联系。他们两人再次相见已经是十年之后了，但这时茱莉亚已经结婚，还有了孩子，她由于疾病原因正在逐渐丧失听力。虽然时过境迁，两人却重燃旧情。尽管两人相爱依然，但已不可能重走人生之路，也不可能妥善应对现实情感障碍，最后茱莉亚告诉他，两人必须结束这种关系。小说结束时，迈克尔去听茱莉亚的演奏会，她正在演奏巴赫的钢琴曲《赋格的艺术》（Art of Fugue），迈克尔心中自言自语道："超乎想象的美妙，简直是天籁。"他走出音乐厅，思绪联翩："音乐，这样的音乐，这样的赐予就足够了。为什么还要索取幸福？为什么还希望没有悲伤？这就足够了，能够一天天活着，听到这样的音乐，这样的赐福就足够了。"小说获得1999年度印度纵横字谜图书奖（Crossword Book Award）和2001年度艾玛奖（英国电信民族和多元文化媒体奖）最佳图书/小说奖（EMMA［BT Ethnic and Multicultural Media Award］for Best Book/Novel）。

塞斯的其他作品包括小说《合适的女孩》（*A Suitable Girl*，1918），诗歌集《绘图》（*Mappings*，1980）、《低级官员的花园》（*The Humble Administrator's Garden*，1985）、《今夜入眠的你：诗歌》（*All You Who Sleep Tonight：Poems*，1990）、《野蛮故事》（*Beastly Tales from Here and There*，1992）、《中国的三位诗人：王维、李白、杜甫诗歌翻译》（*Three Chinese Poets：Translations of Poems by Wang Wei*，*Li Bai and Du*

Fu，1992）、《青蛙与夜莺》（*The Frog and the Nightingale*，1994）、《夏季安魂曲》（*Summer Requiem*：*A Book of Poems*，2012），游记《天池：新疆西藏游记》（*From Heaven Lake*：*Travels Through Sinkiang and Tibet*，1983），回忆录《两人的人生》（*Two Lives*，2005）等。

2001年，塞斯被授予大英帝国指挥官头衔。

（张世耘）

作品简介

《合适郎君》（*A Suitable Boy*）

小说故事情节围绕露帕·梅赫拉夫人为二女儿拉塔选女婿展开。选什么人，以什么为标准，用什么方式选，谁来决定，构成了小说的主要内容。拉塔是一个19岁的大学生，聪明美丽，多愁善感。小说以拉塔的姐姐莎维塔（Savita）的婚礼开始，莎维塔完全由母亲安排嫁给一个陌生的、毫无爱情基础的男人。看到姐姐的不幸婚姻，拉塔想到了自己的未来，她决心走自己的路，按自己的方式选择生活，不愿受霸道的母亲和偏执的哥哥摆布。然而，家庭地位、社会习俗、宗教影响、传统观念等因素都不允许她独立自主地选择自己的婚姻，她母亲公开宣称，像她姐姐一样，拉塔的婚姻也必须由家长做主。随着故事情节的发展，拉塔面前出现三个追求者，一个是她母亲为她挑选的成功商人，一个是她的亲戚替她相中的诗人，一个是她自己所爱的青年穆斯林。拉塔面临选择，并在痛苦的选择中挣扎，她本能地知道，她最终嫁的男人很可能不是自己的最爱，因为她要履行对家庭的责任，要维护家族的荣誉，她的家族属于印度教的上层阶层，是不会允许她嫁给一个穆斯林的。

《合适郎君》以爱情故事为主线，讲述了梅赫拉、卡普尔、查特吉、坎四个家族内部以及家族之间的矛盾和危机，却折射出20世纪50年代刚刚

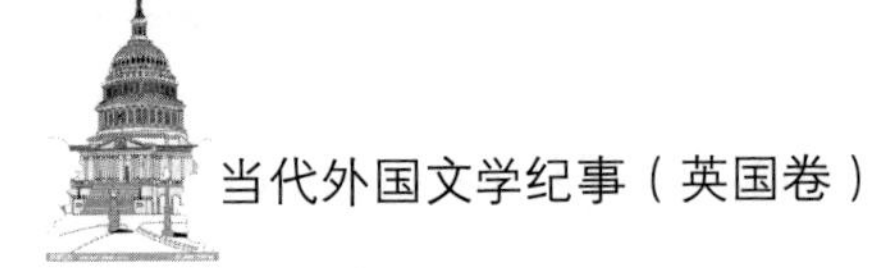

获得独立后的印度社会现实，将那个时期纷繁复杂的社会事件和各种冲突展现在读者面前：1952年的全国大选，印度教与伊斯兰教的冲突，土地改革，低种姓人群的生活状况，封建税赋制的废除，等等。

《合适郎君》是一部史诗般的长篇小说，长达1473页，由19个部分组成，每一部分讲述一个不同的故事，但又与其他故事相联系。作者将历史、社会、政治、经济、宗教、文化等内容以全景方式写进小说，并详细描述了广袤的印度次大陆的炎热的气候，茂密的植物，丰富的节日。小说以复杂的情节，带有异国情调的、生动的描述使读者爱不释手。

（张世红）

缪丽尔·斯帕克（Muriel Spark）

作家简介

缪丽尔·斯帕克（Muriel Spark，1918—2006），英国小说家，诗人。

斯帕克出生于苏格兰爱丁堡市。她曾就读于赫瑞瓦特大学（Heriot-Watt University），19岁时结婚后去了中非南罗德西亚（现津巴布韦），几年后她回到英国，后曾担任英国诗歌协会（Poetry Society）秘书长以及《诗歌评论》编辑，发表过诗歌和玛丽·雪莱（Mary Shelley）、约翰·梅斯菲尔德（John Masefield）、艾米莉·勃朗特（Emily Brontë）等人的评传。

她的第一部小说《安慰者》（*The Comforters*）发表于1957年，接下来三年里，她连续发表小说《罗宾逊》（*Robinson*，1958）、《死亡警告》（*Memento Mori*，1959）和《佩克汉姆莱民谣》（*The Ballad of Peckham Rye*，1960）。其中《死亡警告》于1964年经改编搬上戏剧舞台，1992年

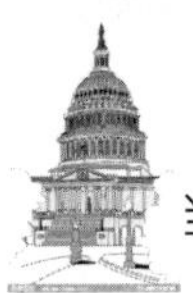

又改编为电视剧，这是一部关于老年人的小说，讲的是几个老年朋友都接到一个莫名其妙的电话，电话那边提醒他们："别忘了，你必定会死。"每个人对听到的电话有不同的说法，反应也不一样，故事围绕他们的关系展开。

斯帕克最出名的小说是1961年发表《简·布罗迪小姐的青春》（*The Prime of Miss Jean Brodie*），故事发生于20世纪30年代，女主人公布罗迪小姐是一名教师，她的学生是一班10岁的女生，作为教师，她负责她们的两年课程，她自称是在自己的青春时期，她的教学内容也并不太正统，除了诗歌、艺术外，还包括她的个人爱情生活，甚至意大利法西斯主义等。她选出6名她最得意的女孩，全方位培养使之成为精英，后被称作所谓"布罗迪帮"。故事围绕女主人公和这些"布罗迪帮"女孩、学校校长、其他老师等多重关系展开，跨越多年，直到第二次世界大战之后，而最后背叛女主人公，致使她被迫退休的也正是她们"帮"中一员。小说分别在1966年和1969年改编搬上戏剧舞台和电影银幕。

1963年，小说《收入微薄的女孩们》（*The Girls of Slender Means*）发表，故事背景是战争期间的伦敦，一家旅社内住着几十位年轻女孩儿，大多是学生和办公室文员，故事讲述她们在匮乏的物质条件下的生活和经历。小说后来改编为电视剧。

其后，斯帕克又相继发表多部小数，其中《公众形象》（*The Public Image*，1968）讲述女主人公作为成功的电影演员需要维护相应的公众形象，而她的丈夫却想通过自杀来破坏她的公众形象，并写下绝命书给自己的妻子、儿子、情人等多人，最后绝命书曝光，女主人公放弃演艺事业，回归不受打扰的生活。小说入围布克奖决选名单。

1965年，小说《曼德尔鲍姆门》（*The Mandelbaum Gate*）发表，故事发生在1961年，曼德尔鲍姆门曾是以色列和约旦之间在耶路撒冷的边界检查站，故事女主人公有犹太血统，信奉天主教，她需要通过曼德尔鲍姆门进入约旦控制的地区，情节就此展开。小说获得詹姆斯·泰特·布莱克纪念奖。

小说《驾驶席》（*The Driver's Seat*）发表于1970年，女主人公是一个举止怪异的未婚女性，她踏上旅程，寻找杀害她的人，以便结束自己的生命。小说后被改编成电影。1981年，小说《有目的的游荡》（*Loitering with Intent*）发表，小说女主人公正在努力创作自己的第一部小说，她受聘于“自传协会”担任秘书，工作中她有了新的发现和理解。小说入围当年布克奖决选名单。

她的其他作品包括小说《不可打扰》（*Not To Disturb*，1971）、《东河边的温室》（*The Hothouse by the East River*，1973）、《克鲁的女修道院院长》（*The Abbess of Crewe*，1974）、《接管》（*The Takeover*，1976）、《领土权利》（*Territorial Rights*，1979）、《唯一问题》（*The Only Problem*，1984）、《与肯辛顿天差地别》（*A Far Cry From Kensington*，1988）、《宴会》（*Symposium*，1990）、《现实与梦想》（*Reality and Dreams*，1996）、《协助与怂恿》（Aiding and Abetting，2000）、《终结学校》（*The Finishing School*，2004），剧本《哲学博士》（*Doctors of Philosophy*，1963），诗集《诗歌选集第一辑》（*Collected Poems I*，1967）、《前往苏富比及其他诗歌》（*Going Up to Sotheby's and Other Poems*，1982）、《诗歌全集》（*All the Poems*，2004），短篇小说集《短篇小说选第一辑》（*Collected Stories I*，1967）、《砰砰，你死了》（*Bang-bang You're Dead*，1982）、《短篇小说全集》（*Complete Short Stories*，2001），自传《履历》（*Curriculum Vitae*，1992）等。

她因其文学领域的成就而获颁大英帝国指挥官女爵士勋章，2006年于意大利去世。

（张世耘）

作品简介

《驾驶席》（*The Driver's Seat*）

《驾驶席》是一部关于如何写成一部小说的小说，因此在一些大学里它被用作小说创作课的教材。

小说是在两个层面——现实和理论上同时展开的。小说主人公是一个叫做莉丝（Lise）的女子。作为小说中的人物，她有意识地想要控制情节发展。她预感到在小说中她的命运将走向何方，于是在主观上努力地使自己的命运和作者安排的小说的结局一致，而这个结局就是死亡。因此她逐渐地坐到了“驾驶席”的位置，即作者享有的可以安排情节的位置。为了达到死亡的目的她做了一系列安排，那就是从一个北欧国家飞到一个南欧国家去度假，在此途中她一直在寻找一个合适的男人来杀她。最后她终于找到了那个男人来完成她的愿望。她满脑子都是被谋杀的欲望，所以她的死是注定了的。

小说中所描述的现实世界充满了压迫感和令人厌恶的气息，作者向我们展现了20世纪沉闷的都市生活：暴动、交通堵塞、飞机上的快餐、肮脏的旅店，诸如此类。这些场景的描述毫不带有作者的主观评价，这是符合小说刻画主人公的目的的。莉丝想的都是怎样实现被谋杀的事情，所以她必然对周遭的一切无关的人和事不感兴趣。小说的线索一直围绕着莉丝的目的发展，因此一切离题的东西都是被主人公所排斥和忽略的。

在小说很早的部分作者就把结局告诉了读者，这样读者就很容易发现那些看似随意的细节实际上具有重要的意义。比如，莉丝为了旅行特意买了一件衣服，然而当店员告诉她这件衣服的材料不会显示污渍时，她却勃然大怒，结果换了一件容易显脏的衣服。她为什么要这样做呢？为什么她消灭了自己的身份证据而却要在机场穿着这样一件引人注目的衣服呢？小说叙述者马上向我们展开了未来的一幕场景：人们将在第二天早上发现她死于谋杀，地点是在一个外国城市的公园里，死者全身被捅了许多刀，鲜血溅满了她的浅色外衣。可见，她是为了显示血迹才买了那件衣服的。

她这样做也是为了和作者的意图一致，因为通常描写谋杀事迹时被害者的衣服总是溅满了鲜血。读者由于知道这两者之间的关联性而更加感受到小说的讽刺意味。另一个例子是，莉丝在旅行中遇到一个妇人，她向莉丝谈论她的侄子，想象着他们两人会是一对情侣："你和我侄子注定会是一对的。"预言最后被实现了，因为妇人的侄子真的就是莉丝选中的谋杀者。

在整个情节的发展过程中几乎没有个人情感的表达。直到小说的结尾读者才发现不管情节和故事有多么清晰明白，它们和几乎没有表达出来的人物情感是不能分开的。另外，小说所采用的主要时态是一般现在时，一些评论家猜测其中一个原因可能是作者觉得这样更能达到如电影镜头那般直接的叙事效果。

这部小说不能不说是一个悲剧，主人公莉丝在现实生活中没有值得生活下去的任何牵挂和目的，所以，她用这种常人看来匪夷所思的方式——找人结束自己的性命——来制造一个最具戏剧性的结局。只有在小说的最后我们才强烈感受到同情和害怕，尽管先前它们在小说中一直是缺席的。这或许就是作者隐藏的目的之一。

（翁丹峰）

《有目的的游荡》（*Loitering with Intent*）

《有目的的游荡》是一部自传体小说。故事讲述年轻女子弗勒（Fleur）通过艰苦奋斗成为作家的经历。为了搜集文学素材，她走街串巷，游走于第二次世界大战后破败萧条的伦敦。后来她被聘为"自传协会"的秘书，她充分利用这份职业，悉心观察这些自传作家，将他们日常生活的各种经历写进自己的小说。

《有目的的游荡》的故事情节起伏跌宕，内容引人入胜，语言生动优美，更重要的是它具有励志、催人向上的示范意义。它通过弗勒的奋斗经历告诉人们每个人都可以战胜平庸、获得成功。小说在某种意义上体现了斯帕

克的思想变化。在她的第一部小说《慰问者》中，卡罗琳（Caroline）逐渐意识到，包括她本人在内的每个人以及整个宇宙都是某个不可知的作者在更高一个层面上所虚构出来的。而《有目的的游荡》正好相反，书中的女主角弗勒在快要完成她的第一部小说时意识到，自传协会的成员就是她在书中所描写的人物的化身，是她的想象力所构思出来的活的灵魂。这样，她就可以预见到未来，朦朦胧胧地预感到那些傲慢的、愚蠢的、追逐权力的人将不可避免地遇到灾难。

书中最让人感到不可思议的一点是弗勒与多蒂（Dottie）之间的关系，她们既是朋友，又是敌人，对弗勒而言，多蒂百分之四十九是朋友，百分之五十一是敌人，她们这种异常的共生友谊是许多读者在生活中都有的体验。弗勒并不知道自己为何会把多蒂当作朋友，因为她并不是真正地喜欢多蒂，同时她觉得多蒂的感受也一样。她用比喻说明这种关系："一个人的朋友就像冬天穿的大衣一样，虽然你不喜欢它，但你不会想到扔掉它。"

《有目的的游荡》也表现了艺术家的敏锐感受。弗勒对艺术家的感受评论道："当人们说生活很平淡，每天没有什么新事物发生时，我相信他们的话。但你必须知道，对艺术家而言，每天都有新事物出现，失去的时间总是得到补偿，什么也没有损失。我从未听说有哪个艺术家一生中没有遇到过邪恶，他所经历的邪恶可能以某种形式出现，如疾病，不公正，恐惧，压迫，等等。"

小说赞扬了女性的自强和自信，弗勒反复说："当一个20世纪的女性艺术家是多么美妙的事啊！"尽管在前进的道路上有不少敌视的人阻挠她，但她依然充满欢乐地走自己的路。

（张世红）

汤姆·斯托帕德（Tom Stoppard）

作家简介

汤姆·斯托帕德（Tom Stoppard，1937—　），英国剧作家。

斯托帕德出生于捷克斯洛伐克的东部城镇兹林（Zlín）。与约瑟夫·康拉德（Joseph Conrad）、弗拉基米尔·纳博科夫（Vladimir Nabokov）等移民作家的共同处之一是，斯托帕德的英语比英国本土英语作家的语言更地道、更英国化。不同于同时代的剧作家哈罗德·品特大多描写英国本土中下层的普通人物，斯托帕德笔下的人物大多取材于历史和文学经典作品。索福克勒斯（Sophocles）的戏剧、亚瑟·米勒（Arthur Miller）的《推销员之死》（*Death of a Salesman*，1949）、《哈姆雷特》（*Hamlet*，1603）、《麦克白》（*Macbeth*，1623）、英国剧作家罗伯特·博尔特（Robert Bolt）的剧作《樱花》（*Flowering Cherry*，1958）、奥斯卡·王尔德的《认真的重要性》（*The Importance of Being Earnest*，

1895）、塞缪尔·贝克特的《等待戈多》（*Waiting for Godot*，1952）、T. S. 艾略特的《J. 阿尔弗雷德·普鲁弗洛克的情歌》（*The Love Song of J. Alfred Prufrock*，1915）、詹姆斯·乔伊斯的《尤利西斯》（*Ulysses*，1922）、达达主义者特里斯坦·查拉（Tristan Tzara）、诗人乔治·拜伦（George Byron）、政治家列宁（Lenin）等人物和作品全都是斯托帕德戏讽和描写的对象。尽管有人批评斯托帕德笔下的人物僵化，缺乏发展，但毋庸置疑的是，斯托帕德以他特有的细腻笔触以及作品中独具个人风格的戏仿、双关语、文字游戏、元戏剧等手法确立了他作为第二次世界大战后英国剧坛最重要的剧作家之一的地位。

斯托帕德的戏剧以喜剧为主，但题材却包罗万象，糅杂了历史、政治、艺术、科学、哲学等多种因素。斯托帕德的父亲尤金·斯特劳勒（Eugen Straussler）是一家鞋业公司的医生。童年时期的斯托帕德多次流离于捷克斯洛伐克、新加坡、印度，最后也“不知不觉”地到了英国，颇似他笔下《罗森克兰茨和吉尔登斯特恩已死》（*Rosencrantz and Guildenstern Are Dead*，1966）中两个小人物的经历。

斯托帕德2岁时，德国入侵捷克斯洛伐克，斯托帕德全家举迁到新加坡。日本入侵新加坡后，母亲带着两个儿子又迁居到印度。在大吉岭（Darjeeling），母亲开了一家鞋店，小斯托帕德兄弟二人在一所美国开办的国际学校就学。日本入侵期间，留在新加坡的父亲丧生。母亲与驻印度英军少校肯尼思·斯托帕德（Kenneth Stoppard）结婚后，斯托帕德再次移居到英国，并在英国完成了中学学业。到英国后，他仍旧随在一家机械工具厂工作的继父不断搬家，最后定居在布里斯托尔。

17岁时，斯托帕德到《西方日报》（*Western Daily Press*）报社当记者。4年后，他转到《布里斯托尔晚报》（*Bristol Evening World*）社，并为《舞台》（*Scene*）杂志写戏剧评论。7个月的时间里，斯托帕德观看了132场演出，并以威廉·布特（William Boot，出自伊夫林·沃的小说《独家新闻》［*Scoop*］，1938）的笔名撰写戏剧评论。后来“布特”这个名字出现在他的多个剧本当中。在此期间，他还创作了三篇短篇小说和包括《水上漫步》（*A Walk on the Water*，1963）、《如果你愿意，我就直言》（*If You're Glad*，*I'll Be Frank*，1966）在内的几部广播剧和电视剧剧本。《舞台》杂志停刊后，斯托帕德获得了一项福特基金，参加柏林讨论会。该奖项旨在提携有潜力的年轻剧作家。

1966年，斯托帕德创作了给他带来国际声誉的作品《罗森克兰茨和吉尔登斯特恩已死》，该剧在伦敦公演，此后于1968年又获得了包括美国的纽约戏剧评论界最佳戏剧奖（New York Drama Critics' Circle Award for Best Play）和托尼奖（Tony Award）在内的多项奖项。在莎士比亚的悲剧《哈姆雷特》中，罗森克兰茨（Rosencrantz）和吉尔登斯特恩（Guildenstern）只是两个不起眼的小人物，他们受哈姆雷特的叔父指派，监视并负责把哈姆雷特送往英格兰，借英格兰国王之手将其杀害。不料在去往英格兰途中，丹麦国王写给英格兰国王的密信被哈姆雷特发现，并做了改动，罗森克兰茨和吉尔登斯特恩反被杀害。斯托帕德的剧本正是以此为背景，讲述把哈姆雷特送往英格兰途中罗森克兰茨和吉尔登斯特恩的故事。熟悉莎翁原剧的观众和读者清楚地知道等待他们的命运将是什么。另外，在作品中还可以清楚地看到贝克特《等待戈多》的影子。罗森克兰茨和吉尔登斯特恩的形象颇似《等待戈多》中的两个流浪汉爱斯特拉冈（Estragon）和弗拉基米尔（Vladimir）。作品《罗森克兰茨和吉尔登斯特恩已死》中的双关、反讽、滑稽闹剧俯拾皆是。此外，作家还探讨了死亡、自由、艺术本质、身份认同等诸多重大命题。

《跳跃者》（*Jumpers*）创作于1972年。作品采用了蒙太奇的手法，融合了谋杀、婚外情、哲学思考、政党大选、人类宇航员登月等不同题材，是一部名副其实的"大杂烩"式闹剧。剧中充斥了大量双关语和俏皮话，令观众和读者忍俊不禁。剧作获得1972年度《旗帜晚报》最佳戏剧奖（*Evening Standard* Award for Best Play）以及英国伦敦剧院剧评家剧作与演员最佳新剧奖（Plays and Players London Theatre Critics Award for Best New

Play）。

《黑夜与白昼》（*Night and Day*，1978）是一部两幕剧，背景设在一个虚构的非洲国家“金巴韦”（Kimbawe），几个记者来到此地，试图报道当地叛乱的独家新闻。该剧于1978年在凤凰剧场（Phoenix Theatre）首演，并获得了《旗帜晚报》最佳戏剧奖。

《未发现的国度》（*Undiscovered Country*，1979）改编自德语作家亚瑟·史奈兹勒（Arthur Schnitzler）的小说，1979年在伦敦西区首演，之后1981年在美国哈特福德（Hartford）上演。1981年斯托帕德改编创作了另一部剧作《眼花缭乱》（*On the Razzle*，1981），作品改编自奥地利剧作家约翰·内斯特罗伊（Johann Nestroy）的德语戏剧《他要开个玩笑》（*Einen Jux will er sich machen*，1842）。该剧1981年在伦敦西区上演后受到广泛好评，英国《观察家》报（*The Observer*）甚至称该剧可以和王尔德的《认真的重要性》相媲美。

《真相》（*The Real Thing*，1982）是斯托帕德自传色彩最浓的一部作品。全剧共分为12场，也采用了“戏中戏”的手法，但与众不同的是，该剧第一场即是戏中之戏。直到第2场“演员”上场，观众才意识到第1场并非“真实”。作家一如既往地在作品中杂糅了包括英国的约翰·福特（John Ford）、瑞典的奥古斯特·斯特林堡（August Strindberg）、俄国的安东·契诃夫等作家的作品片段，讲述了一个名叫亨利（Henry）的剧作家试图找出“什么是爱”的故事。

1986年，斯托帕德又改编亚瑟·史奈兹勒的作品，创作了《调情》（*Dalliance*）。1988年，作品《哈普古德》（*Hapgood*）问世。同年，《走下楼梯的艺术家》（*Artist Descending a Staircase*）在伦敦西区上演，之后1989年在美国百老汇上演。

1991年，斯托帕德改编的电影剧本《罗森克兰茨和吉尔登斯特恩已死》获得威尼斯电影节金狮奖。1993年的《理想田园》（*Arcadia*）把现实与历史交织在一起，涉及内容包括“混沌理论”、牛顿定律、热力学第二定律、浪漫主义、现代主义等各式各样、五花八门的话题。该剧于皇家国家剧院首演。

《印度墨汁》（*Indian Ink*，1995）是一部两幕剧，背景设在印度和英格兰，伦敦奥德乌奇（Aldwych）剧场首演。该剧由斯托帕德之前创作的广播剧改编而成，讲述了一个英国女诗人和一个印度画家的爱情故事，但在爱情故事的线索之下同时探讨了艺术、诗歌、记忆、真相、殖民等问题。

《爱的发明》（*The Invention of Love*，1997）主人公是英国的诗人、拉丁语学者A. E. 豪斯曼（A. E. Houseman）。该剧一开场时，豪斯曼正被冥府渡神卡戎（Charon）引渡过冥河（the river Styx）。冥河流入牛津的泰晤士河后引发了他早年在牛津大学种种经历的回忆。该剧人物庞杂，涉及了如瓦尔特·佩特（Walter Pater）、约翰·罗斯金（John Ruskin）、马克·帕蒂森（Mark Pattison）等众多历史名人。

斯托帕德的剧作《乌托邦彼岸》三部曲（*The Coast of Utopia*，2002）由《航行》（*Voyage*）、《海难》（*Shipwreck*）、《获救》（*Salvage*）组成，皇家国家剧院首演。该剧以19世纪上半叶俄国革命为背景，讲述了俄国两个重要的思想家米哈伊尔·巴枯宁（Michael Bakunin）和亚历山大·赫尔岑（Alexander Herzen）的不同生活道路。作品融严肃历史与诙谐调侃于一炉，在悲剧中见人性光辉。斯托帕德为了创作这部三部曲，花了整整4年时间阅读、研究相关资料。这个剧本涉及了如马克思、列宁、普希金在内的七十多个角色，展现了19世纪俄罗斯知识分子的生活场景。

2006年、2015年又相继上演了他的两部剧作：《摇滚》（*Rock 'n' Roll*）和《难题》（*The Hard Problem*）。

除了舞台剧，斯托帕德还创作、改编了大量电影剧本，其中包括：与托马斯·怀斯曼（Thomas Wiseman）合作的《浪漫的英国女人》（*The Romantic Englishwoman*，新世界电影公司1975年发行）、改编自纳博科夫小说的《绝望》（*Despair*，新线电影公司1978年发行）、改编自格雷厄

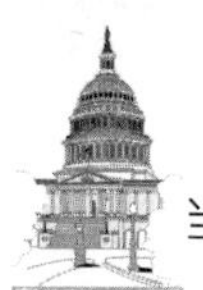

姆·格林（Graham Greene）小说的《人性的因素》（*The Human Factor*，米高梅电影公司1980年发行）、《巴西》（*Brazil*，环球电影公司1985年发行）、改编自J. G. 巴拉德（J. G. Ballard）小说的《太阳帝国》（*Empire of the Sun*，米高梅、联美电影公司1987年发行）、改编自英国小说家约翰·勒卡瑞（John le Carre）小说的《俄罗斯大厦》（*The Russia House*，米高梅、联美电影公司1989年发行）、改编自他本人同名剧本的电影《罗森克兰茨和吉尔登斯特恩已死》（影业电影公司1991年发行）、改编自E. L. 多克托罗（E. L. Doctorow）小说的《强者为王》（*Billy Bathgate*，试金石影业公司1991年发行）以及与马克·诺曼（Marc Norman）合创的《恋爱中的莎士比亚》（*Shakespeare in Love*，米拉麦克斯公司1998年发行），该片获得第71届奥斯卡最佳原创剧本奖（Academy Award for Best Original Screenplay）。

（冯伟）

作品简介

《跳跃者》（*Jumpers*）

剧作《跳跃者》的男主角名为乔治·摩尔（George Moore），是一位中年伦理学教授，是道德绝对论者。他与英国哲学家乔治·爱德华·摩尔（George Edward Moore）同名，这显然并非偶然，后者曾著有《伦理学原理》（*Principia Ethica*，1903）一书，他坚持“善”的概念与其他概念不同，不可分析，伦理学公理不是通过经验获得，是直觉判断；同时他又是标志着哲学语言转向的分析哲学先驱之一，与休谟经验主义等思想一道，影响了其后的逻辑实证主义的形成，而剧中乔治的哲学思想对手正是逻辑实证主义者。乔治供职的大学校长阿奇博尔德爵士（Sir Archibald）是多个领域专家，他自我介绍称自己是医学、哲学、文学、法律博士，还拥有心理医学和体操专业文凭，他还是“激进自由党”（Radical Liberal Party）的负责人。与乔治不同，他是道德相对论者，也是实用主义者。学校在他的主持下有了很多参与体操运动的教授们。他组织了哲学教授业余“跳跃者”体操团队，成员大多是逻辑实证主义者，还有个别功利主义者、经验主义者，他们也是激进自由党成员。这样，教授们的哲思体操活动——思辨游戏——与哲学教授参与的体操运动掺和到了一起。这些戏剧背景因素无疑强化了剧情的讽刺、滑稽效果。

激进自由党是一个左翼新法西斯主义政党，该党以非法手段获得选举胜利后，乔治的妻子桃乐茜（Dorothy）在家中组织聚会，和乔治的同事一起庆贺。桃乐茜曾经是小有名气的音乐喜剧歌星，因情绪不稳定过早结束了演艺生涯，但喜爱她的观众依然希望她能够复出。她年龄比乔治小很多，美丽迷人，但有心理情绪疾患。在庆祝会上，她唱了几首歌，歌词中唱到了“月亮”，她却记不起歌词了，尽管如此，在场的人还是为她鼓掌助兴。她看到电视大屏幕上转播英国宇航员登月，这是航天科技的成就，但宇航员为了争夺仅有的生存空间表现出极致的自利，致同伴于死地而不顾。宇航员如此行为虽不道德，却似乎是合乎逻辑的选择。桃乐茜觉得登月人的举止像是堕落的撒旦，玷污了月球这一方净土，人们咏唱神往的对象如同丧失的信仰一样不复当初。她的情绪此时又陷入失常。喧闹中，“跳跃者”们跟随阿奇博尔德的指令表演着杂技叠罗汉。突然，一颗子弹不知从何处射来，底层的一个“跳跃者”中弹而亡，而随着他的倒下，人塔也轰然倒塌。中枪者是逻辑学教授迈克菲（MacFee），原打算第二天要和乔治在研讨会展开哲学辩论。这时桃乐茜恰好身在案发现场，迈克菲教授死前挣扎起身倒在桃乐茜身上，其他人四散躲开，桃乐茜被压在尸体之下，衣服上沾满血迹。

乔治这时正在另一个房间准备第二天研讨会的发言笔记，向他的秘书口述论文内容，题目是《人——善、恶、还是无差别》，他要论证上帝的存在和先验善恶道德标准。现实中对信仰的疑惑，他需要寻找答案。但运用理性证明“绝对的存在”绝非易事。当然，先验善恶标准的信仰乃是行为的道德锚定之物，否则道德判断就丧失了客观基础，可以因文化而异、因时因地而异、因人而异，而逻辑实证主义可将之推到极致，道德判断成为一种形式的情感表达，乃至人们无法评判道德行为的高下区分，如此推演，文明似乎也就失去了道德支撑。以阿奇博尔德为代表的逻辑实证主义者们已是学科主流，在他们眼中，唯科学主义和实用主义才是解决一切问题的方法，价值判断、上帝等形而上学术语无法在科学的经验观察中检验，或证实或证伪，因而没有意义。在剧中，他们这些“跳跃者”除了有能力完成逻辑思辨的智力体操，作为“跳跃者”团队成员，他们肢体上也能够完成体操动作，堆成人塔或拆解人塔。乔治和他们的哲学立场不同，不参与体操“跳跃”，事业升迁不顺，夫妻情感交流已亮起红灯，床笫生活也有名无实。反观他的上司阿奇博尔德，不仅事业上如鱼得水，对乔治的妻子也体贴入微，可以时时到访桃乐茜的卧室，名义上给她诊治精神疾患，两人私谐欢好已是昭然若揭。与乔治形成反差，他处事精明圆滑、为达目的不计手段善恶，是现实社会竞争中的赢家。

接着出场的是调查这起谋杀案的警官伯恩斯（Bones），他怀疑桃乐茜是谋杀嫌犯，但他同时还是痴迷于她的忠实观众，来到办案现场时，手中还拿着鲜花，心中期盼得到她的签名，或者说不定还能得到她的亲吻。不过他办案严肃认真，不会放过任何罪犯，见到桃乐茜之后，更是心生爱慕，也想帮她找到涉案托词。阿奇博尔德则试图行贿收买伯恩斯结案，并不成功，不过他还有其他手段。一次伯恩斯正在桃乐茜卧室里，桃乐茜突然呼喊说被人强暴，这时阿奇博尔德及时出现在面前，遇到这种情况，伯恩斯也是百口莫辩，只能就此结束调查。谁是真凶之谜也没有真正解开。也许真凶是乔治的女秘书？她背后也可以看到沾染的血迹。她一直是迈克菲教授的情妇，案发前迈克菲刚刚向她坦白说他是有妇之夫，还打算进修道院修道。不过，按剧中人物关系推理，还有其他人难脱干系，包括阿奇博尔德。剧情结尾时，乔治在梦中与阿奇博尔德争论各自哲学观点。

剧中乔治的独白、他与学术对手的不同立场等情节勾勒出哲学逻辑难题、道德信仰缺失等主题，构成剧情发展的背景，与剧中谋杀断案谜团和滑稽剧情相互交织、呼应。其他主题包括社会现实批判、真相不确定性、道德基础困惑、伦理相对主义批判等。该剧特点之一是人物对话中有意无意的文字游戏，包括双关语、字词字面意义和寓意的混淆、相似发音词汇混同、词语象征性使用等，加上巧妙的插科打诨等话语策略，无疑强化了剧情的寓意和喜剧效果。

剧作者汤姆·斯托帕德解释他创作《跳跃者》的目的时说，他想要使用一种争论手段，以辩明社会道德是否仅仅取决于历史和环境，还是道德约束源于直觉领悟的上帝明示的绝对律令。

（张世耘）

格雷厄姆·斯威夫特（Graham Swift）

作家简介

格雷厄姆·斯威夫特（Graham Swift，1949—　），英国小说家。

斯威夫特出生于伦敦，父亲为政府公务员。他曾就读于德威学院（Dulwich College University），后在剑桥大学女王学院（Queens' College，Cambridge）获得学士和硕士学位，又在约克大学（York University）继续学习，但并未获得学位。其后一段时间在伦敦做英语教师。

他的第一部小说《糖果店主》（*The Sweet Shop Owner*）发表于1980年，场景是六月的一天，随着伦敦一家糖果店店主威利（Willy）的叙事视角，他与妻子、女儿的关系和过往经历片段得以展开，叙事进程也是主人公回顾个人历史的内心独白。1981年，他的第二部小说《羽毛球》（*Shuttlecock*）发表，故事主线围绕主人公普兰提斯（Prentis）寻求父亲回忆录的真相展开。父亲在第二次世界大战期间作为间谍曾被纳粹逮捕，后逃脱，以他自己的一面之词，他无疑是第二次世界大战英雄。普兰提斯在伦敦警署档案部门任职，工作刻板、循规蹈矩，自认胆小懦弱，但私下生活中却有另一面，对妻子冷酷，对孩子霸道，与他的父亲也相当疏离。他追索父亲自述真相的过程同样也是他的自我探索。小说获得1983年度杰弗里·法伯纪念奖。

1983年，他的第三部小说《水之乡》（*Waterland*）发表，故事主人公汤姆（Tom）是中学历史教师，由于校方和学生对历史课并不重视，他被校方强迫退休。有学生怀疑历史知识的现实价值和意义，汤姆则转而讲述个人历史或故事，通过自己年轻时的视角，将个人故事融入第二次世界大战时诺福克（Norfolk）沼泽地区的经历，乃至对自己家族和个人的影响，对于他来说，人类需要叙述自己的经历并设置过往的记忆标记，以此澄清混沌认知，寻求生命意义，避免恐惧。小说获得《卫报》小说奖及杰弗里·法伯纪念奖。接下来发表他又发表了小说《世外桃源》（*Out of this World*，1988），讲述一个摄影记者和他女儿的故事，以及小说《从此之后》（*Ever After*，1992）。

《杯酒留痕》（*Last Orders*，1996，又译《遗言》）是斯威夫特的第六部小说，讲述四个小市民阶层人物为了实现已故朋友的遗愿，将他的骨灰撒入大海，他们一起从伦敦东区一个酒吧启程，一路到达目的地海滨城镇马尔盖特（Margate），途中不同人物的多角度回忆叙述，构成独特历史叙事方式。小说获得布克奖和詹姆斯·泰特·布莱克纪念奖。

小说《日光》（*The Light of Day*）于2003年发表，故事主人公的回忆一步步揭开自己和恋人如何卷入凶杀案。2007年，小说《明天》（*Tomorrow*）发表，女主人公宝拉（Paula）准备将一个只有他们夫妻知道的秘密告诉自己的一对双胞胎儿女，往事在她脑中浮现，一幕幕揭示她的经历，原来她的子女并不是父母自然生产，而是通过接受捐精，宝拉得以受孕，他们才来到这个家庭。2011年，小说《唯愿你在此》（*Wish You Were Here*）中，故事主人公叙述个人家庭和家乡的过去和变迁。

斯威夫特的其他作品包括短篇小说集《学游泳及其他故事》（*Learning to Swim and Other Stories*，1982），与大卫·普罗夫莫（David Profumo）合编《魔轮：文学作品中的钓鱼故事集》（*The Magic Wheel: An Anthology of Fishing in Literature*，1985 ）等。

斯威夫特是英国皇家文学学会会员，现居住在伦敦。

（张世耘）

作品简介

《杯酒留痕》（*Last Orders*）

小说《杯酒留痕》一开始，四个英国普通劳动阶层的男人在伦敦一家酒吧聚会，他们的好友杰克（Jack）不久前突然患癌症去世。生前杰克在伦敦长期经营一家肉店。这四个男人中，雷伊（Ray）、伦尼（Lenny）、维克（Vic）是杰克在第二次世界大战中的战友，也是杰克的酒友，文斯（Vince）是他的养子。此时，第二次世界大战过去已四十载有余，可谓久远了。雷伊是保险推销员，伦尼是蔬菜商贩，维克则是丧事承办人。根据杰克的遗言，他们将要进行一次虔诚的长途旅行，从伦敦到海边小镇马尔盖特的码头，把杰克的骨灰撒向大海。他们看着维克带来的骨灰盒，感叹人生的短暂和无常，陷入对生命、死亡的沉思之中。杰克的遗孀艾米（Amy）不打算与他们同行，而是去探望她和杰克深爱的残疾女儿，她每周去看女儿两次，这样做已经保持整整50年了。

小说的主要部分是杰克的好友们在旅途中的回忆，他们分别叙述了过去几十年与杰克的友谊以及各自的家庭、工作、成功、失败。斯威夫特的描述充满悬念、生动感人，其中穿插着用方言进行的对话和内心独白。透过不同的叙述视角，读者逐步了解这几个普通家庭之间的关系，他们之间不仅有友谊、忠诚，也有情感背叛、怨恨。随着故事情节的展开，每一个叙述者都道出了隐藏在心中多年并为此负疚之事，他们的回顾解释了三个人的婚姻失败原因以及个人、家庭和生活中所得所失。

《杯酒留痕》的写作风格清新，语言朴实，节奏明快，主题思想涉及存在主义关于身份认同、存在的意义、语言符号、社会环境等一系列问题，是一部有深度、吸引读者的小说。

（张世红）

D. M. 托马斯（D. M. Thomas）

作家简介

D. M. 托马斯（D. M. Thomas，1935—　），全名唐纳德·迈克尔·托马斯（Donald Michael Thomas），英国诗人，小说家，翻译家。

托马斯出生于英国康沃尔郡（Cornwall）雷德鲁斯市（Redruth）康基镇（Carnkie）。后随父母移居澳大利亚墨尔本（Melbourne），两年后重回家乡。曾在军队服役期间学习俄文，后于牛津大学学习英文，并于1958年和1961年获得学士和硕士学位，其后曾在在赫尔福德教育学院（Hereford College of Education）担任教职，后成为全职作家。

1968年，他发表了自己的第一部诗集《两种声音》（*Two Voices*），他将诗集标题诗歌《两种声音》称之为“沉重的科幻奇想”（ponderous SF fantasy）。他的第二部诗集《悬石》（*Logan Stone*）发表于1971年，题材多涉及作者家乡、科幻、情色等，这些题材也经常出现在其后作品中。

1979年，他的第一部小说《长笛演奏者》（*The Flute Player*）发表，小说主人公的创作原型是20世纪初俄罗斯女诗人安娜·阿赫玛托娃（Anna Akhmatova），主人公在恶劣的政治和社会环境中，既可以做妓女求生存，也能真情待人，为艺术同道激发创作灵感。他的第二部小说《诞生石》（*Birthstone*）于1980年发表，小说通过女主人公和其他人物讲述英国康沃尔郡的生活，既表现当地方言，也有情色描写，还有心理分析等。

小说《白色旅馆》（*The White Hotel*，1981）讲述女主人公向心理分析之父弗洛伊德求医，弗洛伊德发现她有严重心理性性幻想症状，就让她写下来，以便分析。女主人公和一个年轻士兵相遇相爱，住进白色旅馆，故事情节随之展开。小说获得切特南奖和《洛杉矶时报》小说奖（*Los Angeles Times* Fiction Prize），并入围布克奖决选名单。

他其后发表多部奇幻题材小说，包括有关苏联的系列小说：《亚拉拉特圣山》（*Ararat*，1983）、《燕子》（*Swallow*，1984）、《斯芬克斯》（*Sphinx*，1986）、《峰会》（*Summit*，1987）。他的其他作品包括：小说《共枕》（*Lying Together*，1990）、《展会图画》（*Pictures at an Exhibition*，1993）、《享用女人》（*Eating Pavlova*，1994）、《有笔记本电脑的女士》（*Lady with a Laptop*，1996）、《夏洛特》（*Charlotte*，2000）、《雪中猎手》（*Hunters in the Snow*，2014），诗歌集《爱与另外的死亡》（*Love and Other Deaths*，1975）、《编注诗歌选》（*Poetry in Crosslight*，1975）、《蜜月之旅》（*The Honeymoon Voyage*，1978）、《青铜梦》（*Dreaming in Bronze*，1981）、《诗歌选集》（*Selected Poems*，1983）、《青春期之树》（*The Puberty Tree*，1992）、《亲爱的影子》（*Dear Shadows*，2004）、《总有没说的话》（*Not Saying Everything*，2006）、《未知海岸》（*Unknown Shores*，2009），传记《亚历山大·索尔仁尼琴：世纪人生》（*Alexander Solzhenitsyn*：*A Century in His Life*，1998），以及安娜·阿赫玛托娃的诗歌翻译等。

（张世耘）

作品简介

《白色旅馆》（*The White Hotel*）

人们对《白色旅馆》这部小说的褒贬不一，一些读者认为它是20世纪最伟大的小说，而一些读者却视之为蹩脚作品，不值一读。但无论是赞扬的人还是反对的人都承认这是一部结构复杂、具有现代意义的小说。

小说以一首充满性幻象、晦涩难懂的长诗为开篇，作者是一位年轻的维也纳女歌手，名叫弗劳·厄德曼（Frau Erdman）。故事发生在20世纪初弗洛伊德心理分析鼎盛时期。长期以来厄德曼左乳房剧烈疼痛，多处求医，由于病因不明，医治无效，最后求助于弗洛伊德。弗洛伊德通过心理疗法对她进行治疗，从她对往事的回忆中，弗洛伊德知道她的左乳房疼痛是精神因素所致，与性幻象有密切联系。弗洛伊德建议厄德曼写作，用写作的方式来释放她的性幻象，解除她的疼痛。于是就有了小说开篇的长诗。

托马斯不仅让读者看到弗洛伊德的心理分析治疗法，也让读者看到弗洛伊德对厄德曼的态度是十分矛盾的。在治疗过程中，弗洛伊德有好几次打算放弃努力，他觉得厄德曼没有给予积极的配合，治疗效果不理想。然而，弗洛伊德最终还是耐心地帮助她完成了整个治疗过程，因为他认为厄德曼身上的某些特质是值得他花时间为她治疗的。

尽管小说的结构复杂，内容深奥，但贯穿小说始终的主线是生命力与死亡本能之间的永恒的冲突。这种冲突不仅表现在个体身上，而且表现在家族之间、社会群体之间、国家之间，本质上来说，这种冲突是理性思考所不能控制的。

（张世红）

萝丝·崔梅（Rose Tremain）

作家简介

萝丝·崔梅（Rose Tremain，1943— ），英国女小说家。

崔梅出生于伦敦，就读于东英吉利大学并获得学士学位。1988年至1995年期间，她在母校讲授文学创作，2000年被母校授予荣誉文学博士学位，2013年受任母校校长。她先后发表了多部小说、短篇小说集，并创作了多部广播和电视剧作品。1983年，她被《格兰塔》杂志评为20位英国最佳青年小说家之一，她还在1988年至2000年期间担任布克奖评委。

1976年，她的第一部小说《萨德勒的生日》（*Sadler's Birthday*）发表，故事主人公杰克（Jack）72岁，是一位管家，他的雇主没有子女，死后把他们的房子遗赠给他，现在他独居于此。故事是主人公对自己经历的回忆。1978年，小说《给本尼迪克塔修女的信》（*Letter to Sister Benedicta*）发表，女主人公鲁比（Ruby）50岁，丈夫是律师，生性霸道，还曾有拈花惹草的风流韵事，但他现在中风瘫痪，躺在一家疗养院养病，每天需要妻子照料。鲁比的女儿和儿子有不伦之情，之后两人分开，现在女儿失联，儿子也不知去向，父母、婆婆都难以相处。她自己虽然也有婚外之情，但也不能如意。总之她的平凡生活中没有乐趣，只有忍辱负重。她决定给儿时在印度相交的本尼迪克塔修女写信，但对方其实已不在人世，写给她的信也从未寄出，这只是鲁比自己抒发思绪的日记，从精神上挣脱不幸生活的羁绊，寻求心灵的平复。

小说《橱柜》（*The Cupboard*）于1981年发表，小说探讨一个无人关注的年长作家和一个年轻记者之间的关系。1985年，小说《游泳池季节》（*The Swimming Pool Season*）发表，小说中的中年夫妻在丈夫建造室外游泳池的生意失败后，来到法国一个小镇居住，妻子因母亲病重回到英国，丈夫则在海峡对岸继续他的建造泳池梦想。作者生动描写了与两人生活轨迹相交的各色人物，形成两群人物的特点反差。小说获得1985年度天使文学奖（Angel Literary Award）。

1989年，历史小说《复位》（*Restoration*）发表，故事背景是17世纪英国伦敦，英国国王查理二世（Charles II）统治时期，故事第一人称叙事者、小说主人公罗伯特（Robert）叙述自己从9岁开始的成长经历。他受命与国王的情妇结婚，以便国王以此掩人耳目。但他竟然爱上了国王的情妇。国王将他逐出宫廷，之后的他生活历经曲折，后流落街头，乃至患病。终于有一天，国王让他回到从前赐给他的宅邸。小说获得1989年度天使文学奖和1989年度《星期日泰晤士报》年度最佳青年作家奖，同时入围布克奖小说奖决选名单，1996年改编为电影上映。

小说《神圣国度》（*Sacred Country*）于1992年发表，小说时间背景是20世纪50年代到80年代，女主人公玛丽（Mary）出生在英国乡下小镇，她从6岁开始就确信自己是男孩子。之后二十多年，她一直为之困扰。她束胸隐藏女性性征，也爱上过邻家女孩子，还使用男性名字马丁（Martin）称呼自己。她曾找过心理咨询师治疗，也曾经和女同性恋者有过短暂的交往，但这不是她真心所愿，她的相爱对象只能是异性恋女子，而不是同性恋女子。后来她做了变性手术，服用雄性激素药物，可以说几乎是一个男人了。她来到美国田纳西州，继续自己的生活旅程。她的经历是她寻找个人身份，挣脱性别牢笼的过程。她身边的人物也同样试图摆脱精神、现实的禁锢，他们有过成功，也有失败。小说获得1992年度詹姆斯·泰特·布莱克纪念奖以及法国费米娜奖外国文学奖（Prix femina étranger）。

1999年，小说《音乐与沉寂》（*Music and Silence*）发表，时间背景是17世纪，地点是克里斯蒂安四世（Christian IV）统治时期的丹麦，小说主人公彼得（Peter）是一个年轻的英国鲁特琴演奏师，他来到丹麦加入皇家乐队，乐队在寒冷的王宫地下室演奏，音乐则通过专设管道传到国王的冬季房间内。彼得英俊迷人，曾经和爱尔兰一位伯爵夫人陷入情网，但这段恋情无果而终。此时的丹麦王室内忧外患，财政出现危机，国王的年轻妻子柯尔斯顿（Kirsten）则另有情人，还怀上情人的孩子，国王对此也睁一眼闭一眼。彼得因为相貌英俊，被国王看作自己的“天使”，相信他可以帮助自己应对个人和国家难题，他还让彼得在自己睡觉时陪伴身边。彼得在王宫碰到柯尔斯顿的侍女艾米莉亚（Emilia），他一见钟情。但他们的恋情在这样的关系下困难重重。柯尔斯顿把艾米莉亚看成自己可以交心的女伴，没有人可以取代，不愿意让她和彼得走到一起。后来柯尔斯顿的行为让国王忍无可忍，最终将她逐出王宫，她带着艾米莉亚回到乡下。小说从多条相互关联的故事线索描写特定历史背景下不同人物的复杂情感和性格冲突，表现了责任、爱欲、计谋和权力关系的纠葛。小说获得惠特布莱德小说奖。

2003年，小说《颜色》（*The Colour*）发表，故事时间背景是19世纪60年代，地点是新西兰，这时淘金热方兴未艾，主人公约瑟夫（Joseph）的父亲和前女友意外死亡，他带着他的新娘和母亲从英国来到新西兰南岛，买下一块土地，盖起了简陋的房子，开始新的生活。一次，他偶然发现了黄金的踪迹，从此开始加入寻金热潮。小说讲述了约瑟夫和家人经历

的波折起伏。小说入围柑橘奖小说奖决选名单。

小说《回家之路》（*The Road Home*）发表于2007年，小说时间背景是21世纪，主人公列夫（Lev）42岁，从东欧某国只身来到英国伦敦。他的老家在一个小镇上，不久前他的妻子去世，家中还有老母亲和5岁的女儿。他原本在一家锯木厂工作，但厂子倒闭了，他没有什么技能，没法找到工作，他决定到英国去闯天下，挣钱养家。主人公作为移民，没有专业技能，英语能力有限，但他工作认真、任劳任怨，相信自己能学到有用技能，终有一天衣锦还乡。小说描述了新移民在英国多种文化环境下的经历。小说入围2007年度科斯塔图书奖最佳小说奖决选名单，并获得2008年度柑橘宽频电讯奖（Orange Broadband Prize for Fiction，即柑橘奖小说奖）。

崔梅的小说经常使用多视角叙述、多情节线索交叉关联的方法，表现出高超的叙事技巧。她的作品既有文学性，又有可读性。

她的其他作品包括小说《非法侵入》（*Trespass*，2010）、《梅瑞维尔：时代豪杰》（*Merivel*：*A Man of His Time*，2012）、《古斯塔夫奏鸣曲》（*The Gustav Sonata* ，2016），短篇小说集《上校的女儿和其他故事》（*The Colonel's Daughter and Other Stories*，1983）、《莫里尼别墅的花园和其他故事》（*The Garden of the Villa Mollini and Other Stories* ，1987）、《埃万杰利斯塔的扇子和其他故事》（*Evangelista's Fan and Other Stories*，1994）、《沃丽斯·辛普森的无知和其他故事》（*The Darkness of Wallis Simpson and Other Stories* ，2006）、《美国恋人》（*The American Lover*，2014），回忆录《萝希：消逝生活的场景》（*Rosie*：*Scenes from a Vanished Life*，2018）等。

她于2007年获颁大英帝国指挥官勋章。

（张世耘）

作品简介

《复位》（*Restoration*）

小说《复位》是萝丝·崔梅最著名的小说之一。故事时间背景是17世纪60年代，地点是英国伦敦，当时的英国统治者是国王查理二世。小说第一人称叙事者是罗伯特。小说叙事开始时间是1664年，这时罗伯特37岁，他回顾自己经历的起始时间点是1636年，那时他只有9岁，当时他曾经解剖过一只小鸟，而他记忆的另一个起始点是他在剑桥大学凯斯学院（Caius College，Cambridge University）学医，他也是在做解剖，在这里学医时他结识了皮尔斯（Pearce），两人成为好友。但他的学业还没有结束父亲就去世了，他不得不放弃学业。他父亲生前在王宫专门为国王制作手套，有这层家庭关系，国王给了罗伯特一个王宫犬医的差事。

随着时间的推移，罗伯特得到了国王对他的信任。国王这时有一个情妇西莉亚（Celia），国王的另一个情妇芭芭拉（Barbara）对此也有所察觉。国王为了让芭芭拉释怀，也为遮人耳目，让罗伯特迎娶西莉亚为妻，这样国王可以在西莉亚已婚的幌子下，和两个情妇往来而不会引人侧目。国王安排罗伯特住进英格兰东部诺福克郡的一个庄园里，庄园宅邸有几十个房间，还有一切配套便利设施。西莉亚则被藏娇于另一处宅邸。

当然，这只是一个欺骗公众的虚假婚姻，罗伯特只是这个骗局的道具，他是绝不可能和西莉亚有任何真正夫妻的情感瓜葛的。一次国王把西莉亚赶了出来，让她住进罗伯特的宅邸。按国王的说法，西莉亚要求国王放弃芭芭拉，而专爱她一人，国王一气之下让她自己反省。在和西莉亚的接触中，一来二去他竟然对西莉亚产生了爱意，还有不当举动。得知此事后，国王一怒之下将他赶出了庄园宅邸，也不许他再回到王宫。

罗伯特找到他学医时的朋友皮尔斯，他这时在诺福克一家精神病院工作，罗伯特来到这家医院，希望能重操医生旧业。这期间，罗伯特接触到医院的一个病人凯瑟琳（Katherine），凯瑟琳爱上了他，但罗伯特对她没

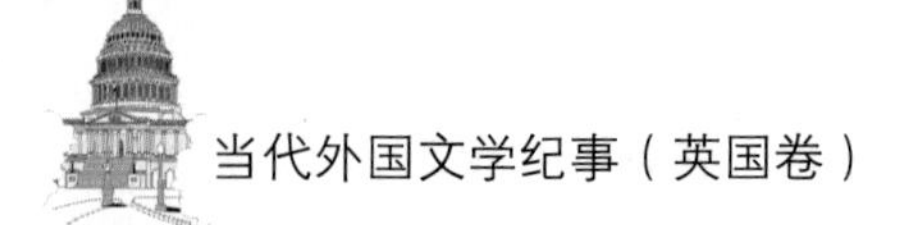

有真感情，只是乐于两人的床笫之事而已。不久皮尔斯身体出了状况，很快就去世了。凯瑟琳也有了身孕，院方要他们两人离开。

罗伯特和凯瑟琳回到伦敦。罗伯特靠卖药挣了一些钱。不久，凯瑟琳临产，但她难产需要手术，手术中她陷入昏迷，产后也没有醒来，只是最后睁了一下眼就离开了人世，但是他们的孩子存活下来，后交给了医院一个护士照看。

罗伯特此后混迹伦敦街头，心中渴望回到曾经当差的王宫，对他来说，国王如同上帝。他给国王一封信，求见国王一面。终于，国王回复了他，邀他一道进餐，原来国王已经原谅了他，因为国王此时对西莉亚心生厌烦，不再在意过往之事了。之后罗伯特病倒了，陷入了昏迷，国王也把他送回到他曾经住过的庄园宅邸。

（张世耘）

威廉·特雷弗（William Trevor）

作家简介

威廉·特雷弗（William Trevor，1928—2016），原名威廉·特雷弗·考克斯（William Trevor Cox），爱尔兰作家。

特雷弗出生于爱尔兰科克郡（Cork）米契尔斯顿（Mitchelstown）的一个中产阶级天主教家庭，童年在爱尔兰度过，全家随当银行经理的父亲辗转于爱尔兰各处。特雷弗1950年毕业于都柏林大学圣三一学院（Trinity College，Dublin University），获历史学学士学位，1952年与大学时期的恋人简·莱恩（Jane Ryan）结婚。他曾想继承父业，到爱尔兰银行当一名职员，但未能实现，开始从事雕刻创作。1954年迁居英格兰，在那里展出了他的雕刻作品，后因雕刻“太抽象”而放弃。第一个儿子出生后，特雷弗有一段时间在伦敦当广告撰稿人。他还在爱尔兰北部和英格兰当过历史老师和美术老师。最后，他定居英格兰西部的德文郡，全职写作。

1958年，特雷弗的第一部小说《行为的标准》（*A Standard of Behavior*）出版，未受好评。然而，第二部小说《老男孩》（*The Old Boy*，1964）一举夺得当年霍桑登奖，揭开了特雷弗文学生涯的序幕。特雷弗大部分作品以自己熟知的爱尔兰为背景，生动真实地刻画了年老、孤独、一无所成的人们，深刻剖析了弱势群体的怪异心理。其作品深受詹姆斯·乔伊斯和查尔斯·狄更斯影响，人物塑造技巧娴熟，充满幽默。

特雷弗是位多产的作家，他的小说除上文提到的作品之外，还包括《艾可多夫女士在奥尼尔宾馆》（*Mrs Eckdorf in O'Neill's Hotel*，1969），《孤独的伊丽莎白》（*Elizabeth Alone*，1973）以及《命运弄人》（*Fools of Fortune*，1983），《命运弄人》获得1983年度惠特布莱德小说奖。

短篇故事集有《我们享用蛋糕喝得醉醺醺的那一天》（*The Day We Got Drunk on Cake*，1967），《里茨的天使及其他故事》（*Angels at the Ritz and Other Stories*，1975），《越界》（*Beyond the Pale*，1981），《那个时代的情人们》（*Lovers of Their Time*，1978）和《出轨》（*A Bit on the Side*，2004）。企鹅出版社1983年出版了他的短篇故事集《威廉·特雷弗短篇小说集》（*The Stories of William Trevor*）。小说《戴茅斯的孩子们》（*The Children of Dynmouth*，1976）描写英格兰一个海滨娱乐场，由于一个神出鬼没的男孩，人心惶惶，该小说获得了1976年度惠特布莱德小说奖。

其他作品还有故事集《来自爱尔兰的消息》（*The News from Ireland*，1986）、《家族原罪》（*Family Sins*，1989），两部中篇小说合集《两样人生》（*Two Lives*，1991）和一部个人文集《现实世界的旅行》（*Excursions in the Real World*，1994）。

特雷弗的多部作品还被拍成电影、电视剧。《浪漫舞场》（*Ballroom of Romance*，1972）以其一贯低调的风格，生动再现了爱尔兰郊区的生活，该故事被拍成电视剧。《命运弄人》在1990年由导演帕特·奥康纳（Pat O'Connor）拍成电影。短篇小说《艾特拉达》（"Attracta"，

1978）中，年事渐高的爱尔兰乡村女教师艾特拉达在报上读到一则暴力新闻，激起其教师责任感，试图通过发生在自己家人身上的恐怖事件向学生传播事实，但是学生们却无动于衷，因为他们早已对生活中的血腥报道习以为常。这反映了特雷弗对北爱尔兰恐怖主义的日益关注。该故事后来改编成了电影。同时获得《星期日快报》年度最佳图书奖和惠特布莱德小说奖两项大奖的《费利西娅的旅程》（*Felicia's Journey*，1994）讲述一个年轻姑娘独自从爱尔兰乡村旅行到大不列颠岛，小说于1999年改编为同名电影。

（杨春升）

作品简介

《陪伴逝者》（"Sitting with the Dead"）

短篇小说《陪伴逝者》是短篇小说集《出轨》（*A Bit on the Side*）中的短篇之一，2004年发表。该短篇小说集是威廉·特雷弗的第十部短篇集，也是其代表作之一。

短篇小说集《出轨》包括12篇短篇小说：《陪伴逝者》，《传统》（"Traditions"），《嘉斯蒂娜的牧师》（"Justina's Priest"），《在外一晚》（"An Evening Out"），《格雷利斯的遗产》（"Graillis's Legacy"），《孤独》（"Solitude"），《圣像》（"Sacred Statues"），《萝丝哭了》（"Rose Wept"），《挣大钱》（"Big Bucks"），《街上》（"On the Streets"），《舞蹈老师的音乐》（"The Dancing–Master's Music"）和《出轨》（"A Bit on the Side"）。作者创作的小说人物包括各种社会群体类别，有的是都市白领，有的是乡下妇人，有恋爱青年，有婚姻中出轨的中年人，也有孤独成长的小女孩。而他笔下的大多数人物都是平凡日常生活中的个体，他们或困惑、或孤寂、或纠结、或无奈、或情伤，在作者笔下，他们有血有肉，立体可信。他的故事不做道德说教，读者却可以在字里行间体认他的道德关怀。

短篇小说《陪伴逝者》的女主人公艾米丽（Emily）没有子女，她的丈夫刚刚去世，两人的婚姻已有近23年。第二天一早，安排殡葬的人就会来处理后事了。这时天主教圣母军（Legion of Mary）两位中年教友姊妹来到她家，她们为教会做临终善事，在临终者床前安抚告慰。她们两个虽然来晚一步，但在艾米丽看来，这样也好，丈夫已经咽气也就避免了不必要的难堪，因为丈夫生前不愿与人来往，哪怕有人只是踏足他家的田地，他都会口出恶言。

言谈中，艾米丽流露的情感并非丧夫之痛，话里话外可以听出她对婚后生活的别样感受。她告诉她们，丈夫娶她是为了她的房产和四十多英亩的地产，这是她姨妈留给她的遗产，她丈夫从小就想通过赛马博取一胜成名，却一辈子从未成事。然而他始终不肯放弃幻想，期盼得到一匹赛马良驹，翻盘改变自己的运气。丈夫婚前追求她时，总跟他说些赛马场上的荣耀之事，她当时还觉得很浪漫。但婚后时光荏苒，到了去年，还债之后她的地产就只剩下了半英亩土地，房子也因借款抵押了出去。

艾米丽说，自己是个傻子，傻子就要为此付出代价，自己对婚姻的期待太过贪心，贪心也要付出代价。但她又说，她跟她们说这些并不是说她不爱自己的丈夫。此刻丈夫尸骨未寒就如此抱怨，她也感到自责，但这些话并非刻意，而是随口而出。或许丈夫多年对她的冷漠和虐待已经将她曾经的爱消磨殆尽，残存的情感也已少得可怜。三人长谈到深夜，两姊妹告别时已是凌晨三点半了，两位未婚姊妹虽然未必理解艾米丽对婚姻经历的复杂情感，但对于艾米丽来说，这也许可以让自己无望的心境在宣泄中得到些许慰藉。

（张世耘）

《出轨》（“A Bit on the Side”）

短篇小说《出轨》是短篇小说集《出轨》中的同名短篇。

短篇小说故事地点是伦敦，男女主人公各自都已结婚，但两人却又情投意合，他们曾在同一家公司上班，那时就开始了这场地下之恋。男主人公四十五六岁，职业是会计师，他身上有些随意懒散、不刻意外在修饰的气质，但同时却又衣着得体，自然之中自有一种魅力。女主人公39岁，虽然已是中年，但她天生丽质，优雅依然。男主人公仍然在原来的公司上班，而女主人公后来去了一家服装进口公司，做的是文秘工作。有一段时间两人幽会的模式是早上在一个固定的日本小餐馆并排而坐，中午则在街心花园碰面，如果下雨就去旁边的一家美术馆，几片三明治就是他们的午餐，晚上下班后两人又在一家餐馆相会。

但是近来两人之间的感觉开始有些莫名变化，这是在女主人公告诉对方自己已经离婚之后。在这之前，她并没有告诉他自己离婚的过程。她给丈夫的离婚理由是他们的婚姻已经失败，而不是因为有了第三者。男主人公得知对方离婚之后，还偶尔去她的公寓过夜，但他要向妻子撒谎说自己出差。在公寓里他总感到不自在，这和他们习以为常的幽会感觉不一样了。

女主人公从未问过对方为什么不能离婚，她自己只是放弃了名存实亡的婚姻，卸下了责任负担。虽然她说对两人现在的境况心甘情愿，但是男主人公却无法释怀，他告诉对方，这样会对不起她，是耽误她的大好时光。他说受不了别人看他们两人的眼光，他们知道她是他的婚外情人。

之前两人之间气氛的微妙变化，女主人公凭直觉就已经猜测得到，他们这样的关系难以为继了。他们仍然相爱，但一方决意放弃没有情感的婚姻，另一方则情愿保留已有婚姻；一方不在意他人投来的异样眼光，另一方却对此耿耿于怀。他们明白这场缠绵偷情注定的分手结局。他们最后相拥告别，旁边商店橱窗映入这对情侣的身姿。这是他们这段出轨恋情的瞬间记录。

故事中两人对话不多，人物各自心理活动也是点到为止，但作者着墨于点滴细节，使人物描摹入木三分。

（张世耘）

巴里·昂斯沃斯（Barry Unsworth）

作家简介

巴里·昂斯沃斯（Barry Unsworth，1930—2012），英国小说家，剧作家。

昂斯沃斯出生于英格兰东北部杜伦郡（Durham）一个矿工家庭。1951年，他以优异成绩毕业于曼彻斯特大学（Manchester University），后在法国居住一年，从事英语教学。20世纪60年代，他曾在土耳其的伊斯坦布尔大学（University of Istanbul）和希腊的雅典大学（University of Athens）任教，其后在杜伦大学（Durham University）和纽卡斯尔大学任职客座文学研究员。1985年，他在利物浦大学（Liverpool University）担任住校作家。他是英国皇家文学学会会员。

20世纪60年代，他开始短篇小说创作。1966年，他发表了他的第一部长篇小说《合伙人关系》（*The Partnership*），故事围绕两个合伙经营公

司的男人展开。他们一起住在一座小房子里，一人对另一人日久生情，而对方却爱上了一个女子，这时他们的合伙人关系开始恶化。小说讲述了情感关系和英格兰西南部康沃尔郡（Cornwall）一个小镇的各色人等。

其后他又发表了多部小说，包括《希腊人这么说》（*The Greeks Have a Word For It*，1967），《隐蔽窥视》（*The Hide*，1970），《蒙克兰克的礼物》（*Mooncranker's Gift*，1973），《重要的日子》（*The Big Day*，1976）。其中，小说《蒙克兰克的礼物》获得海涅曼奖（Heinemann Award）。

1980年，小说《帕斯卡利居住之岛》（*Pascali's Island*）发表，小说故事发生在1908年，主人公帕斯卡利（Pascali）在奥斯曼土耳其帝国（the Ottoman Empire）统治下的地中海希腊小岛上居住已近20年，帝国雇他秘密了解岛民的动向，向君士坦丁堡的苏丹报告，而帝国此时已岌岌可危。他感到岛上居民已经怀疑他的行为，自己的生命也受到威胁。此时英国人鲍尔斯（Bowles）来到岛上，他自称考古学家，来此探查岛上古迹。他们成为朋友，帕斯卡利做翻译，协助他和岛上的帝国官员打交道。他对鲍尔斯的真实身份有所怀疑，认为他就是个骗子。而令他忌妒的是，鲍尔斯竟然俘获了帕斯卡利心上人莉迪亚（Lydia）的芳心。帕斯卡利一方面参与鲍尔斯对岛上官员的欺瞒活动，另一方面背叛帮助他的鲍尔斯，致使鲍尔斯被土耳其士兵枪杀，而莉迪亚也同时被杀。小说表现了贪欲、欺骗以及在特定历史时期不同人物的政治态度和行为。小说入围布克奖决选名单，后改编为电影，搬上银幕。

1982年，小说《愤怒秃鹫》（*The Rage of the Vulture*）发表，这仍然是一部特定历史背景小说，讲述在君士坦丁堡的英国间谍故事。

小说《处女玛利亚石雕》（*Stone Virgin*）于1985年发表，故事主要部分发生在20世纪70年代的意大利威尼斯，小说主人公西蒙（Simon）负责修复处女玛利亚石雕，使其恢复往昔风采，这座石雕的仪态魅力竟然令他为之着迷、遐想。这座石雕由15世纪文艺复兴时期雕塑家吉罗拉莫

（Girolamo）所创作，为他的雕塑做模特的是一个妓女，吉罗拉莫为她堕入爱河。后来，吉罗拉莫被指控杀害了这位模特，因此入狱并被处以绞刑。到了18世纪，这座石雕移至一个威尼斯富翁的花园里，在此见证了富翁年轻妻子与丈夫秘书的乱性情事。故事到了20世纪，雕刻家利佐夫（Litsov）以他美丽妻子为模特雕刻铜像，西蒙面对这个女子，也深陷情网。小说以处女玛利亚石雕为线索和象征将不同历史时期、人物和事件联系到性爱、死亡、欲望、历史等主题之中。

1988年，小说《糖及糖蜜酒》（*Sugar and Rum*）发表，故事背景是20世纪80年代撒切尔首相当政时期，主人公是63岁的作家克莱夫（Clive），他曾经写过几部小说，他想着手写作历史小说，描述18世纪利物浦繁荣时期这里的奴隶交易，但他感觉才思枯竭，下笔不易，时常漫步利物浦街头，所闻所见多是时下社会的不堪。他偶遇第二次世界大战时期一位落魄街头的老战友，又忆起过去时光。当年一次战役中，自己的挚友死亡，他总觉得自己应负有责任，为此，他计划找到当年战场上的排长讨个说法。小说描述了主人公的心理历程、撒切尔时代的社会问题以及利物浦这座城市的贩奴历史记忆。

1992年，小说《神圣的渴望》（*Sacred Hunger*）发表，故事发生在1752年至1765年之间，故事主要叙事线索围绕威廉（William）、伊拉兹马斯（Erasmus）父子和伊拉兹马斯的表兄马修（Matthew）展开。威廉是一个商人，欠下了不少债务，因此想通过自建商船做贩卖非洲奴隶的生意，以此获取暴利偿还债务。伊拉兹马斯的表兄马修是一位医生，受邀随船出海，负责为船上人员提供医疗服务。他和表弟之间在小时候曾有过不快的经历，对此伊拉兹马斯一直心存积怨。表兄出海，表弟在英国爱上一个富家女。然而，威廉感到偿债无望，自杀而亡。伊拉兹马斯毅然结束恋爱，自己创业。威廉的贩奴商船因疾病流行、船长和船员冲突导致哗变，船长被杀。而伊拉兹马斯迎娶了另一位富家女，他得知父亲的商船停靠在美洲佛罗里达，他赶到美洲，组织了武装力量，要将当年参与哗变的船员和表

兄绳之以法。而这时表兄和船员及船上的黑人奴隶已在当地生活，自主组成了乌托邦公社。伊拉兹马斯带人到达后，船员和黑奴或被杀或被俘，表兄马修也因受伤而死。这时，伊拉兹马斯也后悔自己错怪了表兄。小说获得1992年布克奖小说奖。

小说《戏中人》（*Morality Play*）发表于1995年，故事发生在14世纪的英国，故事第一人称叙述者尼古拉斯（Nicholas）因厌烦自己的工作逃离自己在主教教区的神职岗位，后为获得食物招惹上了有夫之妇，慌忙逃离她的丈夫时又丢失了外衣。饥寒交迫中他遇到一个巡回演出剧团，他成为剧团的一名成员。剧团来到一个小镇，两天前镇上一个12岁男孩被人杀害，一个聋哑女孩已经被认定是凶手，经过审判，即将被绞死。剧团为了演出能更吸引观众，决定把这个凶杀案搬上舞台。为了演出，他们需要了解凶杀案的细节，却发现其实凶手另有其人。他们了解的证据似乎牵涉当地权势贵族领主，他们也因此遇到危险，被关在勋爵的城堡里，但有惊无险，他们最后得以脱身。小说通过主人公探求悬疑凶杀案细节，显示了权力与真相的关系。小说入围1995年布克奖小说奖决选名单。

2006年，历史小说《她肚脐上的红宝石》（*The Ruby in Her Navel*）发表，故事发生在12世纪诺曼国王罗杰二世（King Roger II）统治下的西西里岛，这个王国里生活着不同信仰的众多族群，有意大利人、诺曼人、希腊人、阿拉伯人、犹太人等。小说主人公、第一人称叙事者索斯坦（Thurstan）是诺曼人后代，出生在英国，童年时来到西西里，后任职于王宫财政管理机构，负责为国王安排取乐，在各地寻找各种娱乐表演，同时秘密为国王搜集宫廷内外敌对势力的情报。通过他的叙事，小说再现了第二次十字军东征失败后西西里宫廷内外各种势力的冲突，以及卷入其中的主人公的情感和心灵历程。小说入围2006年曼布克奖小说奖提名名单。

昂斯沃斯的其他小说包括《前有汉尼拔》（*After Hannibal*，1996）、《遗失尼尔森》（*Losing Nelson*，1999）、《国王之歌》（*The Songs of the Kings*，2002）、《奇异之地》（*Land of Marvels*，2009）、《仁慈品质》

（*The Quality of Mercy*，2011）等。

他于2012年7月4日在意大利去世，享年81岁。

（张世耘）

作品简介

《神圣的渴望》（*Sacred Hunger*）

小说《神圣的渴望》的故事发生在1752年至1765年之间，故事主要叙事线索围绕威廉、伊拉兹马斯父子和伊拉兹马斯的表兄马修展开。

威廉是一个富有的商人，但此时债务缠身，他建造了一条商船，将其命名为“利物浦商人号”（Liverpool Merchant），为的是从事跨大西洋洲际贩卖奴隶的生意，从中获取暴利，偿还他的债务。当时从事贩奴的英国商人用商船把廉价商品运送至非洲，通过交易买到黑人奴隶，再将其送到美洲等地卖掉，用交易收入购买物品运回英国销售。威廉的商船需要一名随行医生，随时救治船上生病人员，而马修成了担任这项工作的合适人选。

马修比二十出头的伊拉兹马斯年长几岁，伊拉兹马斯因儿时他们之间发生的小事对表兄积怨颇深，一直耿耿于怀。马修是个学者，同时也是医生，因其观点和教会不一致而入狱，后获释出狱。他的妻子刚刚去世，他希望开始新的生活，因而接受了威廉的邀请，加入了船员行列，踏上这次贩奴航程。“利物浦商人号”的船长粗暴专横，目的是确保航行成功，获得自己的收益。

伊拉兹马斯在英国过着平静的生活，他在排演戏剧时开始和17岁的富家女萨拉（Sarah）交往，想要获得她的芳心，迎娶她为妻。但在交往中伊拉兹马的霸道性格也使萨拉难以忍受。

伊拉兹马斯父亲面临破产，重压下之下在办公室上吊自杀，而母亲为

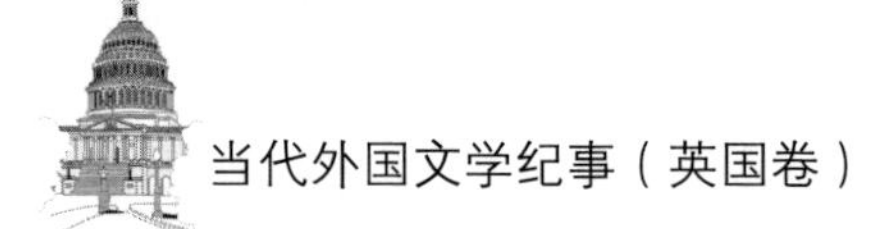

了父亲的声誉，为父亲办了自然死亡证书。出于自尊，也是为了恢复父亲创下的家业，他结束了和女友的关系。

贩奴船上疾病流行，船员对船长日益不满，最后爆发哗变，船长被杀。

数年后，伊拉兹马斯为了获取更大权势，迎娶了另一个更加富有人家的女儿。他得知“利物浦商人号”停靠在了美洲的佛罗里达南部。当年，这艘船偏离了航道，经历了哗变事件后终于抵达海岸，船员和奴隶们将船藏匿在沼泽地，并合力在当地建立起一个白人和黑人平等相处的社区。伊拉兹马斯决心寻觅当年消失的商船，他来到佛罗里达后组织了一伙武装人员，找到这个世外桃源。父亲当年买下的黑人被他们俘获，他要将黑人出售，俘获的哗变船员也会被绳之以法，处以极刑。他的表兄马修因受伤死亡，而伊拉兹马斯也最终意识到，儿时两人之间的过节其实不过是自己的误解。

（张世耘）

菲·韦尔登（Fay Weldon）

作家简介

菲·韦尔登（Fay Weldon，1933—　），原名富兰克林·伯金肖（Franklin Birkinshaw），英国女小说家，剧作家，电视剧编剧。

韦尔登生于英格兰伍斯特市（Worcester），在新西兰长大，后进入苏格兰圣安德鲁斯大学学习经济学和心理学，获文学硕士学位，毕业后在伦敦当过广告撰稿人。

韦尔登的小说以悲喜剧的风格反映了20世纪70年代女性主义意识的崛起，表现了妇女与父母、男人和孩子的复杂关系。韦尔登20世纪60年代中期开始创作，她的第一部小说《食戒》（*The Fat Woman's Joke*，1967）就是在她1966年的电视剧《食戒》（*The Fat Woman's Tale*）的基础上创作而成。她的小说《妇女间》（*Down Among the Women*，1971）、《女性朋友》（*Female Friends*，1974）等生动地表现了形形色色的妇女对男人和女人之间关系的不同反应。小说《记住我》（*Remember Me*，1976）写五个成人以及他们婚后生下或婚外私生的四个孩子的生活，人物描写手法细腻，吸引读者关注故事中每个人物的命运。

小说《普莱西丝》（*Praxis*，1978）以战时的英国为背景，女主人公普莱西丝忍受命运的多次劫难。小说刻画了她沦为妓女、奸妇和杀人犯的多重人格。该小说获1979年布克奖提名，但最终未能问鼎此项大奖。《马勃菌》（*Puffball*，1980）描写了城市的欺诈和农村的热情，将超自然因素和妊娠的技术性知识熔于一炉，貌似传统的生活背后却隐藏着男人和女人永恒的冲突。

小说《女魔头的爱恨情仇》（*The Life and Loves of a She-Devil*，1983）描写一位长相平庸的家庭妇女露丝（Ruth）任劳任怨，努力做一个好妻子、好母亲，而她的丈夫却一厢情愿地信奉开放的婚姻，公然在她面前宣告自己不忠的事实。露丝终于对丈夫的忽视和无情忍无可忍，在宴会上摔掉食物愤然离去，然而她丈夫竟变本加厉，抛弃露丝，与漂亮的女作家玛丽（Mary）同居。愤怒的露丝决心报复，她一把火烧掉自己的房子，把孩子留给他们的父亲和他的情妇，最终导致玛丽丢掉性命，她丈夫也锒铛入狱。露丝自己成了不折不扣的“女魔头”。这部小说后来改编成了电视剧和电影。韦尔登善于模仿现实中的对话，她成功地将一些文学作品改编成电视节目，如简·奥斯汀（Jane Austen）的《傲慢与偏见》（*Pride and Prejudice*，1813），其中她自己的作品《蜘蛛》（*Spider*，1973）和《北极星》（*Polaris*，1978）被她改编成广播剧，《建议》（*Words of Advice*，1974）和《动作重演》（*Action Replay*，1979）被改编成舞台剧。

她发表的小说还包括《总统的孩子》（*The President's Child*，1982）、《人们的心灵和生活》（*The Hearts and Lives of Men*，1987）、《克隆吉娜·梅》（*The Cloning of Joanna May*，1989）、《达西的乌托邦》（*Darcy's Utopia*，1990）、《逐渐富裕》（*Growing Rich*，1992）、《生命力》（*Life Force*，1992）、《自然的爱》（*Natural Love*，

1993）、《困苦》（*Affliction*，1993，美国出版书名为*Trouble*）、《分裂》（*Splitting*，1995）、《最恐怖的事》（*Worst Fears*，1996，该书获惠特布莱德图书奖提名）、《大女人》（*Big Women*，1998）、《男人陷阱》（*Mantrapped*，2004）、《她不一定离开》（*She May Not Leave*，2006）、《城堡水疗十日谈》（*The Spa Decameron*，2007）、《继母的日记》（*The Stepmother's Diary*，2008）等。

此外，她还发表了短篇小说集《看着我，看着你》（*Watching Me, Watching You*，1981）、《月下明尼阿波利斯》（*Moon Over Minneapolis*，1991）、《无邪天使》（*Angel, All Innocence*，1995）、《邪恶的女人：短篇故事集》（*Wicked Women: A Collection of Short Stories*，1995）、《无衣可穿，无处可藏》（*Nothing to Wear and Nowhere to Hide*，2002）、《伤害》（*Mischief*，2015）等。

韦尔登的非文学作品包括《致爱丽丝之书信：初读简·奥斯丁》（*Letters to Alice: On First Reading Jane Austen*，1984）、《丽贝卡·韦斯特》（*Rebecca West*，1985）、《圣牛》（*Sacred Cows*，1989）、《无神新伊甸园：文集》（*Godless in Eden: A Book of Essays*，1999）、《什么使女人快乐》（*What Makes Women Happy*，2006）等。她的自传《菲自传》（*Auto da Fay*）发表于2002年。

2012年，韦尔登任巴斯斯巴大学（Bath Spa University）创意写作教授，至2021年退休。

（杨春升）

作品简介

《女魔头的爱恨情仇》（*The Life and Loves of a She-Devil*）

小说《女魔头的爱恨情仇》主人公露丝本来是一个对丈夫百依百顺、

精心照顾孩子、操持家务的善良妇女，但由于露丝长相丑陋，她为家庭所付出的这一切换来的却是丈夫的背叛。她的丈夫博博（Bobbo）爱上了年轻漂亮的通俗小说家玛丽（Mary），抛下妻子和两个年幼的孩子，与玛丽在海边的豪华别墅同居。在丈夫离家出走的那一刻，露丝冲进浴室，没有眼泪，没有悲伤，有的只是仇恨。“那一刻，我变成了女恶魔，而恶魔是不应该有感情的，孩子不再是我的羁绊。”于是她下决心复仇，并制订详细的复仇计划，一步一步地使博博和玛丽走向毁灭。

第一步，露丝把孩子打发去吃快餐，在这一个小时的空档里，她一把火烧了自己的房子，然后把两个无家可归的孩子扔给博博和玛丽。虽然玛丽是个浪漫多情的才女，却不会做家务，也不会带孩子，两个调皮捣蛋的孩子使她一筹莫展，对“后母”这一突如其来的职责没有任何思想准备，这两个孩子使玛丽的生活顿时变得一团糟。接下来，露丝混入养老院工作，偷换药物，使玛丽的母亲大小便失禁，养老院不堪忍受，将老太太送回玛丽处。已做后母的玛丽哪经得起这等折腾，猛然憔悴许多，豪华别墅里老老小小整日的哀嚎和啼哭代替了浪漫，小说家玛丽再也写不出任何作品。再之后，露丝借钱开办了一家连锁秘书服务公司，一举垄断纽约秘书市场。公司里有位女秘书在不忠丈夫博博的会计师事务所工作，露丝悄悄地向她学习会计知识，并在博博的个人账户里做假账，挪用客户资金。经过长达一年处心积虑的操作，博博的账户终于出现问题，法院介入了这起案件。露丝又设法到判案法官家做起了女佣，轻而易举地博得法官的信赖。审判博博的日子终于来到，露丝使出浑身解数，成功说服法官重判这位负心汉7年监禁。露丝的复仇计划终于实现：博博锒铛入狱，玛丽在博博入狱后，不堪生活的重压和折磨，离开了人世。

如果小说到此结束，那么它就落入一般的爱情复仇小说的窠臼，然而，这部小说的高明之处就在于：尽管露丝成功达到了复仇的目的，她的结局也是悲惨的。在博博锒铛入狱后的7年里，露丝决心要使自己变得像玛丽一样漂亮，通过垫鼻、修唇、削骨、增高等美容手术改变了自己的丑女相貌。当故事结束时，露丝整容成功，美丽无比，她花巨款买下海边的豪华别墅，等待博博刑满出狱，幻想着与他重温旧梦。但整座别墅却在夜色的映衬下，显得阴森，凄凉，惨淡。

（张世红）

欧文·威尔士（Irvine Welsh）

作者简介

欧文·威尔士（Irvine Welsh，1958—　），苏格兰小说家，剧作家。

威尔士出生于爱丁堡，在当地上中学，并做过实习电工等工作。后到伦敦生活一段时间后回到爱丁堡，在市议会住房部门工作，后在赫瑞瓦特大学攻读工商管理学硕士学位（MBA）。

他的第一部小说《猜火车》（*Trainspotting*）于1993年发表，故事发生在爱丁堡，时间是20世纪80年代，故事围绕一群吸毒青年展开。小说由相互松散关联的故事组成，讲述吸毒者、毒贩子、社会混混儿、骗子等这一社会群体的生活。小说入围布克奖提名名单。1996年，小说被改编成电影。

他的第二部小说《秃鹳梦魇》（*Marabou Stork Nightmares*）发表，故事主人公一直在医院病床上处于昏迷状态，在神志恍惚中，他回忆自己的经历，同时也有在南非捕鸟的幻想，他的童年家庭不幸，成为被侵害对象，青年时则成了足球流氓团伙中的一员，还参与强奸了一名女子。女子控告他们，但由于证据不足，没能让他们受到法律制裁。主人公开始服用迷幻药，后自杀不成，陷入昏迷状态。而强奸受害女子最终来到他的病床前将他杀死。他在南非的捕鸟幻想也许是他潜意识中清除自身罪孽的愿望。故事讲述以意识流方式呈现。

他的第三部小说《污垢》（*Filth*，1998）讲述一个作恶的苏格兰警察的故事。小说《胶》（*Glue*，2001）讲述四个男孩儿的成长故事，年代跨度超过40年。小说《色情》（*Porno*，2002）是《猜火车》的续集，讲述《猜火车》中几个人物后来的故事。他的其他作品包括小说《主厨卧室的秘密》（*The Bedroom Secrets of the Master Chefs*，2006）、《罪行》（*Crime*，2008）、《吸食海洛因的男孩们》（*Skagboys*，2012）、《连体孪生女的性生活》（*The Sex Lives of Siamese Twins*，2014）、《舒适的乘车之旅》（*A Decent Ride*，2015），短篇小说集《酸房子》（*The Acid House*，1994）、《心醉神迷：三个化学品罗曼史故事》（*Ecstasy: Three Tales of Chemical Romance*，1996）、《如果你喜欢上学，你就会热爱工作》（*If You Liked School You'll Love Work*，2007），剧作《情色之事》（*You'll Have Had Your Hole*，1998）、《巴比伦高地》（*Babylon Heights*，2006）等。

他现生活在芝加哥。

（张世耘）

作品简介

《猜火车》（*Trainspotting*）

小说《猜火车》讲述了苏格兰爱丁堡一群吸毒青年的颓废生活，他们打架斗殴、坑蒙拐骗、吸毒、酗酒、滥交。马克·瑞恩顿（Mark Renton）是这伙街头小混混的中心人物。虽然他们是一群生活没有目标、没有希望的颓废青年，但又有各自的特点。瑞恩顿是他们当中头脑相对清醒的，虽然他也吸食海洛因、打架、偷盗，可他却能用黑色幽默的眼光看待一切，对社会不敌视，不走极端。西蒙威·威廉森（Simon Williamson）是瑞恩顿的老朋友，一个精明的、玩世不恭的艺术家，他天生具有勾引女人的本领，并经常带着勾引上的漂亮女人在其他人面前炫耀。他也吸毒，但有极强的自制力，随时可以停止使用海洛因。丹尼尔·默菲（Daniel Murphy）是这个团伙里最天真的，尽管其他人都欺负他、取笑他，但他们都把他当作小弟弟看待，常常保护他。他吸毒成瘾，已经离不开海洛因。弗兰西斯·贝格比（Francis Begbie）是个野蛮的、有暴力倾向的恶棍，他经常用武力威胁同伙服从他，谁要是惹怒了他，他就把谁猛揍一顿。他是这个团伙里唯一不吸毒的人。大卫·米切尔（Davie Mitchell）是这群人里最正常的，他和其他人不一样，他是大学毕业生，有一份体面的工作，然而，当他染上艾滋病后，仿佛掉进深渊，他感到绝望。汤姆·劳伦斯（Tommy Lawrence）是和瑞恩顿一起长大的好友，他喜欢踢足球，听流行音乐，他原本不吸毒，只是酗酒。不幸的是，当女友抛弃他后，他开始吸毒，最后染上艾滋病。

以上就是《猜火车》的主要人物和主要情节，由于负面东西太多，消极因素太重，小说出版后一直备受争议，有的人对小说给予肯定，认为作品反映了现代社会个人生存的困境；有的人认为它过多地描述了人性的恶，对它持否定态度。但有一点是得到普遍认同的，即小说明显地运用了反传统手法来突出当代青年的叛逆精神，向人们提出了年轻人如何选择生活的问题。

小说的结构较松散，一共分为七个部分，每个人物都从不同的角度参与叙述，有时带有意识流的风格，有时又有心理现实主义的色彩。瑞恩顿叙述时带有浓重的苏格兰口音，而米切尔叙述时则用标准的伦敦英语。吸毒是贯穿小说的主题，作者试图探究为什么这些青年会走上吸毒的道路，但没有给出答案。小说多次出现瑞恩顿决心戒毒的情形，但又复吸，最后瑞恩顿背叛了他的这些朋友，独自去了阿姆斯特丹。

（张世红）

安德鲁·威尔逊（Andrew Wilson）

作家简介

安德鲁·威尔逊（Andrew Wilson，1950— ），英国传记作家，小说家，散文家，记者。

威尔逊出生在英国斯塔福德郡（Staffordshire）斯通镇（Stone），父亲曾经服役于皇家炮兵团，获上校军衔，后经营一家陶艺公司。威尔逊先后就读于希尔斯通学校（Hillstone School）和极负盛名的拉格比公学（Rugby School），之后又就读于牛津大学新学院（New College，Oxford University），并于1972年获得文学学士学位，四年后获得文学硕士学位。作为基督徒，他曾打算在教会担任牧师，为此在牛津大学英国圣公会基金圣史蒂芬学堂接受神职训练。但他一年后放弃宗教信仰，离开学院。威尔逊曾在著名的男子公学麦钱特泰勒斯学校（Merchant Taylors' School）任教讲授英文，后在牛津大学圣休学院和新学院任教，讲授中世纪文学达7年之久。

在20世纪80年代后期，威尔逊公开宣称自己是无神论者，但宗教仍然经常是他的作品主题之一，到2009年，他又称自己重新皈依基督教。他在1985年发表了一部探讨基督教信仰的作品《我们如何确知？》（*How Can We Know?*），试图回答如何能够确信基督教信念的真实性和诚实的人们如何接受这样的信念等问题。1991年他又发表了一部有关宗教的小册子《反对宗教：为什么我们生活中应该没有宗教》（*Against Religion：Why We Should Live Without It*）。

威尔逊为多家报刊撰写过专栏文章，包括《旗帜晚报》（*Evening Standard* 或*London Evening Standard*）、《每日邮报》（*Daily Mail*）、《金融时报》（*Financial Times*）、《新政治家》、《泰晤士报文学增刊》、《旁观者》周刊（*The Spectator*）等。他还在《旗帜晚报》和政治观点保守的《旁观者》周刊担任文学编辑一职。他也时常参加BBC的节目发表看法。他的观点保守，被称为年轻的老保守（young fogie）。他针砭时弊，言辞辛辣，又不乏诙谐、机智，他既批评英国社会的“左”倾弊端，也批评保守派错误。

威尔逊的第一部小说《皮姆利科的糖果》（*The Sweets of Pimlico*）于1977年发表，故事女主人公伊芙琳（Evelyn）是一位情感受挫的年轻数学教师，她结识了年长她很多的戈尔曼男爵（Baron Gormann），而他之前竟然和伊芙琳家人打过交道，他也认识伊芙琳的哥哥、双性恋者杰里米（Jeremy），他和伊芙琳的关系更多是像是父女之义，但也夹杂了一些男女之私。他让伊芙琳认识了他的好友、糖果生产商、双性恋者约翰·“皮姆利科”（John “Pimlico”），而约翰又与伊芙琳的前男友有交往，还曾是杰里米的情人。而伊芙琳还和杰里米发生了乱伦性关系。戈尔曼此时说要更改他的遗嘱，将他庞大的遗产分一半给伊芙琳，而遗嘱原本是要把他的财产全部遗赠给约翰。约翰向伊芙琳求婚，而伊芙琳迟疑不决。没想到戈尔曼意外受伤，后去世，至此也没有更改遗嘱。小说并不是严格意义上

的讽刺喜剧，但小说中一个英国上层社会小圈子中带有喜剧色彩的离奇人物关系和性爱关系已经预示作者其后作为讽刺作家的历史地位。20世纪英国文学这一讽刺传统代表人物包括伊夫林·沃、金斯利·艾米斯、安德鲁·威尔逊等。该小说获得1978年度约翰·卢埃林·里斯纪念奖。

他其后发表的两部小说《不设防时间》（*Unguarded Hours*，1978）和《仁慈之光》（*Kindly Light*，1979）以喜剧手法描述当代教会面貌。

1980年出版的小说《康复之术》（*The Healing Art*）中两位主人公帕米拉（Pamela）和桃乐茜（Dorothy）在同一间医院被诊断出患有癌症。前者是劳动阶层的一个普通家庭主妇，后者是牛津大学教师，讲授中世纪文学。同一个医生看了她们的检验结果后，告诉桃乐茜她现在身体情况良好，但帕米拉则被告知她的生命只有几个月时间了。面对身患癌症的不幸，两人应对方式有所不同，桃乐茜相信现代医学，心思完全放在家人身上；帕米拉虽然做了手术，但放弃化疗，转而求助于宗教信仰，她的教会朋友劝她去朝拜了位于诺福克郡的圣母玛利亚圣坛，祈祷疾病痊愈，传说那里的圣泉泉水具有治愈疾患的神力。后来她又去了纽约，见了男友约翰（John）。随后的全面体检显示她的癌症病灶竟然已毫无踪影。难道真的发生了奇迹？回到英国后她又见到了桃乐茜，但此时桃乐茜的癌症已进入末期，她时日无多。那么，到底是手术治愈了帕米拉的癌症，还是当初医院的误诊，搞混了她们两人的X光片？又或者这真是宗教奇迹呢？小说通过主人公的经历表现了生死、情爱、宗教等人生重要主题。小说获得 1981年度萨默塞特·毛姆奖以及1981年度艺术协会全国图书奖。

1982年，他发表了《明智贞女》（*Wise Virgin*），故事主人公是默默无闻的48岁图书管理员兼学者贾尔斯（Giles），他18年来一直专注于整理、编辑一部13世纪的神父论文。这部论文劝诫修女们，贞洁才是服务上帝的明智之路。他希望整理好的文献能够得到早期英语文献协会（Early English Text Society）的认可，使其得以出版面世。然而，贾尔斯的个人生活并非如宗教理想那样纯洁，他不信上帝，愤世嫉俗，除了手头的文献编辑工作，对他人毫不关心。不幸的是，他的第一任妻子外遇频频，却因难产去世，自己双眼相继失明，第二任妻子也因车祸去世。他的心思完全放在自己的工作上，他唯一的女儿缇芭（Tibba）年方十七，聪慧善良，只是有些口吃，对家庭和书本之外的世界知之甚少，她在家中承担了做饭、打扫屋子等家庭主妇的职责，甚至晚间还为父亲朗读小说篇章。父女生活中的另一个女性是父亲的学术助理露易丝（Louise），她年仅26岁，未婚，其貌不扬，也的确像是中世纪道德说教文本要求的那样，贞洁无邪。她爱上了贾尔斯，想要得到他明媒正娶的承诺。女儿虽然对父亲和露易丝的私情并不了解，但她也一反常态，在一个周末没有按时回家，同一个行为离经叛道的男生驾车兜风，体验到了书本世界之外的另一番天地。而随着故事发展，每个人都逐渐发生变化，露易丝明白她得不到期望的情感回馈，终于离开了，父女俩也需要新的相处之道，而贾尔斯整理出来的论明智贞洁之道的古老文献最终也无法出版。小说开篇点出的不幸事件背景衬托故事进程，而作者以喜剧笔调，下笔着墨于不幸人物和困境，其讽刺风格可略见一斑。小说获得1983年度WH史密斯文学奖。

小说《丑闻：或是普里西拉的仁慈之心》（*Scandal*：*Or*，*Priscilla's Kindness*，1983）的时代背景是20世纪80年代冷战期间，故事讲述英国政界新星德里克（Derek）化名比利（Billy）接受应召女郎伯纳黛特（Bernadette）的性服务而因此卷入丑闻。德里克此时仕途一片光明，后官至部长，而伯纳黛特竟然能找上门来。由于苏联克格勃特工在伦敦秘密监视政治家活动，她无意中卷入克格勃行动，德里克也受到敲诈和威胁，被诬陷涉入间谍活动。德里克的妻子普里西拉（Priscilla）作为政治家的夫人总是以高尚品德示人，也一贯扮演支持丈夫的角色，但她也和一个记者暗通款曲，而这个记者把这个性丑闻和涉及的间谍情节搬上了媒体。当然，事情变得难以收拾的时刻，伯纳黛特必须一如既往地表现出“仁慈之心”。小说以喜剧笔调展现故事中人物的不同面目。

小说《薇妮和沃尔夫》（*Winnie and Wolf*，2007）中薇妮是德国作曲家瓦格纳（Wagner）儿媳薇妮弗雷德（Winifred）的昵称，而沃尔夫是则是对希特勒（Hitler）的昵称（“沃尔夫”［wolf］在英文和德文中意为“狼”）。小说中两者之间关系的故事混杂了虚构和事实成分。历史上，薇妮弗雷德其人原是英国孤儿，幼年父母双亡，后被德国一个亲戚收养，18岁时与瓦格纳的独生子、46岁的同性恋者齐格弗里德（Siegfried）结婚，齐格弗里德于1930年去世。薇妮是一个日耳曼民族主义者。1927年，她与沃尔夫相识，成为他的朋友和支持者。小说讲述了瓦格纳和他的音乐以及1923—1939年薇妮和沃尔夫两人的关系。故事叙事者是当年瓦格纳的家庭秘书助理，叙述者并没有透露自己的姓名，其叙述的回忆录也显然并不可靠。叙述时间是20世纪80年代，叙述者身在民主德国，写给其养女桑塔（Senta）一封家书，向她说明其身世：她的亲生父母就是薇妮和沃尔夫。他相信薇妮和沃尔夫曾有一段恋情，有了这个女儿，叙述者将其收养。叙述者回顾了故乡德国拜罗伊特城（Bayreuth）战前情况、瓦格纳的音乐、纳粹希特勒兴起的相关事件和相关思潮。小说入选2007年曼布克奖初选名单。

除文学作品之外，威尔逊还发表了多部历史人物传记作品，包括《阿伯茨福德的地主：沃尔特·司各特爵士传》（*The Laird of Abbotsford*：*A View of Sir Walter Scott*，1980）、《约翰·弥尔顿传》（*The Life of John Milton*：*A Biography*，1983）、《希莱尔·贝洛克传》（*Hilaire Belloc*：*A Biography*，1984）、《托尔斯泰传》（*Tolstoy*：*A Biography*，1988）、《C. S. 刘易斯传》（*C. S. Lewis*：*A Biography*，1990）、《耶稣传》（*Jesus*：*A Life*，1992）、《保罗：使徒的思想》（*Paul*：*the Mind of the Apostle*，1997）、《我认识的爱丽丝 ·默多克》（*Iris Murdoch as I Knew Her*，2003）、《贝杰曼传》（*Betjeman*：*A Life*，2006）、《希特勒小传》（*Hitler*：*A Short Biography*，2011）、《但丁之恋》（*Dante in Love*，2011）、《维多利亚传》（*Victoria*：*A Life*，2014）、《女王：伊丽莎白二世的生活与家族》（*The Queen*：*The Life and Family of Queen Elizabeth*

II，2016）、《查尔斯·达尔文：维多利亚时代神话创造者》（*Charles Darwin，Victorian Mythmaker*，2017）等，其中《沃尔特·司各特爵士传》获得约翰·卢埃林·里斯纪念奖，《托尔斯泰传》获得1988年度惠特布莱德传记奖。

他的通俗历史著作还包括《维多利亚时代名人》（*Eminent Victorians*，1989）、《维多利亚时代》（*The Victorians*，2002）、《维多利亚时代之后：英国的衰落》（*After the Victorians：The Decline of Britain in the World*，2005）、《我们的时代》（*Our Times*，2011），后三部作品构成了维多利亚时代至20世纪的历史三部曲。另有《伊丽莎白时代》（*The Elizabethans*，2011）等。

威尔逊的其他作品包括小说《谁是奥斯瓦德·费什？》（*Who Was Oswald Fish?*，1981）、《英国绅士》（*Gentlemen in England*，1985）、《未知爱情》（*Love Unknown*，1986）、《流浪猫》（*Stray*，1987）；“拉姆皮特家族志”系列小说（the Lampitt Chronicles）五部，包括《倾心》（*Incline Our Hearts*，1988）、《久经烟熏之羊皮囊》（*A Bottle in the Smoke*，1990）、《阿尔比恩的女儿们》（*Daughters of Albion*，1991）、《内心之声》（*Hearing Voices*，1995）和《回忆之夜》（*A Watch in the Night*，1996），其中《倾心》获得1989年度E. M. 福斯特奖；《烦恼的牧师》（*The Vicar of Sorrows*，1993）、《梦想孩童》（*Dream Children*，1998）、《我名叫群》（*My Name Is Legion*，2004）、《忌妒的鬼魂》（*A Jealous Ghost*，2005）、《陶瓷之手》（*The Potter's Hand*，2012）、《决心号》（*Resolution*，2016）、《余震》（*Aftershocks*，2018）；通俗历史著作《温莎王朝的兴衰》（*The Rise and Fall of the House of Windsor*，1993）、《上帝的葬礼：西方文明的信仰与怀疑》（*God's Funeral：A Biography of Faith and Doubt in Western Civilization*，1999）、《伦敦史》（*London：A Short History*，2004）等。

威尔逊是英国皇家文学学会会员，曾与莎士比亚学者凯瑟琳·邓肯—

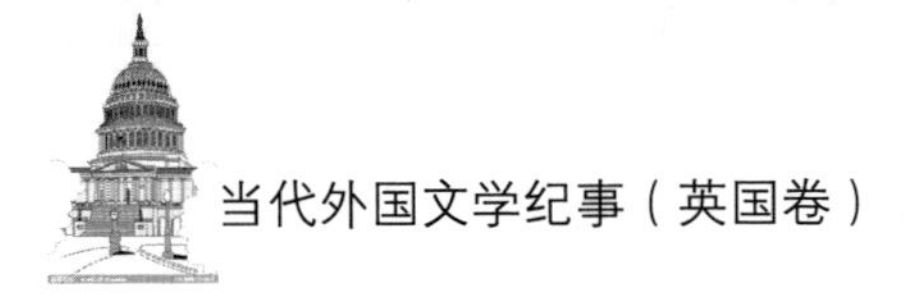

琼斯（Katherine Duncan–Jones）结婚，后离婚，育有两个女儿。

（张世耘）

作品简介

《我名叫群》（*My Name Is Legion*）

小说《我名叫群》的故事发生地点是伦敦，时间是21世纪初，将故事串联在一起的关键人物彼得（Peter）16岁，生活在伦敦南部贫困区，他患有精神分裂症，脑袋里幻听到多个声音，像是有不同的魔鬼附身，这些声音属于不同的人，其中一个是科尔德斯特里姆警卫军团（Coldstream Guards）上校，一个是"杀戮白痴"，一个是文学创作虚构人物，还有一个是帮派头领，他们之间相互交谈，这些不同人物也通过彼得和他人说话。彼得也有暴力伤人倾向和行为。他的母亲是西印度群岛（The West Indies）人，曾经和很多男人发生过关系，彼得是她的非婚生混血儿子，她怀上他的时候是在一家通俗小报《群报》（*The Daily Legion*）做文员，当时她和报社多人有染，其中还包括报社老板兰诺克斯（Lennox），并且她和牧师韦维安（Vivyan）也有过一段情事，究竟谁是儿子的亲生父亲，她也说不清，她跟彼得说他父亲是兰诺克斯。

小说开始时韦维安刚刚受了致命枪伤，命悬一线。小说叙事由此展开。

韦维安现年六十多岁，他从西非英国前殖民地津纳里亚（Zinariya，为小说虚构）回到英国后在伦敦南部一个教区担任牧师，多年前他曾经是军人，服役来到津纳里亚，后成为虔诚的牧师，他重回津纳里亚，决心为当地造福。他在当地传教多年，了解到当地政权独裁者本迪迦将军（General Bindiga）的种种恶行，而英国政府却是这个独裁政权的背后支持者。回国后，他的教区牧师住宅向社会边缘阶层开放，容留无家可归者、东欧难民，甚至恐怖主义分子，一些人在附近还秘密储备武器弹药。

他向公众揭露本迪迦将军的真实面目，为当地被压迫的民众伸张正义，他谴责跨国资本，尤其是与本迪迦将军勾结的兰诺克斯。在他眼中，英国已经沉沦，多年前英国曾经反对强权，为自由、正义发声，而现在，英国已经丧失了灵魂，社会现实中物欲横流、政治丑恶、媒体嗜血、教会虚伪。他对自由市场经济造成的贫困现象深恶痛绝，愿意以一己之力扶助他人。他的宗教理念激进，他甚至思考是否可以通过恐怖手段实现正义。他清苦修身，但也有弱点，那就是对异性的强烈性欲。

兰诺克斯现年五十多岁，他的祖父在津纳里亚开办铜矿，他在那里出生、长大，曾经向韦维安学习宗教，后回到英国，成为通俗小报业大亨，《群报》就是他所拥有的报纸之一，这类小报专事营造公众窥探名人隐私的趣味，这也是英国新闻业的一个特征。兰诺克斯的财富多来自这个非洲国家的铜矿和可可种植园，他与本迪迦曾经是儿时朋友，现在本迪迦成了当地的独裁者，控制着本国铜矿业，他们之间利益相关，暗中勾结，相互支持，此时兰诺克斯正在积极协助本迪迦将军与英国政府安排他对英国的国事访问。

韦维安计划组织激烈抗议活动，反对这位独裁统治者的到访。而兰诺克斯的《群报》则离不开这个非洲政权的经济支持，为了阻止韦维安颠覆本迪迦政权的行为，《群报》利用彼得抹黑韦维安，指控他有娈童行为，证据是他和彼得之间一段断章取义的谈话录音，警方也怀疑他犯罪。韦维安作为牧师的良好声誉因此毁于一旦。但兰诺克斯和韦维安都并不知道彼得可能是他们两人之中一人的儿子。

一名女子找到彼得，想帮助韦维安澄清不实指控却被彼得劫持，警方布控事发现场，韦维安向彼得开枪，将其击毙，韦维安自己也中弹受伤，后不治身亡。本迪迦下榻的伦敦酒店发生爆炸，他被炸身亡。几个月之后，兰诺克斯突发心脏病去世。

小说的标题“我名叫群”这句话出自《圣经·新约》中《马可福音》的第五章：他们来到海那边格拉森人的地方。耶稣一下船，就有一个被污鬼附着的人从坟茔里出来迎着他。那人常住在坟茔里，没有人能捆住他，就是用铁链也不能。因为人们屡次用脚镣和铁链捆锁他，铁链竟被他挣断了，脚镣也被他弄碎了。总没有人能制伏他。他昼夜常在坟茔里和山中喊叫，又用石头砍自己。他远远地看见耶稣，就跑过去拜他，大声呼叫："至高神的儿子耶稣，我与你有什么相干？我指着神恳求你，不要叫我受苦！"是因耶稣曾吩咐他说："污鬼啊，从这人身上出来吧！"耶稣问他说："你名叫什么？"回答说："我名叫'群'，因为我们多的缘故。"（《马可福音》和合本5：1—9）

按《圣经》说法，基督降生后的这段时间，撒旦尚未被打败，他想用各种手段阻止基督救赎人类。小说中彼得的行为像是魔鬼附身，名字是群，但显然这不仅指彼得，而是有更加广泛的指涉，是世间善恶之争中附身的污鬼。

（张世耘）

珍妮特·温特森（Jeanette Winterson）

作家简介

珍妮特·温特森（Jeanette Winterson，1959—　），英国女小说家，剧作家。

温特森出生于曼彻斯特（Manchester），后被养父母收养，在英国北部兰开夏郡长大，从小受五旬节派（Pentecostal Evangelist）教会熏陶。16岁时承认自己的同性恋性取向，后离开养父母的家。她毕业于牛津大学圣凯瑟琳学院（St. Catherine's College，Oxford University），后来到伦敦，一度在潘多拉出版社（Pandora Press）任助理编辑。她经常为报刊撰写评论文章。曾被《格兰塔》杂志评为20位英国最佳青年小说家之一。

她的第一部小说《橘子不是唯一的水果》（*Oranges Are Not the Only Fruit*）于1985年发表。小说根据作者的经历写成。女主人公珍妮特（Jeanette）讲述从她7岁开始的故事，一直到她20岁左右。她生活在养父母家中，养母是虔诚的福音派基督徒，收养她也是为了她将来能够传教，献身上帝。她结识了一个名叫梅拉妮（Melanie）的女孩子，两人常在一起学习《圣经》，在一起过夜，成了恋人。教会将她们拆散，要她为此忏悔。但她后来又与另一个女教友恋爱，被发现后，养母将她从家中赶出。小说获得1985年度惠特布莱德处女作奖。1990年，她应BBC之约将小说改编为电视剧。该电视剧获得1990年度英国电影电视艺术学院（BAFTA）最佳影视剧集/连续剧奖（Best Drama Series/Serial）。

1987年，小说《激情》（*The Passion*）发表，故事时间背景是1805年，法国青年农民亨利（Henri）在拿破仑战争中从军，他的工作是厨师，后成为自己偶像拿破仑的私人厨师。在俄国战场，他遇到了威尼斯女子维拉尼尔（Villanelle），她是威尼斯水城船夫的女儿，双足有蹼，能够在水上行走。她的丈夫将她卖给拿破仑军队当妓女。这时亨利已经对战争感到厌恶，对自己曾经崇拜的拿破仑也深感失望，他和一个战友与维拉尼尔一起逃离法军。战友途中病死，只有亨利和维拉尼尔到达威尼斯。亨利爱着维拉尼尔，但维拉尼尔不肯嫁给他，她的心已被另一个女子俘获，这位女子是有夫之妇。亨利杀死了维拉尼尔的丈夫，因此身陷牢狱。维拉尼尔已怀上亨利的孩子，母女后来只能和亨利隔窗相望。小说获1987年度约翰·卢埃林·里斯纪念奖。

小说《给樱桃以性别》（*Sexing the Cherry*）于1989年出版。小说随着两位主人公的叙事线索展开。男主人公的故事开始于17世纪30年代的英国，他还是婴儿时，被养母“训犬女”（the Dog–Woman）在泰晤士河边淤泥中救起，收养了他，给他起名乔丹（Jordan）。养母身躯庞大、沉重，相貌丑陋，但她对此毫不在意，她会利用自己的巨大体量保护养子，她没有什么知识，但拥护国王，厌恶清教徒。乔丹身材不高，生性柔弱，从小迷恋船只，10岁时他遇到皇家园艺师、博物学家约翰（John），约翰让乔丹做他的园艺助手，他们母子搬到了皇家花园，乔丹跟他学习植物学知识，其后他们踏上探索之旅，到天涯海角寻找新奇的植物。约翰死后，乔丹仍然继续他的旅行探索。乔丹每次旅行回来后会向养母讲述所闻所见。他迷上一个跳舞的女子福尔图娜塔（Fortunata），开始四处寻访她，途中遇到她的十一个跳舞的王妃姐妹，听她们讲述各自的故事。她们的婚姻却并不美满，她们之中有的爱恋其他女子，有的爱恋自己的丈夫却又得不到丈夫的爱。小说中养母的叙事实事求是，而乔丹的叙事却充满奇幻想象。小说主题涉及时空穿越，以及情爱、性、性别等问题。

（张世耘）

作品简介

《橘子不是唯一的水果》（*Oranges Are Not the Only Fruit*）

小说《橘子不是唯一的水果》根据作者的经历写成。女主人公珍妮特讲述从她7岁开始的故事，一直到她20岁左右。她生活在养父母家中，养母是虔诚的福音派基督徒，收养她也是为了她将来能够献身上帝。珍妮特从小接触的人同样是教会信众，养母一直在家里自己培养、教育养女，主要是学习《圣经》。到了7岁，由于政府相关机构的强制要求，养母不得不让珍妮特上学接受正规教育。

7岁时，珍妮特听力出了问题，一度失聪，但养母认为这是她一心专注于上帝的外在表现。直到其他教会成员发现这其实是一种身体疾患，她才被送到医院进行手术治疗。然而养母忙于教会活动无暇照顾她，教会一个年长女子埃尔西（Elsie）一直照顾着她，她们之间产生了亲密友情。虽然埃尔西也是虔诚的教会信徒，但她能够帮助珍妮特学习欣赏诗歌。

珍妮特的不同成长背景使她难于融入学校环境，同学听她讲宗教地狱故事感到害怕，为此她还受到老师告诫。她的作业也充斥宗教内容，老师对这样的做法也颇有微词。

她逐渐成长，开始有了自己的一些想法，并不总是和教会观念一致。

她偶然结识了一个名叫梅拉妮的女孩子，她们常常在一起。两人在一起学习《圣经》，在一起过夜，成了恋人。珍妮特将自己的心事吞吞吐吐地向养母吐露，表明自己对梅拉妮的情感。养母知道这样的情感意味着什么，将此事告知教会牧师。

牧师在主持教堂礼拜仪式期间宣称珍妮特和梅拉妮受到了淫欲的诱惑，应为此忏悔。梅拉妮生性柔顺，也并非聪慧善思的女子，受到指责后便屈从并忏悔，不得不离开当地。

与梅拉妮不同，珍妮特并不信服，跑到另一个教友家里过了一夜。这位教友也是女同性恋者，但在教友中并不把自己真实一面示人。第二天教友们为珍妮特施行了十多个小时的驱魔术，养母又将她锁在屋子里禁食一段时间，但她不觉得自己的爱情有悖于宗教信仰。

和梅拉妮分开后，珍妮特有所忏悔，转而专注于教会活动，自己写布道词布道，她过去的行为也得到原谅。但不久她又和一个教友凯蒂（Katy）发生恋情。这个女孩很有主见，认为性爱和宗教信仰并不冲突。她们的关系很快被发现。教会认为她承担了过多教会活动职责，不知不觉中转换了自己的性别角色因此不适合承担布道的工作。

她并不为此忏悔。养母意识到珍妮特不会按照她的期望那样献身传教事业，而这却是她收养、培养、训练珍妮特的初衷。她要求珍妮特离开自己的家。

离家后珍妮特做过不同工作，故事结尾时她回到家里，养母的信仰依旧虔诚，但对她生活方式的态度也有所缓和。

（张世耘）

重要奖项及获奖名单

The Booker Prize（布克奖）

布克奖由布克—麦康奈尔公司（Booker McConnell）于1968年设立，最初名称为布克—麦康奈尔奖（Booker McConnell Prize），简称布克奖（Booker Prize），后英国对冲基金公司曼集团（Man Group）自2002年至2019年间赞助支持该奖项，布克奖因此以赞助商曼集团冠名，更名为曼布克奖（The Man Booker Prize）。2019年6月1日，曼集团结束了对布克奖的赞助，由风险投资家迈克尔·莫里茨爵士（Sir Michael Moritz）和哈里特·海曼（Harriet Heyman）夫妇创立、运营的私人慈善基金会Crankstart接手赞助布克奖，但并不要求布克奖以赞助商冠名。布克奖是英国最为著名的小说奖项，每一个年度颁发一次，授予最为优秀的英文原创小说。该奖项最初只授予英国、爱尔兰以及英联邦国家用英语写作的作家，后于2014年开始，授予世界各国用英文写作的作家。该奖项宣称，获奖的唯一标准是“评委眼中最为优秀的小说作品”。该奖项评委不仅有文学批评家、作家和学者，还包括诗人、政治家、记者、广播电视媒体人、演员等。评委来自不同社会群体，确保评委能够代表广大读者群体。布克奖奖金金额为5万英镑，6位入围决选名单的作家各获得2500英镑奖金。

布克奖获奖者名单（1980年至2021年）

年度：获奖者（国别）

作品

1980：William Golding（威廉·戈尔丁）（英国）

Rites of Passage

1981：Salman Rushdie（萨尔曼·拉什迪）（英国）

Midnight's Children

1982：Thomas Keneally（托马斯·肯纳利）（澳大利亚）

Schindler's Ark

1983：J. M. Coetzee（J. M. 库切）（南非）

Life & Times of Michael K

1984：Anita Brookner（安妮塔·布鲁克纳）（英国）

Hotel du Lac

1985：Keri Hulme（克里·休姆）（新西兰）

The Bone People

1986：Kingsley Amis（金斯利·艾米斯）（英国）

The Old Devils

1987：Penelope Lively（佩内洛普·莱夫利）（英国）

Moon Tiger

1988：Peter Carey（彼得·凯里）（澳大利亚）

Oscar and Lucinda

1989：Kazuo Ishiguro（石黑一雄）（英国）

The Remains of the Day

1990：Antonia Byatt（安东尼亚·拜厄特）（英国）

Possession

1991：Ben Okri（本·奥克瑞）（尼日利亚）

The Famished Road

1992：Michael Ondaatje（迈克尔·翁达杰）（加拿大）

The English Patient

Barry Unsworth（巴里·昂斯沃斯）（英国）

Sacred Hunger

1993：Roddy Doyle（罗迪·道伊尔）（爱尔兰）

Paddy Clarke Ha Ha Ha

1994：James Kelman（詹姆斯·科尔曼）（英国）

How Late It Was，*How Late*

1995：Pat Barker（帕特·巴克）（英国）

The Ghost Road

1996：Graham Swift（格雷厄姆·斯威夫特）（英国）

Last Orders

1997：Arundhati Roy（阿兰达蒂·洛伊）（印度）

The God of Small Things

1998：Ian McEwan（伊恩·麦克尤恩）（英国）

Amsterdam

1999：J. M. Coetzee（J. M. 库切）（南非）

Disgrace

2000：Margaret Atwood（玛格丽特·阿特伍德）（加拿大）

The Blind Assassin

2001：Peter Carey（彼得·凯里）（澳大利亚）

True History of the Kelly Gang

2002：Yann Martel（杨·马特尔）（加拿大）

Life of Pi

2003：D. B. C. Pierre（D. B. C. 皮埃尔）（澳大利亚）

Vernon God Little

2004：Alan Hollinghurst（阿兰·霍灵赫斯特）（英国）

The Line of Beauty

2005：John Banville（约翰·班维尔）（爱尔兰）

The Sea

2006：Kiran Desai（基兰·德赛）（印度）

The Inheritance of Loss

2007：Anne Enright（安·恩赖特）（爱尔兰）

The Gathering

2008：Aravind Adiga（阿拉文德·阿迪加）（印度）

The White Tiger

2009：Hilary Mantel（希拉里·曼特尔）（英国）

Wolf Hall

2010：Howard Jacobson（霍华德·雅各布森）（英国）

The Finkler Question

2011：Julian Barnes（朱利安·巴恩斯）（英国）

The Sense of an Ending

2012：Hilary Mantel（希拉里·曼特尔）（英国）

Bring Up the Bodies

2013：Eleanor Catton（埃莉诺·卡顿）（新西兰）

The Luminaries

2014：Richard Flanagan（理查德·弗兰纳根）（澳大利亚）

The Narrow Road to the Deep North

2015：Marlon James（马龙·詹姆斯）（牙买加）

A Brief History of Seven Killings

2016：Paul Beatty（保罗·比第）（美国）

The Sellout

2017：George Saunders（乔治 ·桑德斯）（美国）

Lincoln in the Bardo

2018：Anna Burns（安娜·伯恩斯）（英国/爱尔兰）

Milkman

2019：Margaret Atwood（玛格丽特·阿特伍德）（加拿大）

The Testaments

Bernardine Evaristo（伯娜丁·埃瓦里斯托）（英国）

Girl, Woman, Other

2020：Douglas Stuart（道格拉斯·斯图尔特）（美国）

Shuggie Bain

2021：Damon Galgut（达蒙·加尔古特）（南非）

The Promise

（张世耘）

Granta Best of Young British Novelists（《格兰塔》英国最佳青年小说家）

《格兰塔》杂志是世界久负盛名的文学刊物。该杂志由剑桥大学学生于1889年创刊，以流经大学城的格兰塔河（the River Granta）（也称为“剑河”［the River Cam］）命名，当时的杂志内容包括学生争议议题、调侃文章、文学创作等。在《格兰塔》发表早期作品的不少作家后来相继成为文学名家。1979年，该期刊由学生刊物改造成为文学季刊，其关注的对象既有文学巨擘也有初露头角的文学新秀。《格兰塔》宣称没有先入为主的政治或文学立场，但坚信文学叙事的力量和紧迫性，以及其描述、启发和求真的最为强大之能力。

从1983年开始，《格兰塔》每十年评选出20位40岁以下最有创作潜力的英国年青小说家，即“《格兰塔》英国最佳青年小说家”（Granta Best of Young British Novelists）。该评选成为判断不同代际文学品位和潮流的重要风向标。

以下为自1983年至2013年评选出的历届“英国最佳青年小说家”名单：

1983年“英国最佳青年小说家”名单：

Martin Amis（马丁·艾米斯）

Pat Barker（帕特·巴克）

Julian Barnes（朱利安·巴恩斯）

Ursula Bentley（厄苏拉·本特利）

William Boyd（威廉·博伊德）

Buchi Emecheta（布奇·埃默切塔）

Maggie Gee（玛琪·姬）

Kazuo Ishiguro（石黑一雄）

Alan Judd（艾伦·贾德）

Adam Mars–Jones（亚当·马斯—琼斯）

Ian McEwan（伊恩·麦克尤恩）

Shiva Naipaul（席瓦·奈保尔）

Philip Norman（菲利普·诺曼）

Christopher Priest（克里斯托弗·普利斯特）

Salman Rushdie（萨尔曼·拉什迪）

Clive Sinclair（克莱夫·辛克莱）

Graham Swift（格雷厄姆·斯威夫特）

Lisa St Aubin de Terán（莉莎·圣·奥宾·德·特伦）

Rose Tremain（萝丝·崔梅）

Andrew Wilson（安德鲁·威尔逊）

1993年“英国最佳青年小说家”名单：

Iain Banks（伊恩·班克斯）

Louis de Bernières（路易·德·伯尔尼埃）

Anne Billson（安·贝尔森）

Tibor Fischer（蒂伯·费舍尔）

Esther Freud（艾丝特·弗洛伊德）

Alan Hollinghurst（阿兰·霍灵赫斯特）

Kazuo Ishiguro（石黑一雄）

A. L. Kennedy（A. L. 肯尼迪）

Philip Kerr（菲利普·科尔）

Hanif Kureishi（哈尼夫·库雷西）

Adam Lively（亚当·莱夫利）

Adam Mars–Jones（亚当·马斯—琼斯）

Candia McWilliam（坎迪娅·迈克威廉）

Lawrence Norfolk（劳伦斯·诺福克）

Ben Okri（本·奥克瑞）

Caryl Phillips（卡里尔·菲利普斯）

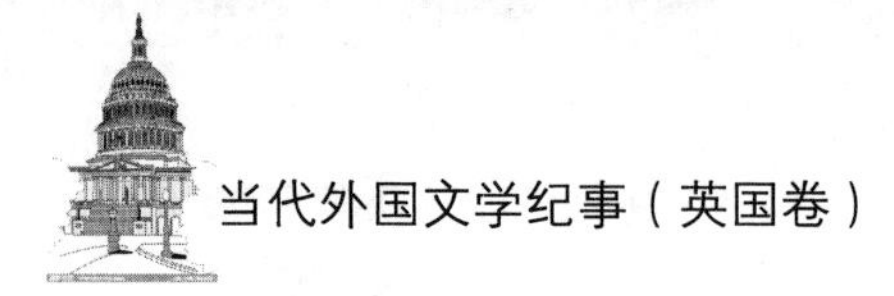

Will Self（威尔·赛尔夫）

Nicholas Shakespeare（尼古拉斯·莎士比亚）

Helen Simpson（海伦·辛普森）

Jeanette Winterson（珍妮特·温特森）

2003年“英国最佳青年小说家”名单：

Monica Ali（莫妮卡·阿里）

Nicola Barker（尼科拉·巴克）

Rachel Cusk（蕾切尔·卡斯克）

Peter Ho Davies（彼得·何·戴维斯）

Susan Elderkin（苏珊·埃尔德金）

Philip Hensher（菲利普·汉舍尔）

A. L. Kennedy（A. L. 肯尼迪）

Hari Kunzru（哈里·昆兹鲁）

Toby Litt（托比·利特）

David Mitchell（大卫·米切尔）

Andrew O’Hagan（安德鲁·欧哈根）

David Peace（大卫·皮斯）

Dan Rhodes（丹·罗兹）

Ben Rice（本·莱斯）

Rachel Seiffert（瑞秋·赛弗）

Zadie Smith（扎迪·史密斯）

Adam Thirlwell（亚当·瑟尔维尔）

Alan Warner（艾伦·沃纳）

Sarah Waters（萨拉·沃特斯）

Robert Wilson（罗伯特·威尔逊）

2013年“英国最佳青年小说家”名单：

Naomi Alderman（娜奥米·奥德曼）

Tahmima Anam（塔米玛·阿纳姆）

Ned Beauman（内德·鲍曼）

Jenni Fagan（珍妮·费根）

Adam Foulds（亚当·福尔兹）

Xiaolu Guo（郭小橹）

Sarah Hall（萨拉·霍尔）

Steven Hall（史蒂文·霍尔）

Joanna Kavenna（乔安娜·卡文纳）

Benjamin Markovits（本杰明·马科维茨）

Nadifa Mohamed（娜蒂法·穆罕默德）

Helen Oyeyemi（海伦·奥耶耶米）

Ross Raisin（罗斯·瑞森）

Sunjeev Sahota（桑吉夫·萨霍塔）

Taiye Selasi（黛耶·塞拉西）

Kamila Shamsie（卡米拉·沙姆希）

Zadie Smith（扎迪·史密斯）

David Szalay（大卫·萨雷）

Adam Thirlwell（亚当·瑟尔维尔）

Evie Wyld（伊薇·怀尔德）

（张世耘）

The James Tait Black Memorial Prizes（詹姆斯·泰特·布莱克纪念奖）

詹姆斯·泰特·布莱克纪念奖，或称詹姆斯·泰特·布莱克奖（James Tait Black Prize）。该奖项设立于1919年，是英国历史最为悠久的文学奖项之一。该奖项分设小说奖和传记奖，后于2012年设立剧作奖。该奖项为年度奖，奖励前一年度发表的最佳英文小说、传记和剧作，奖项由1762年成立的文学研究重镇爱丁堡大学文学语言文化学院颁发。决选作品名单由爱丁堡大学学者和研究生提名，由该大学英语文学系资深学者评选获奖作品。剧作作品评委由爱丁堡大学学生、学者以及爱丁堡特拉弗斯剧院（Traverse Theatre）、苏格兰剧作家工作室（Playwrights' Studio, Scotland）等相关业界代表担任。每部获奖作品奖金金额为1万英镑。

詹姆斯·泰特·布莱克纪念奖获奖者名单（小说）（1980年至2020年）

年度：获奖者

作品

1980：J. M. Coetzee（J. M. 库切）

Waiting for The Barbarians

1981：Salman Rushdie（萨尔曼·拉什迪）

Midnight's Children

Paul Theroux（保罗·索鲁）

The Mosquito Coast

1982：Bruce Chatwin（布鲁斯·查特文）

On The Black Hill

1983：Jonathan Keates（乔纳森·济慈）

Allegro Postillions

1984：J. G. Ballard（J. G. 巴拉德）

Empire of The Sun

Angela Carter（安洁拉·卡特）

Nights at The Circus

1985：Robert Edric（罗伯特·埃德里克）

Winter Garden

1986：Jenny Joseph（珍妮·约瑟夫）

Persephone

1987：George Brown（乔治·布朗）

The Golden Bird：Two Orkney Stories

1988：Piers Read（皮尔斯·里德）

A Season in The West

1989：James Kelman（詹姆斯·科尔曼）

A Disaffection

1990：William Boyd（威廉·博伊德）

Brazzaville Beach

1991：Iain Sinclair（伊安·辛克莱）

Downriver

1992：Rose Tremain（萝丝·崔梅）

Sacred Country

1993：Caryl Phillips（卡里尔·菲利普斯）

Crossing The River

1994：Alan Hollinghurst（阿兰·霍灵赫斯特）

The Folding Star

1995：Christopher Priest（克里斯托弗·普利斯特）

The Prestige

1996：Graham Swift（格雷厄姆·斯威夫特）

Last Orders

Alice Thompson（爱丽丝·汤普森）

Justine

1997：Andrew Miller（安德鲁·米勒）

Ingenious Pain

1998：Beryl Bainbridge（贝瑞尔·班布里奇）

Master Georgie

1999：Timothy Mo（毛翔青）

Renegade or Halo2

2000：Zadie Smith（扎迪·史密斯）

White Teeth

2001：Sid Smith（席德·史密斯）

Something Like a House

2002：Jonathan Franzen（乔纳森·弗兰岑）

The Corrections

2003：Andrew O'Hagan（安德鲁·欧哈根）

Personality

2004：David Peace（大卫·皮斯）

GB84

2005：Ian McEwan（伊恩·麦克尤恩）

Saturday

2006：Cormac McCarthy（科马克·麦卡锡）

The Road

2007：Rosalind Belben（罗莎林德·贝尔本）

Our Horses in Egypt

2008：Sebastian Barry（塞巴斯蒂安·巴里）

The Secret Scripture

2009：Antonia Byatt（安东尼亚·拜厄特）

The Children's Book

2010：Tatjani Soli（塔特雅娜·索利）

The Lotus Eaters

2011：Padgett Powell（帕吉特·鲍威尔）

You and I

2012：Alan Warner（艾伦·沃纳）

The Deadman's Pedal

2013：Jim Crace（吉姆·克雷斯）

Harvest

2014：Zia Rahman（齐亚·拉赫曼）

In the Light of What We Know

2015：Benjamin Markovits（本杰明·马科维茨）

You Don't Have to Live Like This

2016：Eimear McBride（艾米尔·麦克布莱德）

The Lesser Bohemians

2017：Eley Williams（艾丽·威廉斯）

Attrib. and Other Stories

2018：Olivia Laing（奥莉薇娅·莱恩）

Crudo

2019：Lucy Ellmann（露西·埃尔曼）

Ducks, Newburyport

2020：Shola von Reinhold（索拉·冯·莱茵霍尔德）

Lote

詹姆斯·泰特·布莱克纪念奖获奖者名单（传记）（1980年至2020年）

年度：获奖者

作品

1980：Robert B. Martin（罗伯特·B. 马丁）

Tennyson：*The Unquiet Heart*

1981：Victoria Glendinning（维多利亚·格兰丁宁）

Edith Sitwell：*Unicorn Among Lions*

1982：Richard Ellmann（理查德·埃尔曼）

James Joyce

1983：Alan Walker（艾伦·沃克）

Franz Liszt：*The Virtuoso Years*

1984：Lyndall Gordon（林德尔·戈登）

Virginia Woolf：*A Writer's Life*

1985：David Nokes（大卫·诺克斯）

Jonathan Swift：*A Hypocrite Reversed*

1986：D. Felicitas Corrigan（D. 费莉西塔斯·科里根）

Helen Waddell

1987：Ruth Edwards（露丝·爱德华兹）

Victor Gollancz：*A Biography*

1988：Brian McGuinness（布瑞恩·麦克奎尼斯）

Wittgenstein，*A Life*：*Young Ludwig* (*1889—1921*)

1989：Ian Gibson（伊恩·吉布森）

Federico Garcia Lorca：*A Life*

1990：Claire Tomalin（克莱尔·汤姆林）

The Invisible Woman：*The Story of Nelly Ternan and Charles Dickens*

1991：Adrian Desmond（阿德里安·戴斯蒙德）and James Moore（詹姆斯·摩尔）

Darwin

1992：Charles Nicoll（查尔斯·尼科尔）

The Reckoning：*The Murder of Christopher Marlowe*

1993：Richard Holmes（理查德·霍姆斯）

Dr. Johnson & Mr. Savage

1994：Doris Lessing（多丽丝·莱辛）

Under My Skin

1995：Gitta Sereny（吉妲 ·塞伦尼）

Albert Speer：*His Battle with the Truth*

1996：Diarmaid MacCulloch（迪尔梅德 ·麦卡洛克）

Thomas Cranmer：*A Life*

1997：R. F. Foster（R. F. 福斯特）

W.B. Yeats：*A Life Volume 1—The Apprentice Mage 1865—1914*

1998：Peter Ackroyd（彼得·阿克罗伊德）

The Life of Thomas More

1999：Kathryn Hughes（凯瑟琳·休斯）

George Eliot：*The Last Victorian*

2000：Martin Amis（马丁·艾米斯）

Experience

2001：Robert Skidelsky（罗伯特·斯基德尔斯基）

John Maynard Keynes：*Volume 3 Fighting for Britain 1937—1946*

2002：Jenny Uglow（珍妮·厄格洛）

The Lunar Men：*The Friends Who Made the Future 1730—1810*

2003：Janet Browne（珍妮特·布朗）

Charles Darwin：*Volume 2—The Power of Place*

2004：Jonathan Bate（乔纳森·贝特）

John Clare：*A Biography*

2005：Sue Prideaux（苏·普里多）

Edvard Munch：*Behind The Scream*

2006：Byron Rogers（拜伦·罗杰斯）

The Man Who Went into the West：*The Life of R. S. Thomas*

2007：Rosemary Hill（罗斯玛丽·希尔）

God's Architect：*Pugin and the Building of Romantic Britain*

2008：Michael Holroyd（迈克尔·霍尔罗伊德）

A Strange Eventful History：*The Dramatic Lives of Ellen Terry*，*Henry Irving and Their Remarkable Families*

2009：John Carey（约翰·凯里）

William Golding：*The Man Who Wrote Lord of the Flies*

2010：Hilary Spurling（希拉里·斯波林）

Burying the Bones：*Pearl Buck in China*

2011：Fiona MacCarthy（菲奥纳·麦卡锡）

The Last Pre–Raphaelite: Edward Burne–Jones and the Victorian Imagination

2012：Tanya Harrod（坦尼娅·哈罗德）

The Last Sane Man：*Michael Cardew*，*Modern Pots*，*Colonialism and the Counterculture*

2013：Hermione Lee（赫尔迈厄尼·李）

Penelope Fitzgerald：*A Life*

2014：Richard Benson（理查德·本森）

The Valley：*A Hundred Years in the Life of a Family*

2015：James Shapiro（詹姆斯·夏皮罗）

1606：*William Shakespeare and the Year of Lear*

2016：Laura Cumming（劳拉·卡明）

The Vanishing Man

2017：Craig Brown（克雷格·布朗）

Ma'am Darling: 99 Glimpses of Princess Margaret（*4th Estate*）

2018：Lindsey Hilsum（琳赛·希尔森）

In Extremis: The Life of War Correspondent Marie Colvin

2019：George Szirtes（乔治·泽提斯）

The Photographer at Sixteen: The Death and Life of a Fighter

2020：Doireann Ní Ghríofa（乌里安·尼戈里奥法）

A Ghost in the Throat

詹姆斯·泰特·布莱克纪念奖获奖者名单（戏剧）（2012年至2019年）

年度：获奖者

作品

2012：Tim Price（蒂姆·普莱斯）

The Radicalisation of Bradley Manning

2013：Rory Mullarkey（罗里·马拉基）

Cannibals

2014：Gordon Dahlquist（戈登·达尔奎斯特）

Tomorrow Come Today

2015：Gary Owen（加里·欧文）

Iphigenia in Splott

2016：David Ireland（大卫·爱尔兰）

Cyprus Avenue

2017：Tanika Gupta（塔尼卡·古普塔）

Lions and Tigers

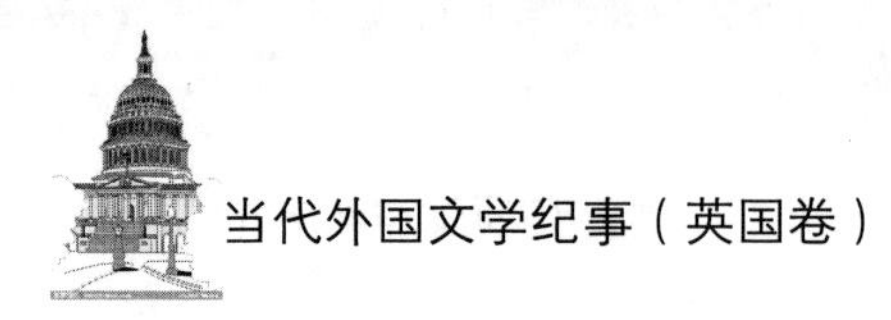

2018：Clare Barron（克莱尔·拜伦）

Dance Nation

2019：Yasmin Joseph（雅思敏·约瑟夫）

J'Ouvert

（张世耘）

Orange Prize for Fiction（柑橘奖小说奖）

柑橘奖小说奖始创于1996年，2007年至2008年称为柑橘宽频电讯奖（Orange Broadband Prize for Fiction），2009年至2012年期间重新命名为柑橘奖小说奖，后因赞助者的改变其名称也有所改变。2013年，该奖项改名为女作家小说奖（Women's Prize for Fiction），2014年至2017年，该奖项名称改为百利酒女作家小说奖（Baileys Women's Prize for Fiction），2018年改回女作家小说奖。该奖项最初由作家、作家经纪人、书商、图书评论家等出版业内人士策划设立，他们不满于布克奖等文学奖项对女性作家的忽视，希望设立这一奖项可以纠正这一现状。该奖项每年颁发一次，由女性组成的评委从入围决选名单的五部作品中选出一部获奖作品。该奖项奖金为3万英镑。

柑橘奖小说奖获奖名单（1996年至2021年）

年度：获奖者

作品

1996：Helen Dunmore（海伦·邓莫尔）

A Spell of Winter

1997：Anne Michaels（安·迈克尔斯）

Fugitive Pieces

1998：Carol Shields（卡罗尔·希尔兹）

Larry's Party

1999：Suzanne Berne（苏珊·伯恩）

A Crime in the Neighborhood

2000：Linda Grant（琳达·格兰特）

When I Lived in Modern Times

2001：Kate Grenville（凯特·格兰维尔）

The Idea of Perfection

2002：Ann Patchett（安・帕切特）

Bel Canto

2003：Valerie Martin（瓦莱丽・马丁）

Property

2004：Andrea Levy（安德烈娅・利维）

Small Island

2005：Lionel Shriver（莱昂内尔・施赖弗）

We Need to Talk About Kevin

2006：Zadie Smith（扎迪・史密斯）

On Beauty

2007：Chimamanda Adichie（奇玛曼达・阿迪契）

Half of a Yellow Sun

2008：Rose Tremain（萝丝・崔梅）

The Road Home

2009：Marilynne Robinson（玛丽莲・罗宾逊）

Home

2010：Barbara Kingsolver（芭芭拉・金索沃）

The Lacuna

2011：Téa Obreht（泰雅・奥布雷特）

The Tiger's Wife

2012：Madeline Miller（玛德琳・米勒）

The Song of Achilles

2013：A. M. Homes（A. M. 霍姆斯）

May We Be Forgiven

2014：Eimear McBride（艾米尔・麦克布莱德）

A Girl Is a Half-formed Thing

2015：Ali Smith（阿莉·史密斯）
How to Be Both

2016：Lisa McInerney（丽莎·麦金纳尼）
The Glorious Heresies

2017：Naomi Alderman（娜奥米·奥德曼）
The Power

2018：Kamila Shamsie（卡米拉·沙姆希）
Home Fire

2019：Tayari Jones（塔亚莉·琼斯）
An American Marriage

2020：Maggie O'Farrell（玛姬·欧法洛）
Hamnet

2021：Susanna Clarke（苏珊娜·克拉克）
Piranesi

（张世耘）

Somerset Maugham Award（萨默塞特·毛姆奖）

萨默塞特·毛姆奖始创于1947年，由英国剧作家、小说家威廉·萨默塞特·毛姆（William Somerset Maugham）设立，目的是鼓励35岁以下的青年英国作家增加海外阅历，扩展创作广度和深度。奖项授予上一年度出版的小说类、诗歌类及非小说类作品，包括传记、文学评论、游记等，戏剧作品则不包括在授奖作品范围之内。奖项由英国作家协会每年颁发一次。获奖者的奖金应用于海外旅行。

萨默塞特·毛姆奖获奖名单（1980年至2021年）

年度：作者

作品

1980：Max Hastings（麦克斯·黑斯廷斯）

Bomber Command

Christopher Reid（克里斯托弗·里德）

Arcadia

Humphrey Carpenter（汉弗莱·卡彭特）

The Inklings

1981：Julian Barnes（朱利安·巴恩斯）

Metroland

Clive Sinclair（克莱夫·辛克莱）

Hearts of Gold

Andrew Wilson（安德鲁·威尔逊）

The Healing Art

1982：William Boyd（威廉·博伊德）

A Good Man in Africa

Adam Mars–Jones（亚当·马斯—琼斯）

Lantern Lecture

1983：Lisa St Aubin de Terán（莉莎・圣・奥宾・德・特伦）

Keepers of the House

1984：Peter Ackroyd（彼得・阿克罗伊德）

The Last Testament of Oscar Wilde

Timothy Ash（蒂莫西・艾什）

The Polish Revolution：Solidarity

Sean O'Brien（肖恩・奥布莱恩）

The Indoor Park

1985：Blake Morrison（布雷克・莫里森）

Dark Glasses

Jeremy Reed（杰里米・里德）

By the Fisheries

Jane Rogers（简・罗杰斯）

Her Living Image

1986：Patricia Ferguson（帕特里夏・弗格森）

Family Myths and Legends

Adam Nicolson（亚当・尼科尔森）

Frontiers

Tim Parks（蒂姆・帕克斯）

Tongues of Flame

1987：Stephen Gregory（斯蒂芬・格雷戈里）

The Cormorant

Janni Howker（简妮・浩克）

Isaac Campion

Andrew Motion（安德鲁・姆辛）

The Lamberts

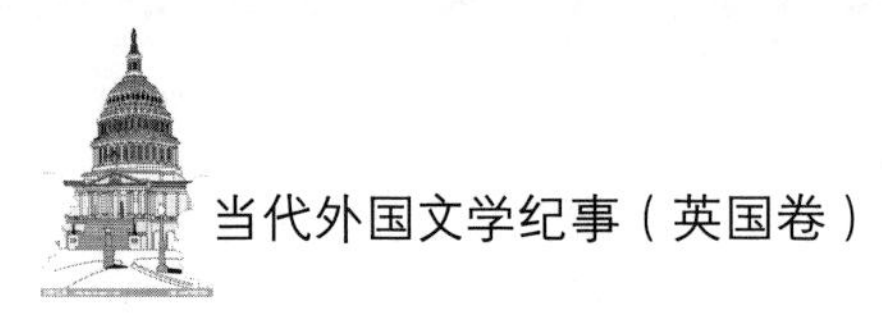

1988：Jimmy Burns（吉米·伯恩斯）

The Land That Lost Its Heroes

Carol Ann Duffy（卡罗尔·安·达菲）

Selling Manhattan

Matthew Kneale（马修·尼尔）

Whore Banquets

1989：Rupert Christiansen（鲁伯特·克里斯蒂安森）

Romantic Affinities

Alan Hollingshurst（阿兰·霍灵赫斯特）

The Swimming Pool Library

Deirdre Madden（迪尔德丽·马登）

The Birds of the Innocent Wood

1990：Mark Hudson（马克·哈德森）

Our Grandmother's Drums

Sam North（山姆·诺斯）

The Automatic Man

Nicholas Shakespeare（尼古拉斯·莎士比亚）

The Vision of Elena Silves

1991：Peter Benson（彼得·本森）

The Other Occupant

Lesley Glaister（莱斯利·格雷斯特）

Honour Thy Father

Helen Simpson（海伦·辛普森）

Four Bare Legs in a Bed

1992：Geoff Dyer（杰夫·戴尔）

But Beautiful

Lawrence Norfolk（劳伦斯·诺福克）

Lempriere's Dictionary

Gerard Woodward（杰拉德·伍德沃德）

Householder

1993：Dea Birkett（迪娅·柏克特）

Jella

Duncan McLean（邓肯·麦克林）

Bucket of Tongues

Glyn Maxwell（格林·麦克斯韦尔）

Out of the Rain

1994：Jackie Kay（杰基·凯）

Other Lovers

A. L. Kennedy（A. L. 肯尼迪）

Looking for the Possible Dance

Philip Marsden（菲利普·马斯登）

Crossing Place

1995：Patrick French（帕特里克·弗兰奇）

Younghusband

Simon Garfield（西蒙·加菲尔德）

The End of Innocence

Kathleen Jamie（凯瑟琳·詹米）

The Queen of Sheba

Laura Thompson（劳拉·汤普森）

The Dogs

1996：Katherine Pierpoint（凯瑟琳·皮尔庞特）

Truffle Beds

Alan Warner（艾伦·沃纳）

Morvern Callar

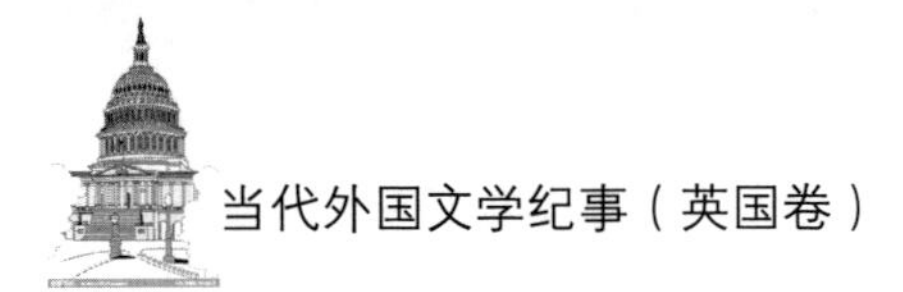

1997：Rhidian Brook（瑞迪安·布鲁克）

The Testimony of Taliesin Jones

Kate Clanchy（凯特·克兰奇）

Slattern

Philip Hensher（菲利普·汉舍尔）

Kitchen Venom

Francis Spufford（弗朗西斯·斯巴福德）

I May Be Some Time

1998：Rachel Cusk（蕾切尔·卡斯克）

The Country Life

Jonathan Rendall（乔纳森·伦德尔）

This Bloody Mary is the Last Thing I Own

Kate Summerscale（凯特·萨默斯凯尔）

The Queen of Whale Cay

Robert Twigger（罗伯特·特威格）

Angry White Pyjamas

1999：Andrea Ashworth（安德烈娅·艾什沃斯）

Once in a House on Fire

Paul Farley（保罗·法利）

The Boy from the Chemist Is Here to See You

Giles Foden（贾尔斯·福登）

The Last King of Scotland

Jonathan Freedland（乔纳森·弗里德兰德）

Bring Home the Revolution

2000：Bella Bathurst（贝拉·巴瑟赫斯特）

The Lighthouse Stevensons

Sarah Waters（萨拉·沃特斯）

Affinity

2001：Edward Platt（爱德华·普拉特）

Leadville

Ben Rice（本·莱斯）

Pobby and Dingan

2002：Charlotte Hobson（夏洛特·霍布森）

Black Earth City

Marcel Theroux（马塞尔·索鲁）

The Paperchase

2003：Hari Kunzru（哈里·昆兹鲁）

The Impressionist

William Fiennes（威廉·法因内斯）

The Snow Geese

Jon McGregor（乔恩·麦格雷戈）

If Nobody Speaks of Remarkable Things

2004：Charlotte Mendelson（夏洛特·门德尔松）

Daughters of Jerusalem

Mark Blayney（马克·布雷尼）

Two Kinds of Silence

Robert Macfarlane（罗伯特·麦克法伦）

Mountains of the Mind

2005：Justin Hill（贾斯丁·希尔）

Passing Under Heaven

Maggie O'Farrell（玛姬·欧法洛）

The Distance Between Us

2006：Chris Cleave（克里斯·克里夫）

Incendiary

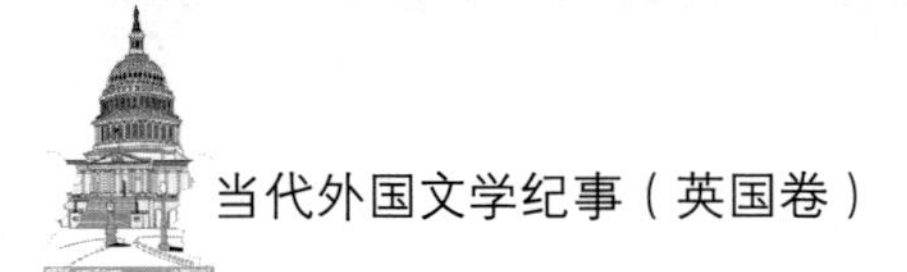

Owen Sheers（欧文·希尔斯）

Skirrid Hill

Zadie Smith（扎迪·史密斯）

On Beauty

2007：Horatio Clare（霍雷肖·克莱尔）

Running to the Hills

James Scudamore（詹姆斯·斯库达莫尔）

The Amnesia Clinic

2008：Gwendoline Riley（格温多兰·莱利）

Joshua Spassky

Steven Hall（史蒂文·霍尔）

The Raw Shark Texts

Nick Laird（尼克·赖尔德）

On Purpose

Adam Thirlwell（亚当·瑟尔维尔）

Miss Herbert

2009：Adam Foulds（亚当·福尔兹）

The Broken Word

Alice Albinia（爱丽丝·艾尔比尼亚）

Empires of the Indus: *The Story of a River*

Rodge Glass（洛基·格拉斯）

Alasdair Gray: *A Secretary's Biography*

Henry Hitchings（亨利·希金斯）

The Secret Life of Words：*How English Became English*

Thomas Leveritt（托马斯·莱弗里特）

The Exchange Rate Between Love and Money

Helen Walsh（海伦·沃尔什）

Once Upon a Time in England

2010：Jacob Polley（雅各布·波莱）

Talk of the Town

Helen Oyeyemi（海伦·奥耶耶米）

White is for Witching

Ben Wilson（本·威尔逊）

What Price Liberty?

2011：Miriam Gamble（米莉亚姆·甘布）

The Squirrels Are Dead

Alexandra Harris（亚历山德拉·哈里斯）

Romantic Moderns

Adam O'Riordan（亚当·奥瑞沃丹）

In the Flesh

2012：空缺

2013：Ned Beauman（内德·鲍曼）

The Teleportation Accident

Abi Curtis（艾碧·柯蒂斯）

The Glass Delusion

Joe Stretch（乔·斯崔奇）

The Adult

Lucy Wood（露西·伍德）

Diving Belles

2014：Nadifa Mohamed（娜蒂法·穆罕默德）

The Orchard of Lost Souls

Daisy Hildyard（黛西·希尔迪亚德）

Hunters in the Snow Glass Delusion

Amy Sackville（艾米·萨克维尔）

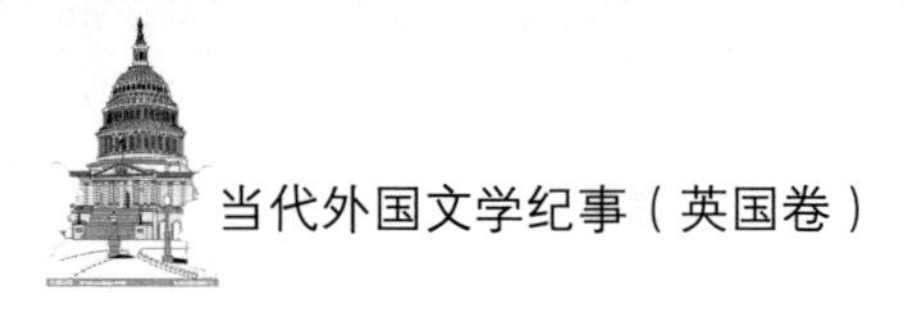

Orkney

2015：Jonathan Beckman（乔纳森・贝克曼）

How to Ruin a Queen：Marie Antoinette，the Stolen Diamonds and the Scandal that Shook the French Throne

Liz Berry（丽兹・贝瑞）

Black Country

Ben Brooks（本・布鲁克斯）

Lolito

Zoe Pilger（佐伊・皮尔格）

Eat My Heart Out

2016：Jessie Greengrass（杰西・格林格拉斯）

An Account Of The Decline Of The Great Auk，According To One Who Saw It

Daisy Hay（黛西・海）

Mr. and Mrs. Disraeli：A Strange Romance

Andrew McMillan（安德鲁・麦克米兰）

Physical

Thomas Morris（托马斯・莫里斯）

We Don't Know What We're Doing

Jack Underwood（杰克・安德伍德）

Happiness

2017：Edmund Gordon（埃德蒙・戈登）

The Invention of Angela Carter

Melissa Lee-Houghton（梅丽莎・李—霍顿）

Sunshine

Martin MacInnes（马丁・麦金尼斯）

Infinite Ground

2018：Kayo Chingonyi（卡约·钦贡伊）

Kumukanda

Fiona Mozley（菲奥娜·莫兹利）

Elmet

Miriam Nash（米莉亚姆·纳什）

All the Prayers in the House

2019：Raymond Antrobus（雷蒙德·安楚巴斯）

The Perseverance

Damian Le Bas（达米安·勒·巴斯）

The Stopping Places

Phoebe Power（菲比·帕沃尔）

Shrines of Upper Austria

Nell Stevens（内尔·史蒂文斯）

Mrs Gaskell and Me

2020：Alex Allison（艾利克斯·艾莉森）

The Art of the Body

Oliver Soden（奥利弗·索登）

Michael Tippet: The Biography

Roseanne Watt（罗斯安·瓦特）

Moder Dy

Amrou Al–Kadhi（阿姆罗·阿尔卡迪）

My Life as a Unicorn

2021：Lamorna Ash（拉莫纳·艾什）

Dark, Salt, Clear

Isabelle Baafi（伊莎贝·巴菲）

Ripe

Akeem Balogun（阿基姆·巴洛贡）

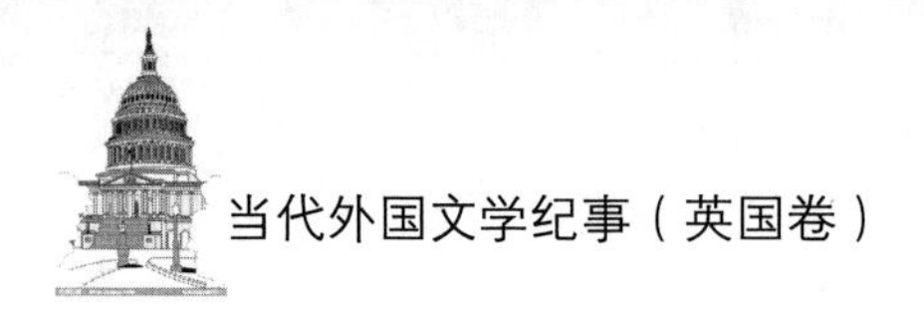

The Storm

Graeme Armstrong（格雷姆·阿姆斯特朗）

The Young Team

（张世耘）

The T. S. Eliot Prize（T. S. 艾略特奖）

T. S. 艾略特奖创始于1993年，设立的目的是纪念诗歌图书协会（The Poetry Book Society）成立40周年以及协会创始人、著名诗人T. S. 艾略特。诗歌图书协会由T. S. 艾略特及友人共同创立于 1953年，目的是“传播诗歌艺术”，该协会长期致力于推介成名诗人和诗歌新人。直到2015年，T. S. 艾略特奖一直由诗歌图书协会颁发，后于2016年开始，该奖项由T. S. 艾略特基金会（The T. S. Eliot Foundation）接手管理并资助。该奖项每年颁发一次，授予在英国和爱尔兰发表的最佳诗歌集。2017年，时值奖项设立25周年，获奖者奖金金额增加到2.5万英镑，十位入围决选名单的诗人每位获得奖金1500英镑。该奖项评委由成名作家组成。1999年至2009年英国桂冠诗人安德鲁·姆辛称该奖项为“绝大多数诗人都渴望获得的奖项”。

T. S. 艾略特奖获奖者名单（1993年至2021年）

年度：获奖者

作品

1993：Ciaran Carson（西尔伦·卡森）

First Language：*Poems*

1994：Paul Muldoon（保罗·穆顿）

The Annals of Chile

1995：Mark Doty（马克·多荻）

My Alexandria

1996：Les Murray（莱斯·穆瑞）

Subhuman Redneck Poems

1997：Don Paterson（唐·帕特森）

God's Gift to Women

1998：Ted Hughes（泰德·休斯）

Birthday Letters

1999：Hugo Williams（雨果·威廉斯）

Billy's Rain

2000：Michael Longley（迈克尔·朗利）

The Weather in Japan

2001：Anne Carson（安妮·卡森）

The Beauty of the Husband

2002：Alice Oswald（爱丽丝·奥斯瓦尔德）

Dart

2003：Don Paterson（唐·帕特森）

Landing Light

2004：George Szirtes（乔治·泽提斯）

Reel

2005：Carol Ann Duffy（卡罗尔·安·达菲）

Rapture

2006：Seamus Heaney（西默斯·希尼）

District and Circle

2007：Sean O'Brien（肖恩·奥布莱恩）

The Drowned Book

2008：Jen Hadfield（珍·海德菲尔德）

Nigh–No–Place

2009：Philip Gross（菲利普·格罗斯）

The Water Table

2010：Derek Walcott（德里克·沃尔科特）

White Egrets

2011：John Burnside（约翰·伯恩塞德）

Black Cat Bone

2012：Sharon Olds（莎朗·奥兹）

Stag's Leap

2013：Sinéad Morrissey（西妮德·莫瑞瑟）

Parallax

2014：David Harsent（大卫·哈森特）

Fire Songs

2015：Sarah Howe（萨拉·豪）

Loop of Jade

2016：Jacob Polley（雅各布·波莱）

Jackself

2017：Ocean Vuong（王洋）

Night Sky with Exit Wounds

2018：Hannah Sullivan（汉娜·沙利文）

Three Poems

2019：Roger Robinson（罗杰·罗宾逊）

A Portable Paradise

2020：Bhanu Kapil（巴努·卡皮尔）

How to Wash a Heart

2021：Joelle Taylor（乔艾尔·泰勒）

C+nto & Othered Poems

（张世耘）

Whitbread Book Awards（惠特布莱德图书奖），

或Costa Book Awards（科斯塔图书奖）

惠特布莱德图书奖原名惠特布莱德文学奖（Whitbread Literary Award）（1971年至1984年），始创于1971年。2006年科斯塔咖啡连锁商（Costa Coffee，又译咖世家）接手成为其赞助商，奖项从而更名为科斯塔图书奖。该奖项分设5个奖项类别，分别为小说处女作奖、小说奖、传记奖、诗歌奖和儿童图书奖。年度最佳图书奖（Book of the Year）从5部分类获奖作品中选出。该奖项由英国书商协会（British Booksellers Association）颁发，每年颁发一次，奖励居住在英国和爱尔兰的英文作家上一年度发表的优秀作品。每年一月在伦敦举行奖项颁发仪式。奖项评选标准兼顾作品的文学价值和阅读趣味性。评委由作家、书评家、编辑和其他相关业界人士组成，每一个奖项类别的评委通常由三人组成。该奖项年度5万英镑奖金由各类别获奖者分享。2012年，该奖项第六个分类奖项短篇小说奖设立，由5位评委评选出3部入围决选名单作品，在网上发布，再由公众评选出获奖作品及第二名和第三名作品。

惠特布莱德小说奖获奖名单（1980年至2021年）

年度：获奖者
作品

1980：David Lodge（戴维·洛奇）
*How Far Can You Go?**

1981：Maurice Leitch（莫里斯·雷奇）
Silver's City

1982：John Wain（约翰·韦恩）

Young Shoulders

1983：William Trevor（威廉・特雷弗）

Fools of Fortune

1984：Christopher Hope（克里斯托弗・霍普）

Kruger's Alp

1985：Peter Ackroyd（彼得・阿克罗伊德）

Hawksmoor

1986：Kazuo Ishiguro（石黑一雄）

An Artist of the Floating World

1987：Ian McEwan（伊恩・麦克尤恩）

The Child in Time

1988：Salman Rushdie（萨尔曼・拉什迪）

The Satanic Verses

1989：Lindsay Clarke（林赛・克拉克）

The Chymical Wedding

1990：Nicholas Mosley（尼古拉斯・莫斯利）

Hopeful Monsters

1991：Jane Gardam（简・加达姆）

The Queen of the Tambourine

1992：Alasdair Gray（阿拉斯戴尔・格雷）

Poor Things

1993：Joan Brady（琼・布拉迪）

Theory of War

1994：William Trevor（威廉・特雷弗）

Felicia's Journey

1995：Salman Rushdie（萨尔曼·拉什迪）

The Moor's Last Sigh

1996：Beryl Bainbridge（贝瑞尔·班布里奇）

Every Man for Himself

1997：Jim Crace（吉姆·克雷斯）

Quarantine

1998：Justin Cartwright（贾斯汀·卡特莱特）

Leading the Cheers

1999：Rose Tremain（萝丝·崔梅）

Music and Silence

2000：Matthew Kneale（马修·尼尔）

English Passengers

2001：Patrick Neate（帕特里克·尼特）

Twelve Bar Blues

2002：Michael Frayn（迈克尔·弗莱恩）

Spies

2003：Mark Haddon（马克·哈登）

The Curious Incident of the Dog in the Night–Time

2004：Andrea Levy（安德烈娅·利维）

Small Island

2005：Ali Smith（阿莉·史密斯）

The Accidental

2006：William Boyd（威廉·博伊德）

Restless

2007：A. L. Kennedy（A. L. 肯尼迪）

Day

2008：Sebastian Barry（塞巴斯蒂安·巴里）

The Secret Scripture

2009：Colm Toibin（科尔姆・托宾）

Brooklyn

2010：Maggie O’Farrell（玛姬・欧法洛）

The Hand That First Held Mine

2011：Andrew Miller（安德鲁・米勒）

Pure

2012：Hilary Mantel（希拉里・曼特尔）

Bring Up the Bodies

2013：Kate Atkinson（凯特・阿特金森）

Life After Life

2014：Ali Smith（阿莉・史密斯）

How to Be Both

2015：Kate Atkinson（凯特・阿特金森）

A God in Ruins

2016：Sebastian Barry（塞巴斯蒂安・巴里）

Days Without End

2017：Jon McGregor（乔恩・麦格雷戈）

Reservoir 13

2018：Sally Rooney（萨莉・鲁尼）

Normal People

2019：Jonathan Coe（乔纳森・科）

Middle England

2020：Monique Roffey（莫妮克・罗菲）

The Mermaid of Black Conch: A Love Story

2021：Claire Fuller（克莱尔・富勒）

Unsettled Ground

惠特布莱德诗歌奖获奖名单（1985年至2021年）

年度：获奖者

作品

1985：Douglas Dunn（道格拉斯・邓恩）

Elegies

1986：Peter Reading（彼得・雷丁）

Stet

1987：Seamus Heaney（西默斯・希尼）

The Haw Lantern

1988：Peter Porter（彼得・波特）

The Automatic Oracle

1989：Michael Donaghy（迈克尔・多纳吉）

Shibboleth

1990：Paul Durcan（保罗・德肯）

Daddy，Daddy

1991：Michael Longley（迈克尔・朗利）

Gorse Fires

1992：Tony Harrison（托尼・哈里森）

The Gaze of the Gorgon

1993：Carol Ann Duffy（卡罗尔・安・达菲）

Mean Time

1994：James Fenton（詹姆斯・芬顿）

Out of Danger

1995：Bernard O'Donoghue（伯纳德・奥多诺休）

Gunpowder

1996：Seamus Heaney（西默斯·希尼）

The Spirit Level

1997：Ted Hughes（泰德·休斯）

Tales from Ovid

1998：Ted Hughes（泰德·休斯）

Birthday Letters

1999：Seamus Heaney（translator）（译者：西默斯·希尼）

Beowulf

2000：John Burnside（约翰·伯恩塞德）

The Asylum Dance

2001：Selima Hill（莎莉玛·希尔）

Bunny

2002：Paul Farley（保罗·法利）

The Ice Age

2003：Don Paterson（唐·帕特森）

Landing Light

2004：Michael Roberts（迈克尔·罗伯茨）

Corpus

2005：Christopher Logue（克里斯托弗·罗格）

Cold Calls：*War Music Continued*

2006：John Haynes（约翰·海恩斯）

Letter to Patience

2007：Jean Sprackland（吉恩·斯布拉克兰德）

Tilt

2008：Adam Foulds（亚当·福尔兹）

The Broken Word

2009：Christopher Reid（克里斯托弗·里德）

A Scattering

2010：Jo Shapcott（乔·夏普科特）

Of Mutability

2011：Carol Ann Duffy（卡罗尔·安·达菲）

The Bees

2012：Kathleen Jamie（凯瑟琳·詹米）

The Overhaul

2013：Michael Roberts（迈克尔·罗伯茨）

Drysalter

2014：Jonathan Edwards（乔纳森·爱德华兹）

My Family and Other Superheroes

2015：Don Paterson（唐·帕特森）

40 Sonnets

2016：Alice Oswald（爱丽丝·奥斯瓦尔德）

Falling Awake

2017：Helen Dunmore（海伦·邓莫尔）

Inside the Wave

2018：J. O. Morgan（J. O. 摩根）

Assurances

2019：Mary Jean Chan（陈曼简）

Flèche

2020：Eavan Boland（伊婉·伯兰）

The Historians

2021：Hannah Lowe（汉娜·洛维）

The Kids

惠特布莱德年度最佳图书奖（1980年、1985年至2021年）

年度：获奖者

作品

1980：David Lodge（戴维·洛奇）

How Far Can You Go?

1985：Douglas Dunn（道格拉斯·邓恩）

*Elegies***

1986：Kazuo Ishiguro（石黑一雄）

An Artist of the Floating World

1987：Christopher Nolan（克里斯托弗·诺兰）

Under the Eye of the Clock

1988：Paul Sayer（保罗·塞耶）

The Comforts of Madness

1989：Richard Holmes（理查德·霍姆斯）

Coleridge：*Early Visions*

1990：Nicholas Mosley（尼古拉斯·莫斯利）

Hopeful Monsters

1991：John Richardson（约翰·理查德森）

A Life of Picasso

1992：Jeff Torrington（杰夫·托灵顿）

Swing Hammer Swing!

1993：Joan Brady（琼·布拉迪）

Theory of War

1994：William Trevor（威廉·特雷弗）

Felicia's Journey

1995：Kate Atkinson（凯特·阿特金森）

Behind the Scenes at the Museum

1996：Seamus Heaney（西默斯·希尼）

The Spirit Level

1997：Ted Hughes（泰德·休斯）

Tales from Ovid

1998：Ted Hughes（泰德·休斯）

Birthday Letters

1999：Seamus Heaney（translator）（译者：西默斯·希尼）

Beowulf

2000：Matthew Kneale（马修·尼尔）

English Passengers

2001：Philip Pullman（菲利普·普尔曼）

The Amber Spyglass

2002：Claire Tomalin（克莱尔·汤姆林）

Samuel Pepys：*The Unequalled Self*

2003：Mark Haddon（马克·哈登）

The Curious Incident of the Dog in the Night-Time

2004：Andrea Levy（安德烈娅·利维）

Small Island

2005：Hilary Spurling（希拉里·斯波林）

Matisse the Master：*A Life of Henri Matisse*：*The Conquest of Colour*，*1909—1954*

2006：Stef Penney（史蒂夫·佩尼）

The Tenderness of Wolves

2007：A. L. Kennedy（A. L. 肯尼迪）

Day

2008：Sebastian Barry（塞巴斯蒂安・巴里）

The Secret Scripture

2009：Christopher Reid（克里斯托弗・里德）

A Scattering

2010：Jo Shapcott（乔・夏普科特）

Of Mutability

2011：Andrew Miller（安德鲁・米勒）

Pure

2012：Hilary Mantel（希拉里・曼特尔）

Bring Up the Bodies

2013：Nathan Filer（南森・法勒）

The Shock of the Fall

2014：Helen Macdonald（海伦・麦克唐纳）

H Is for Hawk

2015：Frances Hardinge（弗朗西丝・哈丁）

The Lie Tree

2016：Sebastian Barry（塞巴斯蒂安・巴里）

Days Without End

2017：Helen Dunmore（海伦・邓莫尔）

Inside the Wave

2018：Bart van Es（巴特・范・艾斯）

The Cut Out Girl

2019：Jack Fairweather（杰克・费尔韦瑟）

The Volunteer

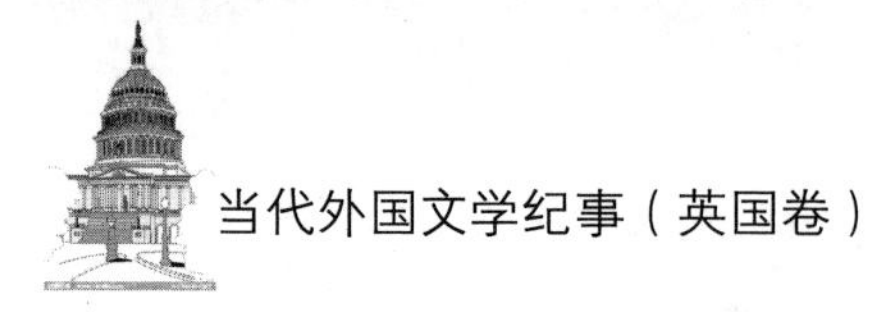

2020：Monique Roffey（莫妮克·罗菲）

The Mermaid of Black Conch: A Love Story

2021：Hannah Lowe（汉娜·洛维）

The Kids

* 戴维·洛奇获得1980年度惠特布莱德小说奖及年度最佳图书奖。

** 1985年惠特布莱德奖首度单独设立“年度最佳图书奖”。

（张世耘）